BRITT REISSMANN | Blutopfer

Das Buch

Die alleinerziehende Mutter und Hauptkommissarin Verena Sander hat es nicht leicht: Ihre 14-jährige Tochter Mona ist schwer verliebt und hat seit einiger Zeit einen neuen Freundeskreis. Wirklich geheuer ist ihr dieser nicht. Und auch ihr aktueller Fall hat es in sich: Als eine Gruppe Jugendlicher nahe Stuttgart bei einer heimlichen Mutprobe eine grausam zugerichtete Leiche findet, ist Sander als eine der ersten am Tatort. Überraschend trifft sie dort auf Mona, die offensichtlich zur Clique gehört und bei deren gefährlichem Spiel mitgemacht hat. Gibt es noch mehr, was die Hauptkommissarin nicht über ihre Tochter weiß? Neben dem rätselhaften neuen Mordfall setzt Sander ein privater Konflikt zusätzlich unter Druck: Ihr Exmann wirft ihr vor, die Arbeit sei ihr wichtiger als Mona, um die sie sich nicht richtig kümmere, und beantragt das Sorgerecht für die gemeinsame Tochter. Doch was hat Mona mit dem Mordopfer zu tun und hat Sanders Exmann mit seinem Vorwurf am Ende recht?

Über die Autorin

Britt Reißmann war Intarsienschneiderin und Sängerin. Seit 1999 arbeitet sie bei der Mordkommission Stuttgart und schreibt Krimis, die ganz besonders realitätsnah sind. Für ihren Roman »Der Traum vom Tod« wurde sie mit dem DeLiA-Literaturpreis ausgezeichnet. »Blutopfer« ist ihr erster Krimi im Diana Verlag. Britt Reißmann lebt mit ihrer Familie in Stuttgart.

BRITT REISSMANN

Blutopfer

Kriminalroman

Diana Verlag

MIX
Papier aus verantwortungsvollen Quellen
FSC® C014496
FSC
www.fsc.org

Verlagsgruppe Random House FSC® N001967
Das für dieses Buch verwendete
FSC®-zertifizierte Papier *Holmen Book Cream*
liefert Holmen Paper, Hallstavik, Schweden.

Originalausgabe 08/2014

Redaktion | Anja Freckmann
Umschlaggestaltung | t.mutzenbach design, München
Umschlagmotiv | © mauritius images/Alamy
Druck und Bindung | GGP Media GmbH, Pößneck
Satz | Leingärtner, Nabburg

Printed in Germany
ISBN 978-3-453-35772-3

www.diana-verlag.de

»Und es wird fast alles mit Blut gereinigt nach dem Gesetz, und ohne Blutvergießen geschieht keine Vergebung.«

Hebräer 9.22

Für meine Mutter

Prolog

Die Farbe des Schmerzes ist Weiß.

Weiß wie die Zimmerdecke über mir, weiß wie die blätternde Farbe des Fensterrahmens, auf den ich schaue, wenn ich den Kopf hebe in dem verzweifelten Versuch, mich loszumachen. Weiß wie die Plastikgurte, mit denen meine Beine festgeschnallt sind, unerreichbar für meine Hände, denn meine Arme sind kurz wie die eines Kindes.

Eine Hand drückt mich zurück auf die Liege. »Jetzt sei doch brav, es ist gleich vorbei.«

Wenn es stimmt, dass ein Indianer keinen Schmerz kennt, gäbe ich alles darum, Indianer zu sein.

»Mama, ich will das nicht. Es tut so weh!«

»Ich weiß, mein kleiner Liebling, aber es muss sein.«

»Aber es tut weh!«

»Nur noch ein Weilchen, nachher gibt es Griespudding.«

Ich kann nicht sagen, was mehr brennt, die Scham oder der gellende Schmerz in meinem Unterleib. Den Kampf gegen die Tränen habe ich aufgegeben. Sie rinnen mir über die Schläfen und sickern in die Ohren und den Haaransatz. Ich drehe den Kopf zur Seite, starre auf den weißen Kieselstein, der auf dem Fensterbrett liegt, und versuche, wie er zu sein: kalt, schwer und gefühllos. Es will mir nicht gelingen.

»Wirst du wohl still sein!«

Ich hatte nicht gemerkt, dass ich geschrien habe. Ein Teil von mir muss das getan haben, während der andere unbeteiligt daneben lag.

Die Hand drückt mich zurück auf die Liege. Durch den Tränenschleier verschwimmt die Deckenlampe mit dem Mickymaus-Gesicht zu einem undeutlichen Klecks mit einer Monsterfratze. Ich habe gelernt, sie zu hassen. Ich hasse auch den Griespudding danach.

Wann ist es nur endlich vorbei? Ich will ein braves Kind sein, denn meine Mutter meint es nur gut. Ich schäme mich, weil ich es ihr so schwer mache. Um sie versöhnlich zu stimmen, werde ich den Grießpudding aufessen, bis zum letzten Löffel.

Und dann explodiert der Schmerz in meinem Körper, der Stein zerspringt in tausend Splitter. Und ich schreie, ich schreie und schreie …

Das ist die Stelle, an der ich jedes Mal aufwache. Schwer atmend, sitze ich im Bett, warte darauf, dass mein Herzschlag sich beruhigt. Vergewissere mich, dass die Deckenlampe eine andere ist. Ich winde mich aus dem schweißnassen Laken und schleppe mich ins Bad, wo ich mich übergeben werde. Es ist vorbei, sage ich mir, es ist lange schon vorbei. Doch tief im Innern weiß ich, dass es nie vorbei sein wird. Niemals.

Es sei denn, ich übe Vergeltung.

1

»Wetten, dass du dich nicht traust?«

Der Baumstamm maß ungefähr dreißig Zentimeter im Durchmesser. Damit war er viel breiter als die Bordsteine, auf denen sie so gern balancierte, als sie klein gewesen war. Normal kein Problem, aber dieser hier lag nicht auf der Erde. Ein Opfer des Hurrikans Lothar, der jetzt eine Schlucht überspannte. Keine große Schlucht, eher ein Graben, hatte Christoph gesagt. Eine Klinge, wie man es hierzulande nannte. Vielleicht fünf Meter breit und nur unwesentlich tiefer. Er würde stolz auf sie sein und sie in die Clique aufnehmen.

Sie ahnte, dass er mit ihr angeben wollte; er stand auf ihre rehbraunen Augen und das glatte, schwarze Haar, den karamelfarbenen Teint, den sie von ihrem italienischen Vater geerbt hatte. Und natürlich wollte auch sie ihm imponieren. Christoph Denner – die Hälfte der Mädchen ihrer Klasse war in ihn verknallt. Und sogar einer der Jungs. Aber er hatte *sie* gefragt.

Hinter ihrem Rücken wurde getuschelt.

»Klar traut sie sich!« Das war Christoph. Sie kannte jede Nuance seiner Stimme, wusste, wie sich sein Lachen anhörte, sein Kicksen, wenn er im Musikunterricht singen musste. Sie kannte sogar sein leises Schnarchen, seit er letztens in Chemie eingeschlafen war. Aber statt ihn mit einem gut platzierten

Spitball zu wecken, hatte sie ihm fasziniert zugehört und sich vorgestellt, neben ihm in einem Ehebett zu liegen.

»Nun mach schon, oder sollen wir hier Wurzeln schlagen?« Das war Ginger. Sie wollte zweifellos Marco beeindrucken, obwohl der ihr schon vor Wochen den Laufpass gegeben hatte. Marco war Christophs bester Freund und der Capo der Clique. Er war ein paar Wochen mit Ginger gegangen, aber schnell genervt von ihr gewesen. Kein Wunder, wenn man zickig wie eine Diva ist und heißt wie ein Gewürz.

Eigentlich hätte Ginger zuerst laufen sollen, aber sie hatte gekniffen und gemeint, Mona solle den Anfang machen, das Beste käme schließlich immer zum Schluss. Dabei hatte sie Marco vielsagend angeblinzelt. Ganz schön dreist, dabei war sie nur feige und hoffte, noch mal drumrum zu kommen. Warum Marco diese blöde Tussi überhaupt mitgenommen und ihr die Chance gegeben hatte, durch die Mutprobe in die Clique aufgenommen zu werden, war ihr schleierhaft. Verstehe einer die Kerle!

Wie auch immer, nun stand sie am Rande dieses Grabens. Hätte sie sich weigern sollen? Darauf bestehen, dass Ginger als Erste läuft? Das wäre ein absolutes No-Go. Sie würde sich mutig und unerschrocken geben, Ginger den Rang ablaufen und bei Christoph punkten. Und sie hätte es hinter sich, während Ginger noch zittern musste.

Vorsichtig setzte sie einen Fuß auf den Stamm. Die morsche Rinde knirschte unter der Profilsohle ihrer Turnschuhe, ein Borkenkäfer suchte das Weite.

Das sollte ich auch tun, dachte sie in einem Anflug von Panik, der Käfer ist klüger als ich. Aber jetzt gab es kein Zurück mehr. Scheiß Mutprobe!

Sie stellte den zweiten Fuß neben den ersten. Bemerkte, dass ihre Schnürsenkel zu lang waren. Sie würde darauf achten müssen, nicht draufzutreten.

»Nicht runterschauen!«, war das Letzte, was sie von Christoph hörte. Danach rauschte nur noch das Blut in ihren Ohren.

Zügig gehen und nach vorn sehen. Auf keinen Fall nach unten. Das konnte doch nicht so schwer sein. Sie bemerkte, dass sie den Atem angehalten hatte, und atmete tief ein. Die Luft schmeckte nach Herbst.

Sie dachte an Pandora und wie Neytiri dort leichtfüßig und ohne jede Angst über Baumstämme in vielen Hundert Metern Höhe läuft. Dagegen war das hier ein Klacks. Doch auch diese Gedanken halfen nicht. »Avatar« war Kino, und das hier war ernst.

Einen Fuß vor den anderen, los! Und nicht daran denken, dass Emmi im Frühjahr bei derselben Mutprobe abgestürzt war. Offene Frakturen und Schädelbasisbruch. Die Ärzte hatten ihr Leben knapp mit einer Notoperation und mehreren Blutkonserven retten können. Dabei hatte sie nur dazugehören wollen. Was natürlich schwer ist, wenn man weder raucht noch trinkt und sich sogar weigert, nur ein einziges Mal an einem Joint zu ziehen.

Los jetzt. Und nicht runterschauen! Stell dir einfach vor, der Stamm liegt auf der ebenen Erde.

Vier Schritte, fünf. Sie hatte den Blick starr auf eine Astgabel der Eiche gerichtet, die auf der anderen Seite stand. Der sicheren Seite, die ihr Ziel war. Würde Christoph sie im Krankenhaus besuchen, wenn sie runterfiele?

Sie verdrängte den Gedanken, das durfte nicht passieren, Mom würde außer sich sein.

Sechs Schritte. Sieben. Sie hatte fast die Mitte erreicht. Von der Bundesstraße drang Verkehrslärm herüber. Wie gern würde sie jetzt auf der sicheren Rückbank eines Autos sitzen. Mit einer Cola in der Hand und Justin Bieber aus dem Radio.

Nicht runterschauen!

Acht Schritte. Neun – sie kam ins Wanken, war auf ihren Schnürsenkel getreten, ruderte mit den Armen in der Luft, fing sich wieder. Ihr Herz schlug wie ein Hammer gegen das Brustbein. Sie hätte einen Doppelknoten machen müssen. Oder Slipper anziehen sollen. Turnschuhe mit Klettverschlüssen waren leider inzwischen total uncool. Und uncool ist viel schlimmer als unpraktisch.

Die Hälfte war nun geschafft. Sie hatte aufgehört, die Schritte zu zählen, den Blick nach vorn gerichte, konzentrierte sie sich ganz auf ihr Ziel. Noch acht Schritte, maximal zehn. Sie blieb mit dem Schnürsenkel an einem Ast hängen. Hielt das Gleichgewicht mühsam; und während ihr der Schweiß ausbrach und der Herzschlag in ihren Ohren dröhnte, versuchte sie, den Fuß freizubekommen. Deshalb schaute sie nach unten.

Als schließlich ihre Knie nachgaben, lag das nicht an der Höhe, sondern an dem, was sie unter sich in der Schlucht liegen sah.

»Wusstest du, dass der Haldenwald ein Landschaftsschutzgebiet ist, in dem so seltene Tierarten wie der Feuersalamander, der Bergmolch und der vom Aussterben bedrohte Mittelspecht leben?« Polizeioberkommissar Roman Katz hielt seiner Kollegin gern Vorträge dieser Art, besonders wenn sie zusammen im Auto unterwegs waren, und das waren sie oft.

»Nein, Schlaumeier, wusste ich nicht. Ich glaube auch kaum,

dass das bei unseren Ermittlungen eine Rolle spielen wird.« Verena Sander, seit einigen Tagen Hauptkommissarin der Stuttgarter Kriminalpolizei und damit einen Dienstgrad über ihrem Kollegen, überlegte, ob Katz mit seinem Referat diesen Unterschied überbrücken wollte. Es hatte ihn schwer getroffen, dass sie und nicht er die Beförderung bekommen hatte, auch wenn er es mit allen Mitteln zu verbergen suchte.

Sie waren zum Haldenwald unterwegs, aber nicht wegen der Schönheit des Landschaftsschutzgebiets, sondern aufgrund eines anonymen Anrufs, dem zu entnehmen war, dass dort in einem Graben eine Tote liegen sollte. Der Anrufer sei ein Jugendlicher im Stimmbruch gewesen, der sich weigerte, seinen Namen zu nennen und einfach auflegte, so hatte die Funkzentrale es weitergeleitet. Die Rufnummer war unterdrückt worden.

»Nichts für ungut, Chefin. Fiel mir nur gerade so ein, weil ich am Wochenende mit Sophie und den Kindern dort war.«

Verena seufzte. Katz ließ keine Gelegenheit aus, seine Kinder ins Gespräch zu bringen. Und seit ihrer Beförderung nannte er sie konsequent Chefin. Sie hatte lange darauf gewartet, schließlich wurde sie demnächst fünfundvierzig, und einige jüngere Kollegen hatten diesen Karrieresprung bereits vor ihr geschafft. Katz noch nicht, und das schien ihn zu wurmen, dabei war er fast sechs Jahre jünger als sie.

»Ich bin nicht deine Chefin. Also nenn mich bitte nicht so.« Verena hielt an einer Ampelkreuzung und sah Katz über den Rand ihrer Sonnenbrille streng an. Er war manchmal so infantil, obwohl er äußerlich so ernsthaft, fast spießig rüberkam. Sein markantes Gesicht mit dem ausgeprägten Kinn wirkte souverän, und durch das dunkle Haar zogen sich erste silberne

Fäden. Alles nur Tarnung. Niemand vermutete hinter dieser Fassade den Kindskopf, der er manchmal war.

»Alles klar, Chefin. Aber dir haben sie nun mal die Hauptsachbearbeitung des Falls aufs Auge gedrückt, und ich darf nur zu deiner Unterstützung mitkommen.« Lag da ein Anflug von Frust in seiner Stimme? Die Ampel sprang auf Grün, und Verena stieg so heftig aufs Gas, dass Katz in den Sitz gedrückt wurde.

»Wenn Vettel so aus der Startbox schießt, hat er das Rennen schon so gut wie in der Tasche«, keuchte er und klammerte sich am Türgriff fest. »Meinst du, du erwischst den anonymen Anrufer noch vor Ort, wenn du fährst wie ein Henker?«

»Wohl kaum. Wer anonym bleiben will, wird bestimmt nicht auf das Eintreffen der Polizei warten. Aber es sieht nach Regen aus. Und wenn es anfängt, bevor wir den Tatort anschauen können, sind die Spuren beim Teufel.«

»Die Kriminaltechnik ist ja auch noch da. Verlass dich doch einfach mal auf andere, du musst nicht immer alles kontrollieren.«

Vielleicht hat er recht, dachte Verena. Aber das ist schwierig als alleinerziehende Mutter eines Teenagers, die gewöhnt ist, sich um alles selbst kümmern zu müssen. Auf dem Rückweg werde ich ihn fahren lassen, nahm sie sich vor. Damit seinem Ego Genüge getan wird und er endlich Ruhe gibt.

»Da kann was dran sein«, räumte sie ein. »Vielleicht sollte ich das tatsächlich.«

»Oh, du gibst mir recht?« Katz war anzusehen, dass er damit nicht gerechnet hatte. »Ich glaube, zum ersten Mal in diesem Jahr. Das muss gefeiert werden. Musst du nach Dienstschluss noch irgendwohin?«

Immer diese leeren Versprechungen! Dabei konnte Katz es

gar nicht erwarten, nach Hause zu seiner Familie zu kommen. Verena konnte sich nicht erinnern, wann er das letzte Mal zum Feierabendbier im Dezernat geblieben war.

»Ja, in den nächsten Schnapsladen«, sagte sie. Es sollte ein Witz sein, doch Katz griff das Thema dankbar auf.

»Apropos Schnapsladen, du hast noch keinen auf deine Beförderung ausgegeben!«

»Ihr werdet schon dafür sorgen, dass das nicht in Vergessenheit gerät.« Verena hatte sich noch nicht an ihre neue Amtsbezeichnung gewöhnt. Kriminalhauptkommissarin, das klang mächtig. Einflussreich. Gut bezahlt. Die Realität sah natürlich anders aus. Macht und Einfluss hatten andere in der Kripohierarchie. Und was die Bezahlung anging …

»Ich könnte dir was leihen, wenn du nicht genug Geld dabei hast«, sagte Roman, als hätte er ihre Gedanken erraten.

Verena riss das Steuer herum. Beinahe hätte sie die Abzweigung zur Laustraße übersehen. »Heute wird das wohl nichts mehr. Der Lagebericht von der Funkleitzentrale hörte sich nicht nach natürlichem Tod an.«

Ihr Handy klingelte. Verena erkannte die Nummer auf dem Display, hangelte das Headset aus dem Handschuhfach und ging vom Gas. Katz atmete hörbar auf.

»Du glaubst nicht, was mir eben passiert ist«, meldete sich ihre Mutter, ohne sich mit einer Begrüßung aufzuhalten. »Ich stehe friedlich vor dem Kaufhof und tue meine Arbeit, da kommen drei solche halbstarken Rüpel und reißen mir den Wachtturm aus der Hand!«

Tief durchatmen und bis zehn zählen, befahl sich Verena. Noch bevor sie bei drei angekommen war, ergoss sich der nächste Redeschwall in ihr Ohr.

»Vera! Wieso sagst du nichts? Ist es dir völlig egal, wenn ich überfallen werde?«

»Bist du zu Schaden gekommen, Mama?« Verena hasste sich für das Polizeideutsch, das ihr in solchen Situationen automatisch über die Lippen kam, und versuchte, auf den letzten Metern die Kurve zu kriegen. »Ist dir etwas passiert?«

»Nein, ich bin wohlauf. Sie haben nur die Hefte mitgenommen und ...«

»Vielleicht hast du damit ja ihr Seelenheil gerettet.«

»Du glaubst doch nicht im Ernst, dass sie die lesen wollten. Vor meinen Augen haben sie sie in Stücke gerissen und die Fetzen auf der Königstraße verteilt. Du musst sofort herkommen und sie festnehmen!«

»Wie? Sind sie etwa noch da?«

»Natürlich nicht, die haben die Beine in die Hand genommen, als der Verkäufer vom Brezelkörble eingreifen wollte. Aber du wirst sie schon finden, wozu habe ich dich schließlich Polizistin werden lassen?«

Du hast mich Polizistin werden lassen?, dachte Verena. Das wäre mir neu. Du sollst Gott mehr gehorchen als den Menschen, das war doch immer dein Motto, und meinen Berufswunsch hat einzig und allein Daddy durchgesetzt.

»Mama, selbst wenn ich wollte, ich könnte jetzt auf keinen Fall kommen. Ich bin gerade auf dem Weg zu einem Einsatz und ...«

»Das ist ja wieder mal typisch! Nie bist du für mich da, wenn ich dich brauche, immer nur für andere. Deine Karriere ist dir wichtiger als die eigene Mutter, selbst wenn sie von Ganoven überfallen wird.«

»Hör mir doch auch mal einen Augenblick zu! Du bist jetzt vor dem Kaufhof, ja? Du gehst die Treppe runter und die Klettpassage bis ganz hinten durch. Bei der Rolltreppe zur S-Bahn ist ein Polizeiposten. Da gehst du rein und sagst denen das Gleiche, was du mir gerade erzählt hast.«

»Wozu habe ich eigentlich eine Tochter, wenn sie sich nicht mal um mich kümmert, wenn ich überfallen werde?«

Verena hätte sich am liebsten das Headset heruntergerissen, aber sie konnte im Moment keine Hand vom Steuer nehmen und war zum Zuhören verdammt. Nein, sie würde sich jetzt nicht provozieren lassen. Tief durchatmen und bis zehn zählen. Dazu hatte sie genügend Zeit, bis der Redeschwall ihrer Mutter versiegt sein würde. Jetzt fing sie auch noch an zu weinen. Verena schrak von dem Trompetenstoß in ihrem Ohr zusammen, den ein kräftiges Schnäuzen begleitete. Sie fuhr wirklich alle Mittel auf.

»Hör mal, Mama, ich bin für Mord, Totschlag, schwere Körperverletzung zuständig. Einfachen Diebstahl und Sachbeschädigung bearbeiten die Reviere.«

»Einfachen Diebstahl? Das waren so Halbstarke, Rowdys. Der eine hatte einen Totenkopf auf die Hand tätowiert und ein Messer am Gürtel, ich hab's genau gesehen. Ich hätte tot sein können. Das macht meine alte Pumpe nicht mehr mit, Vera. Ich glaube, ich habe einen Herzinfarkt.«

»Du hast keinen Herzinfarkt, Mama. Hättest du einen, würde deine Zirkulationsatmung beim Reden nicht mehr funktionieren. Geh zum Polizeiposten, und gib eine Anzeige gegen Unbekannt auf. Dazu sind die da.«

»Du bist herzlos, Vera.« Sie hielt tatsächlich einen Moment inne, um nach Atem zu ringen. Oder das Taschentuch erneut anzusetzen. »Wie konnte Jehova mich nur mit so einer Tochter strafen?«

Verena schlug den Hinterkopf gegen die Nackenstütze. Sie hasste es, Vera genannt zu werden, was ihre Mutter aber nicht im Geringsten interessierte. Ihr Vater nannte sie Rena, was sehr anschaulich zeigte, dass sich die Eltern nicht mal in der Wahl ihres Kosenamens einig waren. Aber die Abkürzung ihres Namens war noch das Wenigste, was sie an ihrer Mutter in Rage brachte. Bis zehn zählen reichte hier nicht mehr.

»Geh jetzt zum Revier und erstatte Anzeige, wenn du willst, dass die Jungs bestraft werden.«

»Und ob ich das will! Jetzt auf der Stelle!«

»Du könntest natürlich auch auf Harmagedon warten. Die Reiter Gottes sitzen deiner Meinung nach doch schon in den Startlöchern«, sagte Verena und beendete das Gespräch.

»Probleme?« Katz wickelte einen Kaugummi aus und schob ihn sich in den Mund.

»Nicht mehr als üblich. Meine Mutter musste im Kampf mit dem Antichristen mal wieder ein paar Federn lassen.«

Katz schmunzelte. Er hatte nun seit zwei Jahren das zweifelhafte Vergnügen, alle Bemühungen von Verenas Mutter, ihre Tochter zu bekehren und ihre Seele für ein Leben in Gottes Königreich zu retten, miterleben zu dürfen.

»Wie hat es dein Vater nur so lange mit ihr ausgehalten?«

»Ich habe keine Ahnung. Sie hat ihm den Skatabend verboten, seine Zigaretten versteckt und das Bier ins Klo gekippt. Sex diente nur der Fortpflanzung. Und da die Familienplanung nach meiner Geburt abgeschlossen war …«, sie zündete sich eine Zigarette an, ließ das Wagenfenster hinunter und inhalierte tief, »… lag das Liebesleben auch noch auf Eis. Welcher Mann macht das schon lange mit? Kein Wunder, dass sie es in dreizehn Jahren Ehe nicht geschafft hat, ihn zu bekehren. Ganz im Gegenteil.«

Mit einem Lächeln dachte Verena an ihren Vater. Irgendwann hatte er sich dem Spiritismus zugewandt und angefangen zu meditieren und mit dem Ouija-Board zu experimentieren. Am Anfang hatte sie gedacht, es sei nur eine Trotzreaktion, aber irgendwann stellte sie fest, dass er es durchaus ernst meinte. Wobei sie sicher war, dass bei den meisten Durchsagen, die er vermeintlich erhielt, sein Wunsch der Urheber des Gedankens war. Es konnte ja niemand das Gegenteil beweisen. Seine Schutzgeister hatten ihm schließlich geraten, die Scheidung einzureichen, was er dann auch tat. Er fand eine kleine Wohnung im Einzugsgebiet von Stuttgart und nahm Verena auf ihren eigenen Wunsch hin mit. Das hatte Mutter ihr bis heute nicht verziehen.

»Wie geht es deinem Vater eigentlich so?« Katz fand Verenas familiäre Verhältnisse überaus spannend.

»Im Moment pilgert er gerade auf den Spuren des heiligen Jakob nach Santiago de Compostela. Er hat mir eine Postkarte aus einem Refugio geschrieben, wo er unter anderem einen drogensüchtigen Transvestiten kennenlernte, der gechannelte Durchsagen von Elvis Presley erhält. Allerdings nur, wenn ihm jemand Stoff besorgt.«

Verena bog auf den Waldweg ein, ignorierte die Zweige, die gegen die Scheiben schlugen und den Lack zerkratzten. Die letzten Meter waren eine Huckelpiste. Am Ende des Weges schimmerte ein blauweißes Polizeiauto durch die Bäume.

Katz lachte. »Mit dem Elternhaus konntest du eigentlich nur Atheistin werden.«

»Jep. Schwierig wurde es nur, als der Scheidungsrichter mich fragte, bei wem von den beiden ich künftig wohnen möchte. Einer schien mir so durchgeknallt wie der andere.«

»Und was hat den Ausschlag gegeben, dass du dich für deinen Vater entschieden hast?«

Verena parkte direkt neben dem Streifenwagen und zog den Zündschlüssel ab.

»Bei ihm gab es an Weihnachten und zum Geburtstag Geschenke. Das ist für eine Zwölfjährige ein unschlagbares Argument.«

Sie folgten der Spur platt getretener Grasbüschel in den Wald.

Verena hielt den Blick nach unten gerichtet, um den Schlammpfützen auszuweichen, die der Regen der letzten Nacht zurückgelassen hatte. Deshalb sah sie die Schultasche erst, als sie direkt davorstand, und ihr Herzschlag setzte aus.

Es war einer dieser 4you-Rucksäcke, die die Kids heutzutage bevorzugten. Ab einem gewissen Alter, spätestens ab der weiterführenden Schule, waren Schulranzen völlig out. Besonders in war, wer den Rucksack so tief wie möglich – am besten bis auf den Po – hängen ließ.

Auch dieser hier hatte extrem lange Gurte. Er war abgenutzt und mit Edding beschrieben.

»Wem gehört dieser Rucksack?«, fragte sie, obwohl sie es schon wusste. Sie hoffte, einer Täuschung zu unterliegen. Doch sie kannte die schmuddelige Diddl-Maus am Zipper des Reißverschlusses, den Riss im Stoff, wo früher der Sticker von Justin Bieber gewesen war, den Christoph abgerissen hatte. Aus Eifersucht, wie Mona behauptete.

Ohne eine Antwort abzuwarten, rannte sie in Richtung des Notarztwagens, wo das Mädchen auf dem Beifahrersitz saß.

»Mona! Geht es dir gut? Bist du verletzt?«

»Nicht schlimm, ich hab mir nur den Fuß verstaucht.« Das Flüstern war kaum hörbar. Und nach »nicht schlimm« sah sie ganz und gar nicht aus. »Wir wollten nur … es war eine Mutprobe, ich kann dir das erklären …«

Die junge Sanitäterin, die dem Mädchen Gesellschaft geleistet hatte, zog sich diskret zurück.

»Bist du von allen guten Geistern verlassen? Was hast du dir eigentlich dabei gedacht?«

»Tut mir leid, Mom.« Die Worte kamen leise und schleppend, und der Blick ging an Verena vorbei, glasig von den Barbituraten, die man ihr gespritzt hatte.

Verena schwankte zwischen kalter Wut auf diese Gruppe Jugendlicher und unglaublicher Erleichterung, dass es nicht ihr Kind war, das tot da unten in der Schlucht lag, wie sie beim Anblick des Rucksacks eine furchtbare Schrecksekunde lang befürchtet hatte.

»Warum hast du bei diesem Blödsinn überhaupt mitgemacht?« Sie wusste, dass das kaum der richtige Zeitpunkt für eine Strafpredigt war, aber die Frage kam automatisch über ihre Lippen.

»Ich wollte in die Clique. Christoph …«

»Die Clique, Christoph! Alkohol, Joints und Ecstasy, und dafür riskierst du dein Leben? Hört auf mit diesen verdammten Mutproben! Hast du vergessen, was dem Mädchen aus deiner Parallelklasse passiert ist? Wie hieß sie noch mal?«

»Emmi.« Jetzt kamen die Tränen. Verena nahm ihre Tochter in den Arm. »Entschuldige, ich wollte gar nicht schimpfen. Ich bin so froh, dass dir nichts passiert ist.« Nichts passiert war maßlos untertrieben. Wie sehr dieses Erlebnis sie traumatisiert hatte, würde sich erst noch zeigen.

»Wo sind eigentlich die anderen?«

»Abgehauen natürlich. Ich konnte ja nicht, wegen dem Fuß.«

Christoph war also auch stiften gegangen. Schöner Freund, dachte Verena, aber sie sprach es nicht aus, als sie die Enttäuschung und den Schmerz in Monas Gesicht sah. Sie riskiert für ihn ihr Leben, und er verschwindet, wenn die Bullen kommen. Sie muss sich mit ihrem verstauchten Fuß der Sache stellen, und dann erscheint ausgerechnet die eigene Mutter vor Ort, als ob das Dezernat nicht noch andere Beamte hätte. Ein ausgesprochener Glückstag im Leben ihrer Tochter.

»Wer hat eigentlich die Polizei angerufen?«

»Christoph. Ich hab gehört, wie er telefoniert hat.«

Na immerhin. Sie würde das Bürschchen zur Vernehmung vorladen müssen. Und die Namen der anderen zusammentragen. Aber das hatte Zeit.

»Verena, kommst du mal?« Katz stand am Rande der Schlucht, wo die Feuerwehr eine Leiter hinabgelassen hatte, und winkte wie ein Fluglotse zu ihr herüber. »Wir haben hier ein interessantes Verletzungsbild.«

Zum Teufel mit dem Verletzungsbild, dachte Verena. Meine Tochter steht unter Schock, und ich soll funktionieren wie eine Maschine. Wobei es manchmal gut wäre, eine zu sein. Keine Müdigkeit, keine Rückenschmerzen, kein Ekel beim Anblick einer verwesten Leiche, keine Scheu vor dem Gespräch mit den Angehörigen. Und kein schlechtes Gewissen, weil ich permanent meine Tochter vernachlässige. Sie löste sich von ihrem Kind, das trotz des warmen Wetters immer noch zitterte. »Kommst du klar?«

Das angedeutete Nicken konnte ebenso gut als Kopfschütteln durchgehen.

»Ich bin sofort wieder bei dir.«

»Frau Sander?« Auf halbem Weg trat ihr der Notarzt in den Weg, den Verena schon von mehreren Einsätzen her kannte. »Ich hatte ja keine Ahnung, dass es Ihre Tochter ist. Aber bis auf einen Schock, den Knöchel und ein paar Kratzer an Knie und Armen ist sie heil davongekommen. Da hat sie wirklich Glück gehabt.«

Wie man's nimmt, dachte Verena. An ein und demselben Tag wurde ihre Mutter überfallen und verunglückte ihre Tochter, auch wenn beide mit dem Schrecken davongekommen waren. Was vorhin noch als Scherz gemeint war, wurde allmählich ernst: Nach Feierabend würde ihr erster Weg zum nächsten Schnapsladen führen.

Mona war durch eine glückliche Fügung nicht in die Schlucht gestürzt, nachdem sie das Gleichgewicht verloren hatte, sondern längs auf den Stamm gefallen. Der Schnürsenkel hatte sich bei dem Sturz nicht vom Ast gelöst, daher war ihr Knöchel verdreht worden. Als der Rettungswagen eintraf, fanden die Sanitäter das Mädchen mit fest zusammengekniffenen Augen der Länge nach bäuchlings an den Baumstamm geklammert und auf Ansprache nicht mehr reagierend. Nachdem sie unten im Graben die Leiche entdeckt hatten, riefen sie außer der Feuerwehr auch die Polizei an, nur um zu erfahren, dass beide schon informiert und auf dem Weg waren. Christoph hatte offenbar an alles gedacht, bevor er das Weite gesucht hatte. Ein winziger Pluspunkt für ihn.

Verena bedankte sich bei dem Arzt und schlüpfte in einen weißen Papieranzug. Sie band ihr langes, dunkles Haar im Nacken zusammen, stopfte es unter die Kapuze und stieg in den Graben hinab.

Unten wuselten die ebenso gekleideten Kollegen von der Kriminaltechnik geschäftig um den Leichnam. Helge Lamberz, der Chef der KT, zwinkerte Verena zu, wobei sein Blick ihr Hosenbein streifte, das beim Abstieg Bekanntschaft mit der lehmigen Erde gemacht hatte. »Ja, die Leichensachbearbeitung ist keine saubere Sache.«

»Verdammt, den Overall wollte ich am Sonntag in die Oper anziehen!« Verena streifte Latexhandschuhe über und reichte Lamberz die Hand.

»Ich leihe dir gern mein kleines Schwarzes«, antwortete er. Es war in Kollegenkreisen ein offenes Geheimnis, dass Lamberz homosexuell war, und er selbst machte keinen Hehl daraus, was die Arbeit mit ihm sehr erleichterte.

Viele, besonders Außenstehende, denen Verena von ihrem Beruf erzählte, fanden den Begriff »Leichensachbearbeiter« pietätlos. Dabei war er so präzise. Wenn man einen Leichnam nicht als Sache betrachtete, konnte man diesen Job auf Dauer nicht durchhalten. Die Auseinandersetzung mit dem Menschen, der der Leichnam einmal gewesen war, begann im Laufe der Ermittlungen noch früh genug. Hier bei der ersten Leichenschau vor Ort waren solche Gedanken nur hinderlich. Sie auszublenden setzte bei den meisten jedoch jahrelanges Training voraus. Auch Verena hatte das lernen müssen. Als sie die Tote jetzt ansah, verzog sie keine Miene, aber innerlich hatte sie das Gefühl, als würden sich ihre Eingeweide verknoten.

»Wir haben sie abgeklebt und gespeichelt, außerdem ihren Fingernagelschmutz sichergestellt. Für den Fall, dass sie sich gewehrt hat. Und natürlich Fotos gemacht, bevor hier alles zertrampelt wird.«

Verena nickte. »Irgendwelche Hinweise auf die Identität?«

»Bis jetzt nichts. Die Jogginghose und der Slip lagen hundert Meter weiter im Wald. Aber zum Joggen nimmt man wohl eher keinen Personalausweis mit. Vielleicht findet Krach bei der Leichenschau ja noch etwas, das hilft, sie zu identifizieren. Apropos – wenn man vom Teufel spricht!«

Mona folgte Lamberz' Blick zu den langen Beinen von Prof. Dr. Herbert Krach, Chefpathologe der Uni Tübingen, die sich in diesem Moment vorsichtig die Leiter in den Graben hinuntertasteten. Der Abstieg machte dem Pathologen offenbar einige Schwierigkeiten, denn er fluchte wie ein Kesselflicker.

»Könnt ihr eure Opfer nicht zu ebener Erde umbringen lassen?«

»Ich wünsche Ihnen auch einen Guten Tag, Professor.« Verena setzte ihr bezauberndstes Lächeln auf. »Nach einem ersten flüchtigen Blick auf die Tote kann ich Sie beruhigen. Ich bin sicher, dass der Abstieg sich gelohnt hat. So etwas bekommen Sie bestimmt nicht jeden Tag zu sehen.«

Der weibliche Leichnam lag auf einem Untergrund von Geröll, Moos und abgebrochenen Ästen. Verena schätzte die Frau auf Anfang sechzig. Bis auf das pinkfarbene Oberteil eines Jogginganzugs und graue Sportsocken war sie nackt. Über die Hände hatten die Kriminaltechniker ihr zur Sicherung des Fingernagelschmutzes Plastiktüten gezogen. Der Kopf war seltsam verdreht, als sei das Genick gebrochen. Die Arme waren ausgestreckt und die Beine weit gespreizt, sodass Verena sich an Da Vinci erinnert fühlte. Was beim Meisterwerk des großen italienischen Künstlers allerdings fehlte, war der Holzpflock von der Größe eines Nudelholzes, der in den Unterleib eingeführt worden war. Brutal eingeführt war. Davon zeugte das Blut an den Schenkeln der Toten, das eine bizarre rostbraune Farbe angenommen hatte.

»Ein Sexualmord?« Krach sah Verena mit hochgezogenen Augenbrauen über seine Brille hinweg an.

»Ich bin nicht sicher. Möglich wäre es schon. Aber es macht auf mich eher den Eindruck eines Rituals. Als wäre sie gepfählt worden.« Hoffentlich post mortem, fügte Verena im Geiste hinzu. Bei dem Gedanken, dass ihre Tochter mindestens eine halbe Stunde lang diesem Anblick ausgesetzt gewesen war, fröstelte sie.

»Knochenbrüche an den Extremitäten«, murmelte Krach, nahm dann den Kopf der Toten in beide Hände und bewegte ihn sacht von einer Seite zur anderen. »Hören Sie das Knirschen der Wirbel? Da ist kein Widerstand. Genickbruch, würde ich sagen.«

»Sie wurde also in die Schlucht geworfen«, resümierte Verena.

»Davon gehe ich aus. Ich kann keine weiteren äußeren Verletzungen erkennen, außer diesen Stellen von Tierfraß.« Er wies auf einige größere Wunden am Knöchel und an der Hand der Toten. »Aber daran ist sie nicht gestorben. Bleibt der Blutverlust von der Vaginalverletzung oder der Genickbruch. Setzt man allerdings voraus, dass sie hier getötet wurde, bevor sie sich das Genick brach, müsste es oben massenhaft Blutspuren geben, und …« Krach hob in einer ratlosen Geste die Hände.

»…die gibt es nun mal nicht«, vervollständigte Verena den Satz. Bis das Ergebnis der Obduktion feststand, musste sie sich einfach gedulden.

»Hier kann ich jedenfalls keine gescheite Leichenschau machen«, sagte Krach. »Wir sollten sie raufholen und ins Robert-Bosch-Krankenhaus bringen, sobald der Paparazzo dort fertig ist.« Er wies auf Freddy Geiger, den Fotografen der Kriminaltechnik, der Leichnam und Tatort noch immer von allen Seiten ablichtete.

»Bin ja schon weg«, grummelte Geiger und reichte die Kamera an Verena weiter. »Nimmst du die mit zur Dienststelle? Ich wollte schon vor einer Stunde Feierabend machen, aber gerade als ich zur Tür rauswollte, schellte das Telefon.«

»Falscher Job, würde ich sagen.« Verena verstaute die Kamera in ihrer Tasche. Dann hob sie die Tote mit Hilfe von Katz, Krach und Lamberz auf eine Plane und mitsamt dieser auf die Tragbahre, die von der Feuerwehr an Seilen heruntergelassen worden war. Sie wandte sich wieder an den Professor.

»Wie lange, schätzen Sie, ist sie tot?«

»Die Leichenstarre ist schon wieder fast vollständig gelöst. Ich tippe auf Montag oder spätestens Dienstag in den Morgenstunden, da geht man doch auch üblicherweise zum Joggen. Später sicher nicht, es sei denn, sie hätte in der Sauna gelegen. Das Venennetz am Bauch beginnt durchzuschlagen, was auch auf diesen Zeitraum hindeutet, wenn man das Wetter der letzten Tage berücksichtigt. Genauer kann ich es vielleicht noch eingrenzen, wenn ich sie auf dem Tisch habe. Aber versprechen kann ich nichts.« Krach zog sich mit einer geübten Bewegung die Latexhandschuhe herunter und stopfte sie in die Hosentasche.

Verena nickte abwesend. Sie starrte auf einen Blutfleck am Boden und dachte wieder einmal, wie satt sie es hatte, die Gewalt, den Tod, den metallischen Geruch des Blutes. Dieses Mal war sogar ihre Tochter da hineingeraten. Als gute Mutter sollte man sein Kind vor so etwas schützen, vielleicht auch einem anderen Beruf nachgehen, aber sie wusste genau, dass sie sich nie einen anderen als diesen vorstellen konnte. Ihre Augen tasteten den Waldboden ab nach irgendeinem kleinen Hinweis, den die KT vielleicht übersehen haben könnte, aber da war natürlich nichts. Die Kollegen waren fähig und sie selbst ein unverbesserlicher Kontrollfreak.

»Gibt es noch etwas?«, fragte Krach, der bereits den Fuß auf der ersten Leitersprosse hatte.

»Nein, ich bin hier fertig.« Sie gab der Bergungsmannschaft ein Zeichen. »Holt sie rauf.«

Als Verena wieder auf sicherem Boden stand, sah sie sich zuerst nach ihrer Tochter um. Sie entdeckte sie am Notarztwagen, wo zwei Sanitäter gestikulierend auf sie einredeten, während Mona vehement den Kopf schüttelte, und beschleunigte ihren Schritt.

»Mom!« Mona war sichtlich erleichtert, als sie ihre Mutter sah. »Die wollen mich ins Krankenhaus mitnehmen!«

»Nur zu einer Röntgenuntersuchung«, schaltete sich der Notarzt ein. »Um sicherzugehen, dass nichts angebrochen ist.«

»Das klingt vernünftig«, sagte Verena. »Warum willst du das nicht?«

»Ich will einfach nur nach Hause«, flüsterte Mona.

»Pass auf, ich schlage dir einen Kompromiss vor. Du musst nicht in den Notarztwagen einsteigen, ich fahre dich im Dienstwagen hin. Und bleibe die ganze Zeit bei dir. Und heute Abend gibt es Gnocchi al forno.«

»Ai funghi?« Blitzte da schon wieder etwas Schalk aus Monas Augen?

»Ai funghi al forno, wenn du willst.«

»Und 'ne Cola dazu?«

»Und eine Cola dazu.«

»Okay.« Mona humpelte von ihrer Mutter und einem Sanitäter gestützt zum Daimler. »Weißt du was, Mom, du siehst aus wie ein Alien!«

»Oh«, Verena musste lachen. »Hätte ich doch fast vergessen, den Schutzanzug auszuziehen. Und in der Klinik hätten sie mich dann womöglich für eine Chirurgin gehalten, mir einen Mundschutz umgebunden und in den OP geschoben.« Sie schlüpfte aus dem Papieroverall, knüllte ihn zusammen und warf ihn in den Kofferraum.

»Die sind grün gekleidet, Mom!« Mona schnalzte missbilligend mit der Zunge. Seit ihr im letzten Jahr der Blinddarm entfernt worden war, kannte sie sich bestens aus. »Aber danke, dass du mich aufmuntern willst.«

Verena ließ sich auf den Fahrersitz fallen und richtete den Rückspiegel aus. Müde Augen schauten ihr entgegen, ein braunes und ein grünes mit schokoladenfarbigen Sprenkeln. *Strega* hatte Fabio sie wegen ihrer verschiedenfarbigen Augen genannt – Hexe. In der Zeit ihrer ersten Verliebtheit war das ein zärtlicher Kosename gewesen; gegen Ende ihrer Ehe wurde es allzu oft zum Schimpfwort. Als sie neben sich griff, um den Gurt zu schließen, fiel ihr auf, dass sie ihr Handy im Auto vergessen hatte. Sie schaute aufs Display. Ein Anruf in Abwesenheit. Er war allerdings nicht wie befürchtet von ihrer Mutter, sondern von ihrem Chef. Verdammt, sie hatte in dem ganzen Wirbel um Mona völlig vergessen, ihm Bescheid zu geben.

»Rudi? Hier ist Verena, *sorry*, dass ich mich jetzt erst melde. Eine weibliche Leiche in einem etwa fünf Meter tiefen Graben, Genital entblößt und ein Holzpflock brutal eingeführt. Die Tote ist noch nicht identifiziert, vielleicht Anfang sechzig, ungefähr 1,65 groß, graublond, Krach sagt, seit zwei bis drei Tagen tot …«

»Die Beschreibung könnte auf einen Vermisstenfall passen, den wir gerade reinbekommen haben«, entgegnete Joost. »Ein Dr. Hafner aus der Chirurgie des KH rief an und meldete eine Kollegin als vermisst, die seit drei Tagen nicht im Dienst war. Die Kollegen hatten sich gewundert, denn die Frau gilt als zuverlässig. Als sie auf Anrufe nicht reagierte, hat man die Wohnung vom Polizeirevier öffnen lassen. Da war sie aber nicht. Ihr Name ist Ewa Salgam.«

Verena warf einen Blick zu Katz, der über die Freisprecheinrichtung mitgehört hatte und den Namen notierte. »Katharinenhospital, sagst du? Ich mach mich gleich auf den Weg dorthin. Vorher muss ich noch schnell meine Tochter verarzten lassen, die einen kleinen Unfall hatte. Erzähl ich dir später.«

»Auch das noch. Mach langsam, Verena, Kinder gehen immer vor. Der Toten kann eh niemand mehr helfen.«

Rudolf Joost führte das Dezernat mit straffer Hand, hatte aber für seine Mitarbeiter und deren Probleme immer ein offenes Ohr und wusste, dass private Dinge manchmal dringender waren als dienstliche. Das war nicht selbstverständlich. Bei manch anderen Dienststellen wussten die Mitarbeiter manchmal nicht genau, ob sie bei der Polizei waren oder beim Militär. Doch Joost war der Meinung, dass die Bearbeitung von Tötungsdelikten in einem Team nur dann erfolgreich sein konnte, wenn man einander wertschätzte und menschlich miteinander umging. Und damit hatte er recht.

»Aber, Verena? Schick Roman bitte zur Dienststelle zurück, ich brauche zur Lagebesprechung wenigstens einen, der vor Ort war. Habt ihr Fotos gemacht?«

»Ja, ich habe die Digicam von Geiger dabei, aber die wollte ich zuerst dem Arzt für die Identifizierung zeigen. Ich bringe sie nachher zur Besprechung mit. Aber wie soll Roman zur Dienststelle kommen? Ich brauche das Auto, meine Tochter kann nicht laufen.«

»Er soll die Bahn nehmen, die fährt doch fast bis vor die Tür.«

Verena sah Katz an. Seine Begeisterung war ihm deutlich anzusehen.

»Ist die Vermisste Krankenschwester?«

»Nein, Ärztin. Chirurgin, glaube ich. Der Name ihres Chefs ist Hafner. Chirurgie.«

»Passt. Wir sind schon unterwegs.« Sie legte auf und wandte sich an Katz: »Du hast den Boss gehört. Wo soll ich dich absetzen?«

»Bahnhof oder Charlottenplatz«, entgegnete Katz einsilbig. »Von dort komme ich mit der U7 am schnellsten zum Pragsattel.«

Verena seufzte. Um die Befindlichkeiten ihres Kollegen würde sie sich später Gedanken machen. Jetzt hatten ihre Tochter und die Ermittlungen Vorrang. Dr. Hafner war der Erste, der ihnen vielleicht ein Stück weiterhelfen konnte.

»Mona?« Sie suchte im Rückspiegel das Gesicht ihrer Tochter. »Wäre es sehr schlimm, wenn ich kurz einen Arzt befragen würde, solange du geröntgt wirst?«

»Ich hab nicht wirklich dran geglaubt, dass du es schaffst, die ganze Zeit bei mir zu bleiben, Mom«, antwortete Mona kühl. Und da waren sie wieder, die altbekannten Schuldgefühle.

»Hör mal, Mäuschen, ich bin im Dienst. Das heißt, ich muss herausfinden, wer die Tote ist, wie sie zu Tode kam und warum sie dort unten lag. Dass ich dich jetzt ins Krankenhaus fahre, ist meine Privatsache, in dieser Situation purer Luxus, und dass die tote Frau offenbar dort gearbeitet hat, reiner Zufall.«

»Ich versteh schon. Sag ja schon nichts mehr.« Mona wickelte eine ihrer dunklen Haarsträhnen um den Zeigefinger. »Mom? Was war das, das bei der Toten zwischen den Beinen steckte?«

»Das hast du gesehen?« Verena stöhnte innerlich auf. Natürlich hatte sie es gesehen. Doch wie erklärte man so etwas einer Vierzehnjährigen?

»Na ja, ich hab lange genug da oben gelegen und in die Schlucht gucken müssen. Die Augen hab ich erst zugemacht, als ich es nicht mehr ausgehalten habe. Was war das für ein Ding? Ein Dildo?«

Aus dem Augenwinkel sah Verena, wie Katz auf dem Beifahrersitz zusammenzuckte. Herr im Himmel, als sie selbst vierzehn war, hatte sie nicht mal gewusst, dass es so etwas gibt, geschweige denn, wie es aussieht. »So was Ähnliches wahrscheinlich«, sagte sie zögernd. »Wir müssen das erst noch herausfinden. Vergiss es am besten wieder.« Dabei wusste sie sehr genau, dass Mona diesen Anblick nie würde vergessen können. Verarbeiten vielleicht. Irgendwann. Hoffentlich.

Zum Glück fragte Mona nicht weiter.

Während Monas Knöchel in der chirurgischen Ambulanz geröntgt und bandagiert wurde, eilte Verena durch die verwinkelten Gänge des Katharinenhospitals zu Dr. Hafners Büro. Ihre Schuhe schmatzten bei jedem Schritt auf dem Linoleum. Die Putzfirma hatte es mit dem Bohnerwachs zu gut gemeint, und der Boden klebte wie Fliegenpapier.

Der Chefarzt der Chirurgie sah keinen Tag älter aus als fünfzig, war aber schon vollständig ergraut. Genau genommen war sein Haar fast ebenso weiß wie sein Kittel, auf dem sich, entgegen Verenas Befürchtung – kein einziger Blutspritzer befand. Stattdessen prangte ein grüner K21-Button mit der Aufschrift »Oben bleiben« an seiner Kitteltasche. Auch so einer, der das Ergebnis der Volksabstimmung nicht akzeptieren kann, dachte Verena flüchtig, während sie sich vorstellte.

»Ich habe mir gedacht, dass irgendwas passiert sein muss«, sagte Hafner, als Verena ihren Dienstausweis wieder einsteckte. »Sie ist heute den dritten Tag nicht zur Arbeit gekommen, war telefonisch nicht erreichbar. Wir haben uns schon Sorgen gemacht.«

»Könnten wir kurz reingehen?« Verena warf einen Blick über Dr. Hafners Schulter ins Innere des Büros und wartete auf die Aufforderung einzutreten. Sie wollte ihm die Fotos ungern auf dem Flur zeigen.

»Ja, aber ich habe nicht viel Zeit. Und ich bin ein bisschen nervös. Sie müssen entschuldigen, aber wenn die Kriminalpolizei auftaucht, ist ja meist Schlimmeres zu befürchten, oder?«

Verena antwortete nicht. Sie hätte ihm nicht widersprechen können, nicht in diesem Fall.

»Würden Sie sich bitte ein paar Fotos anschauen und mir sagen, ob Sie darauf Frau Dr. Salgam wiedererkennen?« Sie schaltete die Digitalkamera ein, hielt dem Arzt das Display hin und scrollte einige Bilder durch, die lediglich das Gesicht der Toten zeigten.

Der Arzt verengte die Augen, als könne er sich damit vor dem Anblick schützen. Er atmete schwer aus.

»Ja, das ist sie. Sie ist tot?« Die Wortfolge im zweiten Satz legte eine Feststellung nahe, trotzdem klang er eindeutig nach einer Frage.

»Ja, leider habe ich keine besseren Nachrichten. Und es

kommt noch schlimmer. Im Moment sieht es ganz nach einem Tötungsdelikt aus.«

»Mein Gott!« Hafner lehnte sich an die Wand. »Das muss ich erst mal sacken lassen.«

»Wollen Sie sich nicht lieber setzen?« Verena schaltete die Kamera aus und ließ sie in die Jackentasche gleiten.

»Nein, nein, es geht schon. Ich muss gleich in den OP, ich habe nur noch fünf Minuten.«

Verena hatte insgeheim Mitleid mit dem Patienten, der dort im OP auf Hafner wartete. Kam der doch unters Messer eines Chirurgen, der soeben vom Tod einer Kollegin erfahren hatte. »Geht es Ihnen gut, Herr Dr. Hafner? Kann nicht jemand anders für Sie einspringen?«

»Nein, keine Sorge. Es ist eine Routineoperation, und keiner meiner Kollegen ist gerade frei. Der Tod gehört zu unserer Arbeit, ebenso wie zu Ihrer. Man darf das nicht so an sich heranlassen. Wobei es schon anders aussieht, wenn es eine Kollegin betrifft.«

»Standen Sie sich nahe?«

»So nahe sich Kollegen eben stehen. Wir haben hin und wieder zusammen im OP gearbeitet. Aber privat befreundet waren wir nicht, wenn Sie das meinen. Trotzdem nimmt es einen natürlich mit.« Hafner fuhr sich mit der Hand durch das schlohweiße Haar. »Sie wäre nächsten Monat in Pension gegangen und hatte sich schon auf den Ruhestand gefreut. Eine Tragödie!«

»Ich würde mich gerne kurz mit Ihnen über Frau Dr. Salgam unterhalten.«

»Fünf Minuten«, wiederholte Dr. Hafner mit einem Blick auf die Uhr.

Verdammter Stress, fluchte Verena innerlich. Man vergisst die Hälfte der Fragen, besonders wenn man keine Gelegenheit hat, die Vernehmung vorzubereiten. Sie würde noch einmal wiederkommen und sich jetzt mit dem Nötigsten begnügen müssen.

»War Frau Dr. Salgam in letzter Zeit anders als sonst? Deutete irgendetwas darauf hin, dass sie etwas beunruhigte?« Diese Frage war so standardisiert, dass sie sich fast albern vorkam. Doch Dr. Hafner dachte ernsthaft nach.

»Ich habe sie in den letzten Wochen nicht täglich gesehen. Wir haben oft zu unterschiedlichen Zeiten Dienst. Eigentlich bin ich ihr in letzter Zeit nur noch flüchtig begegnet. Ich kann also wirklich nichts Verbindliches dazu sagen. Mir ist jedenfalls nichts aufgefallen.«

»Wissen Sie, ob sie regelmäßig joggen ging?«

»Nein, keine Ahnung. Aber ich würde es nicht ausschließen. Sie war für ihr Alter noch fit.«

»Haben Sie einen Verdacht, dass sie Feinde hatte? Irgendjemanden, der sich für etwas rächen wollte? Eventuell sexuell motiviert?«

Hafners Augenbrauen hoben sich um einige Millimeter. »Sexuell motiviert? Wie gesagt, so gut kenne ich sie wirklich nicht.«

»Ich kann im Moment leider nicht deutlicher werden«, sagte Verena. »Aber ich habe Gründe für diese Frage. War sie im Team anerkannt? Wie kam sie mit den Kollegen klar?«

Hafner schwieg eine Weile. »Es ist seltsam, dass wir im Präteritum von ihr sprechen«, sagte er schließlich. »Gestern noch Gegenwart, heute Vergangenheit. Schwer fassbar.« Dann besann er sich auf die Frage. »Ich denke, sie war allgemein beliebt. Auch wenn sie hin und wieder etwas Bestimmendes, Unnachgiebiges an sich hatte. Aber das resultierte aus ihrer Berufserfahrung. Immerhin arbeitete sie schon seit mehr als dreißig Jahren als Chirurgin in diesem Krankenhaus. Da ist es ganz normal, wenn junge Assistenzärzte sich unterordnen müssen.«

Das gibt nicht den geringsten Ansatz her, dachte Verena frustriert. Allseits beliebt, maximal ein wenig dominant, aber das ist man nun mal in so einer Position. Möglicherweise hatten die unmittelbaren Kollegen ein anderes Bild von Ewa Salgam. Es würden noch einige Vernehmungen auf sie zukommen.

»Ihnen fällt wirklich niemand ein, der einen Grund hatte, auf Frau Salgam sauer zu sein?«

»Nein, wirklich nicht.« Unruhig schaute Hafner erneut auf die Uhr.

Verena beschloss, ihn vorerst zu erlösen. Sie würde noch einmal in Ruhe mit ihm sprechen, falls das in diesem Beruf überhaupt möglich war.

»Ich will Sie nicht länger aufhalten, Herr Doktor«, sagte sie. »Aber ich möchte Sie bitten, sich noch einmal Gedanken zu machen, ob sich irgendetwas mit der Tat in Verbindung bringen lässt, und wenn es noch so unwichtig erscheint. Nach der Operation natürlich.« Sie reichte ihm eine Visitenkarte.

»Selbstverständlich. Ich werde mich melden, wenn mir etwas einfällt.« Er steckte die Karte in die Kitteltasche mit dem K21-Button und rieb sich die Hände, als würde er sie in Gedanken schon für die Operation desinfizieren. Mit einem kurzen Nicken verabschiedete er sich und eilte mit wehenden Kittelschößen den Flur hinunter.

Verena sah ihm einige Sekunden lang nach und überlegte, was sie von ihm halten sollte. Dann wandte sie sich ab und ging fast ebenso zügig in entgegengesetzter Richtung zur Ambulanz zurück.

Dr. Stein, der Ambulanzarzt, der Mona behandelt hatte, kam ihr auf dem Gang entgegen. Er hätte hinter dem Mischpult eines Rockkonzerts eine gute Figur abgegeben. Mit seinem kinnlangen, sich lichtenden Haar und dem Dreitagebart sah er aus wie ein alternder 68er. Als er näher kam, erkannte sie unter seinem offenen Kittel die bleckende rote Zunge des Stones-Logos auf einem schwarzen T-Shirt. Verena blickte sich suchend um. »Wo ist denn meine Tochter?«

»Die blättert sich gerade durch die Wartezimmerlektüre. Sie können sie wieder mitnehmen. Nichts gebrochen, nur gezerrt. Ich habe versucht, sie ein wenig auszufragen, aber sie macht dicht, was das Erlebnis im Wald betrifft.«

Verena zog die Augenbrauen hoch. »Woher wissen Sie denn von dem Erlebnis im Wald, wenn Mona Ihnen nichts erzählt hat?«

»Der Notarzt hat mir einen kurzen Abriss gegeben. Auch dass eine Tote da unten lag.« Er räusperte sich. »Schreckliche Geschichte.«

Verena beschloss, die Gelegenheit beim Schopf zu packen. »Was Sie allerdings nicht wissen können, ist, dass die Tote eine Kollegin von Ihnen war.«

Dr. Stein erblasste. »Eine Kollegin? Hier aus unserer Klinik?«

»Ja, leider. Frau Dr. Salgam aus der Chirurgie. Haben Sie sie gekannt?«

Der Arzt schüttelte langsam den Kopf. »Nur dem Namen nach. Andere Abteilung, wissen Sie? Aber ich erinnere mich an den Namen, weil er vor ein paar Monaten in aller Munde war.«

»So?« Verenas Puls beschleunigte sich. »Aus welchem Grund denn?«

»Irgendein Patient hatte sie verklagt, glaube ich. Genau kann ich Ihnen nicht mehr sagen, um was es ging; so etwas ist in unseren Kreisen ja kein Einzelfall. Ich weiß auch nicht, was draus geworden ist, aber in der Mehrzahl der Fälle werden die Verfahren ja eingestellt, wie Sie zweifellos am besten wissen.«

Verena nickte. Sie ging in Gedanken die Ärzteverfahren der letzten Monate durch. In Stuttgart waren die Zuständigkeiten so verteilt, dass die Anzeigen gegen Ärzte grundsätzlich bei ihrer Dienststelle landeten. Sie selbst hatte im letzten halben Jahr nur ein Verfahren gehabt, und das war am Bürgerhospital gewesen, aber ihre Kollegin Thea hatte zwei oder drei bearbeitet. Wenn sie herausfand, was Ewa Salgam vorgeworfen wurde und von wem, hatten sie eventuell eine erste Spur.

»Der Mensch braucht immer einen Schuldigen, so lässt sich der Verlust eines Angehörigen besser verkraften«, sagte Verena. »Dass oft die behandelnden Ärzte dafür herhalten müssen, ist Ihr Berufsrisiko.«

Dr. Stein lachte leise auf. »Danke für Ihr Mitgefühl. Aber um noch mal auf Ihre Tochter zurückzukommen. Sie sollte den Fuß ein paar Tage schonen und den Hausarzt aufsuchen.« Er reichte ihr einen Umschlag. »Der Fuß kommt auf jeden Fall schneller wieder in Ordnung als die Psyche. Mona hat viel zu verarbeiten, an das sie noch nicht ran will. Wissen Sie, Ihre Tochter weist alle Anzeichen einer posttraumatischen Belastungsstörung auf.«

Verena nahm den Arztbrief entgegen und verstaute ihn in ihrer Handtasche. Das ständige »Wissen Sie« des Arztes ging ihr auf die Nerven, aber vielleicht war sie einfach überreizt.

»Danke, Doktor. Ich werde mich um eine Therapie für sie kümmern. Können Sie mir vielleicht zufällig eine gute Kinderpsychologin empfehlen?«

Ein Lächeln breitete sich auf dem Stoppelgesicht aus. »Das kann ich tatsächlich.« Er zog einen Kugelschreiber aus der Brusttasche seines Kittels, kritzelte einen Namen und eine Telefonnummer auf einen Rezeptblock, riss das Blatt ab und reichte es Verena. »Meine Exfrau übrigens.«

»Vielen Dank.« Verena sah beim Lesen des Namens überrascht auf. »Sie heißt nicht wirklich Frau Dr. Franke-Stein, oder?«

»Doch, leider«, gab Stein mit einem lausbübischen Grinsen zurück, das ihn plötzlich viel jünger erscheinen ließ, als er tatsächlich war. »Aber sie sieht nicht ganz so schlimm aus, wie man vermuten könnte.«

Mona saß im Wartebereich und blätterte in einem zerlesenen *Bravo*-Heft. Zwei blaue Plastikkrücken lehnten neben ihr an der Wand. Ihr Fuß war bis zur Wade bandagiert und steckte in dem offenen, an der Ferse hinuntergetretenen Turnschuh. Als Verena eintrat, blickte sie auf.

»Ich bringe dich jetzt heim, dann muss ich schnellstens zurück ins Präsidium«, sagte Verena und griff nach den Gehhilfen. »Ich hoffe, du kannst dich von der *Bravo* losreißen?«

»Die ist schon fast zwei Monate alt!« Mona schleuderte das Heft auf den Beistelltisch, ohne sich die Mühe zu machen, es vorher zuzuklappen. »Die könnten ihre Lektüre wirklich hin und wieder aktualisieren.«

Posttraumatische Belastungsstörung, dachte Verena. Ich sollte jetzt wirklich bei ihr sein. Aber verdammt noch mal, beim jetzigen Stand der Ermittlungen geht das einfach nicht.

»Ich rufe deinen Vater an, damit er dir Gesellschaft leistet, ja?«, schlug sie betont munter vor. »Leider kann ich überhaupt nicht vorhersagen, wann ich heute nach Hause komme.«

Mona sah sie lange an. »Gnocchi al forno mit Pilzen. Und eine Cola«, sagte sie leise.

Verdammt! Das hatte sie völlig vergessen.

»Morgen?«, fragte Verena versöhnlich und legte ihrer Tochter den Arm um die Schultern. Doch Mona schenkte ihr nur einen resignierten Blick.

Frau Dr. Franke-Stein – Verena würde nie begreifen, warum manche Frauen unbedingt Doppelnamen tragen mussten, auch wenn sie noch so albern klangen – erwies sich als Psychiaterin und Psychotherapeutin. Sie selbst war leider voll bis unters Dach, konnte für das nächste Vierteljahr keine Termine vergeben und bot einen Termin im neuen Jahr an, doch das war völlig ausgeschlossen. Frustriert begann Verena im Branchenbuch zu blättern. Sie überflog die Einträge auf der Suche nach einem spezialisierten Kinder- und Jugendpsychologen, und als sie endlich einen entsprechenden Eintrag fand, stutzte sie. Der Name kam ihr seltsam bekannt vor. Hannah Gotthardt. Sie kam nicht gleich darauf, woher sie ihn kannte, aber er bewegte etwas in ihr, stupste ihre Sinne an. Zuerst kam die Assoziation an kreischende Kinder in Badesachen, an den muffigen Geruch von Schlafsäcken und den Geschmack des unvermeidlichen Zitronentees bei allen Gelegenheiten, dann an Nachtwanderungen mit Taschenlampen und das Verarzten von Mückenstichen und Zeckenbissen. Es war die Zeit vor dem Abi gewesen, als sie im Ferienwaldheim Cassiopeia am Frauenkopf als Gruppenbetreuerin gearbeitet hatte, zwei Sommer lang. Als

Nächstes kam die Erinnerung an ein rothaariges kleines Mädchen mit abstehenden Ohren und ständig verstrubbeltem Kurzhaarschnitt, das sie anfangs für einen Jungen gehalten hatte, weil es immerzu auf irgendwelche Bäume kletterte. Verena fiel ein, dass das Mädchen von einem besonders schwierigen Kletterbaum einmal mit einer Feuerleiter gerettet werden musste, weil es von selbst nicht mehr herunterkommen konnte. Das Mädchen hieß Hannah und hatte die meiste Zeit wie eine Schlingpflanze an ihr gehangen. Konnte es sein, dass ebendiese Hannah jetzt als Jugendpsychologin arbeitete? Sie musste es herausfinden, jetzt gleich. Sie fuhr den Rechner hoch, startete Google und rief die Website der Praxis auf.

Das Porträtfoto war schwarzweiß und im Halbprofil aufgenommen, doch sie erkannte die Augen sofort. Obwohl Jahrzehnte vergangen waren, seit sie die Angst darin gesehen hatte, als sie sie aus der Krone einer Rotbuche flehend anschauten. Als sei es gestern gewesen, hörte sie die Panik in der hellen Kinderstimme, die ihr zurief: »Hol mich hier runter, Verena.«

Sie überflog die Vita. Geboren 1976, das passte. Die Augenbrauen zeigten noch immer die Tendenz zusammenzuwachsen, und auch das Grübchen am Kinn fehlte nicht. Es gab keinen Zweifel, die Jugendpsychologin Hannah Gotthardt war das Mädchen aus dem Waldheim, das zum ersten Mal in ihrem Leben mütterliche Gefühle in Verena geweckt hatte. Sie hatte das widerspenstige kleine Gör noch genau vor Augen. Das Mädchen hatte sie aus irgendeinem Grund vergöttert und in ihr den Wunsch geweckt, später mal eine ebenso anhängliche Tochter zu haben.

Mit fliegenden Fingern wählte sie die Nummer. Eine Tonbandstimme erklärte ihr, dass sie außerhalb der Sprechstunde anrief, und gab die Praxiszeiten durch. Sie hatte nichts gemein mit der Kinderstimme von damals, hörte sich etwas rau, aber fest und souverän an. Verena griff sich einen Bleistift und schrieb mit.

Sie hinterließ eine Nachricht auf dem Anrufbeantworter mit der Bitte um Rückruf auf ihr Handy, drückte die Trenntaste und wählte erneut.

»Verena, was verschafft mir die Ehre?« Ihr Exmann klang wie so oft geschäftsmäßig und ein wenig herablassend. Manchmal hatte sie das Gefühl, als hätte sie den Synchronsprecher von Larry Hagman in seiner Rolle als J. R. Ewing am Telefon. Sie wusste, dass sie Fabio damit unrecht tat, er war nicht so ein Ekel. Aber ab und zu hatte sie sich das gewünscht, in der ersten Zeit nach ihrer Trennung. Menschliche Verluste fallen leichter, wenn der andere ein Arschloch ist.

»Eine Bitte, was sonst. Fabio kannst du es einrichten vorbeizukommen? Jetzt sofort?« Wie sie es hasste, vor ihm zu Kreuze zu kriechen. »Mona hatte einen Unfall – nein –, es geht ihr gut. Aber sie steht noch unter Schock und braucht jemanden, der bei ihr ist. Ich muss zurück zur Arbeit, kann jetzt unmöglich freinehmen.« In kurzen Worten erzählte sie von den Geschehnissen im Wald.

»Manchmal habe ich den Eindruck, dass du glaubst, ein freier Architekt habe weniger zu tun als eine Kriminalkommissarin. Pardon, Hauptkommissarin.« Klang das zynisch, oder bildete sie sich das nur ein? »Ich habe auch zu arbeiten, weißt du?«

»Ja, aber du kannst von zu Hause aus arbeiten, im Gegensatz zu mir. Klemm dir dein Notebook unter den Arm, und komm her, du kannst dich in meinem Arbeitszimmer ausbreiten. Ich muss zum Ermitteln nun mal die Wohnung verlassen.«

Verena wusste, dass er letztlich brav auf der Matte stehen würde. Den anfänglichen Widerstand war sie gewöhnt. Er diente lediglich dazu, ihr klarzumachen, dass sie nicht die Einzige war, die einen wichtigen Beruf hatte, und wie glücklich sie sich schätzen konnte, einen Exmann zu haben, der sich auf Abruf um das gemeinsame Kind kümmerte. Er brauchte das für sein Selbstwertgefühl, und sie gestand es ihm zu.

Nach dem Gespräch mit Fabio wählte sie ein drittes Mal. Diesmal die Nummer vom Katharinenhospital. Doch sie erfuhr lediglich, dass Dr. Hafner noch im OP war, und hinterließ ihre Büro- und Handynummer und eine Nachricht mit der Bitte um Rückruf.

Während sie für Mona schnell ein paar Apfelpfannkuchen buk, überlegte sie, warum Dr. Hafner die Strafanzeige gegen Ewa Salgam nicht erwähnt hatte. Auch wenn es mehrere Monate zurücklag, fand sie es unwahrscheinlich, dass er es vergessen haben konnte. Seine Abteilung war schließlich direkt davon betroffen gewesen. Auch dass er darauf bestand, sie nicht näher gekannt zu haben, war fragwürdig. Chirurgen waren doch sicher ein eingespieltes Team und mussten sich – ebenso wie die Mitarbeiter der Mordkommission – blind aufeinander verlassen können. War es glaubhaft, dass er so wenig von seiner Kollegin wusste, wie er vorgab? Verena kannte Katz fast wie einen Bruder, obwohl sie erst seit zwei Jahren mit ihm zusammenarbeitete. Sie wusste alles über den Kampf seiner Frau Sophie gegen ihre Cellulitis, über die Mühe, für die altersschwache Schwiegermutter einen Platz in einem Pflegeheim zu bekommen. Sie wusste, dass er sich mit seinen siebenjährigen Zwillingen seit Monaten fast ausschließlich in Märchenzitaten unterhielt und dass die beiden im Dezernat schon scherzhaft Hänsel und Gretel genannt wurden, zumal sie im wirklichen Leben Hannes und Greta hießen. Allmählich griff diese Marotte auch auf den Dienst über, und Verena bemühte sich redlich um Nachsicht mit dem Kind im Manne.

Sie kannte die Leidenschaft ihres Kollegen Severin Scholl für seine Harley Davidson und für eine verheiratete Richterin am Landgericht ebenso wie die Zigarillomarke ihres Chefs Rudolf Joost und dessen liebste Opernarien.

Nicht anders verhielt es sich bei ihren übrigen Kollegen. Es war keine Frage, dass auch ehemalige Mitarbeiter weiterhin zu Betriebsausflügen und Weihnachtsfeiern eingeladen wurden.

Sie waren wie eine große Familie, und das war in einem Team, das zusammen Mordermittlungen führte, unbedingt von Vorteil. War das in Krankenhäusern anders als bei der Kripo? Wurde das Privatleben dort bei der Arbeit außen vor gelassen? Oder hatte Dr. Hafner solche Details einfach nicht erwähnt, weil er sie für bedeutungslos hielt? Aber eine Anzeige konnte man doch sicher nicht als irrelevant ansehen. Verena brannte darauf, mit dem Arzt zu reden. Leider würde sie sich gedulden müssen, bis er sich bemüßigt fühlte zurückzurufen.

Zehn Minuten später stand Fabio in der Tür, und Verena fuhr mit hundert Fragen im Kopf zurück zum Präsidium.

In der Ermittlungszentrale war die Sokobesprechung gerade im vollen Gange. Verena nickte kurz in die Runde und setzte sich auf den letzten freien Stuhl neben Katz.

»Was hab ich verpasst?«, flüsterte sie.

»Die Jogginghose passt nicht«, raunte er zurück.

»Was?«

Alle Köpfe drehten sich zu ihr um. Sie hatte vor Überraschung laut gesprochen.

»Noch mal für unsere Hauptsachbearbeiterin, die ja auch auf dem aktuellen Stand sein muss.« Joost lächelte nachsichtig. »Die Jogginghose, die im Wald gefunden wurde, passt zwar vom Fabrikat her zum Oberteil, aber dem Opfer ist sie zu klein. Frau Salgam kann sie definitiv nicht angehabt haben. Diese Art von Anzügen ist eng geschnitten, und Frau Salgam war zwar um die Schultern schmal, hatte aber ein recht ausladendes Unterteil. Wir haben es hier offenbar mit einer Irreführung zu tun.«

»Es gab auch keine Blutspuren im Umfeld des Fundortes. Wahrscheinlich wurde die Frau also gar nicht beim Joggen ermordet, sondern der Täter wollte es nur so aussehen lassen«, rekapitulierte Verena. »Aber warum?«

»Ja, das ist die Preisfrage. Du hast nicht zufällig Süßigkeiten mitgebracht?«

»Morgen«, versprach Verena geistesabwesend. »Heute ging alles drunter und drüber.« Wenn Sonderkommissionen eingerichtet wurden, war sie normalerweise dafür zuständig, die Nervennahrung zu besorgen. An gute Sachen gewöhnten sich die Kollegen schnell. In Gedanken schrieb sie schon eine Einkaufsliste: Gnocchi ai funghi und Cola für Mona, Schokoriegel und Gummibärchen für die Kollegen. Vielleicht noch eine Flasche Grappa für Fabio, als Zielprämie. Sie würde ihn in nächster Zeit noch öfter brauchen.

»Gibt es Reifenspuren?«, fragte Joost.

»Massenhaft.« Helge Lamberz, der als Verbindungsmann der Kriminaltechnik an der Besprechung teilnahm, machte eine weit ausholende Geste. »Zu viele, die sich überlagern. Sie führen von der Hauptstraße über einen schmalen Fahrweg zu einem Parkplatz, von dem ein paar Wanderwege abgehen.

Etwa fünfzig Meter vom Fundort entfernt. Zerfahren wie eine Rennstrecke für Geländewagen. Die letzten Tage hat es außerdem geregnet.«

»Also nichts Verwertbares«, resümierte Joost. »Wäre auch zu schön gewesen.«

»Gehen wir also davon aus, dass Fundort nicht gleich Tatort ist und dass der Frau die Verletzung woanders beigebracht wurde«, sagte Katz. »Vielleicht hat der Täter sie zum Transport in einen Müllsack gesteckt, um keine Blutspuren zu hinterlassen. Ich frage mich nur, warum er sie dann nicht gleich in dem Sack gelassen hat, als er sie entsorgte.«

»Weil er sie zur Schau stellen wollte«, entgegnete Verena. »Dieser Holzpflock in der Vagina hat eine Bedeutung für den Täter. Was ist das eigentlich für ein Ding?«

»Ein handelsübliches Pflanzholz. In jeder Gärtnerei und jedem Obi-Markt zu finden.«

»Irgendwas ist da widersprüchlich«, warf Thea ein. »Einerseits wirft der Täter den Leichnam in die Schlucht, wo ihn nicht gleich jeder findet. Andererseits stellt er ihn zur Schau und drapiert den Körper auf möglichst grausige Art und Weise. Wie passt das zusammen, wenn es niemand sehen kann außer er selbst?«

»Vielleicht hat er das nur für sich getan«, sagte Verena. »Möglicherweise hat er sie gar nicht für andere so hergerichtet, sondern ausschließlich für sich selbst. Sinn würde es auch machen« – sie stockte bei dem bloßen Gedanken an die Möglichkeit –, »dass er es tat, als sie noch lebte. Um sie zu quälen oder ihr eine Lektion zu erteilen, wofür auch immer.«

»Wer pfählt denn jemanden, um sich daran zu ergötzen? Das ist doch pervers!«

»Perverse«, antwortete Joost. »Wir suchen also nach einem Triebtäter oder einem Perversen oder beidem. Die Sektion ist morgen früh. Vielleicht wissen wir dann mehr über die Todesursache. Die könnte auch für das Täterprofil interessant sein. Ebenso die Spurenauswertung. Die Asservate sind bereits beim KTI. Wir hoffen auf eine gute DNA-Spur. Jetzt heißt es warten.«

»Wie sieht es mit Angehörigen aus?«, fragte Verena.

»Es gibt einen Sohn, in Vaihingen. Der konnte aber noch nicht erreicht werden. Wir haben eine Handynummer ermittelt, aber da geht nur die Mailbox ran. Das Revier steht stündlich bei ihm auf der Matte und gibt uns Bescheid, wenn er wieder zu Hause ist«, antwortete Joost. »Etwas Interessantes haben wir noch: Als wir die Auskunftsdateien mit ihrem Namen gefüttert haben, sprang uns eine Anzeige wegen Körperverletzung vom April dieses Jahres entgegen. Das Verfahren wurde – wie die meisten Ärzteverfahren – kürzlich eingestellt. Vielleicht haben wir hier ein mögliches Motiv.«

Verena hatte gehofft, die Neuigkeit selbst verkünden zu können, aber die Kollegen hatten ihre Hausaufgaben bereits selbst erledigt.

»Gibt es Details?«, fragte sie.

»Das kann Thea erzählen, sie hat den Fall damals bearbeitet.« Joost nickte der jungen Kollegin auffordernd zu. »Ist eine interessante Geschichte, finde ich.«

Thea beugte sich über ihr Dienstbuch, das aufgeschlagen vor ihr auf dem Tisch lag. Dabei löste sich eine rote Haarsträhne aus dem Pferdeschwanz und fiel ihr vors Gesicht. Energisch strich sie sie hinter das Ohr.

»Ich hab die groben Fakten im Dienstbuch notiert, die detaillierte Akte können wir morgen noch mal anfordern. Im

April dieses Jahres stellte ein Thomas Magnus Strafanzeige gegen Ewa Salgam wegen Körperverletzung an seiner vierzehnjährigen Tochter. Das Kind war in Abwesenheit der Eltern verunglückt und wurde vom Notarzt ins Katharinenhospital eingeliefert. Während sie in einer Not-OP unter der Leitung von Frau Dr. Salgam unter anderem mehrere Bluttransfusionen erhielt, versuchte man die Eltern ausfindig zu machen, die sich zu diesem Zeitpunkt bei einer Veranstaltung der Zeugen Jehovas befanden.« Ein kurzer Blick streifte Verena, bevor sie sich wieder ihren Aufzeichnungen zuwandte. Verena nickte. Sie ahnte, was jetzt kam.

»Als die Eltern schließlich im Krankenhaus ankamen, waren sie außer sich. Nicht etwa aus Sorge um ihr Kind, sondern wegen der Blutkonserven, die es erhalten hatte. Ein Grundsatz der Sekte lautet, dass ein Zeuge Jehovas kein fremdes Blut annehmen darf, weil sonst nach Harmagedon sein Weiterleben im Königreich Gottes gefährdet ist oder so ähnlich. Verena kann euch das sicher genauer erklären.«

Verena erinnerte sich tatsächlich an den Fall, aber nur deshalb, weil die Sekte dabei eine Rolle spielte. Allerdings hatte sie die Namen der Beteiligten komplett vergessen. Rein rechtlich gesehen gab es in solchen Fällen keine Frage. Ärzte machen sich nicht strafbar, indem sie Leben retten, sondern eher, indem sie es – aus welchen Glaubenssätzen auch immer – unterlassen. Eine Anzeige durch Angehörige, die ihnen das Gegenteil vorwirft, ist chancenlos, die Einstellung solcher Verfahren obligatorisch.

»Magnus warf der Ärztin vor, dass sie den Ausweis missachtet habe, den Zeugen Jehovas für medizinische Notfälle bei sich tragen, ähnlich wie Diabetiker oder Epileptiker«, erzählte

Thea weiter. »Darin werden die Ärzte wohl aufgefordert, anstatt Fremdblut irgendein blutverdünnendes Mittel zuzuführen. Fakt ist, dass man in der Eile nicht auf so was geachtet und den Ausweis wohl auch nicht gefunden hatte. Das Mädchen sagte später in der Befragung, es sei ihr peinlich, das Ding immer gut sichtbar bei sich zu tragen, und sie halte es meist irgendwo versteckt.«

»Verständlich«, murmelte Katz kopfschüttelnd.

Thea strich sich erneut die widerspenstige Haarsträhne hinters Ohr. »Ich habe damals lediglich die Fakten aufgenommen und den Fall an die Staatsanwaltschaft abgegeben. Die haben ihn natürlich eingestellt. War keine große Sache. Das Kind hat dank Frau Dr. Salgam überlebt.«

Aber Frau Dr. Salgam hat nicht überlebt, dachte Verena. Vielleicht wegen eines fanatischen Vaters, der es nicht akzeptieren konnte, dass seine Ansichten ignoriert und der Fall eingestellt wurde? Aber der Mann war Zeuge Jehovas, und diese Menschen nehmen die Bibel wörtlich und halten sich streng daran. Gab es an dem Gebot, du sollst nicht töten, etwas misszuverstehen? War Magnus fähig, einerseits seines Glaubens wegen diese Chirurgin anzuzeigen und andererseits gegen das sechste Gebot zu verstoßen? Und dieser Holzpflock im Unterleib, was sollte der bedeuten? Irgendetwas passte da nicht.

Wieder fragte sie sich, warum Dr. Hafner diese Strafanzeige nicht erwähnt hatte. Auch wenn für seine Kollegin nie die Gefahr einer Verurteilung bestanden hatte, ein solcher Fall war brisant genug, dass man ihn im Gedächtnis behielt.

»Magnus wird noch mal befragt«, entschied Joost. Wir brauchen sein Alibi, sobald Krach die Tatzeit halbwegs eingrenzen kann. Außerdem quetschen wir die Ärzteschaft aus. Ich weiß, die zieren sich gern wegen der Schweigepflicht, aber wenn wir geschickt vorgehen und notfalls mit einem Beschluss der Staatsanwaltschaft drohen …« Den Rest des Satzes ließ Joost in der Luft hängen. Aber alle wussten, dass die ärztliche Schweigepflicht ein heikles Thema war, das ihnen in schöner Regelmäßigkeit Knüppel zwischen die Beine warf.

»Die Kollegen vom Opfer kann ich übernehmen«, schlug Ströbele vor. »Am besten, ich nehme das Engelchen mit; sie hat Fallkenntnis, und die meisten der Ärzte kennen sie sicher noch von dem Verfahren gegen die Ewa Salgam. Sie sind bestimmt zugänglicher, wenn sie dabei ist.«

Thea zog die Stirn kraus. Sie mochte es nicht, vor versammelter Mannschaft Engelchen genannt zu werden, ließ es Ströbele aber durchgehen, weil er der dienstälteste Kollege war und eigentlich schon in Pension sein müsste, den Dienst jedoch um drei Jahre verlängert hatte. Ob aus Zuneigung zu Thea, die vom ersten Tag an wie eine Tochter für ihn gewesen war, oder weil ihm daheim die Decke auf den Kopf fiel, konnte niemand genau sagen. Verena vermutete Ersteres. Ströbele hatte wie selbstverständlich den Platz des Vaters eingenommen, den Thea nie gehabt hatte. Er fand offenbar, dass sie einen Beschützer brauchte, eine Rolle, die er mit Hingabe spielte.

»Also gut«, erwiderte Thea. »Obwohl ich Krankenhäuser allmählich hasse. Zu viel Elend und Tod. Ich denke dort immer, hinter der nächsten Ecke springt mich der Sensenmann an.«

»Um Krankenhäuser zu hassen, hast du leider den falschen Job«, meinte Scholl. »Und Walter wird dich schon vor dem Sensenmann beschützen, wie ich ihn kenne.«

»Wenn du magst, kannst du den Job gern übernehmen,

Severin«, sagte Thea spitz. »Du hast ja eh noch keine Aufgabe abbekommen.«

»Jetzt seid friedlich, Kinder!«, rief Joost seine Leute zur Ordnung. »Ich weiß, wir hatten einen anstrengenden Tag, und die Nerven liegen blank. Aber wir haben noch viel vor uns. Severin wird die Herkunft des Jogginganzugs recherchieren, und um diese Aufgabe beneide ich ihn nicht. Bring in Erfahrung, welche Firmen diese Marke herstellen und in welchen Läden er verkauft wird. Vielleicht führt er uns zum Täter. Und nun an die Arbeit.«

Nach der Besprechung lief Verena mit Joost zu ihrem Büro. »Wie geht es deiner Tochter?«, erkundigte er sich. »Roman hat mir erzählt, dass sie die Leiche gefunden hat.«

»Den Umständen entsprechend. Sie muss das natürlich verarbeiten. Ich suche gerade eine Therapeutin für sie.«

Joost musterte sie schweigend.

»Möchtest du den Fall abgeben?«, fragte er schließlich. »Ich meine, Thea und Severin könnten doch ...«

»Nein, nein!« Die Worte kamen schneller, als Verena nachdenken konnte. Das wäre eine Chance gewesen, dachte sie gleich darauf. Eine Chance, ein Signal zu setzen. Eine Chance, Mona zu zeigen, dass sie mir wichtiger ist als meine Arbeit. Und mir selbst zu zeigen, dass sie mir wichtiger ist. Was tue ich stattdessen? Kralle mich an den Fall, als wäre ich die einzig kompetente Ermittlerin, die ihn lösen kann. Warum bin ich nur so ein verdammter Kontrollfreak?

»Wie du willst.« Joost hob die Hände. »Aber wenn du Hilfe brauchst, scheue dich nicht, darum zu bitten, ja?«

»Alles klar, Boss.« Verena brachte ein mühsames Lächeln zustande. »Wir werden diesen Gestörten schon finden. Das bin ich auch Mona schuldig, sie hat wegen ihm schließlich einen Schock fürs Leben bekommen.« Aber das Argument klang selbst in ihren Ohren nicht ganz überzeugend.

Eine Stunde später hatte Verena die spärlichen Fakten des Ermittlungsverfahrens gegen Frau Dr. Salgam aus den polizeilichen Auskunftssystemen recherchiert und ausgedruckt. Sehr ergiebig war ihre Ausbeute nicht; dort stand im Wesentlichen das, was sie von Thea schon wusste. Sie wollte die Vernehmungen von Anzeigeerstatter und Beschuldigtem lesen, doch dazu brauchte sie die Papierakte, und die schlummerte in der Aktei. Heute war es ohnehin zu spät für ein ausgiebiges Aktenstudium. Ihre Augen brannten, und der Nacken schmerzte. Sie wollte zu Mona nach Hause, freute sich auf ein Glas Wein und eine heiße Dusche. Ich werde älter, dachte sie, früher hat mir nächtelange Soko-Arbeit nichts ausgemacht, heute mache ich schon nach einem zwölfstündigen Arbeitstag schlapp.

Sie musste noch mit dem Jungen reden, Christoph Denner. Der die Polizei über die Leiche informiert hatte und sofort danach vom Fundort verschwunden war. Dass der Junge der Schwarm ihrer Tochter war, machte die Sache nicht leichter für sie. Vielleicht sollte sie jemand anderen bitten, die Vernehmung zu führen; sie war emotional nicht gerade unvorbelastet, was Christoph betraf. Verena kannte Christoph nur flüchtig, aber sie kannte die Sorte Jugendliche, deren Leben aus Horrorfilmen, Action-Games und heimlichen Joints auf dem Schulhof bestand. Sie war nicht begeistert davon, dass Mona sich in einen von ihnen verguckt hatte. Doch wer es schaffte, einem vierzehnjährigen Mädchen die erste Liebe auszureden, konnte auch einen Löwen überzeugen, kein Fleisch mehr zu fressen.

Verena sah auf die Uhr. Schon sieben vorbei. Dr. Hafner hatte noch immer nicht zurückgerufen. Sie hatte keine Ahnung, wie lange sein Dienst ging, wählte aber auf Verdacht noch einmal die Durchwahl der Klinik. Die Oberschwester meldete sich und sagte, dass Dr. Hafner nach der Operation nach Hause gefahren sei. Ob Verena den diensthabenden Arzt der Abendschicht sprechen wolle oder sie selbst ihr weiterhelfen könne? Verena lehnte höflich ab. Sie wollte Dr. Hafner morgen unvorbereitet mit ihren Fragen erwischen, seine Reaktion beobachten. Das Risiko, dass die Kollegen ihn informierten, war zu groß.

Es klopfte, und Scholl und Katz standen in ihrer Tür.

»Wir haben beschlossen, Feierabend zu machen, heute Abend reißen wir eh nichts mehr.« Scholl massierte sich den Buckel auf seiner Nase; ein Andenken an die Faust eines albanischen Gewalttäters, den er letztes Jahr in den Knast gebracht hatte. »Das Wetter schlägt um.«

»Dann lass uns schnell heimgehen, bevor es anfängt zu regnen«, meinte Katz. »Auf Snapes Zinken ist Verlass!«

Katz war irgendwann dazu übergegangen, Scholl Snape zu nennen, obwohl der blonde, blasse Typ äußerlich das ganze Gegenteil von Harry Potters Zaubertrank-Lehrer war. Aber aus seinem Vornamen Severin war irgendwann Severus geworden, und schließlich kurz: Snape.

»Ich mache dann auch Schluss.« Verena griff nach ihrer Tasche und fegte damit den Locher vom Schreibtisch, der krachend auf dem hölzernen Besucherstuhl aufschlug und in zwei Einzelteile zerfiel. Ein Schauer weißer Papierpunkte rieselte zu Boden.

»Bisschen früh zum Feiern«, feixte Scholl. »Lass uns mal erst den Täter finden, bevor du Konfetti wirfst.«

»Ihr seid solche Kindsköpfe!«, stöhnte Verena, warf die Tasche über die Schulter und stürmte aus dem Büro. Aus dem Augenwinkel sah sie noch, wie Katz begann, mit den Händen die Papierschnipsel zusammenzufegen.

Als sie nach Hause kam, roch es bereits im Hausflur nach italienischem Essen. In der Küche fand sie Aluschalen mit Resten von Gnocchi ai funghi.

»Hat Papa frei Haus bestellt.« Mona war plötzlich in der Küchentür aufgetaucht. »Wir haben dir was übrig gelassen. Wenn auch nicht sehr viel.« Sie lächelte entschuldigend und fügte wie zur Abbitte hinzu: »Aber wenn du sie machst, schmecken sie viel besser, ehrlich!«

»Danke, Schatz. Ich bin so hungrig, dass mir im Moment alles schmeckt.« Im Stehen löffelte Verena die kalten Gnocchi in sich hinein. Gar nicht mal so übel. Vielleicht sollte sie auch öfter mal etwas Fertiges bestellen. Wozu betrieben ihre Exschwiegereltern schließlich ein italienisches Restaurant mit Lieferservice?

»Sie hat mir erzählt, was passiert ist.« Fabio stand plötzlich hinter Mona im Türrahmen. »Meinst du nicht, dass du in dieser Situation für das Kind da sein solltest? Kann nicht jemand anders diesen Todesfall klären?« Vermied er es, in Monas Gegenwart, über Mord zu reden, oder war ihm nicht klar, dass es sich hierbei um ein Tötungsdelikt handelte? Nun, das konnte sie schnell richtigstellen.

»Es ist ein Mordfall, Fabio. Und ich bin die Hauptsachbearbeiterin. Ich kann jetzt nicht einfach zu Hause bleiben.« Dass Joost ihr genau das angeboten hatte, sagte sie nicht.

Fabio sah sie nur schweigend an. Aber sein Schweigen sprach Bände.

»Im Übrigen habe ich mich schon um eine Therapie für Mona gekümmert«, versuchte Verena sich zu rechtfertigen. Na ja, zumindest damit angefangen, fügte sie in Gedanken hinzu.

»Therapie? Ich muss doch nicht etwa in die Klapse?« Mona starrte sie mit großen Augen an.

»Nein, Schatz, eine ambulante Therapeutin. Du musst das verarbeiten, und deshalb musst du mit jemandem darüber reden.«

»Und du meinst, eine Therapeutin eignet sich dafür besser als die eigene Mutter?«, fragte Fabio zynisch.

»Ja, das meine ich.« Verena versuchte ihre Wut zu zügeln, die – und das wusste sie genau – nichts anderem als ihren Schuldgefühlen entsprang. »Mona weiß, dass sie trotzdem jederzeit mit mir reden kann.«

»Jederzeit, soso. Du meinst wohl, wenn du mal da bist.«

Verena fehlten einen Moment lang die Worte. Sie knallte den Teller so heftig auf die Arbeitsplatte, dass er einen Sprung bekam.

»Ich hasse es, wenn ihr so streitet!« Mona griff nach ihren Krücken und humpelte in ihr Zimmer.

2

Am nächsten Morgen war Verena wie gerädert. Sie hatte am Vorabend immer wieder versucht, mit Mona ein Gespräch zu führen, doch die hatte sich in ihrem Zimmer eingeschlossen. Ich hab's verkackt, dachte Verena. Durch diese blöde Auseinandersetzung mit ihrem Vater. Warum lasse ich mich auch jedes Mal wieder von ihm provozieren und – schlimmer noch – verfalle augenblicklich in die Verteidigungshaltung? Diesbezüglich sind wir seit Jahren ein eingespieltes Team. Er im Angriff, ich in der Defensive.

Nach dem Frühstück, das aus einem Milchkaffee und einer Zigarette bestand, griff sie zum Telefon. Sie hatte sich den Schichtbeginn von Dr. Hafner genau notiert, und er war prompt selbst am Apparat.

»Guten Morgen, Dr. Hafner«, sagte Verena. »Ich würde gern noch mal mit Ihnen reden, es sind noch ein paar Fragen aufgetaucht. Könnten Sie heute eine halbe Stunde für mich opfern?«

Hafner zögerte.

»Mein Terminplan ist randvoll. Ich bin den Vormittag über wieder im OP, aber wir könnten zusammen Mittag essen. Falls die Cafeteria unseres Krankenhauses Ihrem Geschmack entspricht?«

»Ich bin von der Kantine des Polizeipräsidiums nicht sonderlich verwöhnt«, gab Verena zurück.

»Da würde ich drauf wetten.« Dr. Hafner lachte. »Sagen wir dreizehn Uhr?«

»Gerne. Ich werde da sein.«

Der Vormittag verging wie im Flug mit der Auflistung möglicher Zeugen, dem Anlegen und der Zuteilung der Spuren. Katz hatte angerufen und gesagt, dass er später kommen würde, weil seine Frau einen frühen Arzttermin habe und er die Kinder zur Schule fahren müsse. Mit welcher Selbstverständlichkeit er seine Prioritäten setzte! Alle fanden das völlig in Ordnung. Verena fragte sich, warum ihr das einfach nicht gelingen wollte. Stattdessen schlug sie sich mit dem unvermeidlichen Papierkram herum, während Mona statt in ihrer, in Fabios Obhut war.

Als Joost zur Obduktion des Opfers ins Robert-Bosch-Krankenhaus gefahren war und Scholl und Ströbele sich auf den Weg zur Wohnung der Chirurgin gemacht hatten, um dort nach Hinweisen zu suchen, schlug Verena die magere Ermittlungsakte zu. Wo Katz nur blieb? Er sollte Magnus auftreiben und dann die Befragung der Jugendlichen übernehmen, zumal das doch ganz sein Metier zu sein schien. Mona hatte ihr gestern die Namen und Adressen der beteiligten Kinder aufgeschrieben, und Verena hatte sie bereits in den Auskunftssystemen abgefragt. Alles lag säuberlich ausgedruckt vor ihr auf dem Tisch, und genau genommen konnte sie die Sache selbst in die Hand nehmen, aber sie hatte beschlossen, der Konfrontation mit Christoph und seinen Freunden vorerst aus dem Weg zu gehen. Nach dem, was Mona passiert war, befürchtete sie, voreingenommen zu sein und unsachlich zu werden. Katz wäre genau der richtige Mann dafür, brüstete er sich doch stets damit, wie gut er mit Kindern umgehen konnte. Nun, spätestens heute würde er erfahren, dass nicht alle Kinder brav und niedlich waren. Verena musste lächeln. War sie etwa schadenfroh?

Sie schaute auf die Uhr. Vor ihrem Termin im Krankenhaus blieb noch genügend Zeit, die nötigen Einkäufe zu erledigen. Nervennahrung für die Kollegen, das Lieblingsessen für Mona. Sie stellte das Telefon auf Joosts Vorzimmer um, warf ihre Jacke über den Arm und schloss ihr Büro ab. In der Geschäftsstelle legte sie die Meldeausdrucke in Katz' Postfach.

Als sie die Treppe hinablief, kam ihr Katz entgegen.

»Ich wollte auf dem Weg hierher gleich Magnus vorladen«, sagte er noch vor einer Begrüßung. »Hab ihn vom Auto aus angerufen, aber es ging niemand ans Telefon, also bin ich hingefahren. Keiner da, der Briefkasten quillt über. Eine Nachbarin meint, die Familie sei für eine Woche im Urlaub auf Sizilien und käme erst in drei Tagen zurück.«

»Jetzt sind die noch im Urlaub?«, wunderte sich Verena. »Muss das Mädchen nicht in die Schule? Die Sommerferien sind doch schon lange vorbei.«

»Das hab ich die Nachbarn auch gefragt«, sagte Katz. »Und die meinten, nach dem Unfall haben die Eltern ihre Tochter vom Gymnasium genommen und auf eine Privatschule gegeben, damit sie aus diesem negativen Umfeld rauskommt. Privatschulen haben andere Ferienzeiten.«

Verena rechnete schnell nach. Eine Woche Urlaub, Rückkehr in drei Tagen, dann wären sie vor drei Tagen abgeflogen. Theoretisch hätte Magnus nach Krachs vagen Angaben zum Todeszeitpunkt es noch schaffen können, Ewa Salgam zu töten.

»Mist. Ich hätte ihn zu gerne noch vor dem Rendezvous mit Dr. Hafner gesprochen.«

»Du hast ein Rendezvous?«, fragte Katz ungläubig.

»Was dagegen?« Verena warf kokett das dunkle Haar nach hinten. »Auch in meinem Alter geht noch was.«

»Und wohin führt er dich aus?«, grinste Katz.

»In die Kantine des Katharinenhospitals.« Verena lachte schallend.

»Mein Neid hält sich in Grenzen.«

»Ich hab einen viel schöneren Auftrag für dich, du könntest diesen Jungen, Christoph Denner, befragen. Am besten, du passt ihn vor der Schule ab. Falls er schwänzen sollte, was ich für wahrscheinlich halte, denn Monas Klasse schreibt heute Mathe-Test, sein Meldeauszug liegt in deinem Fach.«

»Warum lassen wir ihn nicht herkommen?«, fragte Katz, offenbar in der Hoffnung, noch einmal um den Job herumzukommen.

»Eine Vorladung halte ich für Zeitverschwendung. Diese Art von Burschen versetzt uns doch in neun von zehn Fällen.«

»Tolle Wurst«, maulte Katz, »da klingt Krankenhausessen ja verlockend gegen.«

»Nimm Thea als Verstärkung mit. Sie kann gut mit Kindern umgehen.« Verena mochte ihre Kollegin, und obwohl Thea wesentlich jünger war als sie selbst und eine gänzlich andere Vergangenheit hatte, fühlte sie sich ihr verbunden. Sie hatte über Jahre hinweg mit angesehen, wie sich Theas problembeladene Beziehung zu dem Hauptkommissar Michael Messmer langsam und mühevoll entwickelte, und sich riesig für die beiden gefreut, als sie schließlich auch privat zusammenfanden. Thea hatte sich sehr schnell mit Messmers halbwüchsigem

Sohn angefreundet, der ihr inzwischen mehr anvertraute als seiner leiblichen Mutter. Vielleicht deshalb, weil sie mit Mitte dreißig noch immer wie ein junges Mädchen wirkte, obwohl sie seit ihrem Studium an der Polizeihochschule Oberkommissarin war.

»Wieso Thea?«, riss Katz sie aus ihren Gedanken. »Die hat doch gar keine Kinder!«

»Eben deshalb kann sie ja mit ihnen umgehen. Als Eltern fragt man sich doch oft genug, wann einem diese Fähigkeit eigentlich abhanden gekommen ist, oder nicht?«

»Nö«, meinte Katz nur, und Verena beeilte sich, das Gespräch zu beenden. Auf gar keinen Fall wollte sie jetzt Fragen nach den Problemen mit ihrer Tochter hören. Sie war gespannt auf die Zeit, wenn seine Zwillinge in die Pubertät kommen würden. Sie wünschte Katz nichts Schlechtes, aber es wäre ihr eine Genugtuung zu erleben, dass auch dieser Übervater mit den Abnabelungsmanövern seiner Kinder zu kämpfen hatte.

»Wir seh'n uns«, sagte sie augenzwinkernd und machte sich auf den Weg zum Parkplatz.

Wann immer Verena ein Krankenhaus betrat, stürmten widerstreitende Gefühle auf sie ein. Zum einen erinnerten sie Krankenhäuser an Monas Geburt. Das unbeschreibliche Glücksgefühl, das sie damals empfunden hatte, war jederzeit für sie abrufbar, wann immer sie eine Ausschilderung zum Kreissaal sah. Für wenige Augenblicke, wenn Anstrengung und Schmerz von einem abfallen und man den ersten Schrei seines Kindes hört, ist die Welt perfekt. Wer denkt schon an Zickenkrieg, schlechte Schulnoten oder den ersten Joint, wenn man so ein hilfloses kleines Würmchen in den Arm gelegt bekommt? Man denkt an nichts anderes, als dass man diesem einzigartigen Wesen all seine Liebe geben wird, solange es lebt.

Die andere Erinnerung, von der sie in Krankenhäusern regelmäßig überfallen wurde, war eher traumatischer Natur und wurde von Schildern ausgelöst, die den Weg zur Intensivstation wiesen. Wenige Jahre nach Monas Geburt hatte sie hier im Katharinenhospital an Schläuchen gehangen, bandagiert wie eine Mumie; das Piepsen des Überwachungsmonitors war das Einzige, was ihr verriet, dass sie noch lebte. Noch heute empfand sie bei dem Gedanken an diese Zeit das Gefühl der Angst; Angst, ihren Beruf nicht mehr ausüben zu können, nicht nur aus körperlichen, sondern auch aus psychischen Gründen. Sie hatte damals viel Zeit gehabt, darüber nachzudenken, welchen Stellenwert ihr Beruf in ihrem Leben einnahm und welche Perspektiven es geben würde, wenn sie nicht mehr Polizistin sein könnte. Doch so sehr sie sich auch bemüht hatte, das Einzige, was sie damals an Alternative sehen konnte, war ein großes, weißes Nichts gewesen.

Es war nicht so weit gekommen, sie konnte in ihrem Beruf bleiben und sogar Karriere bei der Kripo machen. Doch etwas in ihr hatte sich verändert. Das Bewusstsein, dass das Leben nicht endlos war, dass einem jeden Tag alles Mögliche passieren kann und der Tod oft nur wenige Schritte neben einem steht, bereit, jederzeit zuzuschlagen, hatte sie nachdenklicher gemacht und weniger risikobereit. Sie war jetzt Mitte vierzig, und immer häufiger schoss ihr siedendheiß die Frage durch den Kopf, was sie in fünfzehn Jahren machen würde. Mona würde aus dem Haus sein, einen festen Freundeskreis hatte sie nicht, und eine Bindung zu ihrer kaputten Familie hatte es nie wirklich gegeben. Das Dezernat 1.1 war ihre Familie. An ihre Pensionierung durfte sie gar nicht denken.

Ihre letzte Beziehung zu einem Mann lag nun länger als ein Jahr zurück und hatte in beidseitiger Enttäuschung geendet. Verena hatte feststellen müssen, dass sie mit zunehmendem Alter anspruchsvoller geworden war, zu weniger Kompromissen bereit als in ihrer Jugend. Inzwischen wusste sie genau, was sie wollte, und mehr noch, was sie nicht wollte. Sie war Individualistin und nicht mehr bereit, ihr Leben den Vorstellungen und Wünschen eines Mannes anzupassen, der eine treu sorgende Hausfrau suchte. Manchmal sehnte sie sich nach den großen Gefühlen von damals, dem elektrisierenden Kribbeln auf der Haut und den Schmetterlingen im Bauch, wie sie es erlebt hatte, als sie Fabio kennenlernte. Obwohl es erst fünfzehn Jahre her war, hatte sie das Gefühl, als wäre das alles in einem anderen Leben gewesen.

Ich werde einsam sterben, dachte Verena, als sie im Foyer des Katharinenhospitals in den Aufzug trat. Und mit jedem Stockwerk, das der Lift in die Höhe glitt, zogen die Stationen ihres Lebens an ihr vorbei, eines Lebens, dessen Sinn und Inhalt sie in letzter Zeit immer öfter in Frage stellte.

Dr. Hafner kam ihr im Flur der Chirurgie bereits entgegen. Sein Gesicht war angespannt, doch als er sie sah, lächelte er.

»Hallo, Frau Sander, ich wollte Sie eigentlich unten abholen, aber dieses verdammte Telefon hat mich aufgehalten. Sind Sie bereit, sich unserem Kantinenessen zu stellen?«

»Ja, ich habe all meinen Mut zusammengenommen und das Frühstück ausgelassen«, sagte Verena. »Bekanntlich ist Hunger ja der beste Koch.«

»Dann trifft Sie mein Geständnis auch noch auf nüchternen

Magen.« Hafner nahm sie kurzerhand am Arm und führte sie zurück zum Lift.

»Mir ist nämlich gerade etwas Dummes passiert«, sagte er, als sich die Fahrstuhltür hinter ihnen schloss. »Ewas Sohn hat hier angerufen. Er wollte seine Mutter sprechen, weil er sie zu Hause nicht erreichen konnte. Er glaubte, sie sei in der Klinik.«

Shit happens! Verena atmete scharf ein. »Von wo aus rief er denn an?«

»Er sagte, er sei geschäftlich unterwegs. Ich hab vergessen, wo, ich war ziemlich durcheinander, wie Sie sich sicher vorstellen können.«

Ja, das konnte sich Verena sehr gut vorstellen. »Was haben Sie ihm erzählt?«

»Die Wahrheit. Ich meine, die halbe Wahrheit. Dass seine Mutter gestorben ist. Von einem Mord habe ich nichts gesagt, nur, dass die Polizei hinzugezogen wurde. Aber das sagt ja schon, dass zumindest Zweifel an einem natürlichen Tod bestehen.« Er nahm die Brille ab und putzte sie mit einem Zipfel seines Kittels. »Es war auch so schlimm genug. Tut mir leid, dass er es am Telefon erfahren musste.«

Die Fahrstuhltür öffnete sich, und die beiden schlugen den Weg zur Cafeteria ein.

Verena schwieg. Das war jetzt mal richtig dumm gelaufen.

»Er wird sich bei Ihnen melden. Ich habe das Gespräch kurz gehalten, habe ihm gesagt, dass ich gerade ausgerufen werde und auflegen muss. Ich habe ihm aber Ihre Telefonnummer gegeben. Das war doch richtig?«

»Ja, das war richtig. Machen Sie sich keine Vorwürfe, Sie konnten ja gar nicht anders reagieren. Es war einfach ein blöder Zufall.« Verena folgte dem Arzt in die voll besetzte Cafeteria und reihte sich mit ihm in die Schlange vor der Essensausgabe ein. Sie musterte die mit Frischhaltefolie überzogenen Salatteller in der Auslage und versuchte zu erraten, was sich darunter verbarg. Das war allerdings nicht ganz einfach, da die Folie größtenteils mit Kondenswasser beschlagen war.

»Schauen Sie nicht so kritisch, ich habe nie behauptet, dass ich Sie ins Steigenberger ausführe.«

»Kein Problem. Was können Sie denn empfehlen?«

»Eigentlich nichts. Aber die Linsen mit Spätzle werden gern genommen. Vom Gaisburger Marsch würde ich die Finger lassen. Böse Zungen behaupten, dass Wurmfortsätze aus dem Krankenhausabfall und amputierte Gliedmaßen reingeschnippelt werden.«

Verena unterdrückte ein Lächeln. Diesen rabenschwarzen Humor fand man häufig bei Menschen in Berufen, in denen es sonst nicht viel zu lachen gab. Ganz besonders in Situationen, die einem an die Nieren gingen. Sie kannte sich selbst bestens damit aus.

»Können Sie die Saiten auch empfehlen?«, fragte sie, als die Frau an der Essensausgabe zwei Würstchen auf ihren Teller legte.

»Unbedingt. Die sind mit frischen Rachenmandeln gestopft und den Polypen und Nasenscheidewänden aus der HNO-Abteilung. Eine Delikatesse!«

Grinsend nahm Verena ihren Teller entgegen, während eine ältere Frau, die mit Drainagebeutel in der Bademanteltasche hinter ihnen stand, sich angewidert abwandte. Hafners Blick war dem ihren gefolgt, doch die erwartete Bemerkung über die Verwendung des Inhalts von Drainagebeuteln in der Blutwurstverarbeitung blieb aus. Vor Patienten wusste der Chirurg sich offenbar zu beherrschen.

Sie schlugen sich zu einem gerade frei gewordenen Tisch am Fenster durch und setzten sich einander gegenüber.

»Ich möchte gerne gleich zur Sache kommen«, sagte Verena, noch bevor sie zu Messer und Gabel griff. »Ich hoffe, es stört nicht Ihren Genuss, wenn ich Sie beim Essen befrage?«

»Ganz und gar nicht. Ich würde mich geradezu langweilen, wenn ich einmal in aller Ruhe zu Mittag essen müsste.«

Verena lächelte, sagte aber nichts dazu. Zweifellos waren Krankenhausärzte permanent im Stress, aber offenbar in der Lage, das mit Humor zu nehmen.

»Sie haben mir gestern etwas verschwiegen«, sagte sie, gerade als Hafner die erste Gabel zum Mund führen wollte. Er ließ sie sinken und schaute Verena verblüfft an.

»Wie bitte? Was denn?«

»Als ich Sie fragte, ob es jemanden geben würde, der Grund hat, auf Frau Salgam sauer zu sein. Es gab da den Vater einer Patientin, der sogar Strafanzeige gegen sie gestellt hat.«

»Ach, diese Geschichte meinen Sie!« Hafner nahm den Salzstreuer aus der Menage und schüttelte ihn über seinem Teller, ohne dass etwas herauskam. »Nur noch Reiskörner drin. Ja, der Fall ist mir gestern auf der Heimfahrt auch noch eingefallen, aber ich hatte Ihre Visitenkarte im Büro liegen lassen und wusste auch gar nicht, ob Sie abends noch im Dienst sind.«

»Wir sind eigentlich während einer Soko rund um die Uhr im Dienst«, seufzte Verena. »Deshalb habe ich Ihnen auch die Mobilnummer von meinem Diensthandy hinterlassen.«

»Natürlich. Ich stand wohl ein wenig neben mir. Aber wir hatten so wenig Zeit, und ich war in Gedanken schon im OP, da hab ich gar nicht an diese Anzeige gedacht. Und den Rest des Tages war ich mit Operieren beschäftigt. Sie wissen ja sicher, dass Strafanzeigen gegen Ärzte keine Seltenheit sind, so besonders war dieser Vorfall nun also auch wieder nicht. Obwohl die Umstände ungewöhnlich waren.«

»Das kann man wohl sagen«, entgegnete Verena. »Wie oft zeigt schon ein Vater die Ärztin an, die das Leben seiner Tochter rettet?«

»Richtig. Das meinte ich mit ungewöhnlich. Allerdings kann ich mir nicht vorstellen, dass in dieser Sache ein Mordmotiv zu finden ist. Das ist nun schon fast ein halbes Jahr her, warum sollte sich der Täter so spät rächen?«

»Weil das Verfahren erst kürzlich eingestellt wurde«, schlug Verena vor.

Dr. Hafner schwieg einige Sekunden lang. »Nun, Sie können das sicher am besten einschätzen. Ich werde Ihnen alles dazu erzählen, was ich weiß.«

Während Verenas Linsen kalt wurden, erzählte Dr. Hafner den Vorfall in kurzen Zügen. Seine Darstellung unterschied sich nicht wesentlich von dem, was sie gestern von Thea erfahren hatte. Es habe sich niemand ernsthaft Sorgen gemacht, dass es zu einer Verurteilung kommen könnte, auch Frau Dr. Salgam nicht. Die Vorwürfe seien einfach unhaltbar gewesen.

»Ich verstehe trotzdem nicht ganz«, sagte Verena und spießte endlich ein Stück Wurst auf die Gabel, »wie Sie dieses Ermittlungsverfahren vergessen konnten. So etwas ist doch das Erste, was einem einfällt, wenn man nach einem Motiv für eine Straftat sucht, oder sehen Sie das anders?«

»Vielleicht«, antwortete Hafner zögernd. »Möglicherweise mag Ihnen das seltsam und abgebrüht vorkommen, aber wir haben immer wieder solche Verfahren. Strafanzeigen von Angehörigen sind ein Berufsrisiko, mit dem wir täglich leben müssen. So etwas genießt bei uns nicht den hohen Stellenwert, wie man vielleicht glauben könnte.«

»Ihr Kollege aus der Ambulanz hat gesagt, der Fall hätte ziemlich viel Aufsehen erregt.«

»Aber nicht wegen Ewa.« Dr. Hafner schob sich eine Gabel voll Linsen in den Mund und spülte sie mit einem Schluck Apfelschorle hinunter. »Was sie betrifft bestand niemals auch nur der Hauch von Sorge, dass dieses Verfahren nicht eingestellt werden würde. Die Brisanz der Sache bezog sich auf die Sekte der Zeugen Jehovas und ihre Regeln. So etwas haben wir nicht jeden Tag, das muss ich zugeben.«

»Erinnern Sie sich, wie der Vorwurf konkret lautete?«

»Körperverletzung. Für diese Sekte ist fremdes Blut in den eigenen Adern eine Todsünde. Der Vater hat Ewa angezeigt, weil sie der minderjährigen Patientin ohne seine Zustimmung Blutkonserven verabreicht hatte. Man stelle sich vor, es war im Rahmen einer Not-OP. Das Mädchen hatte in Abwesenheit der Eltern einen Unfall, und als sie benachrichtigt wurden, lag es schon auf dem OP-Tisch. Hätte man auf die Zustimmung der Eltern gewartet, wäre das Kind verblutet!«

»Ich verstehe.« Verena war mit den Glaubenssätzen von Jehovas Zeugen vertraut und sehr froh, dass sie als Kind selbst nie eine Blutkonserve benötigt hatte. Sie würde womöglich heute nicht mehr leben.

»Die Einstellung des Verfahrens war nur eine Formsache«, fuhr Dr. Hafner fort. »Kein Mensch, der bei klarem Verstand ist, würde Ewa einen Strick daraus drehen, dass sie dem Kind das Leben gerettet hat.«

»Wissen Sie, wie der Vater damals darauf reagiert hat?«

»Nein, aber ich vermute, nicht sehr erfreut.« Dr. Hafner hob den Blick von seinem Teller und sah Verena prüfend an. »Glauben Sie wirklich …«

»In diesem Stadium der Ermittlungen ist es zu früh, irgendwas zu glauben«, sagte Verena schnell und wandte sich wieder ihrem Teller zu. »Bislang weist nichts auf einen Tatverdacht hin. Wir müssen möglichst lange unvoreingenommen bleiben, aber dennoch allen Spuren nachgehen.«

»Ich verstehe. Sie überprüfen alle, die mit Ewa zu tun hatten.« Hafner blickte von seinem Teller auf. »Mich auch?«

»Natürlich. Aber wir haben nicht vor, von allen Mitarbeitern des Krankenhauses Speichel zu nehmen. Nur wenn sich ein Tatverdacht ergibt.«

»Dann bin ich ja beruhigt. Sie werden sicher nicht glauben, dass ich so eine tüchtige Chirurgin …« Er ließ das Ende des Satzes unausgesprochen. »Haben Sie noch Fragen?«

Unendlich viele, dachte Verena. Aber die meisten davon würde auch Dr. Hafner ihr nicht beantworten können oder wollen.

»Wie war Ewa so als Mensch?«, fragte sie schließlich.

Hafner überlegte.

»Das erste Wort, das mir einfällt, ist ›engagiert‹. Sie hatte sich etwas Jugendliches bewahrt, liebte ihren Beruf und hatte einen guten Draht zu jungen Menschen. Das ist allerhand für eine Frau in ihrem Alter. Sie war im Herzen jung geblieben, hatte ihre Neugier nicht verloren, wenn Sie verstehen, was ich meine.«

Verena glaubte zu verstehen. Neugierige Menschen lebten manchmal gefährlich. Könnte ihre Neugier Ewa Salgam zum Verhängnis geworden sein?

»Und Sie können sich wirklich nicht vorstellen, wer einen Grund hatte, Ewa aus dem Weg zu räumen?«, frage sie. »Sie haben doch sicher noch einmal darüber nachgedacht.«

»Ich habe die halbe Nacht darüber nachgedacht.« Hafner seufzte. »Aber glauben Sie mir, Ewa gab niemandem einen Grund, ihr etwas Böses zu wollen. Jedenfalls ist mir kein Grund vorstellbar. Aber, wie gesagt, so gut kannte ich sie auch nicht. Wir schaffen es ja alle, unsere dunklen Seiten so gut es geht zu verbergen, nicht wahr?«

Verena nickte nachdenklich. Diese Spur schien kalt zu sein. Hier im Krankenhaus würde sie wohl vorerst nicht weiterkommen. Trotzdem würde sie noch einige Mitarbeiter zur Person des Opfers befragen müssen, manchmal fanden sich in den scheinbar unbedeutendsten Aussagen winzige Ansatzpunkte, die zusammen mit einem anderen Detail einen Hinweis ergaben.

»Ich würde gern noch mit Ewas unmittelbaren Kollegen sprechen«, sagte sie. »Wären Sie so nett, mir die Namen der Mitarbeiter ihrer Abteilung aufzuschreiben?«

»Ich maile Ihnen die Namen und die telefonische Erreichbarkeit zu«, sagte Hafner und schob seinen halbvollen Teller zur Seite. »Sie müssen sich das übrigens nicht reinzwingen. Wir haben über dem Reden ganz das Essen vergessen, und nun ist es kalt.«

»Ich könnte Sie zu einem Nachtisch einladen«, schlug Verena vor. »Da drüben gibt es Grießpudding mit Kirschsoße.«

»Danke, ich muss gleich wieder rauf. Und, ehrlich gesagt, mag ich Grießpudding nicht besonders.«

»Vermutlich weil Sie wissen, dass darin der Harngrieß aus der Urologie verarbeitet wird«, grinste Verena, doch Dr. Hafner schien in Gedanken versunken. Als er schließlich aufsah, war der Schalk aus seinem Gesicht verschwunden.

»Haben Sie sonst noch Fragen?«

»Vorerst nicht, aber wenn sich etwas Neues ergibt, kann es sein, dass ich wieder auf Sie zukomme.«

»In Ordnung. Dann gehe ich mal wieder an die Arbeit.« Er erhob sich und reichte Verena die Hand. »Wenn ich noch etwas für Sie tun kann, rufen Sie einfach an.«

Verenas Handy klingelte, als sie durch die gläserne Drehtür auf die Kriegsbergstraße trat.

»Hannah Gotthardt. Sie hatten um einen Termin gebeten?«

Verena hielt sich ein Ohr zu, während sie das Telefon an das andere presste und über die stark befahrene Straße zu ihrem Auto lief. »Nett, dass Sie anrufen. Ja, es geht um meine Tochter, sie ist vierzehn.«

Die Antwort ging im ohrenbetäubenden Hupen eines Lieferautos unter, dem ein Kleinwagen gerade die Vorfahrt geschnitten hatte.

»Bevor wir einen Termin machen, habe ich eine Bitte.« Verena schloss ihr Auto auf und ließ sich auf den Sitz fallen. »Ich würde Sie vorher gern selbst kennenlernen.«

»Kann ich gut verstehen. Ich würde die Seele meines Kindes auch niemandem anvertrauen, den ich nicht persönlich kenne. Sie können gern gleich vorbeikommen. Ich habe erst in einer Stunde den nächsten Termin, bis dahin hätte ich Zeit.«

Verena schaute auf die Uhr. Noch fast zwei Stunden bis zur nächsten Lagebesprechung. »Einverstanden«, sagte sie kurz entschlossen. Sie war brennend neugierig, was aus dem kleinen Mädchen aus dem Cassiopeia-Waldheim geworden war.

»Wunderbar. Sie wissen, wo Sie mich finden?«

»Natürlich.« Verena hatte die Praxisadresse in ihrem Kalender notiert. »Dann bis nachher.«

Sie ließ den Motor an und ordnete sich in den Verkehr auf der Kriegsbergstraße ein.

Das zweistöckige Haus, in dem sich die Praxis befand, schien sich fast ein wenig schüchtern zwischen die herrschaftlichen Nobelvillen zu ducken. Mit seinen dunkelroten Holzschindeln und den weißen Fensterrahmen hätte es eher auf eine schwedische Schäreninsel gepasst als in die Stuttgarter Halbhöhenlage. In dem bescheidenen Vorgarten wucherte Unkraut in den Asternbeeten, und die Steinplatten des Gehwegs, der zur Haustür führte, wiesen Moosspuren auf. Alles wurde von gelben und braunen Blättern einer Eiche garniert, die vor dem Herbst die Waffen streckte.

Hannah Gotthardt öffnete in Jeans und grauem Wollpullover, der fast bis zu den Knien reichte. In die schulterlangen rotblonden Locken hatte sie ein buntes Tuch gebunden. Sie war etwas größer als Verena und von kräftiger Statur, und Verena unterdrückte ein Lächeln bei dem Gedanken, dass diese Frau einst die Kleine von ihnen beiden, ihr Schützling, gewesen war. Unbewusst suchte sie in dem freundlichen Gesicht nach dem Kind von damals. Es war da, und auch wieder nicht. So wie wir alle das Kind in uns tragen, das wir einmal waren, egal, wie erwachsen und verantwortungsvoll wir werden müssen.

»Frau Sander, nicht wahr?« Ohne Verenas Nicken abzuwarten, trat sie zurück und forderte sie mit einer Geste auf einzutreten.

Verena folgte ihr in eine geräumige Diele und schaute sich

überrascht um. Außer ein paar Holzstühlen und einem Beistelltisch mit Illustrierten war der Raum leer, nicht einmal ein Bild schmückte die Wände.

»Ich bin noch beim Einrichten«, erklärte die Therapeutin, die ihrem Blick gefolgt war. »Meine Mutter ist vor Kurzem gestorben und hat mir das Haus vererbt. Da hab ich meine Praxisräume hierher verlegt. Vorher war ich in der Kinder- und Jugendpsychiatrie des Olgäle, der reinste Taubenschlag. So gefällt es mir viel besser.« Sie öffnete eine mit braunem Leder gepolsterte Tür und führte Verena in das Zimmer, in dem sie ihre Patienten empfing. Der Geruch von Pinien und Limonen schlug Verena entgegen, der sie an ihre Flitterwochen auf Sizilien erinnerte; auf einer Kommode stand ein Aromafläschchen neben einer Schale mit einem getrockneten Duftpotpourri. Fotografien von Südseefischen füllten die gegenüberliegende Wand, über deren gesamte Breite sich ein Aquarium ausdehnte und in dem unzählige Goldfische ihre Runden drehten. Mona würde sich hier bestimmt wohlfühlen.

»Machen Sie sich's gemütlich.« Hannah Gotthardt wies auf einen von zwei bequemen Ledersesseln am Fenster, zwischen denen ein kleiner runder, einbeiniger Tisch stand, und nahm selbst in dem anderen Platz. Sie verschränkte die Hände im Schoß und sah Verena schweigend an. Ihre Brauen zogen sich zusammen, und sie öffnete den Mund, sagte aber nichts.

Verena kam ihr zuvor »Ich erinnere Sie an jemanden, nicht wahr?«

Hannah stutzte. »Ich überlege schon, seit ich die Tür geöffnet habe, ob ich Sie kenne, und wenn ja, woher.« Verwirrt musterte sie das Gesicht ihres Gegenübers und setzte wieder zum Sprechen an, aber kein Wort kam über ihre Lippen. Sie schüttelte lediglich den Kopf. »Nein, das kann eigentlich nicht sein«, sagte sie schließlich.

»Doch«, sagte Verena lächelnd, »aber es ist wirklich sehr lange her.«

»Die Waldheimferien? Im Cassiopeia?« Jetzt breitete sich auch auf Hannah Gotthardts Gesicht ein Lächeln aus. »Ich habe nicht gewagt, es zu glauben. Verena, oder?«

»Die Herrin über die Pippi-Langstrumpf-Gruppe höchstpersönlich.« Verena nickte, und beide Frauen brachen in Gelächter aus.

»Ich fass' es nicht!« Hannah wischte sich die Lachtränen aus den Augen. »Deinen Nachnamen hatte ich vergessen, oder ich hab ihn nie gewusst. Du warst immer nur Verena für mich. Sonst wäre ich sicher schon stutzig geworden, als ich deinen Namen auf dem Anrufbeantworter hörte. Du warst damals mein großes Idol. Ich glaube, jetzt steh ich so weit drüber, dass ich das zugeben kann.« Sie hatte das Du wie selbstverständlich ins Gespräch gebracht, und das Eis war gebrochen.

Verena war wie verzaubert. Sie hatte über Jahre hinweg immer mal wieder an Hannah gedacht, sich gefragt, was wohl aus ihr geworden sein mochte. Das Kind hatte sich damals in ihr Herz geschlichen, vielleicht deshalb, weil es immer ein wenig Außenseiter gewesen war. Als Tochter einer militanten Zeugin Jehovas kannte sich Verena mit dem Außenseiterdasein bestens aus und hatte eine innige Verbundenheit zu diesem Mädchen gespürt. Es war der Wahnsinn, sie hier und unter diesen Umständen wiederzutreffen.

»Du hast dich kaum verändert. Die Haare sind nicht mehr so widerspenstig, und die Sommersprossen sind verschwunden.«

»Ach, ich hab einfach ein gut deckendes Make-up«, sagte

Hannah lachend, und Verena stimmte in das Lachen ein. Tatsächlich war ihr Gesicht perfekt geschminkt, was im Widerspruch zu der legeren Kleidung stand.

»Und jetzt bist du Therapeutin!« Verena konnte es noch immer nicht ganz glauben. »Ich hab mich oft gefragt, was wohl aus dir geworden sein mag, aber darauf wäre ich sicher nie gekommen.«

»Na ja, das Trauma vom Kletterbaum musste ja irgendwie verarbeitet werden«, gab Hannah grinsend zurück. Dann wurde sie wieder ernst.

»Es geht um deine Tochter?« Sie griff nach einer Wasserflasche und schenkte sich und Verena ein.

»Ja. Sie hat eine Leiche gefunden. Eine sexuell verstümmelte Leiche.« Verena berichtete in wenigen Worten von dem Vorfall im Wald.

Die Augen der Therapeutin weiteten sich. »Wie hat sie reagiert?«

»Zunächst sehr wenig. Mona ist eher introvertiert. Später versuchte sie, cool zu sein. Aber so ein Fund ist für eine Vierzehnjährige ein prägendes Erlebnis, auch wenn sie immer so tut, als könne sie nichts erschüttern. Der Arzt im Katharinenhospital sprach von einer posttraumatischen Belastungsstörung.«

»Kein Wunder nach einem solchen Erlebnis. Ich werde sie gerne als Patientin übernehmen. Habe schließlich was gutzumachen.«

»Gutzumachen?«, stutzte Verena. »Was denn?«

»Die Rettung vom Kletterbaum natürlich.« Hannah lachte erneut, und Verena meinte fast, den Schalk von damals in ihren Augen zu sehen.

»Oh, das ist doch schon verjährt. Aber ich freu mich sehr, dass wir uns wiedergetroffen haben.« Sie freute sich tatsächlich. So sehr, dass sie sich verwundert fragte, ob diese Freude nicht unverhältnismäßig sei, immerhin war das alles fast dreißig Jahre her. Die Vertrautheit, die sofort wieder da war, tat ihr gut. Verwirrt stellte sie fest, dass es genau das war, was ihr lange Zeit gefehlt hatte – ein Mensch, mit dem sie sich vertraut fühlte. Vielleicht assoziierte sie Hannah mit einem Stück ihrer Kindheit und Jugend, einer Zeit, in der alles noch leichter und unkomplizierter gewesen war.

»Vielleicht können wir uns ja auch mal privat treffen«, sagte Hannah genau in dem Moment, als Verena dasselbe dachte.

»Gerne. Wirklich sehr gerne«, sagte sie aus tiefstem Herzen. »Aber jetzt muss ich leider zurück zur Arbeit. Und dann stelle ich dir erst mal meine Tochter vor.« Sie erhob sich und reichte Hannah die Hand.

»Wenn sie mag, kannst du sie gleich heute Abend vorbeibringen. Je früher wir anfangen, desto besser.«

»Oh, das ist wunderbar! Ich bin zwar gleich wieder im Polizeipräsidium, aber mein Exmann kann sie fahren.«

Als sie Hannahs verwirrten Blick sah, fügte sie hinzu: »Das weißt du ja gar nicht. Ich bin Polizistin und bearbeite diesen Mordfall. Die Tote, die Mona gefunden hat. Blöder Zufall, oder?«

Hannah sah sie ein paar Sekunden lang prüfend an und schüttelte dann den Kopf. »Mich überrascht weniger der Zufall, dass du in diesem Fall ermittelst, als vielmehr die Tatsache, dass du in dieser Situation nicht lieber bei deinem Kind bist. Aber vermutlich ist es schwierig, jetzt Urlaub zu bekommen. Immerhin läuft da draußen ein Mörder frei herum.«

Verena schwieg. Sie konnte nicht einmal nicken. Das hatte gesessen.

Hannah hatte ihre Betroffenheit bemerkt und nahm den Finger von der Wunde.

»Wie auch immer, ich werde alles tun, um dem Kind zu helfen. Aber ich muss dich darauf hinweisen, dass ich nichts von dem, was deine Tochter mir erzählt, an dich weitergeben darf. Was zwischen Mona und mir gesprochen wird, darf also kein Thema sein. Wenn wir das hinkriegen, können wir uns gerne auch privat treffen, vielleicht mal zusammen einen Kaffee trinken gehen und ein bisschen von den alten Zeiten plaudern.« Sie ging voran und hielt Verena die Tür auf. »Bis hoffentlich bald.«

Draußen im Wartebereich saß bereits die nächste Patientin. Ein Mädchen im Alter ihrer Tochter, das in einer Illustrierten blätterte und ihr seltsam bekannt vorkam. Aber so sehr sie auch nachdachte, ihr wollte nicht einfallen, woher.

Als sie wenige Minuten später mit dem Terminkärtchen für Mona in der Tasche ins Auto stieg, hatte sie das Mädchen schon wieder vergessen. Und als sie den Rückspiegel zurechtrückte, blickte sie ein lächelndes Gesicht mit strahlenden Augen an.

Emily starrte schon seit zehn Minuten auf dieselbe Seite des Hochglanzmagazins. Prominente posierten auf dem roten Teppich bei der Oscar-Verleihung. Sie wusste nicht, warum sie sich das anschaute, es hatte nichts mit ihrem Leben zu tun und interessierte sie nicht die Bohne. Aber sie brauchte die Zeitung als Alibi. Um nicht nachdenken zu müssen. Natürlich dachte sie trotzdem nach, das ließ sich gar nicht vermeiden.

Warum hatte sie in einem spontanen Anfall von Verzweiflung nur diesen Termin gemacht? Auch noch gesagt, dass es sich um einen Notfall handeln würde? Sie musste wahnsinnig sein zu glauben, dass sie ihrer Therapeutin davon erzählen könnte, Schweigepflicht hin oder her, es war einfach unmöglich. Sie würde etwas erfinden müssen. Irgendwelche unerträglichen Albträume, in denen sie diesen verdammten Sturz immer wieder erlebte, die heulende Sirene des Krankenwagens hörte, den scharfen Geruch des Desinfektionsmittels im Krankenhaus in der Nase, und die gehetzten Worte des Krankenpflegers im Ohr, der sie in den OP rollte und ihr versprach, dass alles wieder gut werden würde. Der hatte gut reden. Gar nichts war gut geworden. Im Gegenteil, es wurde immer schlimmer. Dieser Sturz war nur der Anfang gewesen. Unglaublich, wie harmlos er sich inzwischen ausnahm, verglichen mit den Albträumen, die sie jetzt durchlebte und über die sie nicht reden durfte. Ihre Mutter würde durchdrehen, wenn sie wüsste, dass sie hier war. Die Ausrede, mit einer Freundin verabredet zu sein, hatte sie anstandslos geschluckt.

Als die Tür zum Sprechzimmer sich öffnete, hob Emily automatisch den Kopf. Sie kannte die Frau, die zusammen mit ihrer Therapeutin dort rauskam, nur flüchtig. Eigentlich wusste sie nicht viel mehr, als dass sie Monas Mutter war und bei der Polizei arbeitete. Für einen Moment sah sie ihr direkt in die Augen, konnte dem Blick aber nicht standhalten und schaute schnell wieder auf die Illustrierte in ihrem Schoß. Ihr Herz klopfte wie ein Hammer gegen ihr Brustbein. Was tat diese Frau hier? Sie konnte doch unmöglich wissen, dass … nein, das war unmöglich. Vielleicht ermittelte sie in irgendeiner Sache und forderte ein psychologisches Gutachten eines Patienten an. Hoffentlich nicht ihres.

Emily wurde heiß, das Blut rauschte in ihren Ohren. Aus dem Augenwinkel beobachtete sie Frau Sander, die ihr jetzt den Rücken zugewandt am Tresen stand und offenbar einen Termin machte. Sie beneidete Mona um diese Mutter, schien sie doch viel sicherer und souveräner als ihre eigene. Bestimmt konnte man mit ihr über alles reden. Sie wirkte, als hätte sie für jedes Problem eine Lösung parat. Als würde sie ihre Tochter mit Zähnen und Klauen verteidigen, wenn es nötig wäre. Ob Mona das zu schätzen wusste? Es musste doch verdammt cool sein, eine Polizistin zur Mutter zu haben, die noch dazu bei der Kripo arbeitete!

Emilys Augen flogen zwischen der llustrierten und den beiden Frauen hin und her. Gleich würde Frau Gotthardt sie hereinrufen, und dann würde sie sich konzentrieren und sich jedes Wort genau überlegen müssen. Sie spürte das unwiderstehliche Verlangen, sich jemandem anzuvertrauen. Das Bedürfnis, loszulassen und alles herauszuprudeln, was ihr auf der Seele lag und ihr die Luft abdrückte. Es war wie ein innerer Zwang. Wie wenn man vor einem Abgrund steht und den Drang verspürt, ins Leere zu treten. So mussten sich Lemminge fühlen, bevor sie von der Klippe in den sicheren Tod sprangen. Aber egal, ob springen oder reden, es käme auf dasselbe raus. Sie würde sich um Kopf und Kragen reden. Und sie würde es bereuen.

Jetzt verabschiedete sich Frau Sander von der Therapeutin. Als sie sich zur Tür wandte, schaute sie noch einmal kurz zu ihr herüber. Schnell senkte Emily ihren Kopf über die Illustrierte und hielt die Luft an. Sie atmete erst wieder auf, als sie die Tür zur Straße zuschlagen hörte. Die Gefahr war gebannt. Fürs Erste.

Emily straffte die Schultern, als die Therapeutin sich ihr zuwandte. Sie würde stark sein und über etwas vollkommen anderes sprechen. Sie musste diesen Urlaub auf Sizilien so schnell wie möglich vergessen. Es hatte ihn nie gegeben.

Hannah Gotthardt lächelte ihr zu und öffnete die Tür zum Sprechzimmer.

»Hallo, Emily. Dann wollen wir mal, oder?«

Emily erhob sich und folgte ihr in den Raum, in dem sie schon ihr halbes Leben vor dieser Frau ausgebreitet hatte. Das Erste, was sie drinnen wahrnahm, war der Duft von Pinien und Limonen. Er traf sie wie eine Faust in die Magengrube. Sie sank auf die Knie und brach in Tränen aus.

Pünktlich zur Nachmittagsbesprechung war Verena wieder im Präsidium. Unterwegs hatte sie einen Abstecher in den Supermarkt gemacht, wo sie sich mit Schokoriegeln und Weingummi eingedeckt hatte. Diese Leckereien füllte sie jetzt unter beifälligem Applaus in die große Holzschüssel, die für die Nervennahrung auf dem Besprechungstisch stand und ohne die die Arbeit einer Sonderkommission kaum noch vorstellbar war.

»Ich fange mal mit der Obduktion an«, sagte Joost, nachdem das Rascheln des Schokoladenpapiers aufgehört hatte. »Krach kann uns leider nicht mit einer klaren Todesursache dienen. Die Verletzung durch das Pflanzholz in der Scheide ist postmortal. Sie war definitiv schon vorher tot, aber wodurch, ist unklar. Keine äußeren Verletzungen, von dem Tierfraß mal abgesehen, der aber ebenso postmortal entstanden ist. Aber selbst wenn da vorher eine Verletzung gewesen wäre, die jetzt unkenntlich ist, wäre sie daran nicht gestorben.«

»Bleibt außer einem natürlichen Tod eigentlich nur noch eine Vergiftung, oder?«, warf Severin Scholl ein. »Und Ersteres können wir wohl vergessen, denn warum sollte jemand einen natürlichen Tod als Tötungsdelikt tarnen wollen?«

Joost nickte. »Das Ergebnis der chemisch-toxikologischen Untersuchung dauert noch ein paar Tage. Vielleicht bekommen wir da neue Anhaltspunkte. Im Übrigen hat sie sich gewehrt.« Er nickte Helge Lamberz, dem KT-Chef, zu, der neben ihm saß.

Lamberz räusperte sich. »In der Tat. Wir haben eine Fremd-DNA unter den Fingernägeln des Opfers isolieren können. Bislang wissen wir nur, dass sie männlich ist. Um sie für die Datenbank tauglich zu machen, muss sie erst aufbereitet werden. Zumindest können wir ziemlich sicher davon ausgehen, dass sie ihren Mörder gekratzt hat.«

»Oder ihren Liebhaber«, gab Katz zu bedenken.

»Dann müsste sie sehr leidenschaftlich gewesen sein«, entgegnete Lamberz. »Wir haben Blut gefunden.« Er zuckte die Achseln. »Aber wer weiß, ihr kennt ja den Spruch: Je oller, desto doller.«

Verena unterdrückte ein Lächeln. Zufällig wusste sie, dass Lamberz' aktueller Liebhaber fünfzehn Jahre älter war als er.

»Unser Täter dürfte derzeit also noch sichtbare Kratzspuren haben«, sagte Joost. »Allerdings können wir nicht mit Sicherheit sagen, ob sie unter der Kleidung verborgen sind. Und wir können ja nicht jeden Zeugen bitten, sich für uns auszuziehen. Behaltet es trotzdem im Hinterkopf. Und achtet darauf, ob ihr bei jemandem Kratzer oder Striemen seht, wenn ihr ihn vernehmt.«

»Die Fingernagelspur ist aber nicht alles«, schob Lamberz

nach. »Es gibt eine weibliche DNA am Oberteil des Jogginganzugs, die nicht dem Opfer zuzuordnen ist. Hautschüppchen, über das gesamte Kleidungsstück verteilt. Es kann also nicht ihr Kleidungsstück sein, sondern wurde von jemand anderem getragen, was ja logisch erscheint, wenn man bedenkt, dass die Hose nicht passt.

Es gibt auch ein paar männliche Hautabriebspuren an der Textilie, die nicht identisch mit der Spur unter dem Fingernagel sind. Muss nicht zwingend mit dem Mord zu tun haben, wenn wir davon ausgehen, dass der Anzug aus einem anderen Haushalt stammt, kann aber. Weiterhin gibt es Fasern am Rücken der Toten, die auf einen Textilbelag deuten, wie er im Kofferraum verschiedener Autos vorkommt. Das muss aber alles noch näher analysiert werden.«

»Da schwirrt einem der Kopf«, stöhnte Katz.

»Ja, zu viele Spuren verwirren leicht«, gab Lamberz zu. »Ich würde der unter dem Fingernagel Tatrelevanz beimessen, sehr wahrscheinlich ist die entstanden, als das Opfer sich gegen den Angreifer wehrte.

»Danke, Helge«, sagte Joost. »Halt uns auf dem Laufenden, sobald es etwas Neues gibt.« Er wandte sich an Ströbele.

»Ist bei der Hausbefragung was herausgekommen?«

»Ich habe die Nachbarn des Opfers noch nicht alle angetroffen«, sagte Ströbele. »Aber die, mit denen ich gesprochen habe, bringen uns nicht viel weiter. Wie erwartet, hat niemand die Frau jemals in Joggingsachen gesehen, noch hat irgendeiner etwas davon mitbekommen, dass sie joggen gehen würde. Alle beschreiben sie einhellig als angenehme Nachbarin, die keiner Fliege etwas zuleide tun würde. Keinem sind ungewöhnliche Besuche aufgefallen. Ebenso wenig ein ungewöhnliches Verhalten der Frau. Man traf sich im Treppenhaus, sagte grüß Gott und Ade, also es gab keine wirklich enge Beziehung zu irgendwem im Haus. Ansatz in der Nachbarschaft gleich null.«

Im Anschluss gab Verena einen kurzen Abriss ihres Mittagessens im Katharinenhospital.

»Ich werde nicht ganz schlau aus diesem Doktor. Er kommt ganz unbekümmert und witzig rüber, der Tod seiner Kollegin scheint ihn nicht aus der Bahn geworfen zu haben. Was ich auch verstehe, wenn sie nur ein flüchtiges Arbeitsverhältnis hatten. Man ist kurze Zeit betroffen und geht dann wieder zur Tagesordnung über. Aber dass er sich an dieses Ermittlungsverfahren nicht erinnert haben will, nehme ich ihm irgendwie nicht ab. Und da stellt sich doch die Frage: Warum wollte er sich nicht erinnern?«

»Weil er den Kopf voll hat und Ärzteverfahren an einem Krankenhaus schon fast etwas Alltägliches sind«, schlug Severin vor.

»Ja, so hat er es auch erklärt«, sagte Verena. »Im Übrigen hatte er ein kleines Pflaster am Kinn. So als ob er sich beim Rasieren geschnitten hätte. Natürlich könnte ihn auch jemand gekratzt haben. In einer Abwehrreaktion. – Okay, vielleicht ein bisschen weit hergeholt. Ein Motiv fällt mir für den Mann wirklich nicht ein.«

»Wir können uns nicht leisten, irgendjemanden außer Acht zu lassen«, erinnerte Joost. »Eine Alibiabklärung kann nicht schaden.«

»Ich habe schon die Dienstpläne der vergangenen Tage eingesehen«, sagte Verena. Er hatte vor drei Tagen einen 24-Stunden-Dienst, war also während der tatrelevanten Zeit im Krankenhaus. Allerdings ist die Todeszeitangabe von Krach sehr vage. Die Leichenstarre war ja schon komplett gelöst. Krach will sich ums Verrecken nicht festlegen. Aber noch was anderes: Der Sohn des Opfers hat sich bei Hafner gemeldet, er wollte seine Mutter sprechen.«

»Heilige Scheiße«, murmelte Thea.

»Er musste es ihm sagen. Allerdings war nicht von Mord die Rede, das hat er mir überlassen. Der Doktor hat ihm meine Durchwahl gegeben, und Salgam hat vorhin bei mir angerufen.«

»Hast du es ihm gesagt?« Thea kaute an ihrer Unterlippe.

»Na ja, er wollte unbedingt wissen, wie sie gestorben ist. Ich hab versucht, es ihm schonend beizubringen, aber die Tatsache ist nun mal brutal, egal, welche Worte man verwendet.«

»Und wie hat er es aufgenommen?«, fragte Joost.

»Gefasst«, antwortete Verena wahrheitsgemäß. »Vielleicht stand er unter Schock, vielleicht ließ ihn der Mord auch völlig kalt, das kann man am Telefon schlecht beurteilen. Jedenfalls kommt er nachher vorbei.«

Einige Sekunden lang hörte man nur das Ticken der Wanduhr und das Blubbern der Kaffeemaschine.

»Dann können wir dem Revier, das seine Wohnung im Auge behält, Bescheid geben«, sagte Scholl schließlich. »Die haben sicher noch was anderes zu tun.«

Joost nickte. »Apropos Wohnung, habt ihr da noch was gefunden, das uns weiterbringen könnte?«

Scholl und Ströbele schüttelten den Kopf. Die Fernsehzeitung sei nicht aufgeschlagen, die letzte Post im Kasten von vorgestern gewesen. Natürlich konnte es auch sein, dass sie Montag und Dienstag keine Post bekommen hatte. Eine Tageszeitung hatte sie nicht abonniert. Die Nachbarin habe sie am Montagmorgen gegen acht Uhr das letzte Mal gesehen, als sie den Müll runterbrachte. Es sei aber nicht ungewöhnlich gewesen, Frau Salgam habe ja zu den unmöglichsten Zeiten gearbeitet und auch 24-Stunden-Dienste gehabt. Die Nachbarn sagten alle, man habe sie generell selten im Haus getroffen.

»Der Albtraum eines jeden Ermittlers.« Joost raufte sich die Haare. »Lasst uns überlegen: Heute ist Freitag. Montagmorgen hat sie noch gelebt. Keine Parkscheine, Kassenbons oder Ähnliches in der Wohnung?«

Scholl verneinte. »Wir haben quasi sogar die Blätter der Zimmerpflanzen von unten angeschaut. Sehr ordentlich, die Frau. Chirurgin eben.«

»Haben wir schon ihre Telefonnummern?«

»Wir haben nur ihre Festnetznummer bekommen, kein Handy«, sagte Thea. »Die Erhebung der Verbindungsdaten vom Festnetz hab ich schon in die Wege geleitet. Vielleicht hat sie die letzten Tage noch telefoniert. Optimalerweise mit ihrem Mörder.«

»Zu schön, um wahr zu sein, aber man kann ja auch mal Glück haben.« Joosts Blick wanderte ein Stück weiter. »Okay, Roman?«

»Ich hab versucht, das Alibi dieses Magnus abzuklären, der gerade eine Woche auf Sizilien ist. Die Reise wurde bereits vor zwei Monaten über Oremar gebucht. Damit fällt die Theorie aus, dass er spontan abgehauen sein könnte, um sich ein Alibi zu verschaffen.«

»Oder es war andersherum«, sagte Verena. »Er könnte bewusst mit der Tat bis unmittelbar vor dem Urlaub gewartet haben. Der kam ihm dann gerade recht.«

»Hm, alles ziemlich vage. Den Jungen habt ihr inzwischen auch befragt?« Joost schaute in seine Unterlagen und dann zu Katz. »Christoph Denner, der hier angerufen hat?«

Katz räusperte sich. »Wir waren zuerst bei Christoph zu Hause. Es lag auf dem Weg, und du, Verena, hattest ja vermutet, dass er ohnehin schwänzt, wegen der Mathearbeit. Seine Mutter hat aufgemacht, in einer Kittelschürze, an der man die Speisekarte der letzten Woche ablesen konnte, und mit grob geschätzt zweieinhalb Promille intus.«

»Anderthalb«, verbesserte Thea. »Großzügig geschätzt. Du musst nicht immer so übertreiben, sie war beinahe das, was man gesellschaftsfähig nennen könnte.«

»Okay, anderthalb. Jedenfalls war das Söhnchen nicht zu Hause, also sind wir weiter zur Penne. Die ganze Bande geht aufs Heidehofgymnasium, das hat über neunhundert Schüler, es ging zu wie in einem Taubenschlag.«

»Ich kenne die Schule, Roman« warf Verena ein. »Mona geht da auch hin. Komm auf den Punkt.«

Katz räusperte sich. »Die Klasse hatte gerade Unterrichtsschluss. Wir haben die Schüler auf dem Schulhof zusammengerufen. Leider war kein Christoph dabei. Auch kein Marco, was der Anführer der Clique ist, und auch der Älteste, weil er letztes Jahr sitzen geblieben ist. Es hieß, beide hätten heute unentschuldigt gefehlt. Was aber in der Schule niemanden weiter verwunderte, weil das wohl öfter der Fall ist.«

Verena seufzte. Nun würden sie ihn doch vorladen, notfalls zu Hause abholen müssen. Sie würde der Konfrontation nicht länger aus dem Weg gehen können.

»Natürlich wusste keiner, wo die beiden sich aufhalten«, erzählte Thea weiter. »Aber wir haben die anderen vier Kinder aus der Gruppe isolieren können, die bei der Geschichte im Haldenwald mit dabei waren.«

»Kinder? Monster meinst du wohl! Die hielten es zunächst nicht mal für notwendig, für ein Gespräch die Stöpsel ihrer iPods aus den Ohren zu nehmen.« Katz hob in einer Geste der Kapitulation die Hände. »Was ist nur mit der heutigen Jugend los? Allein, wie die rumlaufen! Hosenarsch in den Kniekehlen, offene Schnürsenkel und verkabelt wie auf der Intensivstation!«

»Warte nur ab, Hänsel und Gretel kommen auch mal in das Alter«, lächelte Joost.

»Erinnere mich nicht daran. Wenn die auch so werden, zieh ich aus.«

Manchmal kann man sich das nicht aussuchen, dachte Verena. Ab einem bestimmten Alter erreichen wir die Kinder nicht mehr. Die es dennoch schaffen, sind wahre Glückspilze.

»Wir haben die vier zum Burger King eingeladen, um sie etwas auskunftsfreudiger zu machen«, erzählte Katz weiter. »Hat auch funktioniert. War übrigens Theas Idee.«

Thea winkte ab. »Michas Sohn war auch mal vierzehn. Damals war Burger King seine Hauptnahrungsquelle. Wie durch ein Wunder hat er keine Entwicklungsschäden davongetragen.«

»Eure Sorge um die Ernährung der heutigen Jugend in allen Ehren, aber was haben sie denn nun eigentlich erzählt?«, fragte Joost.

»Dass Mona gestürzt und längs auf den Baumstamm gefallen wäre«, erzählte Katz. »Es sei einige Sekunden totenstill gewesen, in denen ihr Herzschlag ausgesetzt habe, sagte eins der Mädchen. Dann habe Mona angefangen zu schreien. Sie hätten alle gedacht, sie habe sich verletzt und schreie vor Schmerz. Christoph habe sein Handy rausgeholt und über 112 den Rettungsdienst alarmiert. Die anderen hätten immerzu gerufen, sie solle sich festhalten und nicht bewegen. In dem ganzen Tumult hätten sie irgendwann mitbekommen, dass Mona rief: ›Da unten liegt jemand!‹ Daraufhin hätten sie in den Graben geschaut und die Leiche gesehen. In Berührung mit dem Leichnam sei niemand gekommen. Es wäre ihnen im Traum nicht eingefallen, da runter in die Schlucht zu klettern, was auch nachvollziehbar ist. Die Kids haben sich zu Tode erschrocken und sind abgehauen. Christoph wollte noch die Polizei rufen. Er ist dann wohl kurze Zeit später nachgekommen.«

»Tolle Freunde«, sagte Scholl, »und das Mädchen haben sie ganz allein dort zurückgelassen. Warum sind sie nicht bei ihr geblieben?«

»Die Frage wollten sie nicht beantworten. Sie sagten einhellig, sie machen von ihrem Aussageverweigerungsrecht Gebrauch. Man kann darüber lachen oder nicht, das hört sich aus dem Mund von Vierzehnjährigen wirklich kurios an, aber die scheinen mit allen Wassern gewaschen zu sein. Mag sein, dass sie Angst hatten, wegen dieser hirnrissigen Mutprobe zur Rede gestellt zu werden. Kann auch sein, dass sie Joints dabeihatten und nicht mit Drogen erwischt werden wollten. Über Baumstämme zu balancieren ist ja nicht strafbar. Drogenbesitz dagegen schon. Ist aber alles Spekulation.«

»Sind sie zur Abgabe einer Speichelprobe bereit?«

»Leider nein. Nach dem zweiten Cheeseburger wurden sie wesentlich unkooperativer. Wahrscheinlich waren sie satt.«

Joost nickte. »Womöglich haben sie Bammel, dass wir an ihrem Speichel feststellen könnten, dass sie gekifft haben. Oder sie verweigern aus Prinzip. Das wäre typisch für diese Altersgruppe. Aber die Kids haben ganz sicher nichts mit dem Mord zu tun, mögen sie so rüde sein, wie sie wollen. Sie hätten sicherlich nicht genau dort eine Mutprobe angesetzt, wo man die Tote hundertprozentig finden muss.« Er wandte sich an Verena. »Was sagt denn deine Tochter zu der Sache?«

Verena zog die Nase kraus. »Ich habe versucht, mit ihr zu reden, aber bei dem Thema macht sie im Moment dicht. Der Arzt sagt, das sind die Folgen des Schocks. Wir sollen ihr Zeit geben. Ich bin schon froh, dass ich überhaupt die Namen der beteiligten Schüler aus ihr herausbekommen habe.«

»Sie wäre als Leichenfinderin eine gute Zeugin.« Joost seufzte. »Aber was nicht geht, geht nicht.« Er erhob sich. »Das war's dann erst mal. Noch Fragen?«

Katz meldete sich, schon im Aufstehen begriffen. »Ja. Können wir den Burger King unter Polizeikosten abrechnen?«

Von allgemeinem Gelächter begleitet, verließ er hinter Verena den Besprechungsraum.

Leander Salgam war nicht das, was Verena einen attraktiven Mann nennen würde. Der schöne Vorname hatte mehr versprochen, als er halten konnte. Ewa Salgams Sohn war Ende dreißig, hatte Geheimratsecken, trug eine ziemlich dicke Brille und war ein gutes Stück kleiner als sie. Keine einssiebzig, was vielleicht auch daran liegen mochte, dass er leicht gebückt ging. Über seine linke Wange zog sich eine etwa sieben

Zentimeter lange, weiße Narbe, die mit mehreren Stichen genäht worden war.

»Ein Unfall vor ein paar Jahren«, sagte er, als er Verenas prüfenden Blick bemerkte. »Ein Andenken ist zurückgeblieben.«

»Mein Beileid«, sagte Verena und reichte ihm die Hand. »Zum Tod Ihrer Mutter«, fügte sie schnell hinzu. Er sollte nicht auf die Idee kommen, seine Entstellung sei gemeint.

»Danke, ich kann es noch gar nicht glauben.« Leander Salgam setzte sich vorsichtig, als würde er dem Holzstuhl nicht ganz trauen, oder auch seiner Wirbelsäule. »Das ist alles so unwirklich.«

Verena reichte ihm eine Kaffeetasse, die er mit beiden Händen umschloss, als wollte er sich daran wärmen. »Wir haben Sie seit vorgestern versucht zu erreichen, tut mir leid, dass Sie es so spät erfahren haben.«

»Ich arbeite für eine Leihwagenfirma und hatte einen Termin bei einer Partnerfirma in Hamburg.« Salgam nahm einen kleinen Schluck Kaffee und stellte die Tasse auf den Schreibtisch. »Bin am Dienstag in den Morgenstunden losgefahren und erst gestern Abend zurückgekommen. Ziemlich spät, ich hatte unterwegs einen kleinen Zusammenstoß. Mir ist so ein Idiot in die Seite gefahren. Ich hatte aber mein Geschäftshandy dabei und war die meiste Zeit erreichbar.«

»Wir haben keine Mobilnummer von Ihnen in der Wohnung Ihrer Mutter gefunden.«

»Haben Sie nicht? Die müsste aber in ihrem Handy eingespeichert sein.«

»Ihre Mutter hatte ein Handy?«, fragte Verena erstaunt.

Salgam schaute ebenso erstaunt zurück.

»Als Ärztin ist das ja wohl selbstverständlich, oder? Wieso wundert Sie das?«

»Es war keins da. Weder in ihrem Auto noch in der Wohnung. Und glauben Sie mir, wir haben jedes Zierdeckchen umgedreht.«

»Es ist gar nicht zu übersehen. Ein metallicrotes Sony Ericsson mit einem Äskulapstab als Anhänger. Ich hab es ihr selbst über EBay besorgt.«

»Es war definitiv nicht da!«

Verena merkte, dass ihr Tonfall unterschwellig aggressiv geworden war, und versuchte sich zu zügeln. Der Sohn konnte ja nichts dafür. Ihr Frust galt auch nicht ihm, sondern einzig und allein sich selbst. Wieso hatte sie Dr. Hafner nicht gefragt, ob seine Kollegin ein Handy besaß? Sie hatte stillschweigend vorausgesetzt, dass die wenigsten Frauen in Ewa Salgams Alter Mobiltelefone besitzen, und sich daher auch nicht gewundert, dass bei der Durchsuchung keins gefunden wurde und es später bei der SARS-Abfrage keinen Treffer gegeben hatte. Sie hatte einfach vorausgesetzt, dass die Ärzte im Haus über einen Piepser erreichbar waren. An die Tatsache, dass sie als Ärztin sicher auch Rufbereitschaft hatte, hatten weder sie noch ihre Kollegen gedacht. Sicher auch deshalb, weil Ewa Salgam ein Adressbuch neben ihrem Festnetztelefon liegen hatte, in dem die wichtigsten Kontakte und Rufnummern notiert waren. Dabei kam es schon hin und wieder vor, dass die SARS-Abfrage negativ verlief, obwohl der zu Überprüfende durchaus ein Handy besaß. Gegen EBay-Käufe und Prepaid-Karten war selbst das automatisierte Auskunftsverfahren der Telekommunikationsdienste machtlos.

»Dann hat es wohl der Täter mitgenommen«, resümierte

Salgam. »Vielleicht hatte er kurz vor der Tat noch mit ihr telefoniert und befürchtete, dass der Anruf zurückverfolgt werden könnte. Wenn Sie das Telefon finden, haben Sie wahrscheinlich auch den Mörder meiner Mutter.«

»Wir können das Handy nur orten, wenn es angeschaltet ist«, sagte Verena kühl. Das hatte sie gerade noch gebraucht – einen Zeugen, der ihr sagte, wie sie ihre Arbeit machen musste.

»Meine Mutter hatte die PIN-Funktion deaktiviert. Es war ihr zu kompliziert, sich einen Code zu merken und ihn jedes Mal einzutippen. Da stehen die Chancen doch gar nicht schlecht, dass es irgendwann wieder eingeschaltet wird.«

»Bitte, geben Sie mir die Nummer«, sagte Verena und schob ihm einen Notizblock über den Tisch. Sie sah zu, wie er die großen, schmalen Ziffern aufs Blatt malte, die sich leicht nach links neigten. Ihr fiel auf, dass er Linkshänder war.

Verena riss den Zettel vom Block und reichte ihn Katz. Der verschwand damit umgehend in Richtung Chefbüro, um eine Handyortung zu veranlassen.

Nachdenklich betrachtete sie den Sohn des Opfers. Er hatte sich erstaunlich gut im Griff für jemanden, der vor wenigen Stunden erst erfahren hatte, dass seine Mutter ermordet worden war. Sie hatte hier auf demselben harten Holzstuhl schon Angehörige von Opfern sitzen gehabt, die ihren gesamten Vorrat an Papiertaschentüchern aufgebraucht hatten; seit einiger Zeit hatte Verena deshalb immer eine kleine Kleenex-Box auf dem Schreibtisch stehen. Es gab auch Menschen, die unter Schock standen und bei denen die Tränen erst viel später kamen. Dieser Mann hier war weder tief erschüttert noch stand er unter Schock. Entweder war er völlig emotionslos, oder er überspielte seine Gemütsbewegung gekonnt.

»Sind Sie mit Ihrem Privatwagen nach Hamburg gefahren?«, fragte sie, einer plötzlichen Eingebung folgend.

»Ich habe gar kein eigenes Auto.« Leander Salgam zuckte die Schultern. »Wenn ich ein Auto brauche, nehme ich eins von der Firma. Aber meistens benutze ich die Öffentlichen.«

»Standen Sie sich nahe, Ihre Mutter und Sie?«

»Kommt drauf an, was Sie darunter verstehen. Wir waren nicht vom selben Stern, wenn Sie das meinen, hatten wenige Gemeinsamkeiten. Aber sie war meine Mutter. Natürlich habe ich sie geliebt. Wenn Sie sich daran stören, dass ich so gefasst bin – ich kann in der Öffentlichkeit nicht weinen.«

»Ich beurteile Ihre Reaktion nicht«, log Verena. »Ich stelle nur Fragen, um den Schuldigen am Tod Ihrer Mutter zu finden. Wann hatten Sie den letzten Kontakt zu ihr?«

»Wir haben am Wochenende telefoniert. Ich weiß aber nicht mehr, ob es Samstag oder Sonntag war.«

»Handy oder Festnetz?«

»Festnetz.«

»War sie irgendwie anders? Ist Ihnen an ihrem Verhalten etwas aufgefallen?«

Leander Salgam hielt kurz inne, um zu überlegen. »Nein«, sagte er schließlich. »Sie war genau wie immer. Eigentlich sogar richtig gut drauf. Sie sagte, dass sie am Montag keinen Dienst habe und sich auf den freien Tag freue.«

Dumm gelaufen, dachte Verena. Der freie Tag hatte keinen Grund zur Freude geboten.

»Wissen Sie, ob Ihre Mutter für gewöhnlich joggte? Hat sie Waldläufe gemacht?«

»Joggen? In ihrem Alter?« Er lachte kurz auf. »Nein. Sie ging zum Seniorenschwimmen, einmal die Woche. Das brauchte sie für ihren Rücken. Ansonsten hatte sie es nicht so sehr mit sportlicher Betätigung.«

Verena nickte. Die Antwort entsprach ihren Erwartungen. »Und sie hatte auch keinen pinkfarbenen Jogginganzug?«

»Nicht dass ich wüsste.« Leander Salgam schaute sie belustigt an, besann sich aber und wurde wieder ernst. »Meine Mutter ist dreiundsechzig. In dem Alter läuft man nicht mehr rum wie Cindy aus Marzahn!«

Das hatte sie sich schon gedacht. Verena hakte den nächsten Punkt auf ihrer Liste ab. Sie fragte nach weiteren Verwandten und ob er noch Geschwister habe.

»Mein Vater ist seit vielen Jahren tot. Leberzirrhose. Meine Mutter hat immer viel gearbeitet, und mein Vater war der Meinung, die Gesellschaft einer guten Flasche Whisky richte weniger Schaden an, als wenn er sich mit anderen Frauen trösten würde. Tja, da lag er wohl daneben. Denn als er starb, waren meine Eltern schon getrennt. Es gibt noch eine entfernte Tante meiner Mutter im Saarland, aber von der weiß ich nicht mal den Namen. Ich hatte eine Schwester, Irmela, aber die ist mit neunzehn an einer Überdosis gestorben. Heroin.«

Katz kam zurück und legte schweigend ein Blatt Papier vor Verena auf den Tisch. Verena griff mit einer Hand danach – es war noch warm vom Drucker, während sie mit der anderen ihre Brille von der Stirn auf die Nase schob. Sie überflog den Ausdruck, hob dann den Kopf und sah Leander Salgam stirnrunzelnd an.

»Sie hatten im letzten Jahr eine Anzeige wegen Körperverletzung. Erzählen Sie mir, wie es dazu kam?«

Endlich bekam Verena bei Leander Salgam mal eine Gemütsbewegung zu sehen. Er war flammend rot angelaufen. Eine Antwort blieb er Verena schuldig.

»Vielleicht kann ich Ihrer Erinnerung auf die Sprünge helfen. Es war im April in einem Domina-Studio.«

»Dazu möchte ich nichts sagen«, presste er hervor. »Ich bin sicher, Sie finden es auch ohne meine Hilfe heraus, wenn es wirklich wichtig sein sollte. Allerdings glaube ich nicht, dass das in Ihren Ermittlungen eine Rolle spielen könnte.«

Während der restlichen Vernehmung war Salgam still und in sich gekehrt. Er schien jedes Wort hin und her zu wenden, bevor er es aussprach, und war noch unkooperativer als zuvor. Offenbar hatten sie ihn mit der Erwähnung der Strafanzeige kalt erwischt. Fast störrisch lehnte er die Entnahme einer Speichelprobe zu Vergleichszwecken ab und bezeichnete es als Frechheit, wie die Polizei mit trauernden Angehörigen umgehen würde.

Verena wartete, bis der Zeuge und nach ihm die Schreibkraft das Zimmer verlassen hatten, dann platzte es aus ihr heraus.

»Trauernde Angehörige? Besonders betroffen schien er nicht zu sein; lediglich von der Tatsache, dass wir seine sexuellen Neigungen herausgefunden haben.«

Katz sah Verena mit hochgezogenen Augenbrauen an.

»Ich denk ja nur laut. Und er verweigert eine Speichelprobe zu Vergleichszwecken. Ich frage mich sowieso, wie das Revier es damals versäumen konnte, ihn speicheln zu lassen. Immerhin war es ein Delikt im Rotlichtmilieu! Hätten die ihre Hausaufgaben gemacht, hätten wir jetzt seine DNA. Wie kann er sich erdreisten, noch frech zu werden?«

Katz sah aus, als wäre er versucht, unter Verenas Wutausbruch einen Schritt zurückzuweichen, doch ein Stuhl bremste seine Bewegung.

»Weil er sauer ist, dass wir ihn in die Enge getrieben haben. Nein, dass du ihn in die Enge getrieben hast. Fakt ist nun mal, er hat kein Motiv!«

»Oder eins, das wir noch nicht kennen. Warum verweigert er sonst die Speichelprobe?«

»Weil du ihn ziemlich aggressiv angegangen bist?« Katz ließ sich auf den Stuhl fallen und streckte die Beine aus. Die Hosenbeine rutschten ein Stück nach oben und entblößten dunkelblaue Socken mit einem Mickymaus-Motiv am Bund. »Du bist nicht besonders gut drauf in letzter Zeit und lässt es an den Zeugen aus. Hör mal, der Mann hat seine Mutter verloren, und du redest mit ihm in einem Ton, als sei er ein Beschuldigter.«

Katz hatte recht. Es war ihr selbst aufgefallen, wie rüde sie mit Leander Salgam umgegangen war. Dabei zeigte sie sonst in vergleichbaren Situationen immer ein hohes Maß an Empathie und Sensibilität für die Verfassung der Angehörigen. Trotzdem war es ihr ein Bedürfnis, sich zu verteidigen.

»Er zeigt keinerlei Gemütsregung über den Tod seiner Mutter!«

»Komm schon, Verena«, Katz legte seine Füße auf den Schreibtisch, sodass oberhalb des Mickymaus-Motivs nun auch noch ein Stück seiner Stachelbeerwade sichtbar wurde. »Er steht wahrscheinlich unter Schock. Wie oft haben wir es erlebt, dass traumatisierte Menschen scheinbar völlig unbeteiligt wirkten, weil sie schlicht und einfach unter Schock standen?«

Er hatte natürlich recht. Verena fuhr sich mit beiden Händen durch das Haar. In was steigerte sie sich hier eigentlich rein? Leander Salgam war nicht mehr und nicht weniger verdächtig als jeder andere aus dem Umfeld des Opfers. Wenn sie in sich ging und sich fragte, warum sie sich gerade mit Katz anlegte, musste sie sich fragen, was ihre Motivation war, den Sohn des Opfers derart unter die Lupe zu nehmen. Einzig ihre Intuition? Oder vielleicht – und diesen Gedanken ließ sie sehr schnell wieder fallen – vielleicht doch das unerklärliche Bedürfnis, Katz zu widersprechen auf Kosten eines Angehörigen des Opfers? Sie gab sich einen Ruck.

»Okay, Roman, wir behandeln ihn als Zeuge, der er ja schließlich auch ist. So wie wir jeden anderen Zeugen auch behandeln. Ist ja klar, mehr haben wir nicht in der Hand. Aber weißt du, wir müssen bei jedem, wirklich jedem, der uns in diesem Verfahren aus dem Opferumfeld über den Weg läuft, über zwei Dinge nachdenken: Erstens hatte er ein Motiv, und zweitens, hatte er die Gelegenheit. Nicht mehr und nicht weniger habe ich getan. Krach sagt, die Frau sei höchstwahrscheinlich am Montag, allerspätestens Dienstagmorgen, gestorben. Also hätte er alle Zeit der Welt gehabt, sie vor seiner Dienstreise …«

»Gut und schön, Frau Oberlehrerin. So weit kann ich selbst rechnen, ich bin ja schon groß. Aber was ist die oberste Regel in einer Täterermittlung? Abstand halten. Keine vorschnellen Schlüsse ziehen. Lieber noch mal einen Schritt zurückgehen und die Sache aus einem anderen Blickwinkel beleuchten. Du als Hauptkommissarin solltest das wirklich wissen.«

Verena steckte die Retourkutsche regungslos ein. Die Zurechtweisung tat weh, aber Katz lag natürlich genau richtig.

»Ich weiß es auch, Roman. Ich ziehe keine voreiligen Schlüsse. Aber ich möchte trotzdem diese Körperverletzungsgeschichte etwas genauer unter die Lupe nehmen. Schaust du mal, wo wir die damalige Geschädigte auftreiben können?« Ohne eine Antwort abzuwarten, nahm sie die Ermittlungsakte vom Tisch und stürmte aus dem Vernehmungszimmer. Sie brauchte jetzt dringend eine Tasse Kaffee und ein paar dicke, kalorienreiche Oreokekse aus der Schüssel mit der Nervennahrung.

Der alte rostige Schlüssel wackelte im Schloss auf der vergeblichen Suche nach einem Widerstand, und Christoph fluchte verhalten.

»Du wolltest schon seit Wochen ein neues Schloss einbauen. Bei dem hier können wir die Tür gleich offen lassen.«

»Bin noch nicht dazu gekommen, eins zu besorgen.« Marco schob die Hände in die Taschen seiner Camouflage-Jeans und kickte eine leere Blechdose ins Gebüsch. »Und überhaupt, wer sollte schon auf die Idee kommen, hier einzubrechen? Die alte Hütte sieht doch aus, als hätte sie seit Jahren niemand mehr betreten.«

»Trotzdem. Wenn unser Versteck auffliegt, finden wir so schnell nichts Besseres.«

»Wenn unser Versteck auffliegt, sind wir eh am Arsch. Dann müssen wir uns um ein neues Hauptquartier vorerst keine Gedanken machen.«

Christoph seufzte. Sein Kumpel hatte recht. Wenn jemand auf die Idee kam, sich in dem seit Jahren leerstehenden Gebäude umzuschauen, waren sie geliefert. Einmal waren sie gerade noch so davongekommen. Ob sie dieses Glück ein zweites Mal haben würden, war fraglich. Aber ein bisschen Nervenkitzel gehörte schließlich zum Leben. *No risk – no fun!*

Endlich! Mit einem Klacken rastete das Schloss ein. Erleichtert wischte sich Christoph die schweißnassen Hände an seinem Ed-Hardy-Shirt ab.

»Na bitte, geht doch!«, grinste Marco und wandte sich zum Gehen.

»Wir brauchen trotzdem ein neues Schloss!« Christoph zuckte zusammen. Er hatte gehört, wie auf der Hauptstraße ein Lkw die Geschwindigkeit drosselte, und atmete auf, als der Motor jetzt wieder beschleunigte.

»Du musst viel lockerer werden, Alter!« Marco, dem die Schrecksekunde seines Freundes nicht entgangen war, klopfte ihm beruhigend auf die Schulter.

»Ich denk' immer, hier biegt jemand ein.«

»Warum sollte er? Das is 'ne Sackgasse.«

»Hast recht. Warum sollte er? Kauf trotzdem ein neues Schloss, ja?«

»Okay, okay.« Marcos Tonfall ließ keinen Zweifel darüber aufkommen, wie er gedachte, das Schloss zu beschaffen. Jedenfalls nicht durch Kaufen. »Wir müssen sowieso auch eine neue Lampe besorgen.«

»Kann man die alte nicht reparieren?«

»Die schmeißen wir weg. Is' besser, glaub mir.«

Christoph nickte und schaute auf seine Uhr, die er auf einem schwarzen Nietenarmband trug. »Ich muss mich beeilen. Hab meiner Mutter versprochen, den Garten umzugraben.«

»Seit wann hältst du, was du deiner Mutter versprichst?«, frotzelte Marco, legte aber einen Schritt zu.

»Hast recht. Ich könnte auch zum Kickboxen gehen, das Training fängt in einer halben Stunde an.«

»Viel besser. Dann kannst du jedem, der unserem Versteck zu nahe kommt, die Fresse platt treten!«

Sie lachten.

Als die Jungs auf die Amstetter Straße einbogen, fing es an zu nieseln.

»Mona steht auf dich, oder?«

Christoph schaute seinen Freund verblüfft an, mit diesem abrupten Themawechsel hatte er nicht gerechnet. Er zuckte gleichgültig die Achseln, konnte aber nicht verhindern, dass seine Wangen heiß wurden.

»Und wenn?«

»Die is' schon 'ne scharfe Maus. Und ganz schön mutig. Aber ihre Mutter is' Bullette. Wusstest du das?«

Christoph nickte. *»Shit happens.«*

»Wieso bist du stiften gegangen? Du hättest bei ihr bleiben sollen, wenigstens bis der Krankenwagen da war.«

Christoph schwieg verwirrt. Was hatte Marco vor? Worauf wollte er hinaus? Auf diese Art von Edelmut hatte er doch noch nie gesteigerten Wert gelegt.

»Du hättest sie nicht alleinlassen dürfen, Weiber nehmen so was übel.«

Christophs Kopf fuhr nach oben. »Spinnst du? Ich hatte Stoff dabei!«

»Na und? Du guckst zu viele Fernsehkrimis. Zeugen werden nicht durchsucht.«

»Da tönt ja der Richtige. Du warst doch der Erste, der abgehauen ist!«

»Das ist was anderes. Ich bin schließlich polizeibekannt.«

»Ja, wegen Schwarzfahren. Das ist doch echt pillepalle!«

»Erschleichen von Leistungen heißt das.« Marco war sichtlich stolz auf seine Insiderkenntnisse.

Eine Weile liefen beide schweigend nebeneinander her.

»Die werden uns noch befragen, oder?«

»Ziemlich sicher. Die anderen haben sie schon vernommen. Beim Burger King. Und weißt du, was Henry erzählt hat?«

»Was denn?«

»Wer den Mordfall bearbeitet. Rate mal.«

Christoph sah ihn mit schreckgeweiteten Augen an. »Doch nicht Monas Mutter?«

»Volltreffer.«

»Shit happens«, wiederholte Christoph.

»Sie wird dir übel nehmen, dass du Mona allein gelassen hast, weißt du?«

»Vermutlich.« Christoph ließ die Schultern hängen.

»Lass dich nicht einschüchtern, hörst du? Keine Unsicherheit zeigen, die Bullen riechen das. Egal, womit sie dir kommt, lass dir nichts gefallen.« Marco grinste. »Mädchen mögen nämlich keine Weicheier. Ich glaube, Mona braucht jemanden, der ihrer Mutter ein bisschen Kontra gibt.«

»Ich werd's mir merken.«

Und wie er sich das merken würde. Ewig konnte er der Befragung durch die Kripo nicht ausweichen, das war Christoph klar. Aber er konnte ihnen die kalte Schulter zeigen. Ganz besonders dieser Kommissarin Sander. Mona sollte ihn auf keinen Fall für ein Weichei halten. Aus dem Augenwinkel sah er, wie Marco ihn verstohlen beobachtete, und fand es an der Zeit, das Thema zu wechseln.

»Ginger war ziemlich froh, dass sie nicht mehr laufen musste, was?«

»Erinnere mich nicht daran!« Marco stieg bereitwillig auf das Ablenkungsmanöver ein. »Das ist ja nun mal gründlich schiefgegangen.«

»Wie kriegen wir die jetzt los?«

»Ich lass mir was einfallen.«

Eine Weile liefen sie schweigend Richtung Hedelfinger Platz. An der Ampelkreuzung vor der U-Bahn-Haltestelle blieben sie stehen.

»Das Blöde ist nur, dass sie unser Versteck kennt.« Christoph schoss wütend einen Stein auf die Fahrbahn. »Ich glaub das immer noch nicht, dass du es ihr gezeigt hast!«

»Krieg dich wieder ein, Alter. Ich hab sie nur ein einziges Mal mitgenommen. Es gibt keinen besseren Ort, wo man eine Braut ungestört vögeln kann. Dahin verirrt sich keiner, und warm ist es auch.«

»Mach das nicht noch mal, hörst du? Irgendwann fliegen wir auf, nur weil du mit dem Schwanz denkst.«

Marco lachte. »Ich werd' sie ein bisschen einschüchtern. Und außer ihr weiß ja niemand mehr von unserem Hauptquartier.«

Die Fußgängerampel sprang auf Grün, und sie überquerten die Straße. Einige Schritte lang beobachtete Christoph seine Füße beim Laufen. Dann hob er den Kopf.

»Na ja, außer meinem kleinen Bruder.«

Marco blieb abrupt stehen und schaute seinen Kumpel perplex an. »Was? Ich hab mich wohl verhört!«

»Er ist mir mal mit seinem Kickboard nachgefahren, als ich hergekommen bin. Ich hab's echt nicht gemerkt. Stand plötzlich in der Tür und grinste. Aber keine Sorge, der petzt garantiert nicht.«

»Wie kannst du dir so sicher sein?«

»Ich hab mir sein Schweigen mit meinem alten Nintendo DS erkauft. Ich brauch das Ding eh nicht mehr. Ist doch Kinderkram.« Christoph spuckte aus und grinste. »Ist schon geil, dass der Kleine bestechlich ist.«

Die U13 fuhr kreischend am Hedelfinger Platz ein, und Marco stieg ein. Schon in der Tür drehte er sich noch einmal zu Christoph um.

»Dann kümmere ich mich darum, dass Ginger die Klappe hält, und du sorgst dafür, dass dein Bruder dasselbe tut. Und für den Notfall«, grinste er, »kenn' ich ja jemanden, der kickboxen kann.«

»Du besorgst aber trotzdem ein neues Schloss!«, rief Christoph ihm noch nach, doch da hatte die Tür sich bereits hinter Marco geschlossen.

Scholls Nase hatte recht behalten, das ruhige Herbstwetter der letzten Tage hatte umgeschlagen. Dunkle Wolken trieben über den Himmel, der Wind riss die letzten welken Blätter von den Bäumen vor dem Polizeipräsidium und fegte sie über die Straße. Als die ersten schweren Regentropfen gegen die Fensterscheibe schlugen, ließ Verena das Rollo herunter, stand auf und schaltete das Licht ein.

Kaum hatte sie sich wieder an den Schreibtisch gesetzt, klopfte es an der Tür, und ohne auf eine Antwort zu warten, trat Katz ins Zimmer, in der Hand eine rote Umlaufmappe.

»Lust auf ein bisschen Lektüre zwischendurch?« Mit einem lässigen Schwung aus dem Handgelenk warf er ihr den Vorgang auf den Tisch. Es war die Ermittlungsakte zur Anzeigensache Magnus gegen Salgam.

Verena schob Kaffeetasse und Kekse zur Seite und blätterte sich zum Ermittlungsbericht durch. Hastig flogen ihre Augen über die Zeilen. Als sie zum Unfallhergang kam, las sie langsamer. Dann ein zweites Mal. Sie glaubte, ein Déjà-vu zu erleben.

Der Unfall des betroffenen Mädchens hatte sich im Haldenwald zugetragen. »Im Rahmen der Mutprobe einer jugendlichen Clique«, stand da, »stürzte die vierzehnjährige Emily Magnus beim Balancieren über einen Baumstamm in einen knapp fünf Meter tiefen Graben. Sie zog sich schwerste Verletzungen zu und wurde mit dem Rettungshelikopter ins Katharinenhospital gebracht.« Verena hob den Kopf von der Akte und starrte Katz an, ohne ihn zu sehen.

Emily Magnus. Ihr Spitzname in der Schule musste Emmi sein. Die Emmi, die mit derselben Clique wie Mona bei genau der gleichen Mutprobe verunglückt war! Mona hatte ihr nie erzählt, dass die Familie Zeugen Jehovas waren. Vielleicht wusste sie es gar nicht. Verena würde es nicht wundern, wenn Emily diese Tatsache in der Schule lieber verschwieg. Zu schnell wird man in diesem Alter zum Außenseiter, wenn man anders ist.

War es Zufall, dass die Ärztin, die Emmi das Leben gerettet hatte, in genau diesen Graben geworfen worden war?

»Ist es dir auch aufgefallen? Ich meine, die Übereinstimmung der Örtlichkeiten, wo das Kind verunglückt ist und wo die Leiche entsorgt wurde?« Katz zog sich einen Stuhl heran und setzte sich.

»Natürlich ist es mir aufgefallen. Glaubst du an Zufälle?«

»Ich kann mir kaum vorstellen, dass er so dumm ist. Er muss doch damit rechnen, dass wir Rückschlüsse daraus ziehen. Und warum dieses Pflanzholz? Was hat das mit seiner Rache an der Ärztin zu tun? Steht es als Symbol für irgendetwas?«

»Das ist das Detail, über das ich schon die ganze Zeit nachdenke.« Verena stützte den Kopf in die Hände und starrte auf die konzentrischen Kreise ihres Bildschirmschoners. »Ich bin zwar mit den Bräuchen und Regeln der Sekte groß geworden, aber ich kann nichts aus meiner Erinnerung mit diesem Holz in Verbindung bringen. Und seit ich erwachsen bin und selbstständig denken darf, beschäftige ich mich nicht mehr mit dieser Lehre.«

»Triberg glaubt nicht, dass Magnus unser Mann ist. Ich hab schon mit ihm telefoniert. Er schlägt vor, dass wir ihre Kollegen überprüfen, ihre Familie. Die stehen ohnehin schon alle auf dem Plan für die nächsten Tage.«

»Triberg ist ein Ignorant«, sagte Verena verächtlich. »Was nicht zu seinem Erfahrungsbereich gehört, und das tun Jehovas Zeugen nun mal nicht, lässt er nicht gelten.« Sie war frustriert, dass ausgerechnet Jens Triberg ihren Fall als leitender Staatsanwalt bekommen hatte. Ihr Verhältnis konnte man getrost als angespannt bezeichnen, seit Triberg sich vor einigen Jahren geweigert hatte, beim Amtsgericht einen Durchsuchungsbeschluss in einem ihrer Fälle zu erwirken, weil ihm die Indizien nicht gereicht hatten. Er hatte ihr unmissverständlich klargemacht, was er von ihren Ermittlungsansätzen hielt, worauf Verena sich dazu hatte hinreißen lassen, ihn zu fragen, ob er von ihrem Tatverdächtigen, der ein hohes Tier im Vorstand der Daimer AG war, geschmiert worden sei. Denkbar ungünstige Voraussetzungen für eine weitere entspannte Zusammenarbeit, zumal ihr Tatverdacht mehr als begründet gewesen war, denn ihr Verdächtiger legte wenig später ein Geständnis ab. Ein harter Schlag für Triberg und eins zu null für Verena.

»Als Staatsanwalt hat er aber das Ruder in der Hand«, sagte Katz, »trotzdem wird er uns nicht verbieten können, dass wir die Spur Thomas Magnus weiterverfolgen. Das ist sogar unsere verdammte Pflicht. Magnus ist eine Spur, und der wird nachgegangen wie jeder anderen auch, egal, ob Triberg sich eine Täterschaft vorstellen kann oder nicht.«

»Und du?«, fragte Verena. »Kannst du dir vorstellen, dass er es war?«

»Keine leichte Frage. Im Prinzip schon. Motiv Rache, Enttäuschung über die Einstellung des Verfahrens, und vielleicht denkt er ja wirklich nicht so weit, dass wir anhand des Fundorts Rückschlüsse auf den Unfall seiner Tochter ziehen.

»Der Ort hat für ihn symbolischen Charakter. Vielleicht hat er die Tote als eine Art Opfergabe dort hingelegt, um von Jehova Emilys ewiges Leben zu erbitten«, überlegte Verena.

»Möglich. Für das Pflanzholz findet sich vielleicht auch noch eine Erklärung, die wir jetzt nur noch nicht kennen. Wie auch immer, wir müssen Magnus auf jeden Fall abklopfen. In dieser Sekte findet man viele Fanatiker, die sich anders verhalten als normale Menschen.«

»Und bis er aus dem Urlaub zurück ist, überprüfen wir das Umfeld des Opfers, damit es nicht heißt, wir verrennen uns in eine bestimmte Richtung.«

»So machen wir's. Fangen wir doch gleich mit Leander Salgam und seiner interessanten Veranlagung an.« Er legte einen Computerausdruck vor Verena auf den Tisch. »Unsere Frau heißt Sissi Pawlik und wohnt in der Danneckerstraße. Allerdings hält sie sich die meiste Zeit in ihrem Studio in der Altstadt auf. Ich hab ein bisschen rumtelefoniert und von der Dienststelle Prostitution erfahren, dass dieses Studio in der Weberstraße ist.«

»Gute Arbeit, Roman.« Verena schaute zur Uhr. »Um diese Zeit wird sie allerdings schon fleißig die Peitsche schwingen.

Vielleicht sollten wir unseren Besuch auf morgen Vormittag verschieben.« Sie konnten es zuerst bei Sissi Pawlik zu Hause versuchen, und wenn sie sie dort nicht antrafen, weiter zur Weberstraße gehen. Beide Anlaufpunkte lagen nur wenige Minuten Fußmarsch voneinander entfernt.

»Lass uns für heute Feierabend machen. Morgen gehen wir dann in die Vollen.«

»Home, sweet home«, summte Verena, als sie die Wohnungstür hinter sich zuzog und ihre Jacke an die Garderobe hängte. Den ganzen Heimweg über hatte sie sich bis in jede Einzelheit vorgestellt, wie sie sich eine Kanne guten Tee kochen, die Lieblingskuschelsocken anziehen und sich durch das Fernsehprogramm zappen würde auf der Suche nach einem Film, bei dem man nicht nachdenken musste, der aber gut genug war, um alle Gedanken an den Mordfall und die damit verbundenen Fragen und Probleme für eine Weile zum Schweigen zu bringen.

Die Tür zu Monas Zimmer stand einen Spaltbreit offen, was in der Regel nur vorkam, wenn Mona allein zu Hause war. Das bedeutete, Fabio war schon heimgefahren. War sie nicht allein in der Wohnung, achtete Mona sehr genau darauf, ihre Zimmertür geschlossen zu halten. Verena hatte einmal von einer ihrer Dienstreisen das »Bitte-nicht-stören-Schild« eines Hotelzimmers mitgebracht, das seither häufig zum Einsatz kam.

Leise ging Verena zum Kinderzimmer und schaute durch den Türspalt. Mona saß am Schreibtisch und wandte ihr den Rücken zu. Sie schien etwas zu schreiben oder zu zeichnen. Obwohl die Erledigung von Hausaufgaben am Freitagabend ungewöhnlich war, wirkte Mona konzentriert. Sie hatte ihre

Mutter offenbar noch nicht bemerkt. Verena beobachtete, wie ihre Tochter innehielt, nachdachte, an einem Stift kaute, weiterarbeitete, sich mit ihren kleinen, schmalen Händen das schwarze Haar zurückstrich, das ihr ins Gesicht gefallen war. Plötzlich überkam sie eine unbeschreibliche Zärtlichkeit für dieses Kind, die sie vollkommen unvorbereitet traf. Ein so intensives Gefühl, dass sie es an die Empfindungen nach Monas Geburt erinnerte, als man ihr im Krankenhaus zum ersten Mal ihr Baby in den Arm gelegt hatte. Ich sollte öfter innehalten und mein Kind anschauen, dachte Verena. Wirklich anschauen. Die meiste Zeit habe ich tausend andere Dinge im Kopf, wenn ich mit Mona rede, und nehme sie gar nicht richtig wahr. Und sie ist es verdammt noch mal wert, wahrgenommen zu werden!

Leise klopfte sie an, sah, wie Monas Kopf herumflog und ihre Hände das Blatt Papier, an dem sie gerade gearbeitet hatte, schnell in der Schreibtischschublade verschwinden ließen.

»Darf ich reinkommen?«

Mona nickte.

Verena schloss die Tür hinter sich, ging zu ihrem Kind und drückte ihm einen Kuss auf den Scheitel. Dann setzte sie sich Mona gegenüber aufs Bett.

»Wie war dein Tag?«

»Gut.« Mona schaute ihre Mutter abwartend an. »Warum fragst du nicht gleich, wie der Termin bei der Psychologin war? Das willst du doch eigentlich wissen, oder?«

Erwischt! Verena nickte zögernd.

»Ich musste beschreiben, was ich auf Bildern erkenne, auf denen nur Kleckse zu sehen waren. Keine Ahnung, was das sollte.«

»Der Rorschach-Test«, sagte Verena. »Durch das, was man

mit den Klecksen assoziiert, verschaffen sich Psychologen einen Überblick über die Persönlichkeit ihrer Patienten.«

»Sie hat gesagt, dass es dabei keine falschen Antworten gibt. Warum haben wir so ein Fach nicht in der Schule?« Mona lachte, aber das Lachen war verhalten.

»Und sonst?«

»Wir haben uns unterhalten. Sie hat gesagt, dass ich dir nicht alles erzählen muss, was wir bei ihr bereden. Nur das, was ich erzählen möchte. Eigentlich haben wir überhaupt nicht über die Tote im Wald gesprochen.«

»Sondern?«

Mona rollte die über die Tischplatte verteilten Buntstifte hin und her, schob sie schließlich zu einem Bündel zusammen und warf sie in ihr Schlampermäppchen.

»Über unsere Familie.«

»Familie?« Konnte man eine Wohngemeinschaft von Mutter und Tochter denn Familie nennen?

»Sie hat gesagt, Papa gehört dazu«, antwortete Mona, als hätte sie Verenas Gedanken gehört. »Und sie hat mir eine Hausaufgabe aufgegeben. Ich soll bis zum nächsten Mal ein Bild meiner Familie malen. Also mich und dich und Papa.«

Verena fühlte einen Stich, wie von einer sehr feinen Nadel, in der Magengegend. Sicher gehörte für ein Kind der Vater zu seiner Familie, egal, ob er zu Hause lebte oder nicht. Sie war erstaunt, wie weh ihr dieser Gedanke tat, und die Erkenntnis, dass sie Mona offenbar ganz für sich allein wollte, obwohl sie Fabio gerade wieder öfter für Monas Betreuung in Anspruch nahm.

»Wo ist Papa denn jetzt?«, fragte Verena, um das Schweigen zu überbrücken.

»Er hat mich nach dem Termin nach Hause gebracht und ist dann gleich weitergefahren. Er sagte, er muss noch arbeiten.«

Verena stand auf, legte ihrer Tochter die Arme um die Schultern, merkte, wie sie sich versteifte.

»Es tut mir so leid, dass wir so wenig Zeit für dich haben.«

»Schon okay«, hauchte Mona und löste sich verlegen aus der Umarmung ihrer Mutter.

»Diese Therapeutin, kommst du mit ihr klar?«

Mona nickte. »Ich mag sie.«

Noch so ein feiner Nadelstich. War das Eifersucht? Neid darauf, dass Hannah eine ganze Stunde Zeit für Mona hatte und sie ihr in dieser Zeit Dinge anvertraute, die sie ihrer Mutter verschwieg? Sei nicht albern, sagte sich Verena. Sei lieber froh, dass wir so schnell einen Termin bekommen haben, und sei dankbar, dass Mona geholfen wird. Bei der heutigen Auslastung der Ärzte war das nicht selbstverständlich.

»Ja«, sagte sie und strich Mona mit dem Zeigefinger über die Wange. »Ja, ich mag sie auch.«

In der Diele klingelte das Telefon. Verena zog die Kinderzimmertür hinter sich zu und griff nach dem Hörer. Schon als sie die Nummer auf dem Display sah, stöhnte sie auf.

»Fabio?«

»Hallo, Verena«, meldete sich ihr Ex am anderen Ende der Leitung. »Hör mal, wir müssen reden.«

Verena nahm das Telefon mit ins Wohnzimmer und setzte sich auf die Couch. Wenn er ein Gespräch schon mit diesen Worten begann, würde es ziemlich sicher eine Weile dauern und Kraft und Nerven kosten.

»Ich habe heute Monas Therapeutin kennengelernt«, begann er.

»Aha«, sagte Verena, während sie überlegte, was jetzt wohl kommen würde. »Und wie war sie so?«

Am anderen Ende herrschte einige Sekunden lang Stille. Im Hintergrund sang Freddy Mercury *»Friends will be friends«*. Das war 107,7, jede Wette. Dreimal pro Stunde Mercury. Der Programmchef musste Queen-Fan sein.

»Über das Gespräch zwischen Mona und ihr hat sie mir überhaupt nichts erzählt«, sagte Fabio schließlich. »Sie meinte nur, dass Mona unter den instabilen Familienverhältnissen leidet, in denen sie seit ihrer frühen Kindheit lebt. Dass sie die Trennung ihrer Eltern im Kleinkindalter offenbar nicht verkraftet hat. Und dass dort die Wurzeln ihrer Probleme liegen.«

Verena stöhnte auf.

»Mein Gott, was hätten wir denn damals tun sollen? So tun, als sei alles in Butter, uns allabendlich weiter zerfleischen und tagsüber dem Kind eine heile Welt vorspielen? Tausende Ehepaare mit kleinen Kindern lassen sich jedes Jahr scheiden. Meinst du, dass jedes dieser Kinder ein lebenslanges Trauma davonträgt?«

»Dir ist sehr wohl klar, was ich meine«, sagte Fabio. »Bei uns waren die Dinge etwas anders gelagert. Mona weiß nicht genau, wo sie hingehört.«

»Natürlich weiß sie das!« Verena konnte nicht verhindern, dass sie lauter wurde. »Sie gehört zu mir, ihrer Mutter!«

»Einer Mutter, die nie für sie da ist! Die nachts aus dem Bett geholt wird, weil irgendwo ein Toter rumliegt. Die rund um die Uhr Polizistin ist, sogar in ihrer Freizeit. Und bei der der Beruf immer an erster Stelle steht!«

Verena versuchte, bis zehn zu zählen, kam aber nur bis drei, denn Fabio sprach sofort weiter.

»Findest du es nicht besser, wenn Mona, wenigstens vorübergehend, bei mir wohnen würde?«

Aha. Darauf lief es also hinaus.

»Denk nicht mal im Traum dran!«, fauchte Verena. Ihr Herz klopfte plötzlich so stark, dass sie die Hand darauflegen musste.

»Flipp nicht gleich aus, und denk mal drüber nach. Ich bin zurzeit ohnehin öfter mit ihr zusammen als du. Ich bin bei ihr zu Hause, wenn du Dienst hast, ich bringe sie zu ihrer Therapeutin und hole sie wieder ab, weil du es nicht schaffst, ich …«

»Lass es gut sein, Fabio, Mona bleibt bei mir. Sie ist vierzehn. In dem Alter kann man durchaus mal ein paar Abende in der Woche allein bleiben.«

»Aber nicht, wenn man ein psychisches Problem hat. Wenn man eine Leiche gefunden hat. Wenn der Arzt einem eine posttraumatische Belastungsstörung bescheinigt! Verena, unsere Tochter sucht Halt in einer fragwürdigen Clique. Einen Halt, den sie ganz offenbar zu Hause nicht bekommt. Weil sie eine Mutter hat, der der Beruf wichtiger ist als ihr Kind.«

»Und einen Vater, dem eine andere Frau wichtiger war als sein Kind!«

Verena biss sich auf die Lippen. Sie hatte nicht vorgehabt, in der Vergangenheit zu graben und alte Wunden aufzureißen. Aber ihr blieb nichts anderes übrig, wenn sie gegen Fabio ankommen wollte.

»Ich sehe, es hat keinen Sinn, mit dir zu reden«, erwiderte Fabio, ohne auf ihren Vorwurf einzugehen. »Mona tut mir leid. Ich werde mir jedenfalls überlegen, was ich für unsere Tochter tun kann.«

Damit legte er grußlos auf. Verena blieb mit laut klopfendem Herzen zurück, und mit einer unbestimmten Angst, die sie nicht benennen konnte.

3

»Arbeiten Prostituierte denn überhaupt am Samstag?«, überlegte Verena laut, nachdem sie Sissi Pawlik zu Hause nicht angetroffen hatten und hinüber zur Altstadt gingen. »Vielleicht erledigt sie ja gerade ihren Wochenendeinkauf?«

»Jede Wette, dass sie samstags arbeiten.« Katz wich einer türkischen Hausfrau aus, die, in jeder Hand zwei schwere Einkaufstaschen, aus dem Lidl in der Blumenstraße kam. »Gerade samstags kann sich der Familienvater zum Frühschoppen verabschieden und der Einsame die freien Tage nach seinem Gusto gestalten. Außerdem ist die Frau genau genommen nicht Prostituierte, sondern Domina.«

Für Verena machte das keinen großen Unterschied, aber sie gab sich damit zufrieden und hoffte, dass er recht hatte.

In der Weberstraße herrschte Hochbetrieb. Während das Bohnenviertel abends und in der Nacht dem Rotlichtmilieu gehörte, merkte man tagsüber ganz und gar nichts davon. Junge Pärchen schlenderten Arm in Arm durch die Gassen, Mütter schoben Kinderwagen über das Kopfsteinpflaster, Hausfrauen schleppten ihre Einkäufe nach Hause. Die Wirte der ansässigen Lokale stellten nostalgische Schiefertafeln mit der aktuellen Tageskarte vor ihre Türen. Einige der angesagtesten Weinstuben Stuttgarts waren in diesem Teil der Stadt angesiedelt.

Verena gähnte verhalten. Sie hatte am Vorabend noch lange über das Telefonat mit Fabio nachgedacht, bevor sie schließlich weit nach Mitternacht in einen unruhigen Schlaf gefallen war. Die Tatsache, dass sie Mona am Samstagmorgen schon wieder allein lassen musste, machte ihr schlechtes Gewissen nicht besser. Aber verdammt, es war nun mal ihr Job! Wenn sie Glück hatte und Mona dichthielt, würde Fabio vielleicht gar nicht erfahren, dass sie am Wochenende dienstlich unterwegs war.

Das Studio, in dem Sissi Pawlik ihrer Arbeit nachging, befand sich in einem Hinterhof, den man von der Weberstraße aus über einen Parcours zwischen überquellenden Mülltonnen und einem Berg Bauschutt erreichte. Das Haus selbst war ein unscheinbares Wohnhaus aus der Jahrhundertwende. Einige der schmalen Fenster standen offen. Aus dem dritten Stock plärrte Heavy-Metal-Musik. Im Erdgeschoss kämpfte ein beherzter Pianist mit einer holprigen Übungsversion von Wagners Sonate in B-Dur dagegen an.

Die Klingelleiste unterschied sich in nichts von denen anderer Mietshäuser. Auf einem der Schilder, das offenbar zu einer Wohnung im Souterrain gehörte, stand in verschnörkelten Buchstaben »Sissi & May«.

Auf ihr Klingeln hin öffnete eine junge Frau Anfang dreißig, die Verena und Katz erstaunt musterte. Möglicherweise war sie es nicht gewohnt, dass Paare zu ihr kamen. Das Erstaunen war allerdings ganz auf Verenas Seite, als sie das Outfit ihres Gegenübers sah: ein schwarzes Stirnband im schulterlangen, knallroten Haar, ein ebensolches Halsband mit silbernen Spikes. Im schreienden Kontrast dazu ein babyrosafarbener Bademantel mit dem Kätzchenlogo von »Hello Kitty«, unter dem schwarze Lackstiefel hervorschauten. In der Hand hielt sie einen Kaffeebecher mit dampfendem Kakao. Die musikalische Untermalung durch die stümperhafte Wagner-Sonate aus der Wohnung gegenüber machte die Situation noch ein wenig bizarrer.

Nach kurzem Zögern stellte die Frau den Kakao auf einem Garderobentisch ab, ließ mit einer einzigen Bewegung den Bademantel fallen und stand in einem äußerst knappen Lederbody und schwarzen Netzstrümpfen da.

Katz sog scharf die Luft ein. Hier musste zuallererst ein Missverständnis geklärt werden.

»Sissi Pawlik?«, fragte Verena knapp.

Das Mädchen nickte verwirrt.

»Ziehen Sie sich wieder an, wir sind nicht geschäftlich hier«, Verena hielt ihren Dienstausweis in Augenhöhe.

»Ich mache nichts Verbotenes«, sagte Sissi Pawlik mit trotzigem Unterton.

»Darum geht es nicht. Es geht um einen Ihrer Klienten, den Sie im letzten Jahr wegen Körperverletzung angezeigt haben.«

»Welchen?«

Damit hatte Verena nicht gerechnet. »Kommt das öfter vor?«

»Nicht allzu oft.« Sie bückte sich nach dem Bademantel und schlüpfte wieder hinein. »Wir arbeiten ja nach dem Prinzip *safe, sane and consensual.* Aber manche Typen überschätzen sich und verlangen mehr, als sie aushalten können. Und dann brennt ihnen die Sicherung durch, und sie schlagen zurück.«

»Sein Name ist Salgam«, sagte Verena. »Klein, dicke Brille, narbiges Gesicht. Erinnern Sie sich an ihn?«

»Der Name sagt mir nichts, aber ich weiß, wen Sie meinen.« Sissi Pawlik trat in die Wohnung zurück. »Kommen Sie doch rein.«

Verena folgte Katz in einen schmucklosen Flur, keine zwei Meter lang. An der Wand hing neben einer kleinen Garderobenleiste eine gerahmte Reproduktion von Marc Chagalls »Paar auf blauem Pferd«.

»Dieser Pianist treibt mich in den Wahnsinn«, sagte Sissi Pawlik und schloss die Tür. »Eigentlich müsste ich ihm Prozente abtreten. Er quält meine Kunden mit seinem Spiel mehr als ich mit der Peitsche.« Sie blieb ein wenig unschlüssig in der Küchentür stehen und folgte Katz' Blick, der sich in dem kleinen Raum umsah.

»Setzen Sie sich doch.« Sie wies auf zwei weiß lackierte Holzstühle. »Das Studio ist unten im Keller, aber wenn ich Sie richtig verstanden habe, haben Sie daran ja kein Interesse, oder?«

»Nein, nein«, beeilte sich Katz zu versichern, sah der Frau aber mit offensichtlichem Bedauern dabei zu, wie sie den Gürtel des Bademantels zuzog.

»Es ist kalt hier unten. Ich kann keine Rücksicht darauf nehmen, falls der Bademantel meine Klienten abturnt. Krank werden kann ich mir nicht leisten.« Sie wies auf eine große Keramikkanne, die auf einer Warmhalteplatte stand. »Mögen Sie eine Tasse Kakao? Kaffee hab ich leider keinen, den vertrage ich nicht.«

»Nein, danke«, sagte Verena.

»Ja, bitte«, sagte Katz und setzte sich.

Sissi Pawlik nahm einen Henkelbecher aus dem Schrank, goss Kakao hinein und reichte ihn Katz. »Was wollen Sie wissen?«

»Zunächst einmal, ob Sie allein hier arbeiten.« Verena lehnte sich an den Küchenschrank. »Am Klingelschild stand noch ein zweiter Name.«

»May macht gerade Urlaub auf Malle. Eigentlich sollten wir nicht allein mit den Klienten sein, falls etwas passiert. Aber ich kann mir nicht leisten, eine Woche auszusetzen, ich brauche das Geld.« Da Verena sich nicht setzte, nahm Sissi auf dem zweiten Stuhl Platz. »Und ich komme auch ohne sie klar. Musste ich früher schließlich auch.«

»War sie dabei, als die Sache mit Salgam passierte?«

Sissi Pawlik nickte. »Wir haben ihn mit vereinten Kräften rausgeschmissen. Sie hat mich auch zur Polizei begleitet. Falls ich eine Zeugin brauche.«

»Erzählen Sie uns von dem Vorfall. War er nur das eine Mal bei Ihnen, oder kam er öfter?«

»Er war damals Stammkunde und nannte sich Leo.« Sissi Pawlik nippte an ihrem Kakao und wischte sich mit dem Handrücken über die Lippen. »Kam einmal die Woche, meistens dienstags. Er war immer der Sub, er wollte es so.«

»Was haben Sie mit ihm gemacht?«

»Immer dasselbe. Flagellation. Wir haben so eine Art Sprossenwand im Keller. Daran musste ich ihn fesseln und dann auspeitschen. Manchmal schrie er wie ein Tier.«

»Was sagen denn die anderen Mieter zu dem, was Sie hier machen?«, fragte Katz und stellte seinen Becher ab.

»Wir haben Schallschutz im Keller. Die Wände sind gepolstert. Natürlich kriegen sie das eine oder andere Mal etwas mit. Aber schlimmer als die Musik von dem Metal-Freak und dem Möchtegern-Pianisten kann das auch nicht sein. Ich hab trotzdem einmal aufgehört, als er allzu laut um Hilfe schrie. Er hat sich darüber beschwert und dann nicht den vollen Preis zahlen wollen. Er sagte, er bezahle mich dafür, die Sache durchzuziehen, auch wenn er noch so sehr bettelt, solange er nicht das

Safewort sagt. Na ja, an diesem Abend jedenfalls, da hat er gebettelt, aber nicht das Safewort verwendet. Ich habe also weitergemacht, wie er es zuvor verlangt hatte. Plötzlich fing er an, mich übelst zu beschimpfen, was er noch nie vorher gemacht hatte, und dann hat er mich mit dem Fuß gegen das Kinn getreten. So kräftig, dass ich umgefallen und wie ein Maikäfer auf dem Rücken gelandet bin. Meine Lippe war aufgeplatzt, es hat geblutet wie Sau.«

»Hat er das nur das eine Mal getan?«, fragte Verena.

Sissi Pawlik nickte. »Nachdem ich ihn angezeigt hatte, ist er nie wieder gekommen. Vielleicht weil es ihm peinlich war. Vielleicht aber auch, weil er es nicht mehr brauchte.«

»Nicht mehr brauchte?« Verena verstand nicht.

Die junge Frau drehte nachdenklich den Kakaobecher in den Händen. »Dieses eine Mal, als er zurückschlug, geschah etwas mit ihm«, sagte sie schließlich. »Es war, als hätte er beschlossen, nicht länger Opfer zu sein, sondern sich zu wehren. Wie ein Befreiungsschlag, gegen was auch immer, wenn Sie verstehen, was ich meine. Schon dass er sich nicht mehr an das Safewort zu erinnern schien, zeigte mir, dass er im Kopf ganz woanders war.«

Verena ging zum Fenster und schaute hinaus. Im Hof hatten Kinder angefangen, Fußball zu spielen. Der Ball prallte gegen die Mauer, dass es an den Häuserwänden widerhallte. Immerhin hatte der Pianist aufgegeben, das Klavier zu malträtieren; wenigstens etwas. Nach dem, was Sissi Pawlik gesagt hatte, war sie sicher, dass Salgams Fußtritt nicht der Prostituierten gegolten hatte. Sie war wahrscheinlich nur Stellvertreter für eine andere Person gewesen. Doch für wen hatte Salgam die Domina zum Stellvertreter gemacht? Jemand, der nicht vom selben Stern war wie er? Aber reicht es, nicht vom selben Stern zu sein, um derartige Aggressionen aufzustauen? Sie drehte sich wieder zu Sissi Pawlik.

»Wie würden Sie Herrn Salgam beschreiben? Was war er für ein Typ?«

Sissi Pawlik überlegte eine Weile. »Ein eher introvertierter Typ«, sagte sie dann. »Deshalb war ich ja so überrascht, als er plötzlich ausflippte. Das passte nicht zu ihm. Das Verrückte war, als ich am Boden lag und mir das Blut vom Mund wischte, war es, als ob er plötzlich aufwachte. Er hat sich über mich gebeugt und *mayday* gesagt. Das Safewort. Aber so, als ob er es nicht für sich, sondern für mich sagen würde. Als täte es ihm leid. Bisschen spät, oder?«

Verena nickte. Dieser Mann wurde immer rätselhafter, je mehr sie über ihn erfuhr.

Sissi Pawlik ging zur Wärmeplatte und schenkte sich noch einen Becher Kakao ein. Sie trank einen Schluck, und als sie den Becher absetzte, blieb eine braune Spur über ihrer Oberlippe haften. Verena musste lächeln.

»Und wie war er sonst noch, abgesehen von introvertiert?«, frage sie.

Sissi Pawlik schien weder den Schokobart noch Verenas Belustigung zu bemerken. Sie war in Gedanken versunken, als suche sie nach den richtigen Worten. »Ich weiß nicht, wie ich es beschreiben kann«, sagte sie schließlich. »Er war ein wenig seltsam. Einfach anders als die anderen.«

Katz, der damit beschäftigt war, sich mit einem Stück Küchenkrepp einen Kakaofleck vom Hemd zu rubbeln, blickte auf. »Wie meinen Sie das?«

»Nun ja, wie soll ich das Außenstehenden erklären?« Die

junge Frau spielte am Bindegürtel ihres Bademantels, rollte ihn auf und strich ihn wieder glatt. »Ich lerne ja in diesem Job eine Menge Männer kennen, ganz unterschiedliche Männer, die ihre Lust aus allen möglichen Absonderheiten gewinnen. Aber alle haben etwas gemeinsam: Sie ziehen Lust aus dem Schmerz, den ich ihnen zufüge. Auf die eine oder andere Art genießen sie es. Bei Leo war das anders.«

»Tatsächlich?« Katz trank seinen Kakao aus, verschluckte sich und musste husten. Ein neuer Kakaofleck machte sich auf seiner Knopfleiste breit. »Weshalb kam er dann hierher?«

»Keine Ahnung. Er wollte keine Extras, weder NS noch irgendwelche Rollenspiele. Er wollte nur geschlagen werden, ohne dass ich jemals so etwas wie einen Orgasmus bei ihm festgestellt hätte.« Sissi Pawlik ging in der Küche auf und ab, suchte sichtlich nach Worten. »Es ist nur so ein Gefühl, aber ich mache diesen Job schon einige Jahre und merke, wenn jemand Lust empfindet und wann nicht. Salgam hat den Schmerz nie genossen. Es war, als wollte er einfach für irgendetwas bestraft werden. Fast wie eine Art Selbstgeißelung.«

Verena nickte nachdenklich. Sie staunte über die Menschenkenntnis der jungen Frau und die intelligente Art, wie sie sich ausdrückte, und begriff, dass es nichts als ein Vorurteil war zu glauben, dass nur Frauen von niedrigem Bildungsniveau diesen Beruf ausüben würden.

»Sie meinen, er hatte das Bedürfnis, bei jemandem etwas wiedergutmachen zu müssen?«, fragte sie.

Sissi Pawlik sah auf und blicke Verena fest in die Augen.

»Ich meine, er kam nicht zu mir, um einen Orgasmus zu erleben. Er kam jeden Dienstag, um Buße zu tun.«

»Gehen wir davon aus, dass er sich schuldig fühlte, dann stellt sich die Frage, wofür.« Verena hielt ihr Gesicht in die wärmende Herbstsonne, während sie zurück zum Breuninger-Parkhaus liefen, und stolperte auf dem Kopfsteinpflaster. Katz griff sie geistesgegenwärtig am Arm und bewahrte sie vor dem Sturz.

»Vor die eignen Füße dicht, ja, da schaut die Dame nicht«, rezitierte er kopfschüttelnd.

»Also dass ein jeder ruft: Seht den Hans-guck-in-die-Luft«, ergänzte Verena lachend. Gleich darauf schaute sie Katz entsetzt an. »So was liest du doch nicht etwa deinen Kindern vor?«

Wie hatte sie das Struwwelpeter-Buch ihrer Kindheit gehasst. Wenn Mutter mit ihrer Erziehung nicht mehr weiterwusste, kam Struwwelpeter zu Wort. Es hatte ihr jahrelang nachgehangen; noch als Jugendliche hatte sie Albträume von lichterloh brennenden Häusern und abgeschnittenen Daumen gehabt.

»Nein, nein. Das würde ich niemals tun!«, sagte Katz schnell. »Ich hab ja selbst noch ein Kindheitstrauma von diesem Buch.«

Was hatte sich die Generation ihrer Eltern eigentlich dabei gedacht? Wahrscheinlich gar nichts. Für sie gehörte Angst zur Erziehung dazu, Angstmachen als Mittel, das Kind zu beschützen. Sie hatten es nicht anders gekannt, waren ja selbst mit diesen Gruselgeschichten groß geworden. Konnte man ihnen dafür Schuld anlasten? Sicher nicht.

»Meinst du, Salgam hat einen Schuldkomplex, ausgelöst durch seine Mutter, und bringt sie deshalb um?«, fragte Katz, und kam damit ihrer Frage zuvor.

Verena dachte lange nach.

»Keine Ahnung, ich bin keine Psychologin«, antwortete sie schließlich. »Aber ich kenne eine. Vielleicht frag ich die ja mal.«

Sie hatten vergessen, auf welcher Ebene sie den Wagen geparkt hatten, und liefen eine geschlagene Viertelstunde treppauf und treppab, bis sie den Daimler schließlich auf der untersten Ebene fanden.

Beim Anblick der Unmengen von Autos fiel Verena wieder ein, dass sie noch etwas überprüfen wollte.

»Lass uns noch in Zuffenhausen bei Europcar vorbeifahren«, sagte sie, als sie den Wagen aufschloss. »Salgams Arbeitsstelle«, fügte sie auf Katz' erstaunten Blick hinzu.

»Ich weiß, dass Salgam da arbeitet, aber meinst du, die haben jetzt noch geöffnet?«

»Samstags bis vierzehn Uhr.« Verena stieg ein und kramte im Handschuhfach nach dem Parkschein. »Ich war dort selbst schon Kunde, als mein Mini in der Werkstatt war, daher kenne ich die Öffnungszeiten.«

»Du glaubst, er hat den Leichnam seiner Mutter in einem Mietwagen seiner Firma transportiert?«

»Ich glaube gar nichts. Aber ich muss es überprüfen.«

»*Wir* müssen es überprüfen«, sagte Katz mit Betonung auf dem ersten Wort. »Wir sind immer noch zu zweit. Schon vergessen?«

Fast ein wenig schuldbewusst schielte Verena zu ihm hinauf. Ein Schatten lag über seinen grauen Augen. Doch dann zwinkerte ihr eines davon zu. Verena atmete auf. Na, Gott sei Dank!

Der gelangweilte Mitarbeiter hinter dem Service-Desk, der aussah, als würde er jeden Moment einschlafen, war schlagartig hellwach, als Verena und Katz ihre Dienstausweise vorlegten.

»Kriminalpolizei? Aber warum denn das?« Er starrte die beiden mit halboffenem Mund an und merkte offenbar nicht, wie ihm ein dünner Speichelfaden das Kinn hinunterlief.

Verena zwang sich, nicht auf sein Kinn zu starren, und steckte den Dienstausweis wieder ein.

»Nur eine Routineüberprüfung«, sagte sie betont lässig. Sie wollte auf keinen Fall Aufsehen erregen. Immerhin war Salgam der Sohn des Opfers und noch weit von einem Beschuldigtenstatus entfernt. Doch sie hatte im Laufe der Jahre gelernt, ihrer Intuition nachzugeben. Irgendetwas stimmte mit diesem Mann nicht, und sie wollte herausfinden, was es war.

»Mit welchem Wagen war Herr Salgam vergangene Woche unterwegs?«

Der Mann tippte etwas in seinen Computer. Falls ihn die Frage erstaunte, zeigte er es nicht.

»Mit einem Audi A3. Von Dienstagmorgen bis Donnerstagabend. Er hatte auf der Rückfahrt einen kleinen Unfall, aber das Auto war noch fahrtüchtig, nur der Kotflügel war eingedellt«, fügte er eifrig hinzu.

Verena ging nicht darauf ein. Sollte er vorerst glauben, die Polizei interessiere sich nur für die Fahrtüchtigkeit des Autos.

»Wo ist das Auto jetzt?«

»In der Werkstatt natürlich. Es soll am Montag repariert werden.«

Verena schüttelte den Kopf. »Nein. Lassen Sie es bitte vorerst, wie es ist. Es kann sein, dass wir es untersuchen müssen. Rühren Sie es nicht an!«

Die Kinnlade des Angestellten klappte noch ein Stück weiter nach unten. Vielleicht dachte er an eine Autobombe. Verena konnte das nur recht sein. So würden die Werkstattleute auf jeden Fall die Finger davon lassen, bis sie einen Beschluss hatten.

Ach ja, der Beschluss. Auch hier führte wieder mal kein Weg an Triberg vorbei.

»Wann genau hat er das Auto geholt?«

»Am Dienstagmorgen, kurz bevor er losgefahren ist. Darf ich fragen, warum Sie das eigentlich alles wissen wollen?«

»Natürlich dürfen Sie fragen.« Verena lächelte freundlich. »Aber ich darf nicht darauf antworten. Keine Sorge, wir wollen Ihren Kollegen nicht verhaften.«

Noch nicht, dachte sie. Nur dann, wenn er es war. Selbst wenn Ewa Salgam am Montag oder Dienstagmorgen getötet worden war, hätte ihr Sohn sie am Dienstag, nachdem er den Audi geholt hatte, in den Haldenwald fahren können. Theoretisch. Theoretisch war vieles denkbar.

»Wir sollten das Kennzeichen mal von der Verkehrsüberwachung überprüfen lassen«, sagte Katz auf dem Weg zum Auto. »Vielleicht ist er ja in eine Radarfalle gefahren oder irgendwo kontrolliert worden. Man kann ja auch mal Glück haben, oder?«

Verena nickte. Ja, zur Abwechslung könnte man auch mal wieder Glück haben.

Als Verena am Nachmittag nach Hause kam, war Mona gerade dabei, sich eine Badewanne einzulassen. Sie schwebte in Unterwäsche durch die Wohnung auf der Suche nach ihrem Badeöl, und Verena bemerkte, dass sie trotz der Gummibandage, die sie noch ein paar Tage würde tragen müssen, kaum noch humpelte.

»Du bist schon zurück?« Mona hauchte ihr einen flüchtigen Begrüßungskuss, zart wie ein Schmetterlingsflügel, auf die Wange und verschwand im Badezimmer, um das Wasser abzustellen. Es war eine rein rhetorische Frage, aber Verena beschloss, trotzdem darauf zu antworten.

»Na ja, es ist schließlich Wochenende. Schlimm genug, dass ich am Samstag arbeiten muss. Aber mein Chef hat uns morgen freigegeben, da könnten wir zusammen was unternehmen.«

»Ehrlich?« Mona drehte sich zu ihr um und sah sie zweifelnd an, als würde sie nicht wagen, sich jetzt schon darauf zu freuen.

»Ja, ehrlich. Was würdest du denn gern tun?«

»Ich lass mir was einfallen, okay?« Mona zog das Unterhemd über den Kopf, und Verena bewunderte den kleinen, festen Busen ihrer Tochter. Hatte sie den schon gehabt, als sie ihr Kind das letzte Mal bewusst nackt gesehen hatte? Und wann war das überhaupt gewesen? Sie staunte, wie sehr sich Mona in den letzten Jahren verändert hatte, und vor allem staunte sie, warum ihr das nie zuvor aufgefallen war. Die ehemals pummeligen Beine hatten sich gestreckt und waren nun schlank und schön wie bei einer jungen Frau. Das Gesicht war schmaler geworden, die Nase ausgeprägter, die Züge markanter. Kaum vorstellbar, dass sie dieses schöne Wesen einmal als winziges Etwas in ihrem Bauch getragen hatte. Verena wurde eng in der Kehle, als ihr plötzlich zu Bewusstsein kam, wie viel sie versäumt hatte. Unsere Kinder werden so schnell groß, dachte sie, und wir vertrödeln unsere Tage, Wochen und Monate mit Dingen, die wir für dringlicher erachten, als hätten wir alle Zeit der Welt mit ihnen. Und eines Tages schaut man sein Kind an, als sähe man es zum ersten Mal, und bemerkt, dass es fast erwachsen ist und die Zeit, in der man es aufwachsen sehen wollte, unwiederbringlich verloren ist.

Mona merkte, dass sie beobachtet wurde, und drückte mit einem peinlich berührten Grinsen ihrer Mutter die Badezimmertür vor der Nase zu. Verena schüttelte lächelnd den Kopf. Dieses verschämte Getue war auch neu. Noch vor einem Jahr hatte es Mona nichts ausgemacht, sich ihrer Mutter nackt zu zeigen. Sie bückte sich nach dem T-Shirt, das Mona im Flur hatte fallen lassen, ging ins Kinderzimmer und legte es ordentlich in den Schrank.

Dann sah sie sich in dem kleinen Zimmer um. Auch hier hatte sich einiges verändert. Die Stofftiere waren von den Regalen verschwunden; dort standen jetzt Bücher und DVDs, an der Wand war das Diddl-Poster durch eines von Justin Bieber abgelöst worden. Fast wäre Verena auf ein aufgeschlagenes *Bravo*-Heft auf dem Boden getreten. Sie bückte sich, um es aufzuheben, legte es auf den Schreibtisch und hielt inne. Da lag die fertige Zeichnung, das Familienbild, die Hannah als Hausaufgabe aufgegeben hatte. Mit einem Schlag wurde Verena bewusst, dass es dieses Blatt Papier gewesen war, das Mona gestern Abend so schnell in ihrer Schublade hatte verschwinden lassen. Heute musste sie es fertig gezeichnet und auf dem Schreibtisch vergessen haben.

In der Mitte der Zeichnung hatte Mona sich selbst platziert. Sie wirkte klein und verloren, hatte beide Arme steif vom Körper abgespreizt, ungefähr so, wie kleine Kinder einen Menschen malen; nicht, wie eine 14-Jährige das tun würde. Allerdings malen kleine Kinder ihren Figuren lachende Münder. Monas Mund lachte nicht. Er war ein dünner, gerader Strich. Auch sonst hatte sie sich bei ihrer Person auf wenige Striche beschränkt.

Viel detaillierter hatte sie ihre Eltern dargestellt, die links und rechts von ihr am äußersten Bildrand standen. Fabio hatte sogar ein Reißbrett neben sich stehen, Verena das Pistolenholster umgeschnallt. Auch diese beiden Figuren blickten starr geradeaus. Keine von beiden schaute in Richtung des Kindes. Auffallend war, dass beide Elternteile die Arme nicht seitlich abgespreizt, sondern vor der Brust verschränkt hatten.

Wie ein Blitz durchzuckte sie die Erkenntnis, dass Mona die Arme nach ihren Eltern ausstreckte, ohne dass diese es zu bemerken schienen. Sie reicht uns die Hand, und wir ergreifen sie nicht. Nein, sie versucht uns zu erreichen, doch wir verschließen uns. Sie skizziert sich mit wenigen Strichen, weil sie glaubt, dass sie nicht wichtig ist. Weil sie glaubt, dass wir sie nicht für wichtig halten.

Weil ihr die Knie weich wurden, setzte sie sich auf den Schreibtischstuhl. Sie stützte den Kopf in die Hände und suchte auf dem Bild nach irgendetwas, das ihren ersten Eindruck widerlegen konnte, fand aber nichts, außer einer unaussprechlichen Einsamkeit.

Lange starrte Verena auf das Bild, bis die Figuren vor ihren Augen verschwammen. Schließlich stand sie auf, ging in die Küche und nahm eine Flasche Wein aus dem Schrank. Den Tee verschob sie auf später. Sie brauchte jetzt etwas Stärkeres, auch wenn es noch nicht einmal fünf Uhr nachmittags war.

Als Mona im Bademantel und mit Handtuchturban auf dem Kopf ins Wohnzimmer kam, war das Weinglas leer, und die Augen waren notdürftig getrocknet.

»Wollen wir zusammen eine DVD anschauen?«

Monas Augen leuchteten auf. »Gerne. Welche denn?«

»Such du eine aus!«

Mona kniete sich vor das Regal und streckte ihrer Mutter ihre kleinen rosa Fußsohlen entgegen. Nach kurzem Zögern zog sie einen Film heraus und reichte ihn über den Tisch.

»Beim Leben meiner Schwester«. Perfekt, dachte Verena, schob den Film in das Abspielgerät und zog die Vorhänge zu. Dabei kann ich wenigstens richtig schön heulen, ohne es erklären zu müssen.

*

Liebe Mama,
es mag feige sein, diesen Brief zu schreiben, jetzt wo du tot bist und dich nicht mehr verteidigen kannst. Aber ich habe mich tatsächlich nicht getraut, darüber zu reden, solange du lebtest. Natürlich werde ich diesen Brief nie abschicken, weil es keinen Adressaten mehr gibt. Aber ich hoffe, dass mir allein das Aufschreiben hilft. Als eine Art Selbsttherapie sozusagen.

Ich hatte gehofft, dass der Groll und die Rachegefühle von selbst verschwinden, wenn du tot bist. Warum sollte man auch auf eine Tote wütend sein? Weshalb habe ich überhaupt Grund, wütend zu sein, würdest du fragen, denn du bist dir wie immer keiner Schuld bewusst.

Ich weiß, du hast immer nur das Beste für mich gewollt. Oder das, was du für das Beste hieltest. Oder was die Gesellschaft für das Beste hielt. Was ja unterm Strich auf dasselbe rauskommt, denn du warst immer so wunderbar angepasst, mitten im Normbereich. Ganz im Gegensatz zu mir. Vielleicht – wirklich nur vielleicht, und es ist das erste Mal, dass ich wage, diesen Gedanken überhaupt zu denken, geschweige denn niederzuschreiben – hast du aber auch nur das Beste für dich gewollt?

Nun, du hast mit mir nicht das bekommen, was du haben wolltest, aber das kümmerte dich nicht weiter. Du hast einfach vor dir und aller Welt so getan, als hättest du es. Und damit vor dir und aller Welt mein Anderssein geleugnet.

Weißt du noch, wie dir Tante Erika und Onkel Arno zum sechzigsten Geburtstag diesen Kaffeevollautomaten schenkten, den du dir so sehr gewünscht hattest? Eigentlich war es nicht wirklich der, den du wolltest, denn der hätte mit Milchschäumer sein sollen, und der, den sie dir schenkten, hatte keinen. Vielleicht war der richtige ihnen zu teuer, oder sie haben irrtümlich den falschen gekauft. Trotzdem hast du allen Gästen, inklusive Tante Erika und Onkel Arno, erzählt, du könntest jetzt auf Knopfdruck Cappuccino machen, obwohl du längst gemerkt hattest, dass das mit dieser Maschine nicht funktionierte. Du hast heimlich in der Küche mit der Hand Milchschaum geschlagen und den Gästen weisgemacht, einen Vollautomaten zu haben, der den weltbesten Cappuccino brüht. Manchmal hab ich gedacht, dass du wirklich selbst davon überzeugt warst. Ich glaube, das warst du auch. So etwas soll funktionieren, wenn man sich eine Sache lange genug einredet.

Warum ich mich gerade jetzt daran erinnere? Nun, das war nur ein Beispiel. Es ist charakteristisch für dich, dass du die Dinge so siehst, wie du sie haben willst, nicht aber, wie sie wirklich sind. Das wirklich Schlimme ist aber, dass du das nicht nur mit Dingen so machst, sondern auch mit Menschen.

Mit mir zum Beispiel. Mit mir ganz besonders.

Ich möchte dir verzeihen, weil ich weiß, dass Rache allein nicht die nötige Befriedigung verschafft. Vergeben aus reinem Eigennutz, um selbst endlich zur Ruhe zu kommen. Aber es ist so unendlich schwer, all den Frust, den Schmerz, die Demütigungen zu begraben, von denen du gar nicht weißt, dass es sie gab. Weil ich sie gut versteckt habe. Je älter ich wurde, desto perfekter wurde ich im Verstecken. Im Anpassen. Weil ich wollte, dass du mich liebst.

Ich sehe mir das Fotoalbum meiner Kindheit an und erinnere mich genau, wie ich damals war. Doch wer bin ich heute? Ehemals vertraute Dinge fühlen sich kalt an. Ich schaue in den Spiegel und kenne mich nicht.

Es ist nicht nur die Erinnerung an den körperlichen Schmerz, der mir zugefügt wurde. Es ist vor allem die Kränkung, nicht sein zu dürfen, wie man ist. Schlimmer noch, nicht einmal zu wissen, wer man ist.

Warum durfte ich nicht einfach mein Anderssein leben? Die Antwort darauf ist einfach: Weil du im Denken nicht flexibel bist. Weil du nichts anderes zulässt als das, was in dein Schema passt. Weil nicht sein kann, was nicht sein darf.

Doch spätestens seit ich die Krankenhausunterlagen gefunden habe, die du all die Jahre so gewissenhaft vor mir versteckt hast, weiß ich, dass es mein verdammtes Recht war, anders zu sein!

Klingt es glaubhaft, wenn ich trotzdem sage, dass ich dich lieben möchte? Und wenn es schon leibhaftig nicht mehr möglich ist, dann wenigstens die Erinnerung an dich.

4

Am Montagmorgen fühlte sich Verena zum ersten Mal seit Wochen ausgeruht. Joost hatte seiner Mannschaft den ganzen Sonntag freigegeben, und diese Gelegenheit hatte sie genutzt, Mona einen lang gehegten Wunsch zu erfüllen; den Besuch des Stuttgarter Volksfestes auf dem Cannstatter Wasen. Verenas Einwand, dass Mona mit ihrem verstauchten Fuß noch nicht so lange laufen sollte, hatte ihre Tochter ganz schnell abgeschmettert. Wie ein Model auf dem Catwalk war sie mit ihrer Knöchelbandage vor ihrer Mutter auf und ab spaziert, um ihr zu beweisen, dass sie kaum noch hinkte. »Nur eine Stunde«, hatte sie gebettelt. »Danach können wir ja ins Kino gehen; dort kann ich die ganze Zeit sitzen!«

Obwohl Verena normalerweise um Volksfeste jeder Art einen Riesenbogen machte, weil sie den Lärm und die rempelnden Betrunkenen nicht ertrug und sich ihr allein beim Anblick der meisten Fahrgeschäfte der Magen umdrehte, fand sie es an der Zeit, ihre Phobie zu überwinden, wenigstens für eine oder zwei Stunden.

Es hatte sich gelohnt. Sie war ihrer Tochter so nahe gekommen wie schon lange nicht mehr. Warum nahm sie sich nicht öfter die Zeit, etwas mit Mona zu unternehmen? Wann waren sie eigentlich das letzte Mal zusammen auf dem Wasen gewesen?

Das musste Jahre her sein, an einem Wochenende im Herbst, an dem man schon den nahenden Winter ahnte. Sie hatten im kalten Nieselregen gefroren, und sie war genervt gewesen, weil Mona um jeden Preis noch mit der Wildwasserbahn fahren wollte, als ob sie nicht schon nass genug gewesen wären. Verena hatte ihr diesen Wunsch nicht erfüllt, und es waren Tränen geflossen. Den ganzen Heimweg über hatte Mona geschwiegen und auf Fragen keine Antwort gegeben.

Abends hatten sie zusammen gekocht und sich wieder vertragen. Doch gerade, als sie die Versöhnungs-Lasagne in den Ofen schieben wollte, hatte das Telefon geklingelt. Die Dienststelle war dran gewesen, und Verena musste Fabio anrufen und ihn bitten zu kommen.

So sah das Leben ihrer Tochter aus. Hin und her geschoben zwischen Mutter und Vater. Eine Kette von Enttäuschungen. Wie schnell vergaß man die schönen Augenblicke, die es zweifellos auch gegeben hatte, sobald man wieder in die zweite Reihe gedrängt wurde?

Jetzt wollte sie es anders machen, das hatte sie sich fest vorgenommen. Natürlich würde immer mal wieder die Arbeit dazwischenkommen. Das würde Mona mit ihren inzwischen vierzehn Jahren auch verstehen, wenn es Verena nur gelingen würde, die wenige Zeit, die ihnen blieb, optimal zu nutzen.

Der Nachmittag auf dem Cannstatter Wasen hatte wider Erwarten sogar Verena Spaß gemacht. Mona hatte sie überredet, in das Panorama-Riesenrad zu steigen. Irgendwer aus ihrer Klasse, dessen Namen sie nicht nannte – Verena vermutete, dass es sich um Christoph handelte –, hatte erzählt, dass man vom höchsten Punkt des Riesenrads bei klarem Wetter bis zur Schwäbischen Alb schauen konnte. Obwohl Verena an schlimmer Höhenangst litt, hatte sie sich überwunden. Noch schlimmer als ihre Panik vor der Höhe wäre es gewesen, Mona schon wieder enttäuschen zu müssen. Als das Rad sich in Bewegung setzte und die Gondel leicht zu schwanken begann, wollte sie ihre mutige Entscheidung schon bereuen, doch da hatten Monas schmale, feingliedrige Finger nach ihrer Hand gesucht. Sie hatte sie ergriffen, fest gedrückt und gehofft, dass dieses Signal angekommen war. Nie wieder würde sie die Arme vor der Brust verschränken, wenn Mona ihr die Hand reichte.

Immer wieder rief sie sich ihre Tochter vor Augen: der fein geschwungene, sanfte Mund, der sich zu einem staunenden O formte, als sie ihr am höchsten Punkt des Riesenrads die Bergketten der schwäbischen Alb zeigte; der feste Händedruck, der ihr Halt geben sollte, weil Mona um die Höhenangst ihrer Mutter wusste, als es abwärts ging und die Gondel zu schaukeln begann. Nicht nur die Höhenangst war der Grund, warum Verena sich kaum umsah, sondern nur Augen für dieses wunderschöne junge Mädchen neben sich hatte, von dem sie kaum glauben konnte, dass es durch sie in diese Welt gekommen war. Und einen Augenblick lang wünschte sie, die Fahrt würde noch lange weitergehen und Runde für Runde die Zeit zurückdrehen, um Monas Kindheit nachholen zu können, wohl wissend, dass das nicht möglich sein würde.

Das Polizeipräsidium empfing sie mit dem üblichen Wahnsinn eines Montagmorgens. Aus dem Chefzimmer war anhaltendes Telefonklingeln zu hören, und Verena sprang zur Seite, als Joost seine volle Kaffeetasse im Laufschritt zu seinem Büro balancierte. Die Putzkolonne einer Mietfirma schwadronierte über den Gang und plapperte in einer undefinierbaren Sprache durcheinander. Verena dachte wehmütig an Frau Baric, die jahrelang das Dezernat geputzt hatte und vor einigen Monaten in Rente gegangen war. Sie hatte mit ihren kuriosen Wortverwechslungen bei den Kollegen regelmäßig für Erheiterung gesorgt. Verena gönnte Frau Baric den verdienten Ruhestand bei ihrem Sohn in Split, vermisste sie aber sehr. Ebenso wie die inzwischen pensionierten Kollegen Kübler und Kümmerle, deren Stellen im Rahmen der Einsparungsmaßnahmen nie wieder besetzt worden waren. Sie konnten wirklich von Glück reden, dass Ströbeles Antrag auf Verlängerung der Dienstzeit stattgegeben worden war, sonst würde ihnen vermutlich noch eine Stelle fehlen.

Wenigstens war für Michael Messmer, der, nachdem die Beziehung zu Thea offiziell geworden war, zum Dezernat 1.5 gewechselt hatte, Scholl gekommen. Und ihr ehemaliger Ermittlungspartner Harald Koch, der es vorgezogen hatte, sich den Drogenfahndern anzuschließen, war durch Katz ersetzt worden. Aber die Hoffnung auf weitere Teamverstärkung war vergebens. Bei der Polizei wurden Stellen eingespart, wo immer es ging, und selbst dort, wo es eigentlich nicht mehr ging.

Immer weniger Leute müssen immer mehr Arbeit bewältigen, dachte Verena frustriert. Sie wollte sich gar nicht vorstellen, was die nächste Reorganisation der Polizei bringen würde. Irgendwann würde vermutlich, genau wie in vielen Fernsehkrimis, ein einsamer Wolf mit maximal einem Ermittlungspartner die Mordfälle bearbeiten müssen.

Als hätte er auf das Stichwort »Ermittlungspartner« reagiert, trat Katz ihr in den Weg.

»Ich habe gerade meine Telefonate erledigt«, verkündete er. »Und es gibt Neuigkeiten: Familie Magnus ist zurück von Sizilien. Das heißt« – er schaute aus der Wäsche wie der Überbringer schlechter Nachrichten, der Angst hat, geköpft zu werden –, »das heißt, zwei Drittel davon. Mutter und Tochter. Vater Magnus ist auf der Insel geblieben.«

»Was?« Verena glaubte, sich verhört zu haben.

»Er wollte nicht wieder mit nach Hause. Hat sich eine Geliebte zugelegt, mit der er in Italien einen Neuanfang wagen will. Er hat sich freundlicherweise im Urlaub von seiner Frau getrennt. Ich habe gerade mit ihr telefoniert. Sie ist ziemlich durch den Wind.«

»Das wirft wieder ein völlig neues Licht auf die Sache. Vielleicht ist die neue Liebe nur ein Vorwand, um sich absetzen zu können. Oder es gibt außer dieser neuen Liebe noch einen Grund für ihn, sich rar zu machen. Von Sizilien aus ist es übrigens ein Leichtes, aus der EU zu verschwinden.«

»Ja, ich habe auch schon daran gedacht«, nickte Katz. »Wenn du es drauf anlegst, bekommst du dort schneller falsche Papiere, als du Tschüss sagen kannst.«

Verena schaute auf die Uhr. »Ich will mit der Frau reden. So schnell wie möglich. Kommst du mit?«

Es regnete Bindfäden, als Verena und Katz die Reihenhaussiedlung im Stuttgarter Stadtteil Heumaden erreichten. Frau Magnus war am Telefon einsilbig gewesen, ihre Stimme monoton, wie jemand, der unter Schock steht. »Kommen Sie vorbei«, hatte sie gesagt, »aber erwarten Sie keine aufgeräumte Wohnung.«

Der Zustand der Wohnung war den Ermittlern herzlich egal. Bei ihrer Arbeit hatten sie schon Wohnungen zu Gesicht bekommen, von denen auch der chaotischste Normalbürger nicht glauben würde, dass es so etwas gibt. In einem Fall war ein Toter in einer Messiewohnung so gut unter den Müllbergen versteckt gewesen, dass die Beamten vom Revier trotz des typischen Geruchs unverrichteter Dinge wieder abgezogen waren, weil sie keinen Leichnam finden konnten. Erst nachdem monatelang keine Miete gezahlt worden war, hatte der Hausbesitzer eine Zwangsräumung veranlasst und gemeinsam mit dem Gerichtsvollzieher den völlig verwesten Leichnam unter Bergen von Tetrapacks, Zeitungen und vergammelten Lebensmitteln entdeckt. Das einzig Lebendige in diesem grotesken Stillleben waren Hunderte von Maden der weiß Gott wievielten Generation gewesen.

In der Wohnung der Familie Magnus erwartete sie eine vergleichsweise gemäßigte Unordnung. Auf dem Wohnzimmertisch aus Nussbaumholz stand eine angebrochene Flasche Weißwein und ein halbvolles Glas, in dem einige Fliegen ihr Leben gelassen hatten, daneben eine Tasse offenbar frischen Kaffees. In der Spüle, die man per Durchreiche in der Küche sehen konnte, stand Geschirr mit Essensresten, und durch die offene Badezimmertür sah Verena einen Berg Schmutzwäsche vor der Badewanne liegen.

»Mir fehlt im Moment die Energie zum Aufräumen«, sagte Elvira Magnus mit einer vagen Geste auf die Unordnung und strich sich das kinnlange, glatte Haar hinter die Ohren, aus dem das Goldblond allmählich herauswuchs. Der Ansatz hatte die Farbe von Mäusefell. »Wir sind ja gestern Abend erst nach Hause gekommen. Ich habe heute lediglich die Koffer ausgepackt und die saubere von der Schmutzwäsche getrennt, und nun hoffe ich auf eine gute Fee, die den Zauberstab schwenkt, und alles ist wie früher.«

Ein solcher Zauberstab wäre auch bei unserer Arbeit sehr nützlich, dachte Verena. Ein kurzer Schwenk, und Tote sind wieder lebendig, Leid verwandelt sich in Freude, und lebensbedrohliche Verletzungen heilen im Handumdrehen, wenn man nur ein paar Phönixtränen zur Hand hat. Die Realität sah leider anders aus. Sie schob ein paar gebrauchte Handtücher zur Seite und setzte sich auf die Couch. Elvira Magnus nahm ihr gegenüber in einem Sessel Platz. Katz blieb stehen.

»Es tut uns wirklich leid, dass wir Sie in dieser Situation mit unseren Fragen behelligen müssen«, begann Verena. »Mein Kollege hat ja am Telefon bereits angedeutet, dass wir noch mal über Ihre Anzeige gegen die Ärztin Ewa Salgam reden müssen.«

»Ja, aber ich verstehe nicht, wieso. Das Verfahren ist doch eingestellt worden. Ich dachte, das hat sich jetzt erledigt.«

»Leider nein. Ewa Salgam wurde inzwischen tot aufgefunden. Genauer gesagt, ermordet.«

Elvira Magnus' Hand, mit der sie gerade nach der Kaffeetasse greifen wollte, sank kraftlos in ihren Schoß.

»Ermordet? Und jetzt glauben Sie doch nicht etwa, dass Thomas …?« Der Rest des Satzes blieb in der Luft hängen.

»Von glauben sind wir weit entfernt. Aber er hatte zumindest ein Motiv. Jetzt müssen wir herausfinden, ob er auch die Gelegenheit dazu hatte.« Verena war klar, wie schonungslos ihre Worte waren, aber egal, wie sie sie auch verpacken würde – die Botschaft blieb immer dieselbe. Mit ein wenig Glück empfand Elvira Magnus momentan so viel Verbitterung und Wut auf ihren Mann, dass der Schmerz über den Tatverdacht nicht allzu tief ging.

»Sie haben als seine Ehefrau natürlich ein Zeugnisverweigerungsrecht. Das heißt, Sie müssen gegen Ihren Mann nicht aussagen. Wollen Sie davon Gebrauch machen?«

»Nein, nein, ich will ja selbst erfahren, was los ist.« Frau Magnus nahm die Kaffeetasse und führte sie zum Mund, stellte sie aber zurück, ohne getrunken zu haben. »Ich bin so durcheinander, bitte verzeihen Sie. Ich habe völlig vergessen, Ihnen Kaffee anzubieten. Möchten Sie einen?«

Verena lehnte höflich ab, Katz hingegen fragte, ob es große Umstände machen würde, ihm einen Kakao zu kochen, und Frau Magnus verschwand augenblicklich in der Küche. Verena starrte ihn mit offenem Mund an. Katz war der erste Mann, den sie kannte, der Kakao dem Kaffee vorzog. Allerdings war Katz auch der einzige Mann, den sie kannte, der die Frage eines Kellners, ob er noch einen Wunsch habe, mit den Worten »Ich bin so satt, ich mag kein Blatt« quittierte. Und der sich auch nicht scheute, das Zitat mit einem deutlichen »Määh« zu krönen, ganz egal, wie voll besetzt das Restaurant war. Seine Kinder hatten natürlich vor Freude gequietscht, seine Frau Sophie hatte Verena jedoch einmal anvertraut, dass ihr Mann in der Öffentlichkeit mitunter ziemlich peinlich sein konnte.

»Du bist wohl bei Sissi Pawlik auf den Geschmack gekommen?«, fragte sie leise, doch Katz grinste sie nur an.

Elvira Magnus kam zurück und reichte Katz einen dampfenden Becher Kakao.

»Gut«, sagte Verena. »Nachdem mein Kollege nun versorgt ist, sollten wir zunächst wissen, wann genau Sie nach Sizilien geflogen sind.«

Die Antwort kam ohne Zögern. »Das war vor genau einer Woche, am Montag, so gegen neunzehn Uhr ging der Flieger. Ich kann Ihnen meine Platzkarte zeigen.«

Verena nickte. »Und am Tag unmittelbar vor Ihrem Abflug, wissen Sie noch, was Ihr Mann da gemacht hat?«

»Am Montagvormittag hat er am Flughafen unser Gepäck aufgegeben, damit wir kurz vor dem Abflug nicht so lange anstehen müssen.«

»Hat das lange gedauert?«

»Ja, allerdings. Ich habe mit dem Mittagessen gewartet und weiß noch, dass ich wütend war, weil ich es nicht mehr länger warmhalten konnte. Er war bestimmt mehr als drei Stunden weg, eher vier. Als er zurückkam, meinte er, dass er ewig an der Gepäckaufgabe anstehen musste.« Elvira Magnus rieb sich gedankenverloren die Nase, die von der Sonne Siziliens aufgebrannt war und sich ein wenig schälte. »Jetzt weiß ich's wieder! Er war auf der Rückfahrt noch tanken. Und in der Waschanlage. Hat er jedenfalls gesagt.«

Verena und Katz tauschten einen schnellen Blick. Wer schickt sein Auto durch die Waschanlage, wenn er am nächten Tag in den Urlaub fliegt?

Frau Magnus hatte den Blickwechsel bemerkt und interpretierte ihn richtig. »Ich hab ihm auch gesagt, dass das jetzt nicht sein musste. Sie war halt gerade frei, hat er gemeint.« Sie zuckte mit den Schultern. »Keine Ahnung. Manchmal verstehe ich Thomas einfach nicht.« Fast sah sie aus, als fühlte sie sich deswegen schuldig.

»Wissen Sie, bei welcher Tankstelle Ihr Mann getankt hat?« Verena kritzelte etwas in ihr Dienstbuch.

»Ich nehme an bei der Jet-Tankstelle, die auf dem Weg vom Flughafen zurück nach Hause liegt. Aber genau weiß ich das natürlich nicht. Ich habe auch nicht gefragt.«

»Hat er sich ungewöhnlich verhalten in der letzten Zeit?«

Elvira Magnus zog die Stirn in Falten.

»Eigentlich nicht. Wobei er generell ziemlich verschlossen ist, er lässt sich nicht so leicht etwas anmerken. Ich kann nur sagen, er war ziemlich viel unterwegs in den Tagen vor unserem Urlaub. Jetzt ist mir auch klar, warum. Er hatte noch eine Menge zu regeln, bevor er sich absetzte. Am Freitag war er bei der Bank. Ich trau' mich gar nicht nachzuschauen, wie viel Geld er abgehoben hat.«

Gelegenheit für einen Mord hatte er also mehr als genug gehabt, sowohl am Montag als auch am Sonntagabend.

Verena ließ ihre Augen durchs Wohnzimmer schweifen. In der Glasvitrine der Anrichte wetteiferten Sammeltassen um das originellste Design, darüber an der Wand eine Reproduktion von Dürers »Betenden Händen«. Das Foto einer Kindstaufe und einer Einschulung, ein kleines Mädchen zwischen zwei lachenden Eltern.

»Haben Sie denn eine gute Ehe geführt?«

Elvira Magnus lachte bitter auf. »Wenn sie gut gewesen wäre, hätte mein Mann sich wohl kaum mit einer anderen Frau abgesetzt.« Als Verena nichts erwiderte, sprach sie weiter. »Wahrscheinlich ging es uns wie vielen anderen Paaren auch: Man entfremdet sich eben mit der Zeit, macht aber weiter, weil man sich nun mal zusammen eingerichtet hat. Dass etwas nicht mehr stimmt, oder vielleicht auch nie gestimmt hat, merkt man eigentlich erst dann, wenn es grundlegende Meinungsverschiedenheiten gibt. Und irgendwann ist man nicht mehr bereit, Kompromisse zu machen.«

»Wie meinen Sie das?«

Elvira Magnus hob sie den Kopf und sah Verena direkt in die Augen.

»Glauben Sie, ich wollte mein Kind sterben lassen? Jehova hin oder her, ich habe mit Abrahams Opferung Isaaks nie etwas anfangen können. Wissen Sie, warum Gott das Kindsopfer von Abraham verlangt und nicht von dessen Frau Sara? Weil er sich die besseren Chancen versprach. Eine Mutter hätte ihr Kind nie geopfert. Von wegen Glaubensprüfung. Pah!«

»Dann waren Sie also mit der Anzeige gegen Frau Dr. Salgam nicht einverstanden?«

Elvira Magnus starrte hasserfüllt durch Verena hindurch. Es war klar, dass der Hass in ihren Augen ihrem Ehemann galt. Ihrem Noch-Ehemann, Ex in spe, wie man es auch nennen wollte.

»Wie hätte ich das sein sollen? Ich hätte ihr am liebsten die Füße geküsst. Als ich von der Anzeige erfuhr, habe ich mich wirklich gefragt, ob Thomas noch der Mann ist, den ich mal geheiratet habe.«

»Erst im Zusammenleben lernt man sich wirklich kennen. In guten und in schlechten Zeiten, wie es so schön heißt. Besonders in schlechten.« Es war das Fazit aus Verenas Ehe mit Fabio, ließ sich aber zweifellos auch auf andere übertragen.

»Wenn ich gewusst hätte, wohin uns dieser Wahnsinn einmal führt!« Elvira Magnus rang die Hände. »Ich bin keine gute Dienerin Jehovas. Das sehen Sie ja. Ich habe einfach Thomas' Glauben übernommen. Weil es leichter war, als ihm zu widersprechen. Aber man zahlt einen hohen Preis für diese Lüge: Irgendwann kennt man sich selbst nicht mehr.«

»Und dann?« Verena hielt den Atem an. Es war, als würde diese Frau zum ersten Mal aussprechen, was sie lange Zeit nicht hatte wahrhaben wollen.

»Es ist wie ein schleichendes Gift, das sich über Jahre hinweg in der Beziehung ausbreitet. Man fühlt zunächst nur ein leichtes Unbehagen. Bis irgendwann das Immunsystem zusammenbricht.« Elvira Magnus stand auf, ging zum Fenster und schaute hinaus. Als sie fortfuhr, war es, als würde sie zu ihrem Spiegelbild in der Glasscheibe sprechen, über das die Regentropfen wie Tränen rannen.

»Das war bei uns der Fall, als Emily verunglückte. Als es um Leben und Tod ging und ihr nur das Blut eines Fremden helfen konnte, das Thomas so vehement ablehnte. Plötzlich weiß man, dass man den anderen hasst. Dass das gar keine Neuigkeit ist, dass das unterschwellig schon seit Jahren so ist, aber erst jetzt gesteht man es sich ein, weil man meint, vor diesem Hintergrund ist der Hass entschuldbar.«

Sie drehte sich abrupt um. »Sie halten mich bestimmt für eine miserable Ehefrau, stimmt's?«

»Nein.« Verena schüttelte vehement den Kopf. »Nur für eine sehr menschliche.«

»Können Sie das verstehen? Unser Kind hätte er Jehova geopfert, und nun schafft es eine Frau, dass er seinem Glauben den Rücken kehrt, indem er gegen das siebte Gebot verstößt!«

Verena hob die Schultern. »Nein, offen gestanden, das kann ich nicht verstehen.« Und wenn es jemand verstehen müsste, dann ich, dachte sie. Schließlich bin ich mit diesem Glauben aufgewachsen.

»Frau Magnus, könnten Sie sich vorstellen, dass Ihr Mann unter diesen Umständen auch das sechste Gebot missachten würde? Dass er fähig wäre, einen Mord zu begehen?«

Elvira Magnus schaute Verena mit großen Augen an. Sie ließ sich Zeit mit der Antwort.

»Ich weiß es nicht«, sagte sie schließlich. »Vor einem halben Jahr noch hätte ich ganz klar Nein gesagt und mich entrüstet, wie jemand auch nur an so etwas denken kann. Aber ich kenne meinen Mann nicht mehr. Zwanzig Jahre lang habe ich geglaubt, ihn so gut zu kennen wie kein anderer. Jetzt muss ich feststellen, dass das ein Irrtum war.«

Von ihrem Platz aus konnte Verena in den Garten schauen. Verwelkte Astern ließen die Köpfe hängen. Auf dem Swimmingpool schwammen braune Blätter. Regentropfen tupften flüchtige Kreise auf die Wasseroberfläche. Die Narbe in ihrer rechten Leiste zog und spannte, wie immer, wenn das Wetter umschlug. Sie überlegte, welche Worte diese Frau trösten könnten, doch sie fand keine.

»Wir müssen ihn finden. Das verstehen Sie doch?«

Elvira Magnus nickte. Tränen rannen über ihr Gesicht.

Verena reichte ihr ein Papiertaschentuch. »Kennen Sie den Namen dieser anderen Frau?«

Kopfschütteln und Schnäuzen.

»Und Sie haben keine Ahnung, ob die beiden auf der Insel bleiben oder sich irgendwohin absetzen wollen? In ein anderes Land vielleicht?«

»Nein, wirklich nicht. Wenn es so sein sollte, war er nicht so dumm, mir das zu sagen.«

Verena seufzte und massierte ihre Schläfen. Sie mussten eine Sofortfahndung über Interpol veranlassen. Einen europäischen oder, besser noch, einen internationalen Haftbefehl beantragen. Magnus' Porträtfoto an alle sizilianischen Flughäfen geben. Natürlich hatte er längst falsche Pässe für sich und seine Liebschaft, die bekam er auf Sizilien an jeder Straßenecke. Ein Blick zu Katz genügte, und er zog sich mit dem Handy auf den

Flur zurück, um mit der Dienststelle und der Staatsanwaltschaft zu telefonieren.

»Wir brauchen ein gutes Foto und auch Körperzellen von Ihrem Mann, für eine DNA-Untersuchung. Eine Zahnbürste oder eine getragene Unterhose. Am besten beides.«

»Kein Problem.« Elvira Magnus' Stimme war nur noch ein heiseres Krächzen, aber sie hielt sich tapfer.

»Wir würden auch gern das Auto untersuchen.« Der Versuch war es allemal wert. Auch wenn die Innenreinigung vermutlich sehr gründlich ausgefallen war, ließen sich sehr selten wirklich alle Spuren beseitigen. Allein ein Blutvortest könnte sie schon weiterbringen.

»Natürlich.« Frau Magnus senkte den Kopf.

Katz kam zurück ins Zimmer.

»Ist das Auto auf Ihren Mann oder auf Sie zugelassen?«

Verena sah ihn erschrocken an. Sie ahnte, was diese Frage bedeutete. Triberg stellte sich quer.

»Auf mich«, sagte Elvira Magnus zu Verenas großer Erleichterung. »Im Gegensatz zu meinem Mann bin ich bisher unfallfrei gefahren.«

Verena nickte. Sie und Fabio hatten es auch so gehalten.

»Wie geht es Emily?«, fragte sie schließlich.

»Sie vergräbt sich in ihrem Zimmer. Spricht und isst kaum noch. Erwähnt ihren Vater überhaupt nicht mehr. Sie tut, als hätte es ihn nie gegeben. Nicht, dass sie zuvor besonders zugänglich gewesen wäre. Sie weiß natürlich von seiner Anzeige gegen Frau Dr. Salgam und versteht seitdem die Welt nicht mehr. Wie will man das einem Kind auch erklären? Der Vater erstattet eine Anzeige, weil seine Tochter überlebt hat? Wie krank kann man sein?«

Verena nickte. »Vielleicht ist es ja sogar besser, dass sie ihren Vater vorläufig nicht mehr sieht.«

Elvira Magnus seufzte tief. »Da haben Sie recht. Sie wird schon wieder werden. Zum Glück hat sie eine gute Therapeutin, vielleicht kommt sie irgendwann darüber hinweg. Ich denke, die Distanz zu Thomas kann nur heilsam sein.«

»Er will erst eine schriftliche Begründung des Tatverdachts«, sagte Katz auf dem Weg zum Auto. »Mit triftigeren Gründen als denen, die ich ihm im Telefonat genannt habe. So auf die Schnelle konnte ich ihm das natürlich nicht nahebringen. Zugegeben, es ist schon ein bisschen schwer, nachzuvollziehen, dass ein Vater die Ärztin getötet haben soll, die seinem Kind das Leben gerettet hat.«

»Da bin ich ja genau die Richtige, ihm das zu erklären. Zur Not werde ich eine Doktorarbeit darüber schreiben, wenn er es verlangt. Aber vorher rede ich noch mal mit ihm. Wir haben eigentlich keine Zeit für einen langen Schriftverkehr.« Sie seufzte. »Gut, dass wir wenigstens das Auto untersuchen können. Was für ein Glück, dass wir dazu nicht sein Einverständnis brauchen.«

Auf der Rückfahrt zur Dienststelle erging sich Katz in einem langen Monolog über die Schulaufführung seines Sohnes, doch Verena war nicht bei der Sache. Irgendetwas klang in ihrem Hinterkopf nach, irgendetwas, das Elvira Magnus gesagt hatte, passte da nicht zusammen. Doch ihr wollte nicht einfallen, was es war. Das ungute Gefühl blieb die ganze Zeit lang wie ein Bleiklumpen in ihrem Magen liegen und ließ ihr auch während der Besprechung keine Ruhe. Sie bemühte sich, die Rapporte zu verfolgen, doch es gab ohnehin nicht viele Neuigkeiten.

Die Ortung des Opferhandys war bislang negativ verlaufen, die Verbindungsdaten waren noch nicht gekommen. Die Befragung der unmittelbaren Kollegen Ewa Salgams hatte nichts Neues ans Licht gebracht. Sie hatten mehr oder weniger die Aussage Dr. Hafners bestätigt. Ewa sei eine allgemein beliebte Kollegin gewesen, sehr fähig und souverän. Niemand hatte sich vorstellen können, dass irgendeiner ihr den Tod wünschen könnte.

Scholl berichtete, dass der Jogginganzug, dessen Unterteil dem Opfer nicht gepasst hatte, schon seit fünfzehn Jahren nicht mehr hergestellt wurde. Die Firma habe Ende der Neunzigerjahre Konkurs angemeldet. Somit war auch diese Spur kalt.

Als Verena von Thomas Magnus' Fahnenflucht erzählte und anregte, einen internationalen Haftbefehl zu erwirken, wiegte Joost bedenklich den Kopf.

»Versuch es«, sagte er. »Aber sei nicht enttäuscht, wenn es nicht funktioniert. Seine Frau zu verlassen und sich mit einer anderen im Ausland zu vergnügen ist noch kein Straftatbestand. Und die Indizien, die wir haben, – Rache, weil die Ärztin seinem Kind das Leben gerettet hat –, sind sehr fragwürdig und nicht für jeden nachvollziehbar.«

»Dann müssen wir entweder seine Schuld beweisen oder aber seine Unschuld«, entgegnete Verena. »Er war zur tatrelevanten Zeit angeblich am Flughafen und hat auf dem Rückweg getankt und das Auto waschen lassen. Vermutlich an der Jet-Tankstelle in der Neuhauser Straße. Wir müssen das überprüfen. Die zeichnen doch sicher auf. Selbst wenn wir die halbe Nacht Überwachungsvideos anschauen müssen, ich will wissen, ob er gelogen hat.«

»Klar, wir machen uns mal wieder einen gemütlichen Videoabend.« Katz stöhnte auf. Er hatte im letzten Jahr das zweifelhafte Vergnügen gehabt, die Videoaufzeichnungen mehrerer Stadtbahnlinien anschauen zu müssen, um das Alibi eines Tatverdächtigen zu überprüfen, und erinnerte sich nicht wirklich gern daran. »Diesmal teilen wir die Bänder aber untereinander auf.«

Das brachte natürlich nicht wirklich viel, weil das Dezernat nur einen Fernsehapparat mit Videorekorder hatte, aber zumindest musste sich nicht ein einziger Beamter mehrere Stunden am Stück davorsetzen. Nach spätestens einer Stunde ließ die Konzentration nach. Katz hatte damals gesagt, nachdem er ungefähr zwei Stunden vor dem Gerät gesessen und Überwachungsvideos angeschaut hatte, hätte selbst Pamela Anderson splitterfasernackt an der Haltestange der U13 tanzen können, sie wäre ihm nicht einmal mehr aufgefallen.

Verenas Mitleid hielt sich heute allerdings in Grenzen. Ihr selbst stand keine angenehmere Aufgabe bevor. Sie hätte sich mit Freuden ein paar Stadtbahn- oder Tankstellenvideos angeschaut, wenn sie dadurch dem anstehenden Gespräch mit dem leitenden Staatsanwalt hätte aus dem Weg gehen können.

»Finden Sie nicht, dass man mit einem internationalen Haftbefehl wie mit Kanonen auf Spatzen schießen würde?«

Triberg war berühmt und berüchtigt für die tollkühne Verwendung von Metaphern und Redensarten. Verena war sicher, dass es nur einen Staatsanwalt in Stuttgart – ach was, in ganz Deutschland – gab, der mit Haftbefehlen schießen konnte.

Auf dem Display ihres Telefons sprang die Zeitanzeige eine Minute weiter. Seit beinahe einer Viertelstunde versuchte sie, ihn zu überzeugen, dass die Abklärung von Thomas Magnus immens wichtig für das Verfahren war. Triberg sah das anders.

»Diese Ärztin hat das Leben des Mädchens gerettet, dafür bringt man keinen Menschen um!«

»Er hat sie immerhin auch dafür angezeigt, Herr Triberg!«, argumentierte Verena.

»Zwischen einer Strafanzeige und einem Mord liegen Welten«, blaffte der Staatsanwalt. »Mag ja sein, dass er seinen Glauben vorschiebt, um ein ordentliches Schmerzensgeld zu kassieren; manch einer tut ja alles, wenn es eine Chance auf finanziellen Schadensersatz gibt. Aber kein Vater, der klar bei Verstand ist, würde deswegen einen Mord begehen!«

Verenas Hirn lief auf Hochtouren. Wie konnte sie einem Außenstehenden erklären, dass der Verstand eines Zeugen Jehovas nicht mit dem eines normalen Vaters zu vergleichen war?

»Das gerettete Leben, von dem wir hier reden, ist für einen Zeugen Jehovas nicht das wahre, angestrebte Leben, Herr Triberg«, sagte sie. »Das wirkliche Leben beginnt für diese Menschen erst mit ihrer Auferstehung nach der Schlacht bei Harmagedon im tausendjährigen Friedensreich Gottes. Und Ewa Salgam hat nach Thomas Magnus' Ansicht seiner Tochter den Weg dorthin gründlich verbaut!«

»Erzählen Sie doch nicht so einen Unsinn!« Vor Verenas geistigem Auge lief Triberg aufgebracht in seinem Büro auf und ab; sie konnte förmlich das Klacken der Absätze seiner Designerschuhe auf dem Linoleum hören. »Kein Vater der Welt, ganz egal, welcher Religion er angehört, bringt den Lebensretter seines Kindes um!«

Vernagelt, borniert und keinen Millimeter von seiner Meinung abweichend, genau so kannte sie Triberg. Es war zwecklos, ein Kampf gegen Windmühlen.

»Sie werden also keinen Haftbefehl beantragen?«

»Natürlich nicht. Und zwar deshalb, weil der Mann in diesem Verfahren maximal als Zeuge geführt wird, der das Opfer eventuell einmal gesehen hat. Ich sage eventuell, weil noch nicht einmal das sicher ist. Dass er auf Sizilien geblieben und nicht mit seiner Familie heimgekehrt ist, ist seine private Entscheidung. Nichts deutet auf eine Straftat hin. Suchen Sie den Mörder dort, wo er in neunzig Prozent aller Tötungsdelikte zu finden ist, nämlich im persönlichen Umfeld des Opfers. Dazu gehörte Thomas Magnus definitiv nicht.« Triberg legte auf. Mit Verabschiedungen hatte er sich noch nie aufgehalten. Verena war sicher, an dem Tag, an dem er es nicht schaffen würde, das letzte Wort zu haben, würde er Suizid begehen.

Sie knallte den Hörer auf das Telefon, verließ ihr Zimmer und platzte, ohne anzuklopfen, in Katz' Büro, der erschrocken zusammenzuckte.

Verena warf die Akte Magnus auf den Tisch und ließ sich auf den Besucherstuhl fallen. »Triberg ist nicht zu überzeugen. Ich habe mit Engelszungen geredet, das kannst du mir glauben.«

»Wundert mich nicht. Was bringt er denn für Gegenargumente?«

»Die Indizien sind ihm zu schwach. Wie Rudi schon befürchtet hat, ist er der Meinung, niemand bringt eine Frau um, die das Leben seines Kindes gerettet hat. Die Übereinstimmung des Fundortes mit dem Unglücksort des Mädchens sei entweder Zufall oder der plumpe Versuch eines anderen, den Verdacht auf Magnus zu lenken. Das Argument mit den Zeugen Jehovas greift bei ihm nicht, das könne er auch beim Amtsgericht nicht anbringen. Er kennt diese Sekte eben nicht. Ich schon.« Verena sprang auf und lief in dem kleinen Büro auf und ab. »Triberg ist überzeugt, dass es sich um ein sexuell motiviertes Verbrechen handelt, und das passt nun mal nicht auf das Motiv, das wir für Magnus sehen. Er sagt, wir sollen den Täter im persönlichen Umfeld des Opfers suchen, da, wo er in neunzig Prozent aller Fälle zu finden ist. Wenigstens dürfte nach dieser Äußerung der Beschlagnahmebeschluss für den Audi kein Problem mehr sein. Mist, den hab ich in der Aufregung ganz vergessen. Rufst du ihn noch mal an? Ich würde mich lieber freiwillig als bewegliches Ziel auf dem Schießstand melden, als heute noch mal mit Triberg zu sprechen.«

»Klar, ich räume doch gerne hinter dir auf«, murmelte Katz.

»Wie bitte?« Verena hoffte, sich verhört zu haben.

»Na ja, für mich bleibt mal wieder nur die Drecksarbeit übrig.« Er schaute sie nicht an, sondern an ihr vorbei auf den Wandkalender der Polizeigewerkschaft.

Verena beschloss, es nicht auf einen Streit ankommen zu lassen, dazu fehlten ihr heute die Nerven. Sie zählte leise und zügig bis zehn und bemühte sich, ruhig und gelassen zu antworten.

»Die Drecksarbeit habe ich gerade erledigt, Roman. Er wird dich feiern, wenn du ihm einen neuen Tatverdächtigen präsentierst und sich mit Freuden auf Salgam stürzen, schließlich gehört er zum direkten persönlichen Umfeld des Opfers.« Verena ahmte die geschwollene Redeweise des Staatsanwalts nach und verdrehte die Augen zur Zimmerdecke. »Damit ist Magnus für ihn komplett vom Tisch. Scheiße!«

»Und nun?« Katz stieß frustriert die Luft aus. »Wie kriegen wir ihn dazu, die Spur Magnus weiterverfolgen zu können?«

»Wenn er wenigstens den Antrag auf die DNA-Untersuchung mittragen würde«, seufzte Verena. »Dann würde die Fahndung eben ausgeschrieben, wenn ein positives Ergebnis kommt. Von der Zeit, die wir verlieren, mal abgesehen. Es ist zum Verzweifeln! Nun haben wir schon Körperzellen von ihm sichergestellt und dürfen sie nicht untersuchen lassen.«

»So sieht's aus«, sagte Katz. »Bis wir das alles zusammenhaben, hat Magnus sich in irgendeiner sizilianischen Genickschussdiele falsche Papiere besorgt und ist über alle Berge. Aber vielleicht hat Triberg recht, und kein Gericht der Welt stellt bei der Indizienlage einen internationalen Haftbefehl aus.«

»Dann muss Triberg richtig argumentieren. Aber er hat nun mal selbst Zweifel an der Täterschaft von Magnus, folglich könnte er den Antrag beim Amtsgericht wohl kaum überzeugend rüberbringen. Außerdem passt ihm die sexuelle Verstümmelung mit dem Pflanzholz nicht ins Bild. Offen gestanden, mir auch nicht. Warum sollte Magnus das tun? Ich kenne mich mit Jehovas Zeugen ja wirklich gut aus, aber dieses Detail kann ich beim besten Willen nicht mit ihnen in Verbindung bringen.«

»Was weiß ich, was in diesem kranken Hirn vorgeht, für mich ist der Kerl tatverdächtig.«

»Tja, Roman, aber du bist leider weder Staatsanwalt noch Haftrichter. Triberg meint, er beantragt den Beschluss für DNA-Untersuchung und Fahndung, sobald wir ihm eine schlüssige Erklärung für die Schändung mit dem Pflanzholz bringen. Bisher gibt es in dieser Hinsicht nicht den kleinsten Ansatzpunkt, bei allem, was wir über Magnus wissen. Es passt nicht zu seinem Profil, verdammt noch mal!« Während sie sprach, lief Verena gestikulierend im Büro auf und ab und blieb schließlich am Fenster stehen. Sie stützte sich auf die Fensterbank und lehnte ihre Stirn an die kühle Scheibe.

»Ich weiß nicht mehr weiter. Wie sollen wir unsere Arbeit tun, wenn uns sogar die Staatsanwaltschaft Knüppel zwischen die Beine wirft?«

»Mir tut vor allem das Mädchen leid«, sagte Katz. »Die Frau auch, aber das Kind noch mehr. Stell dir vor, du lebst in dem Bewusstsein, dass dein Vater dich seinem Glauben geopfert hätte. Es scheint ihm nicht wichtig zu sein, ob du lebst, ob du glücklich bist oder verzweifelt, ob du selbstbewusst in dir ruhst oder dich durch unsinnige Mutproben bestätigen musst. Das Mädchen scheint ihn weniger zu interessieren als der Wetterbericht. Man könnte glauben, er sei gar nicht der leibliche Vater, aber man sieht deutlich, dass sie verwandt sind.«

Verena drehte sich abrupt zu ihm um. »Woher weißt du das? Wir hatten Emily doch noch gar nicht vorgeladen. Hast du sie schon gesehen?«

»Frau Magnus hat mir ein paar Fotos ihres Mannes gegeben, für die Fahndung. Du kennst nur das eine, das wir für die Plakate nehmen wollten. Aber ich hab noch ein paar andere, und auf einem ist Emily mit drauf.« Er blätterte sich durch die Ermittlungsakte, bis er einen A5-Umschlag fand, den er nun auf dem Tisch ausschüttete.

Verena schob die Fotos auseinander und zog eins heraus, das Thomas Magnus im Halbprofil zeigte, der ein etwa vierzehnjähriges Mädchen von hinten umarmte. Sie blickte in ein Gesicht, das sie kannte; sie hatte dieses Mädchen einmal auf einem Schulfest und ein anderes Mal auf einem Elternsprechtag von Monas Klassenstufe gesehen. Und kürzlich ein drittes Mal. Jetzt wusste sie, woher ihr ungutes Gefühl gekommen war, das sie den ganzen Tag begleitet hatte. Und jetzt erinnerte sie sich wieder an diesen einen Satz von Frau Magnus beim Abschied, der die Unruhe in ihr ausgelöst hatte. »Zum Glück hat sie eine gute Therapeutin …«

»Die Magnus lügt«, sagte sie hart und warf das Foto auf den Tisch.

»Was?« Katz starrte sie mit offenem Mund an.

»Sie lügt, wenn sie behauptet, sie seien erst am Sonntag aus dem Urlaub zurückgekommen.«

»Wie kommst du denn darauf?«

»Weil ihre Tochter Emily bereits am Freitagnachmittag im Wartezimmer einer Stuttgarter Traumatherapeutin saß.«

Verena wusste nicht, wie lange sie schon das Telefon angestarrt hatte. Eigentlich war es aussichtslos, aber sie musste es versuchen. Also nahm sie den Hörer ab und wählte die Nummer, die sie bereits auswendig kannte.

Hannah meldete sich nach dem zweiten Klingeln.

»Ich kenne deine Antwort schon, aber würdest du mir einige Fragen zu Emily Magnus beantworten?«

»Emily Magnus? Wer soll das sein?«

Verena stöhnte innerlich auf. Sie hatte es doch gewusst!

»Komm schon, Hannah, es schmeichelt mir nicht gerade, für wie blöd du mich hältst.«

»Wenn du meine Antwort schon kennst, warum fragst du mich dann?«

Verena seufzte. »Keine Ahnung. Ein purer Akt der Verzweiflung.«

»Verena, ich erkläre es dir gerne, obwohl du es in deiner Eigenschaft als Ermittlerin schon wissen müsstest: Ich darf dir nicht einmal sagen, ob diese Emily Magnus meine Patientin ist oder nicht.«

»Hannah, es geht hier um die Aufklärung eines Tötungsdeliktes!«

»Auch dann nicht. Es sei denn, du kommst mit einer Schweigepflichtentbindung oder einem Beschluss …«

»Okay, vergiss es«, fiel Verena ihr ins Wort. Die Schweigepflichtentbindung müsste bei Minderjährigen ein Elternteil unterzeichnen, in diesem Fall Frau Magnus – und die sollte von Ermittlungen in dieser Richtung vorerst nichts erfahren. Und der Versuch, den Beschluss zu bekommen, war aussichtslos wie die finanzielle Sanierung Griechenlands. Sie konnte sich Tribergs Sarkasmus bereits in Wort und Bild vorstellen. Denn alle Anträge liefen nun mal über ihn.

Am Nachmittag saß Verena mit Katz zusammen am Entwurf eines Antrags für die Staatsanwaltschaft, in dem sie versuchte, in so wenigen Worten wie möglich und so vielen wie nötig die Ver- und Gebote der Zeugen Jehovas zu erklären. Sie wusste nicht, ob Triberg sich davon beeindrucken lassen würde, aber sie mussten es wenigstens probieren.

Es klopfte, und Thea steckte ihren roten Schopf zur Tür herein.

»Ihr habt Besuch. Nicht ganz freiwilligen, aber Severin und ich waren in Christophs Gegend unterwegs und dachten uns, ein Überraschungsbesuch käme vielleicht gut. Und hier ist er nun: Eben noch in Mutters Küche und jetzt auf unserer Showbühne: Christoph Denner! Blöd ist nur, dass gerade keine Schreibkraft frei ist.«

»Und ich gleich los muss, um die Videoaufzeichnungen bei

der Tankstelle sicherzustellen, bevor sie gelöscht werden«, ergänzte Katz. »Vielleicht kann Thea dich unterstützen.«

»Keine Chance.« Thea hob bedauernd die Hände. »Ich muss mit Severin zu einer Leiche. Hochhausspringer im Asemwald. Klare Sache, wie es aussieht, dauert aber mindestens eine Stunde.«

»Kein Problem, den Jungen kann ich allein vernehmen, mit einem Fünfzehnjährigen werde ich ja wohl noch fertig. Ich zeichne die Befragung einfach auf.« Verena war das gar nicht unrecht, sie wusste nicht, in welche Richtung das Gespräch sich entwickeln würde, und manchmal war es von Vorteil, keine Zeugen zu haben.

»Bist du so lieb und bringst ihn noch in mein Büro?«, bat sie Thea. »Ich bereite so lange schon mal das Aufnahmegerät vor.«

Thea nickte und verschwand in Richtung Besucherzimmer.

Gleich würde sie also der großen Liebe ihrer Tochter gegenüberstehen. Verenas Gedanken überschlugen sich, als sie die Tonbandkassette in das Aufnahmegerät schob und sie zurückspulte. Wie sollte sie ihm gegenübertreten? Als Polizistin natürlich, nicht als Mutter seiner Freundin. Freundin? Das Wort versetzte ihr einen Stich. Wie stand er überhaupt zu ihr? Wusste er, dass Mona in ihn verliebt war? Erwiderte er ihre Gefühle vielleicht sogar? Wohl kaum, sonst hätte er sie nicht in dieser Lage zurückgelassen. Wie sollte sie ihrem Kind nur begreiflich machen, dass jemand, der wirklich hinter einem steht, einen in so einer Situation nicht im Stich lässt? Verliebt, wie sie war, würde sie hundert Entschuldigungen finden, die wie immer in dem letzten Argument gipfelten, das sie jedes Mal vorbrachte, wenn sie nicht mehr weiterwusste: »Mom, du verstehst das nicht!« Nein, sie verstand es wirklich nicht, wenn sie ehrlich war. Der Umstand, dass jemand Kameraden im Stich ließ, wenn sie in Schwierigkeiten waren, sagte in ihren Augen viel über einen Menschen aus. Sie würde sich bemühen müssen, die persönlichen Aspekte hintanzustellen, ihre Vorurteile, die sie Christoph gegenüber zweifellos hatte, nicht durchblicken zu lassen.

Der Junge trug eine Lederjacke, die ihm mindestens zwei Nummern zu groß war, und es war schwer einzuschätzen, ob das so sein sollte, auf Sparsamkeit beruhte oder die Jacke das Erbstück eines älteren Bruders war. Sein dunkelblondes Haar war wie das von Justin Bieber frisiert; vielleicht ein Zugeständnis an die Mädchen, die er abzuschleppen gedachte. Bei Mona traf er dabei mit Sicherheit ins Schwarze. Er ließ sich unaufgefordert und betont cool auf den Besucherstuhl vor Verenas Schreibtisch fallen und streckte die Beine so weit aus, dass sie unter dem Tisch ihre Fußspitzen berührten.

»Hallo, Christoph!« Verena zog ihre Füße ein Stück zurück und bemühte sich, halbwegs freundlich dreinzuschauen. »Schön, dass wir beide uns auch mal in Ruhe unterhalten können.«

»Ich hab nicht viel Zeit, hab noch Nachmittagsunterricht.«

»Mach dir da mal keine Sorgen, du bist entschuldigt.« Verena zog die Bescheinigung über eine polizeiliche Vorladung aus dem Drucker, setzte ihre Unterschrift darunter und reichte sie ihm. Christoph warf einen flüchtigen Blick darauf und stopfte sie nachlässig in seine Segeltuchtasche.

»Ich muss dich darauf hinweisen, dass du bei der Polizei die Wahrheit sagen musst, dich aber nicht selbst zu belasten brauchst. Hast du das verstanden?«

»Klar doch.«

»Wunderbar«, sagte Verena betont fröhlich und lehnte sich

zurück. »Dann erzähl mir doch zunächst mal ein bisschen was über deine Clique.«

Christoph zögerte einen Moment.

»Es ist nicht meine Clique. Marco ist der Boss. Ich bin nur der Vize.«

Aha, es gab also eine Hierarchie.

»Und was hat der Boss so für Aufgaben?«

»Aufgaben?« Christophs Augenbrauen hoben sich fast bis zum Haaransatz. »Er hat keine Aufgaben, er hat eher Privilegien.«

»Aha. Und die wären?«

»Na ja, er bestimmt die Treffpunkte und was wir dort machen. Und er entscheidet, wer als Mitglied zugelassen wird und wer nicht.«

»Ach, ich dachte, darüber entscheiden eure Mutproben?«

»Korrekt. Aber Marco legt fest, wer überhaupt dabei mitmachen darf.«

Soso, es gab also eine Vorauswahl. Verena fragte sich, wie Mona in diese Vorauswahl gekommen war. Doch diese Frage hob sie sich für später auf.

»Wie wird man eigentlich Boss von so einer Clique? Wer entscheidet darüber?«

»Der Mutigste wird natürlich der Capo.« Lag da ein Hauch von Bewunderung in Christophs Stimme?

»Und woher weiß man, wer der Mutigste ist?«

Sie bemerkte ein leichtes Zögern von Christophs Seite.

»Na, das ist derjenige, der die gefährlichste Mutprobe besteht.«

Was konnte gefährlicher sein, als über einen Baumstamm in fünf Metern Höhe zu balancieren? Verena bekam eine Gänsehaut, wenn sie darüber nachdachte. Sprangen die Jungs auf fahrende Züge auf? Steckten sie Autos in Brand? Überfielen sie Drogeriemärkte und kürten ihren Boss nach der Höhe des Geldbetrags, den jeder erbeutete?

»Und welche Mutproben musstet ihr, du und Marco, bestehen, damit ihr der Kopf der Clique wurdet?«, fragte sie und beobachtete, wie der Junge sich ein Glas Wasser eingoss, es austrank und wieder auf den Tisch stellte. Er ließ sich Zeit mit der Antwort.

»Sie haben gesagt, dass ich mich nicht selbst belasten muss. Also sage ich dazu nichts.« Christoph presste die Lippen aufeinander.

Okay, da liege ich wohl gar nicht so falsch mit meiner Vermutung, dachte Verena. Ihr wurde übel bei dem Gedanken, welchen Umgang ihre Tochter pflegte.

»Wo trefft ihr euch denn, habt ihr eine Art Hauptquartier?«

Christoph schüttelte den Kopf. »Nee, wir sind mal hier, mal da. Bei schönem Wetter draußen. Wenn's pisst, treffen wir uns bei dem, der gerade sturmfrei hat.«

»Und was tut ihr, wenn ihr gerade keine Mutproben absolviert?« Verena hoffte, dass sie nicht allzu zynisch klang.

»Wir hängen halt ab, labern ein bisschen, ziehen um die Häuser.«

Trinken Alkopops, rauchen Joints und pöbeln Leute an, ergänzte Verena im Stillen. Katz würde sie für diese Gedanken wahrscheinlich rügen. Vorurteile nannte er das. Er gab sich noch ganz den Illusionen hin, die für Väter von Kindern im Grundschulalter typisch waren.

»Aha, und wieso muss man dazu so mutig sein?«, fragte sie.

Christoph schenkte ihr einen verächtlichen Blick.

»Ach, Sie verstehen das nicht.«

»Okay. Ich muss ja auch nicht alles verstehen. Dann kommen wir jetzt zu dem Tag, an dem ihr die Leiche gefunden habt.«

»Dazu kann ich nichts sagen, ich hab sie ja überhaupt nicht gesehen!«

»Du willst mir doch nicht erzählen, dass du nicht neugierig warst und dir das angeschaut hast, so ein mutiger Junge, wie du bist!« Jetzt klang sie ganz sicher zynisch. Sie versuchte zu berücksichtigen, dass sie es hier mit einem halben Kind zu tun hatte. Mochte er sich auch nach außen hin wie ein Rüpel geben, mochte seine Desensibilisierungsschwelle so niedrig liegen wie der Wasserspiegel der Nordsee bei Ebbe; der Anblick einer nicht mehr ganz frischen, sexuell verstümmelten Leiche war auch für einen selbsternannten harten Kerl wie Christoph Denner ein erschütterndes Erlebnis.

»Ja, ich hab kurz hingeschaut«, gab er schließlich zu. »Aber richtig angesehen hab ich mir das nicht. Sah ziemlich eklig aus.«

»Und was hast du dann gemacht?«

»Ich hab die Polizei gerufen. Und den Rettungsdienst für Mona.« Er biss sich auf die Lippen. Zweifellos wurde ihm spätestens jetzt klar, dass er es hier mit Monas Mutter zu tun hatte.

»Das war sehr anständig von dir, Christoph«, gab Verena zu. »Aber ich verstehe nicht, warum du dann abgehauen bist. Heißt es in Cliquen wie der euren nicht immer: Einer für alle, alle für einen?«

Christoph begann, auf seiner Unterlippe herumzukauen. Offenbar hatte sie ihn bei seiner Ehre erwischt.

»Hast du Angst bekommen?«

Ein trotziger Blick zu Verena, dann gleich wieder auf seine Hände, die er im Schoß geballt hielt. Er würde sich wohl eher die Zunge abbeißen, als eine Schwäche zuzugeben.

»Es sind halt alle abgehauen«, sagte er schließlich. »Wenn der Boss geht, gehen alle mit.«

Marco Herrmann als Leithammel vorneweg, und alle rennen hinterher. Eine amüsante Vorstellung, wenn es nicht so ernst wäre. Verena sah ein, dass sie nicht mehr aus Christoph herausholen würde. Sie hatte versucht, an seiner Ehre zu kratzen, er war nicht darauf eingestiegen. Vielleicht ließ Marco sich leichter provozieren.

»Wie kann man denn euren Boss erreichen?«

Christoph zögerte. »Ich hab seine Nummer im Handy gespeichert, aber das hab ich nicht dabei.«

Wenn ich ihn bitte, seinem »Boss« auszurichten, dass er sich bei mir melden soll, wird das wohl ein aussichtsloses Unterfangen sein, dachte Verena. Wir werden auf gut Glück bei ihm zu Hause vorbeifahren müssen. Viel versprach sie sich davon allerdings nicht. Hier ging es nur um die Vollständigkeit, alle Zeugen befragt zu haben.

»Gut, Christoph, das waren erst mal alle Fragen, die ich im Moment an dich habe.« Sie bemerkte, wie der Junge sein Gewicht von einer Pobacke auf die andere verlagerte, als könnte er es gar nicht erwarten, hier rauszukommen. Er nickte und stemmte seine Hände auf die Armlehnen seines Stuhls.

»Kannst du noch etwas sagen, das für den Fall wichtig wäre und was ich noch nicht gefragt habe?«

»Nee. Hab die Tote ja noch nicht mal richtig gesehen. Wie oft soll ich das denn nun noch sagen?«

Verena kapitulierte.

»Willst du dir noch mal anhören, was wir auf Band gesprochen haben?«

»Quatsch, ich weiß doch, was ich gesagt habe. Kann ich jetzt gehen?« Der Junge stand auf und wandte sich zur Tür.

»Warte noch. Jetzt kommt der inoffizielle Teil.« Verena schaltete das Tonbandgerät ab und wies auf den Besucherstuhl, doch Christoph ignorierte ihre Geste. Er blieb stehen, die Daumen lässig in die Gürtelschlaufen seiner Jeans gehängt, und schaute sie mit unbewegter Mine an.

Verena fröstelte. Das Klima im Raum war von einer Sekunde auf die andere umgeschlagen. Seine Respektlosigkeit brachte sie auf die Palme. Sie musste sich bemühen, ihre Empörung zu verbergen.

»Hör mir jetzt gut zu. Mona wird ab morgen wieder in die Schule gehen. Und ich will, dass du dich von ihr fernhältst. Keine wie auch immer gearteten Mutproben mehr, keine Cliquenwirtschaft. Sprich sie am besten gar nicht auf den Vorfall an.«

Christoph griff zur Türklinke. »Ich geh dann mal.«

»Du gehst nirgendwohin, bevor ich den nicht unterschrieben habe!« Verena hielt ein weißes Blatt Papier in die Höhe. »Ohne diesen Laufzettel lassen sie dich an der Hauswache nicht wieder raus. Und ich unterschreibe ihn erst, wenn du mir geantwortet hast.«

»Das ist Erpressung!«, brummte Christoph.

»Richtig erkannt. Also?«

»Was also?«

»Wirst du tun, was ich dir gesagt habe?«

»Sie können mich mal!« Er setzte sich und verschränkte die

Arme vor der Brust. »Mal sehen, wer länger durchhält. Ich hab Zeit.«

»So? Ich dachte, du hast Nachmittagsunterricht?«

»Ach, wir haben bloß Chemie. Und ich bin ja entschuldigt.« Er nickte in Richtung seiner Tasche, in der die Bescheinigung über die polizeiliche Vorladung steckte.

»Na, dann viel Spaß hier. Ich habe noch zu tun.« Mit wenigen Schritten war Verena an der Tür und schloss sie lauter hinter sich, als sie beabsichtigt hatte.

Auf dem Flur kam ihr Katz entgegen, einen Stapel Videobänder vor sich hertragend.

»Was ist los, Verena? Dir schießt ja förmlich der Rauch aus den Nüstern!«

»Ich bin kein Pferd, Roman.«

»Ich dachte auch eher an einen Drachen. Und zwar nicht an den freundlichen aus ›Shrek‹. Hat dich der kleine Kerl so aus der Fassung gebracht?«

»Kleiner Kerl? Kleiner Kerl, sagst du? Das ist ein rotzfrecher Flegel, dem muss erst mal jemand Manieren beibringen!« Sie erzählte in wenigen Worten von ihrer Auseinandersetzung und der Weigerung des Jungen, auf ihre Forderung einzugehen.

»Und jetzt lässt du ihn so lange nicht raus, bis er klein beigibt?«

»Du hast's erfasst.«

»Bist du verrückt? Seine Eltern steigen uns aufs Dach, und das zu Recht. Wir dürfen hier niemanden grundlos festhalten.«

»Wer sagt, dass ich keinen Grund habe? Außerdem werden seine Eltern nie davon erfahren. Diese Sorte Jungs spricht nicht mit den Eltern über solche Dinge. Ich schwöre.«

»Verena«, Katz legte ihr eine Hand auf die Schulter. »Komm wieder runter, und lass ihn laufen. Wir dürfen es auf keinen Machtkampf ankommen lassen.«

Verena seufzte. »Am liebsten würde ich Mona von der Schule nehmen. Dieser Junge ist Gift für sie.«

»Ich weiß. Aber das muss sie selbst entscheiden. Vertraue auf ihren gesunden Menschenverstand.«

Verena glaubte, nicht richtig gehört zu haben.

»Roman, das Mädchen ist verliebt. Sie steht lichterloh in Flammen. Was faselst du da von gesundem Menschenverstand? Den haben nicht mal Erwachsene in dieser Phase, geschweige denn Vierzehnjährige.«

»Wie dem auch sei, du kannst ihn nicht grundlos hier festhalten. Und du kannst ihm auch keinen Platzverweis erteilen, er geht in Monas Klasse. Wie soll er sich denn von ihr fernhalten, selbst wenn er wollte?«

Verena starrte die mausgraue Wand an, an der gerahmte Zeitungsartikel hingen: Erfolgreich aufgeklärte Tötungsdelikte. Sie zählte langsam bis zehn, versuchte runterzukommen. Roman hatte recht. Wenn Mona sich nicht ausgerechnet in diesen Jungen verguckt hätte, würde sie seine Dreistigkeit völlig cool lassen.

»Also gut«, lenkte sie ein. »Fahr ihn von mir aus nach Hause. Auch wenn ich dann dastehe wie der letzte Depp.«

»Dafür kann ich nun wirklich nichts.« Katz folgte ihr zu ihrem Büro.

Verena öffnete die Tür und erstarrte. Christoph Denner saß an ihrem PC und spielte Minesweeper.

War sie denn von allen guten Geistern verlassen? Wie hatte sie den Jungen mit dem laufenden Rechner allein lassen können?

Sie hatte sich darauf verlassen, dass der PC im Energiesparmodus war und für die nächste Aktion ein Passwort verlangte. Ihre Nerven mussten wirklich am Ende sein, so etwas durfte nicht passieren. Er hätte Dokumente öffnen können, die die aktuellen Ermittlungen betrafen. Sie hoffte inständig, dass er es nicht getan hatte.

Katz räusperte sich und warf Verena einen Blick zu, der so viel sagte wie: Ich hab nichts gesehen.

»Hast du sie eigentlich noch alle?« Verena hatte endlich ihre Stimme wiedergefunden. »Wer hat dir erlaubt, an meinen Rechner zu gehen?«

Christoph hob nur die Schultern und schaute Verena unschuldig an. »Ich hatte mich halt auf eine längere Wartezeit eingerichtet. Wollte mir nur ein bisschen die Langeweile vertreiben. Habt ihr nicht ein paar coolere Spiele auf der Festplatte? Die hier sind ja echt Babykram!«

Verena rang um Fassung, aber Katz half ihr aus der Patsche.

»Was verstehst du denn unter coolen Spielen?«

»Na, so was wie *Dungeon Keeper* oder *Prison Tycoon.*« Christoph lachte meckernd über seinen halblebigen Witz.

»Mein Kollege fährt dich jetzt zurück zur Schule«, sagte Verena kalt. »Und vergiss nicht, was ich dir gesagt habe.«

Christoph sah sie mit hochgezogenen Augenbrauen an.

»Sonst?«

Verena blieb ihm eine Antwort schuldig. Sie wollte es nicht noch schlimmer machen.

»Ich glaube ja nicht, dass mir das passiert ist!«, stöhnte Verena, als Katz von der Schule zurückkam, wo er den Jungen abgeliefert hatte.

Katz zuckte die Achseln. »Unter Druck macht man Fehler, Verena, und du machst dir selbst einen Druck, den du nicht mehr lange durchhalten kannst! Vor allem solltest du die Zeitspanne, bevor dein Rechner die Neuanmeldung verlangt, etwas kürzer einstellen. Nur so zur Sicherheit!«

Verena schwieg. Was gab es da auch zu sagen? Sie war unverzeihlich leichtsinnig gewesen.

»Hattest du Dokumente geöffnet?«

Verena versuchte sich zu erinnern. »Nur die Bescheinigung für die Schule.«

»Ich denke nicht, dass da jetzt was verrutscht ist. Wer in unseren Rechnern nach etwas sucht, muss ganz genau wissen, wo er suchen muss. Welchen Ordner, welchen Unterordner, welchen Vorgang. Im Betreff stehen ja meist nur die Aktenzeichen. Und das kann er nicht kennen.«

Verena legte die Hände in den Nacken und streckte sich. Plötzlich war eine bleierne Müdigkeit über sie gekommen. Sie musste aufmerksamer werden, nicht nur was den Datenschutz betraf. Wie oft ging sie zur Toilette oder auf einen Sprung zu einem Kollegen, ohne ihre Bürotür abzuschließen? Dabei hatte sie sich im Belehrungsordner mit ihrer Unterschrift genau dazu verpflichtet. Theoretisch hatten Besucher immer Gelegenheit, einen Blick auf interne Akten zu erhaschen, wenn sie nur dreist und mutig genug waren. Und dieser Junge war dreist. Ohne Frage auch irgendwie mutig, sonst wäre er nicht der Vizecapo dieser Clique geworden.

Katz legte seine Hand auf ihre Schulter. »Wie gesagt, von mir erfährt niemand etwas. Pass beim nächsten Mal einfach besser auf.«

Die Innenstadt war aufgrund der obligatorischen Montagsdemonstration der Parkschützer und Stuttgart-21-Gegner gesperrt, sodass Verena diese weiträumig umfahren musste, um in den Stuttgarter Süden zu gelangen. Im Grunde war ihr dieser Umweg ganz recht. Wenn irgend möglich, mied sie die Innenstadt, besonders das Areal um den Hauptbahnhof. Der Anblick des ehemals wunderschönen Oberen Schlossgartens mit seinem uralten Baumbestand, der nun gerodet und von Baugruben durchzogen wie eine Mondlandschaft dalag, bereitete ihr Magenschmerzen, wann immer sie dort vorbeikam.

Während sie den Mini auf der Suche nach einem Parkplatz durch Heslach manövrierte, überlegte sie, wie sie ihrer Mutter möglichst unauffällig und ohne heikle Fragen zu provozieren Informationen über Magnus entlocken könnte. Vorausgesetzt, sie kannte ihn überhaupt. Aber die Chancen standen gut; die Glaubensgemeinschaft der Zeugen Jehovas war wie eine große Familie, besonders dann, wenn sie denselben Königreichsaal besuchten. Sie hoffte inständig, dass dies der Fall war.

Jedesmal wenn Verena ihr Elternhaus betrat, wurde sie schlagartig in ihre Kindheit zurückkatapultiert. Der typische Geruch des Bohnerwachses, den ihre Mutter seit beinahe vierzig Jahren für das Treppenhaus verwendete, die Geräusche der knarrenden Holzstufen, der Anblick des abgegriffenen Geländers, das sie damals so gern heruntergerutscht war. Heimlich, versteht sich, ihre Mutter kannte da kein Pardon. Es war ganz genau wie damals, nur dass heute alles etwas kleiner erschien; der Handlauf des Geländers war niedriger, die Treppenstufen schmaler und leichter zu erklimmen, was freilich daran lag, dass Verena erwachsen geworden war. Dennoch fühlte sie sich immer klein und etwas unwohl, wenn sie hierherkam, geradeso, als hätte sie etwas ausgefressen, was sie nun ihrer Mutter würde beichten müssen.

Gisela Sander war gerade dabei, Brötchen zu backen. Sie war gewiss eine der wenigen verbliebenen Exemplare einer aussterbenden Spezies von Hausfrau, die Brötchen selbst buk. Verena hatte nie verstanden, warum sie das tat, hatte sich aber im Laufe der Jahre damit abgefunden, so wie mit all den anderen Eigenheiten ihrer Mutter, von denen Brötchenbacken etwas vergleichsweise Gewöhnliches darstellte.

»Ah, Verena, schön, dass du noch weißt, wo ich wohne! Komm rein, du kannst mir helfen.« Gisela Sander wischte sich die Hände an der Küchenschürze ab, aber nicht etwa, um ihre Tochter zu umarmen, sondern um die Tür hinter ihr zu schließen, bevor sie Verena in die Küche komplimentierte. Umarmungen und Küsse gab es bei Gisela Sander nicht. Sie hielt sich nicht lange mit Emotionen auf, sondern ging gleich zum praktischen Teil über. »Du kannst schon mal den Ofen vorheizen, während ich die Brötchen forme. Und die Schüssel abwaschen. Hol dir ein neues Geschirrtuch aus dem Schrank. Du weißt ja, wo die liegen.«

O ja, Verena wusste sehr gut, wo die Geschirrtücher lagen. Wann immer sie ihre Mutter besuchte, wurde sie zum Abwaschen verdonnert. Sie hatte ihr schon mehrmals vorgeschlagen, sich eine Geschirrspülmaschine zuzulegen, schließlich kosteten die nicht mehr die Welt. Aber Gisela Sander weigerte sich standhaft und sagte, so ein moderner Kram, der eh ständig kaputt ginge, käme ihr nicht ins Haus.

Verena blieb abrupt auf der Küchenschwelle stehen, als sie

die Unmengen von Teigstücken sah, die auf der Arbeitsplatte aufgereiht waren. Die würden doch mindestens für fünfzig Brötchen reichen. Nicht eingerechnet den großen Teigklumpen, der auf dem Holzbrett darauf wartete, in kleine Portionen für weitere Brötchen aufgeteilt zu werden. Hatte ihre Mutter den Verstand verloren?

»Mama, übertreibst du nicht ein bisschen? Willst du die ganze Straße mit deinen Wecken versorgen?«

»Unsinn, wir feiern die Taufe von Miriams Baby. Jeder bringt was mit, so ist das nun mal bei uns Brauch. Und ich habe mich bereit erklärt, die Brötchen zu backen.«

»Ach so.« Verena ließ Wasser ins Spülbecken und gab einen Spritzer biologisch abbaubares Spülmittel hinzu. Jehovas Zeugen feierten ja wirklich nicht viele Feste. Geburtstage, Ostern und Weihnachten wurden geflissentlich ignoriert, Silvester und Fasching sowieso. Dafür wurde aber keine Taufe ausgelassen, und das Gedächtnismahl, das an das letzte Abendmahl Jesu erinnern sollte, war das wichtigste Fest im ganzen Jahr.

»Also, was willst du?«, fragte ihre Mutter, während sie die Arbeitsfläche erneut mit Mehl bestäubte.

Verena horchte auf. »Wie kommst du darauf, dass ich etwas will?«

»Weil du sicher nicht aus Sorge um mich und wegen des Überfalls auf der Königstraße gekommen bist. Du hast ja bisher nicht mal danach gefragt. Und weil du mich nie freiwillig besuchen kommst, außer wenn du irgendwas von mir willst. Manchmal ein bisschen Geld, manchmal meine Spezialtomatensoße, die Mona so gern mag, aber meistens eine Auskunft. Also, was ist es heute?«

Geld? Wann hatte Verena das letzte Mal ihre Mutter angepumpt? Damals musste sie noch in der Ausbildung gewesen sein. Aber dies war der falsche Augenblick, um kleinlich zu sein. Verena kapitulierte.

»Eine Auskunft.«

»Werde mal ein bisschen genauer!« Gisela Sander malträtierte den Teigklumpen, als sei er der Antichrist persönlich.

»Kennst du einen Thomas Magnus?«

Gisela Sander hielt im Kneten inne und überlegte. »Der Name sagt mir nichts. Ist er einer von uns?«

»Ja, sonst würde ich dich ja nicht fragen. Er muss in Stuttgart organisiert sein, er wohnt hier.«

»Wo wohnt er denn genau?«

»In Heumaden, im Südosten der Stadt.«

»Hm, in unserer Gemeinde im Stuttgarter Süden ist er nicht. Das wüsste ich. Es gibt aber noch einen Königreichsaal in Stuttgart-Wangen. Vielleicht ist er dort.«

Verena nickte. Wenn sie etwas über Magnus in Erfahrung bringen wollte, musste sie wohl mit einer Neue-Welt-Bibel unter dem Arm die Königreichsäle abklappern.

»Sag mal, Mama, ist es denkbar, dass ein Zeuge Jehovas gegen das siebte Gebot verstößt?«

»Du meinst, dass er die Ehe bricht?«

»Natürlich meine ich das.« Verena bemühte sich um Geduld. »Ich kenne die zehn Gebote, schließlich hast du sie mir als Kind lange genug eingetrichtert.«

»Wenn er es mit seinem Glauben ernst meint, ist das ganz und gar ausgeschlossen.« Gisela Sander teilte den Teigklumpen in Stücke und formte Kugeln daraus. »Freilich gibt es immer und überall ein paar Mitläufer, die nach außen hin so tun, als würden sie nach Jehovas Gesetzen leben.«

»Immerhin ist sein Glaube so ernst, dass er eine Ärztin angezeigt hat, die seiner Tochter eine Blutkonserve gegeben hat, weil sie sonst gestorben wäre.«

»Dann meint er es ernst«, sagte Gisela Sander und drückte ihrer Tochter ein Messer in die Hand. »Und dann halte ich es auch für ausgeschlossen, dass er gegen eines der Gebote verstößt, sei es nun das siebte oder irgendein anderes.«

Gedankenverloren betrachtete Verena das Messer in ihrer Hand. Wenn die Mutter mit ihrer Vermutung richtig lag und es keine Geliebte in Sizilien gab, würde das bedeuten, dass Frau Magnus auch hier gelogen hatte. Es würde aber auch bedeuten, dass Thomas Magnus für den Mord an Ewa Salgam ausschied. Denn wer nicht gegen das siebte Gebot verstieß, achtete doch ganz sicher auch das sechste, oder nicht? Oder war er nur ein Mitläufer, der nach außen den treuen Diener gab und hinter den Kulissen seine Frau betrog und einen Mord beging? In dem Fall würde es aber ganz und gar nicht zu ihm passen, so vehement auf der Reinheit des Blutes zu bestehen, wie er es bei seiner Tochter Emily getan hatte.

Dann war da auch noch das Detail mit dem Pflanzholz, das sie beim besten Willen nicht mit diesem Glauben in Verbindung bringen konnte. Aber danach durfte sie ihre Mutter nicht fragen, das war Täterwissen und fiel unter die absolute Schweigepflicht.

Es war nicht logisch, und nichts passte wirklich zusammen, aber ihr Bauchgefühl hielt Magnus für gefährlich, weil Fanatiker einfach oft gefährlich sind. Und ihr Gefühl würde nicht eher Ruhe geben, bis seine DNA mit der Spur am Leichnam abgeglichen war und ihm entweder die Tat nachgewiesen werden konnte oder er als Täter ausschied. Hatte sie sich verrannt?

Folgte sie verbissen einer Spur, die ins Leere lief, und ließ andere, wichtigere Spuren außer Acht?

»Träumst du, Mädel? Was glaubst du, wozu ich dir das Messer gegeben habe. Du sollst die Kerben in die Brötchen schneiden.«

Zum Teufel mit den Brötchen! Verena hatte sie ganz vergessen. In Gedanken versunken, begann sie, das Messer einmal längs und einmal quer in die Teigklumpen zu drücken und sie aufs Blech zu legen.

»Was machst du denn da, um Gottes willen?«

Verena ließ vor Schreck das Messer fallen. »Himmel, hast du mich erschreckt. Was ich mache? Ich kerbe die Brötchen ein.«

»Aber doch nicht mit einem Kreuz! Ich kann zu einer Taufe doch keine Brötchen mit heidnischem Symbol kredenzen!« Gisela Sander rang nach Luft, als hätte ihre Tochter gerade eine Todsünde begangen.

»Heidnisches Symbol? Das Kreuz ist ein heidnisches Symbol?« Verena wischte sich die Hände an einem Geschirrtuch ab und starrte ihre Mutter ungläubig an.

»Natürlich ist das Kreuz heidnisch. Die Kreuzigung Christi ist eine Lüge des Antichristen. Jesus wurde nicht ans Kreuz geschlagen, sondern an einen Pfahl! Hast du denn gar nichts von dem behalten, was ich dir beigebracht habe?« Gisela nahm Verenas liebevoll verzierte Brötchen vom Blech, knetete sie erneut, bis die Oberfläche wieder glatt war, und griff dann zum Messer. »Deshalb kommt in die Brötchen eine Längskerbe, siehst du, so. Eine einzige Kerbe der Länge nach, das ist das Symbol für den Pfahl.« Geschickt kerbte sie Brötchen für Brötchen ein. Schließlich begutachtete sie zufrieden ihr Werk, bevor sie das Blech mit den Pfahlbrötchen in den Ofen schob. Dann drehte sie sich zu ihrer Tochter um.

»Wieso schaust du so bedeppert? Was glaubst du, warum ich meine Brötchen selbst backe? Diese heidnischen Bäckereien verkaufen ja nur noch welche mit einem Kreuz. Ist dir noch nie aufgefallen, dass bei mir niemals Brötchen mit Kreuzkerbung auf den Tisch gekommen sind?«

»Ich hab nie darauf geachtet«, sagte Verena mechanisch und ging zum Telefon.

Ungeachtet der fortgeschrittenen Stunde, wählte sie mit fliegenden Fingern die Nummer des Staatsanwaltes.

»Guten Abend, Herr Triberg. Entschuldigung, dass ich Sie so spät noch auf dem Bereitschaftshandy störe. Aber es geht noch mal um den Haftbefehl für Thomas Magnus. Wir haben jetzt eine Verbindung zwischen der Pfählung und den Zeugen Jehovas.« Atemlos erzählte Verena dem Staatsanwalt von ihren neuesten Erkenntnissen beim Brötchenbacken. »Nach Auffassung der Sekte ist Jesus nicht am Kreuz gestorben, sondern am Pfahl, verstehen Sie, worauf ich hinauswill? Ich möchte Ihnen dringend nahelegen, so schnell wie möglich die Ausschreibung zur Fahndung zu veranlassen.«

Einige Sekunden herrschte Stille in der Leitung. Verena hielt den Atem an. Dann räusperte sich Triberg.

»Verstehe ich Sie richtig, Sie rufen mich nach Feierabend zu Hause an, um mir zu sagen, dass ich einen internationalen Haftbefehl mit einem Brötchen begründen soll?«

Wie du ihn begründest, ist mir scheißegal. Sie hätte es am liebsten laut ausgesprochen, beherrschte sich aber und begnügte sich mit der Defensive.

»Mit der Kerbe in einem Brötchen, ja. Es ist natürlich nur ein Indiz.« Verena atmete tief durch und gebot sich, ruhig zu bleiben. »Aber uns läuft die Zeit davon, und es ist zumindest eine Verbindung zwischen Magnus und dieser Pfählung, für die wir bislang keine Erklärung hatten. Deshalb und aufgrund der Tatsache, dass die Leiche in dem Graben entsorgt wurde, in den seine Tochter Emily bei ihrem Unfall stürzte, ist Herr Magnus in meinen Augen dringend tatverdächtig.«

Der Staatsanwalt schwieg. Im Hintergrund lief der Fernseher. Sie hörte den Gong und die Erkennungsmelodie der Tagesschau.

»Wir sollten schleunigst ein Foto des Mannes an die sizilianischen Flughäfen herausgeben; Catania, Palermo, Trapani, Pantelleria und sicherheitshalber auch Lampedusa«, legte Verena nach. »Wenn er erst mal aus der EU verschwindet, wird es nicht mehr so einfach, ihn zu fassen.«

»Nein!« Triberg riss sie brutal aus ihrer Euphorie. »Ich werde mich vor dem Richter ganz sicher nicht zum Narren machen.«

»Ich könnte es Ihnen abnehmen. Das Zum-Narren-Machen, meine ich«, sagte Verena. »Ich wollte ohnehin schon lange mal wieder in der Kantine des Amtsgerichts mittagessen, die ist einfach besser als unsere, wissen Sie?«

Einige Sekunden lang herrschte eisiges Schweigen. Verena hielt den Atem an. Ihr war klar, dass sie aus purer Verzweiflung einen Schritt zu weit gegangen war. Sie sah vor ihrem geistigen Auge Tribergs Adamsapfel hüpfen. Dann hörte sie, wie er sich räusperte.

»Ich wiederhole mich nur ungern, aber extra noch mal für Sie, der Dienstweg sieht folgendermaßen aus: Ich bin Ihr erster Ansprechpartner, was jede Form von Beschlüssen angeht. Und es ist meine – ich wiederhole – *meine* Aufgabe, den Antrag beim Gericht zu stellen. Haben Sie das begriffen, oder ist das zu hoch für Sie?«

Autsch, jetzt ging er unter die Gürtellinie. Aber sie hatte ihn schließlich herausgefordert. Verena sah es ein: aus Triberg und ihr würden wohl keine Freunde mehr werden.

So war es nun mal. Ihr Tatverdächtiger war nicht notwendigerweise auch der Tatverdächtige des Staatsanwalts. Er hatte keine Ahnung von den Gepflogenheiten der Zeugen Jehovas. Aber er hatte die Entscheidungsgewalt und natürlich auch die Auflage, die Kosten so schlank wie möglich zu halten. Aus diesem Grund wurden auch von Jahr zu Jahr weniger Obduktionen durchgeführt; nicht weil die Todesursache klar gewesen wäre, sondern weil das Geld dafür fehlte. Die traurige Wahrheit war: Die erfolgreiche Aufklärung von Straftaten wurde durch die fehlenden finanziellen Mittel zunehmend erschwert. Das fing bei Obduktionen von unklaren Todesfällen an und hörte beim Fahrzeugbudget auf. Davon abgesehen, dass der Fuhrpark der Polizei viel zu knapp bestückt war, gab es unter anderem kein Geld für die Lackierung der Autodächer ihrer Dienstwägen, und jeder durchschnittlich intelligente Ganove konnte anhand der Kratzer, die das mobile Blaulicht dort hinterließ, erkennen, dass es sich um ein Tarnfahrzeug der Polizei handelte.

Triberg riss sie aus ihren Gedanken. »Wenn Sie sonst nichts Relevantes in der Hand haben …«

Sie redete noch etwas von Gefahr im Verzug, stieß damit aber nur auf taube Ohren. Triberg hatte seine Entscheidung getroffen, er war noch nie davon abgewichen und würde es auch jetzt nicht tun. Während Verena noch nach Argumenten suchte, legte er einfach auf.

Achtzig Brötchen! Achtzig Brötchen mit Längskerbung. Das war alles, was Verena denken konnte, als sie nach Hause fuhr. Sie sah diese Form überall: in den Strichen der Fahrbahnmarkierung und jedem Einfahrtsverbotsschild. War es möglich, dass Magnus den Pfahl als Symbol benutzt hatte, oder war das wirklich zu weit hergeholt, wie Triberg meinte? Hatte sie sich vor dem Staatsanwalt lächerlich gemacht? Es war allgemein bekannt, dass Triberg Frauen im Polizeidienst nicht ganz ernst nahm. Er behandelte sie entweder herablassend oder ignorierte sie. Thea fand er wohl attraktiv, die flirtete er hin und wieder mit platten Sprüchen an. Aber eine ernst zu nehmende Ermittlerin sah er weder in Thea noch in ihr selbst.

Wütend trat Verena das Gaspedal durch. Sie fuhr zu schnell, das war ihr klar, aber ihr Zorn brauchte ein Ventil. Dieser selbstgefällige Fatzke! Wenn sie es doch schaffen könnte, ihm die Überzeugungen und Rituale der Zeugen Jehovas nahezubringen, die genauso engstirnig waren wie er! Sie würde es versuchen müssen. Aber nicht am Telefon, sie würde ihn selbst aufsuchen, bei einem persönlichen Gespräch würde er nicht einfach auflegen können. Die Art und Weise, wie er sie abgespeist hatte, konnte sie nicht auf sich sitzen lassen. Wenn er dachte, sie einfach abwürgen und die Sache als erledigt betrachten zu können, hatte er sich geschnitten. Sie würde zur Sicherheit Katz mitnehmen, ihn notfalls vorher coachen. Wenn ein männlicher Ermittler anwesend war, würde Triberg sie vielleicht ernster nehmen.

Verena bremste vor der Einfahrt zu ihrem Haus und griff zum Handy.

»Roman? Hab ich dich gestört? Die Kinder sind schon im Bett? Gut. Hör zu, wir machen morgen gleich als Erstes einen

Termin bei Triberg. Ich habe heute bei meiner Mutter etwas herausgefunden, mit dem wir argumentieren können.

Ich rufe dich gleich wieder an, will nur erst das Auto in die Garage fahren, rauf in die Wohnung gehen und Baldrian einwerfen. Hol dir inzwischen ein Bier, und parke Sophie vor dem Fernseher oder sonst wo. Es kann eine Weile dauern.«

Einschlafen ist eine Kunst, die umso zuverlässiger misslingt, je dringender man einschlafen will. Verena wollte dringend schlafen, nein, sie musste es sogar. Sie musste morgen ausgeruht sein und einen klaren Kopf haben.

Im Moment war dieser Kopf alles andere als klar, was wohl auch der Grund dafür war, dass sie sich seit einer Stunde unruhig im Bett hin und her wälzte.

Sie hatte lange mit Katz telefoniert. Er hatte zunächst ungläubig reagiert, dann aber eingeräumt, dass es einen Versuch wert sei. Wenn man sonst nichts hat, an das man sich klammern kann, greift man eben nach dem letzten Strohhalm, mag er auch noch so dünn sein.

Am Vorabend hatte sie die Bücherregale ihrer Mutter geplündert, um sich die einschlägige Literatur zu den Sitten und Regeln der Zeugen Jehovas auszuleihen. Gisela Sander hatte ihr mit einem selbstgefälligen Lächeln auf den Lippen zugesehen, dem zufriedenen Gesichtsausdruck einer Mutter, deren Tochter nun doch noch auf den richtigen Weg finden würde. Verena hatte sich nicht die Mühe gemacht, sie aufzuklären, dass diese Lektüre nicht für ihr Seelenheil bestimmt war, sondern für den leitenden Staatsanwalt ihres Verfahrens. Vermutlich würde Triberg sie aus seinem Büro verweisen, wenn sie es wagte, ihm einen Stapel Bücher der Wachtturmgesellschaft auf den Schreibtisch zu legen, aber dann war es eben so. Sie durfte nichts unversucht lassen. Es war ihre letzte Chance. Sie wollte diesen verdammten Haftbefehl, und sie wollte ihn schnell!

War es wirklich eine Chance? Oder redete sie sich das nur ein, weil sie unfähig war, sich geschlagen zu geben? Es gab Leute, die sie stur nannten, aber Verena sah diese Sturheit als eine Eigenschaft, die sie bei manch einem Ermittlungsverfahren schon weit gebracht hatte. Sie verfolgte eine Fährte, bis sie wirklich nicht den geringsten Ansatzpunkt mehr hergab, und kämpfte bis zum Letzten um die entsprechenden Beschlüsse, die sie dafür brauchte.

Verena kapitulierte vor dem Adrenalin in ihrem Körper, drehte sich auf den Bauch, um die Tischlampe zu erreichen, die auf der Fensterbank am Kopfende ihres Bettes stand, und schaltete sie ein. Sofort krachten zwei gigantische Motten von außen gegen die Scheibe, die nicht begreifen wollten, dass sie die begehrte Lichtquelle nicht erreichen konnten, denn sie versuchten es wieder und immer wieder. Diese Tiere mussten komplett schmerzfrei sein, oder sie spürten den Schmerz nicht, weil sie so davon besessen waren, in dieses Licht zu gelangen. Verena riss sich von dem grotesken Anblick los, nahm eines der Bücher, die sie für Triberg bereitgelegt hatte, und blätterte darin herum, bis sie die Seite fand, nach der sie suchte.

Das 1936 herausgegebene Buch »Reichtum« behauptete, dass Jesus Christus nicht an einem Kreuz hingerichtet wurde, sondern an einem aufrecht stehenden Pfahl. »Das griechische Wort ›staurós‹, das in der Lutherbibel mit ›Kreuz‹ wiedergegeben wird, bezeichnet in erster Linie einen Pfahl oder Stamm«, las sie.

Verena hätte diese Stelle am liebsten mit gelbem Marker gekennzeichnet, konnte sich aber gut vorstellen, wie ihre Mutter darauf reagieren würde. Also begnügte sie sich damit, einen rosa Post-it-Zettel in die Seite zu kleben.

Nach dieser Entdeckung war an Einschlafen noch immer nicht zu denken. Verena suchte weiter, las sich durch Inhaltsverzeichnisse und blätterte sich durch Kapitel, in denen sie hoffte, mehr zu finden. Und dann hatte sie es: »Auch die heißen Kreuzbrötchen sind ein Überbleibsel des heidnischen Kultes. Kreuzbrote haben die heidnischen Sachsen zu Ehren ihrer Lichtgöttin, Eostre, gegessen …«

Verena vergrub das Gesicht in den Händen. Mit dieser zweifelhaften Beweisführung wollte sie Triberg überzeugen? Einen durch und durch pragmatischen wie rechthaberischen Mann, der für die Rechtssprechung allein den Menschen, nicht aber Gott in der Verantwortung sah. Sie schlug das Buch zu, hob den Kopf und betrachtete ihr Gesicht in der Fensterscheibe, durch die die Motten immer noch hartnäckig versuchten, in das begehrte Licht zu gelangen. Sie sah eine in Falten gezogene Stirn, Verbitterung um die Mundwinkel und Augen voller Angst. Ihre Hartnäckigkeit würde ihr nicht viel helfen, solange es keine reelle Chance gab, das angestrebte Ziel auch zu erreichen. Verena seufzte tief. Sie gestand sich ein, dass sie Angst hatte zu versagen, gegenüber dem Staatsanwalt klein beigeben zu müssen. Sie fürchtete, morgen in aller Deutlichkeit vorgeführt zu bekommen, dass sie selbst in diesem Disput nur die Motte, Triberg dagegen die Fensterscheibe war.

Das Licht stach so heftig in ihren Augen, dass sie sie zusammenkneifen musste.

Sie lag auf einem OP-Tisch. Unfähig, sich zu bewegen oder auch nur einen Finger zu rühren. Wie in Narkose und doch bei vollem Bewusstsein. Und sie spürte ihren Körper, fühlte den harten Stahl in ihrem Rücken. Oder war es eine Felsplatte, auf der sie lag? Sie blinzelte. Ja, das musste es wohl sein, denn was sie blendete, war nicht das Licht der grellen Lampe, die sie aus dem Operationssaal kannte, sondern die gleißende Sonne an einem tiefblauen Himmel über sich. Jemand musste sie festgebunden haben. Sie versuchte nachzuschauen, womit sie gefesselt war, aber sie konnte nicht einmal den Kopf heben.

Von fern hörte sie das Meer rauschen. Das mussten die Wellen des Mittelmeers sein, die sich am Capo Taormina brachen. Da war auch wieder dieser intensive Duft nach Pinien und Limonenbäumen. Und in das Kreischen der Möwen, die über ihr durch die hitzeflirrende Luft segelten, mischte sich die grelle Stimme ihrer Mutter, die sich überschlug, wie immer, wenn sie aufgebracht war.

»Binde sie los!«

»Nein.« Das war die ruhige Stimme ihres Vaters.

»Mach sie los, hab ich gesagt!«

»Elvira! Du weißt genau, dass das nicht geht.«

»Warum soll das nicht gehen?«

»Das Blut muss aus ihr heraus!«

»Du bist ein Unmensch, Thomas! Ich hasse dich!«

»Elvira, begreif doch – sie hätte sterben sollen. Es war Jehovas Wille, und wir müssen ihn vollziehen! Weißt du überhaupt, welche Ehre es ist, dass er sie zu sich nehmen will?«

Emilys Atem stockte. Siedend heiß wurde ihr klar, dass sie auf einem Opfertisch lag. Wie ein Tier. Statt der Möwen kreisten jetzt Raubvögel am Himmel.

»Jehovas Wille? Ich scheiß' auf Jehovas Willen! Hier geht es um unser Kind, um das Leben unseres Kindes. Thomas! Ist dir klar, was du da tun willst?«

Fassungslos sah Emily, wie ihre Mutter den Vater beiseitestieß und mit wenigen Schritten bei ihr war. Sie fragte sich nicht, wo plötzlich die Gartenschere herkam, mit der sie die Fesseln durchtrennte. Sie fühlte nur einen Ruck, als ihre Mutter sie in die Arme riss, von ihrem Vater wegzog und zu ihr sagte: »Lass uns nach Hause gehen.«

Die Bilder verschwammen und bewegten sich nur noch wie in Zeitlupe. Undeutlich sah sie ihre nackten Füße, schmutzig bis zu den Knöcheln, die über das verbrannte Gras des sizilianischen Spätsommers stolperten. Ihre Mutter, die zum ersten Mal gegen ihren Mann aufbegehrte und sie hinter sich herzog, und von Weitem die Stimme ihres Vaters, mehr erstaunt als enttäuscht, als er ihr nachrief:

»Willst du mich etwa auch im Stich lassen, Emily?

... auch im Stich lassen, Emily?

... auch im Stich lassen, Emily?«

Ruckartig fuhr sie aus dem Schlaf, setzte sich auf, schnappte nach Luft.

Das Leuchtzifferblatt ihres Weckers zeigte zwei Uhr dreißig.

Ihr Herzschlag dröhnte in ihren Ohren, und das Synthetiknachthemd klebte an ihrem Rücken. Sie roch die Angst aus jeder Pore ihres Körpers. Alles in ihrem Zimmer erschien ihr plötzlich bedrohlich, und sie hatte das dringende Bedürfnis wegzulaufen, ohne zu wissen, wohin. Irgendwohin, wo sie sicher war. Doch wo war sie schon sicher?

Sie schob die Beine aus dem Bett und zwang ihre zittrigen Knie zur Ruhe, indem sie die Arme darumschlang. In dem

Lichtstreifen, den die Straßenlaterne von draußen auf den Fußboden warf, sah sie ihre Hausschuhe und kickte sie unter das Bett. Die brauchte sie nicht mehr. Auf der Kommode an der Tür saß der große Plüsch-Winnie-Pooh, der beste Freund ihrer Kindheit. Damals, als noch alles gut gewesen war. Sie nahm den Bären in den Arm und drückte ihn an sich, vergrub ihre Nase in seinem vertraut riechenden Fell, doch er konnte ihr nicht mehr das Gefühl der Geborgenheit geben wie noch vor ein paar Jahren. Sie setzte ihn zurück, strich sein rotes Shirt glatt und wandte sich ab. Ihre Cousine Linda konnte ihn haben, die war schon lange scharf auf den Pooh-Bären.

Auf wackeligen Beinen wankte sie ins Badezimmer. Sie öffnete den Hängeschrank über dem Spiegel, reckte sich auf Zehenspitzen und tastete mit sicherem Griff nach den Rasierklingen ihres Vaters. Heute würde es gelingen.

Aus dem Spiegel über dem Waschbecken schaute sie ein bleiches Gesicht mit dunklen Schatten unter den Augen an. Das Mädchen, das gegen Jehovas Willen überlebt hatte. Das Mädchen, das gar nicht hier sein durfte.

Die eisige Kälte der Bodenfliesen stach in ihre nackten Füße, doch sie achtete nicht darauf. Konzentriert schälte sie die Klinge aus dem dünnen Papier, strich mit zitternden Fingern über das hauchdünne Metall und setzte es an ihren Unterarm. Augenblicklich stellten sich die Härchen auf, als würden sie vor dem glänzenden Stahl in Ehrfurcht erschauern.

Langsam und konzentriert versuchte sie den ersten Schnitt. Es tat kaum weh. Fasziniert beobachtete sie, wie tiefrote Tropfen aus der Wunde quollen. Das fremde Blut, das nicht in ihr sein durfte. Sie musste nur die richtige Stelle an ihrem Arm finden, und alles würde aus ihr herauslaufen. Wenn sie es richtig machte, wäre es vorbei, bevor ihre Mutter am Morgen aufstehen würde. Vaters Wille wäre erfüllt, denn dann könnte Jehova sie doch noch in sein Königreich aufnehmen, und alles würde gut werden. Vater wäre zufrieden und würde ihr gewiss verzeihen, und Mutter würde sie sicher verstehen.

Erneut setzte sie die Klinge an, diesmal tiefer, und genau am Handgelenk, wo die bläuliche Linie unter der blassen Haut den Arm hinauf verlief. Längs schneiden, nicht quer, so würde es schneller gehen. Sie kniff die Augen zusammen und vergaß weiterzuatmen. Ihre Hand zitterte stärker. Die Klinge entglitt ihren Fingern und fiel mit leisem Klirren ins Waschbecken.

Sie stieß die Luft aus und erschrak vor ihrem eigenen lauten Stöhnen. Sie hatte es wieder nicht geschafft! Was war sie nur für eine Versagerin!

Als sie das Päckchen mit den Rasierklingen zurücklegen wollte, ertasteten ihre Finger die kleine Schachtel, die bei den Medikamenten lag. Wie fremdgesteuert zog sie sie hervor. Mutter hatte die Tabletten gegen ihre Schlafstörungen verschrieben bekommen. Emily überprüfte die beiden Blisterstreifen. Es waren erst zwei Mulden leer. Noch genug übrig. Genug für einen langen Schlaf. Vielleicht für einen endlosen. Gar keine schlechte Alternative. Ihre Mutter müsste nicht einmal das Bad putzen. Und sie konnte sich zurück in ihr warmes Bett legen, denn inzwischen drang die Kälte in jede Faser ihres Körpers.

Ihre Hand war plötzlich ganz ruhig, und ihr Atem ging wieder gleichmäßig, als sie die Tabletten, eine nach der anderen, in die hohle Handfläche drückte.

5

Am frühen Morgen hat der Nebel etwas Gespenstisches. Er kriecht aus dem Neckartal, legt sich gleich einem nassen, schweren Leichentuch auf die Stadt, verwischt die Konturen der Häuser und Autos im Talkessel, und alles, was gestern noch klar und deutlich war, erscheint plötzlich diffus, verschwommen, nicht greifbar. Das Gleiche galt für Verenas Gedanken und die Worte, die sie sich so sorgfältig zurechtgelegt hatte, um Triberg zu überzeugen. Gestern Abend hatte sie vor dem Spiegel gestanden, ihren Monolog geübt und war sich schrecklich albern dabei vorgekommen. Sie hatte viel Zeit darauf verwendet, ihre Argumente auszuarbeiten und sie gestern auch noch vollkommen überzeugend gefunden. Heute waren sie für sie selbst kaum noch nachvollziehbar, als hätte sich der dichte Nebel auch über ihren Verstand gelegt.

Verena eilte die Treppen zum Polizeipräsidium hinauf, die Tüte mit den Büchern der Wachtturmgesellschaft fest an den Körper gepresst. Auf dem letzten Treppenabsatz keuchte sie. Wenn das hier früher mal eine Klinik war, hatten die Kranken, die nicht das zweifelhafte Glück hatten, von einem Rettungswagen eingeliefert zu werden, zunächst vierzig Stufen bis zum Haupteingang erklimmen und wahrscheinlich in der Anmeldung erst einmal beatmet werden müssen.

Die Luft in ihrem Büro war muffig und abgestanden. Verena kippte das Fenster und ließ sich auf ihren Schreibtischstuhl fallen. Erst acht Uhr morgens, und sie war schon völlig erschöpft. Sie hatte wenig Schlaf abbekommen; als die Klebezettel aufgebraucht waren und sie das letzte Buch zugeschlagen hatte, war es schon weit nach zwei Uhr gewesen.

Gleichzeitig war sie nervös wie vor einer Prüfung. Es musste einfach funktionieren. Sie zog einen Kosmetikspiegel aus der Handtasche und musterte ihr müdes Gesicht. Triberg legte Wert auf ein gepflegtes Äußeres. Würde er sie mit diesen Schatten unter den Augen und dem vom Nebel gekräuselten Haar überhaupt ernst nehmen? Schminken gehörte nicht zu Verenas Gewohnheiten, daher trug sie auch kein Make-up in der Handtasche mit sich herum. Ein Kajalstift war alles, was sie dabeihatte. Schnell zog sie sich den Lidstrich nach.

»Spieglein, Spieglein in der Hand, wer ist die Schönste im ganzen Land?«

Verena brauchte nicht aufzuschauen, sie wusste, wer gerade lautlos ihr Büro betreten hatte. Schnell klappte sie den Taschenspiegel zu.

In der Tür stand Katz im schneeweißen Hemd und mit einem schwarzen Nadelstreifenjackett, das über seinem Arm hing. Verena vermutete, dass er das Jackett deshalb im Arm trug, weil sein Hemd von Wäschestärke derart steif war, dass der Stoff beim Anziehen der Jacke gebrochen wäre. Offenbar wollte auch er Triberg nicht nachstehen, der jederzeit und überall wie aus dem Ei gepellt in exklusiven Oberhemden und Anzügen erschien, die aussahen, als seien sie ihm eigens auf den Leib geschneidert. Dieses Outfit hielt sie allerdings für leicht übertrieben.

»Guten Morgen, Roman. Bist du nicht ein wenig overdressed? Mein Gott, dieses Hemd geht als kugelsichere Weste durch. Gibt es tatsächlich noch Frauen, die Oberhemden stärken?«

»In der Tat, meine Frau tut das«, antwortete Katz kurz angebunden. »Und du musst nicht von dir ablenken, schließlich hast du dich auch gerade für unseren Staatsanwalt schön gemacht.«

»Ich weiß nicht wirklich, ob er sich davon beeindrucken lässt. Wahrscheinlich werden wir mit überzeugenden Argumenten mehr Erfolg haben als mit geschminkten Augen und gestärkten Oberhemden. Deshalb habe ich der Sicherheit halber mal ein paar Bücher mitgebracht, in denen das Thema mit den Kreuz- und Pfahlbrötchen abgehandelt wird.« Verena schlug das Buch an der Stelle auf, an der das rosa Post-it klebte und reichte es Roman.

»›Die heidnische Herkunft der Kreuzbrötchen‹. Darüber werden tatsächlich Bücher geschrieben?« Katz staunte.

»Ja, man mag's kaum glauben. Die Hardliner unter Jehovas Zeugen nehmen das sehr ernst.

»Und du meinst, Triberg lässt sich davon beeindrucken?«

»Wenn nicht, dann habe ich auch keine Idee mehr. Ich habe einfach im Gefühl, dass Magnus unser Mann ist. Jetzt, nach dieser Brötchen-Aktion umso mehr.« Einen Wimpernschlag lang blitzte in ihrem Bewusstsein die Frage auf, wie sich das alles mit seiner Glaubenstreue und den zehn Geboten vereinbaren ließ. Doch ihr war auch klar, dass es in jeder Religion Fanatiker gab, die alle ihre Handlungen mit dem Willen Gottes rechtfertigten, von Hexenverbrennungen bis hin zu Glaubenskriegen.

Als sie auf den Parkplatz kamen, sahen sie, wie Scholl sich gerade von seiner Harley schwang. Er nahm den Helm ab, klemmte ihn unter den Arm und kam auf sie zu. Schon von Weitem hörte sie ihn pfeifen, »Über den Wolken« von Reinhard Mey.

»So früh warst du schon am Flughafen?«, staunte Verena.

»Hört man das?«, feixte Scholl.

»Ich hatte gerade so eine Assoziation«, sagte Verena.

Katz schaute auf seine Armbanduhr. »Da Snape ja in der direkten Nachbarschaft wohnt, ist die Assoziation nicht weit hergeholt. Erzähl mal schnell, wir haben gleich einen Termin.«

Scholl bewohnte mit seiner Familie ein Reihenhaus in dem kleinen Ort Bernhausen auf den Fildern, der direkt in der Einflugschneise des Flughafens lag. Er konnte dort, auf der Terrasse liegend, sozusagen die Fahrgestelle der Flugzeuge im Landeanflug inspizieren. Während die Mehrheit der Einwohner auf den Fildern sich von dem ewigen Fluglärm belästigt fühlte und sogar schon eine Bürgerinitiative gegründet hatte, die sich monatlich zum sogenannten Lärmstammtisch traf, machte Scholl die Lärmbelästigung nur wenig aus. Im Gegenteil, er liebte es zuzuschauen, wie die Flieger abhoben, sich in die Luft schwangen und fremde Ziele ansteuerten. Es vermittelte ihm ein Gefühl von Urlaub und Freiheit.

»Also, Elvira Magnus und ihre Tochter Emily sind definitiv am späten Nachmittag des Donnerstags, um 17:24 Uhr, in Stuttgart gelandet«, wusste Scholl zu berichten.

»Ich hab's doch gewusst!«, triumphierte Verena. »Wieso erzählt sie uns dann, sie sei erst am Sonntag nach Hause gekommen?«

»Tja, das konnten die mir am Flughafen auch nicht sagen«,

erwiderte Scholl. »Wohin wollt ihr eigentlich so früh am Morgen?«

»Zur Staatsanwaltschaft. Wir wollen Triberg überreden, den Zeugen Jehovas beizutreten.« Katz deutete mit einem Kopfnicken auf den Stapel Bücher, den Verena ihm in die Hand gedrückt hatte.

»›Erwachet‹«, las Scholl den Titel des ersten Buchs. »Das dürfte genau die richtige Lektüre für Triberg sein.« Er zwinkerte den beiden zu und lief zum Hintereingang des Hauptgebäudes.

Verena stieg in den Daimler und stellte die Sitzposition ein. »Hast du den zuletzt gefahren?«

Katz nickte. »Ja, als ich bei der Jet-Tankstelle die Videos abgeholt habe. Reichst du nicht mehr ans Gaspedal ran?«

»Na ja, ich bin eben ein ganzes Stück kleiner als du.« Sie hangelte nach dem Sicherheitsgurt und schnallte sich an.

»Komisch, dass du das sagst«, murmelte Katz.

Verena sah ihn erstaunt an, die Hand auf halbem Weg zum Zündschloss verharrend. »Wie meinst du das?«

»Hm, neben so starken Frauen wie dir fühle ich mich als Mann immer so klein!«

War das jetzt ein Scherz, oder meinte er es ernst? Wahrscheinlich von jedem ein bisschen. Katz maß fast ein Meter neunzig, war schlank und kräftig gebaut und zog die Blicke vieler junger Frauen auf sich. Auch die der älteren. Natürlich durfte sich niemand Hoffnung machen, bei ihm landen zu können. Katz war der treueste Familienvater, den sie kannte.

»Das hast du doch gar nicht nötig, Roman.« Sie zögerte einen Moment lang, sprach es dann aber doch aus: »Liegt es daran, dass ich jetzt einen Dienstgrad über dir stehe?«

Katz ließ sich mit der Antwort Zeit, bis sie die Ausfahrt zur Hahnemannstraße passiert hatten.

»Es ist nicht nur der Dienstgrad«, sagte er schließlich. »Es war auch vorher schon so. Du warst schon immer so … so dominant. Du übernimmst die Hauptsachbearbeitung. Du triffst die Entscheidungen. Du sitzt sogar am Steuer, wenn wir unterwegs sind. Neben dir fühle ich mich immer, als wäre *ich* die Frau von uns beiden.«

Na super, einen in seinem Selbstverständnis und seiner Männlichkeit erschütterten Ermittlungspartner, das war genau das, was Verena jetzt brauchte! Sie stand ohnehin unter Hochspannung und war so gar nicht zur Diplomatie aufgelegt.

»Weil in deinem Weltbild die Frauen den Männern untergeordnet sind, meinst du das?« Ihr war bewusst, dass sie mit dieser Frage eine Lawine lostrat, konnte sich aber nicht zurückhalten. Die Spannung, die sich fast unmerklich über die letzten Tage hinweg zwischen ihnen aufgebaut hatte, verlangte nach Auflösung.

»Nicht untergeordnet«, sagte Roman, und Verena merkte, dass er im Gegensatz zu ihr jedes Wort sorgfältig abwog. »Aber die Geschlechterrollen sind einfach verschieden. Sind die Frauen nicht seit jeher das passive Geschlecht? Das hat die Natur nun mal so eingerichtet. Yin und Yang, frag mal deinen Vater.«

Verena stöhnte auf. Ihr Vater war so ziemlich der Letzte, mit dem sie über die Geschlechterrollen diskutieren wollte. Er war da negativ vorbelastet, in seiner Ehe hatte die meiste Zeit Verenas Mutter die Hosen angehabt. Sie mutmaßte, dass es bei Katz zu Hause ähnlich aussah.

»Ist es wegen Sophie?«, fragte sie, den Blick starr auf die

Straße gerichtet. Stau auf der B27, na toll. Wenn sie zu spät zu einem Termin mit dem Staatsanwalt kamen, waren das schon mal großartige Erfolgsaussichten.

Katz schüttelte den Kopf. »Dass Sophie zu Hause die Fäden in der Hand hält, ist völlig normal. Schließlich ist sie die Hausfrau, ich dagegen bin den ganzen Tag unterwegs. Aber hier im Dienst ist das was anderes. Das ist mein Terrain, verstehst du? Und hier wird das Weltbild, das meine Eltern mir vermittelt haben, das von den schwachen, passiven Frauen und starken, aktiven Männern, irgendwie aufgehoben.«

Verena wusste nicht, was sie dazu sagen sollte, und entschied sich zu schweigen. Eine gute Entscheidung, denn Katz war noch längst nicht fertig.

»Du würdest nie klein beigeben, wenn es Meinungsverschiedenheiten gibt. Du würdest es nie schlucken, wenn du über Jahre hinweg bei der Beförderung übergangen wirst. Wahrscheinlich würdest du im Bett schon aus Prinzip niemals unten liegen. Und schon gar nicht würdest du die Unterhemden deines Mannes stärken. Falls du es überhaupt jemals wieder einem Kerl gestatten würdest, deine Amazonenfestung zu stürmen.«

Verena biss sich auf die Lippen, um nicht zu lachen. Gleichzeitig war sie erschüttert von Katz' Frauenbild, obwohl es sie nicht wirklich überraschte.

»Aber das ist doch keine Frage des Geschlechts, Roman! Diese Ansichten sind ja vorsintflutlich. Was ist schon typisch männlich und was typisch weiblich? In unserer Zeit vermischt sich das doch immer mehr. Sowohl psychoemotional wie auch biologisch. Es gibt Männer, die ein Brusthaartoupet tragen, und Frauen, die unter Bartwuchs leiden. Ja, vielleicht bin ich eher ein maskuliner Typ. Du müsstest meine Beine sehen, wenn ich sie nicht epiliere. Und wenn ich mir die Augenbrauen nicht zupfen würde, sähe ich aus wie Bert aus der Sesamstraße.« Sie schielte aus dem Augenwinkel zu Katz hinüber und sah, dass er grinste. Na, Gott sei Dank!

»Falls es dich beruhigt, kann ich dir aber verraten, dass ich Höhenangst habe. Und dass mir bei ›Titanic‹ die Tränen gekommen sind. Wenn ich das nächste Mal richtig grantig zu dir bin, werde ich dich daran erinnern, dass ich ab und an unter PMS leide. So, jetzt hab ich dir auch ein paar Schwächen offenbart. Und nun lass uns wieder Freunde sein. Du musst mich ja nicht heiraten.«

»Nein, aber ich muss mit dir zusammenarbeiten. Das ist fast genauso hart. Und es ist einfach ein Scheißgefühl, immer in der zweiten Reihe zu stehen. Schau mich nicht so an. Du hast mich schließlich gefragt.«

»Ach, Roman, du bist ein promovierter Jammerlappen.«

»Mag sein, schließlich braucht deine dominante Natur ja einen Gegenpol. Nicht dass ich mir in der Rolle gefalle. Aber wie es aussieht, muss ich mich wohl damit abfinden, dass ich die Frau von uns beiden bin.«

Und dann heißt du auch noch Katz und nicht Kater, dachte Verena, während sie sich in den dichten Verkehr auf der Heilbronner Straße einfädelte. Würde es dich beruhigen, wenn du wüsstest, dass ich genauso von Ängsten und Zweifeln geplagt werde wie du? Vermutlich würdest du es nicht mal glauben. Starke Frauen sind nur scheinbar stark. Ihre Stärke besteht lediglich darin, dass sie es schaffen, ihre Schwächen gut zu verbergen.

Triberg klopfte im Sekundentakt mit dem Kugelschreiber auf seinen Schreibtisch, als Verena und Katz sein Büro betraten. Dann sah er betont ruhig zur Uhr, dann von Katz zu Verena. Das Buchpaket, das Katz ihm auf den Schreibtisch legte, würdigte er keines Blickes. Er schnipste sich ein imaginäres Stäubchen vom Ärmel seines Jacketts und faltete die Hände mit den perfekt manikürten Nägeln auf dem lackierten Nussbaumwurzelholz der Tischplatte.

Den muss er selbst bezahlt haben, dachte Verena. Selbst ein Jens Triberg bekommt vom Dienstherrn nicht einen solchen Schreibtisch gestellt. Auch der Sessel, in dem er saß, war vom Feinsten und aus eigener Tasche bezahlt. Jens Triberg legte Wert auf Äußerlichkeiten und auf das, was die Leute von ihm hielten. Klar, mit den jahrzehntealten Standardbüromöbeln des öffentlichen Dienstes, von denen an allen Ecken das Kunststofffurnier abplatzte, konnte man keinen Eindruck schinden. Und Eindruck schinden wollte er in allem, was er tat.

Triberg lehnte sich in seinem Sessel zurück. »Hatten wir nicht halb neun gesagt?«

Katz öffnete schon den Mund, um zu einer Entschuldigung anzusetzen, aber Verena stieß ihm unauffällig den Ellenbogen in die Seite.

»Stau auf der B27«, sagte sie knapp. Nicht mehr und nicht weniger. Eine Entschuldigung hatte sie für jemanden, der so konsequent ihre Arbeit boykottierte, nicht übrig. Dass es taktisch nicht besonders klug war, dem Staatsanwalt jetzt störrisch zu kommen, wurde ihr erst hinterher bewusst, aber da war es schon zu spät.

»Was führt Sie zu mir?«

Als ob ich dir das nicht schon am Telefon gesagt hätte.

Verena bemühte sich, abgeklärt zu wirken. Ganz und gar unbeeindruckt. Katz und sie standen immer noch. Wie arme Sünder.

Sie schielte zu Katz. Jetzt war er an der Reihe.

Katz verstand die Aufforderung, nahm das oberste Buch vom Stapel und schlug es an der Stelle auf, an der das rosafarbene Post-it klebte.

»Wir würden uns freuen, wenn Sie sich einige Abschnitte aus diesen Büchern durchlesen könnten. Die Texte belegen die enge Verbundenheit der Zeugen Jehovas zum Pfahl, an dem ihrer Meinung nach Jesus Christus gestorben ist.«

Tribergs Miene war völlig ausdruckslos.

»Womit hat Ihre Kollegin Sie denn bestochen, dass Sie mir diesen Vortrag halten? Herr Oberkommissar Katz« – er betonte den Dienstgrad, wohl um Katz darauf aufmerksam zu machen, dass ihm durchaus klar war, dass Verena ihm gegenüber das Sagen hatte. »Sie sind ein Mann mit gesundem Menschenverstand. Glauben Sie wirklich selbst, was Sie da reden?«

»Nun«, Katz trat unbehaglich von einem Fuß auf den anderen. »Ich halte es zumindest für eine Spur, der wir nachgehen sollten. Sehen Sie sich doch bitte nur die Seite an, die wir markiert ...«

Triberg klappte das Buch, das aufgeschlagen vor ihm lag, lautstark zu, ohne auch nur einen Blick darauf geworfen zu haben. Er legte es auf die anderen und schob den Bücherstapel zurück in Richtung Katz und Verena.

»Nehmen Sie diesen Mist wieder mit und entsorgen Sie ihn dort, wo er hingehört: im Papiermüll. Ich werde den Teufel tun, damit meine Zeit zu verschwenden. Und ich frage mich allen Ernstes, wieso Sie die hirnrissige Idee Ihrer Kollegin auch noch unterstützen. Aber es ist wohl wirklich so: Eine Schwalbe hackt der anderen kein Auge aus.«

Ja, und eine Krähe macht noch keinen Sommer. Unter anderen Voraussetzungen hätte Verena jetzt laut gelacht. Sie wartete nicht länger auf eine Aufforderung, Platz zu nehmen. Die würde eh nie kommen; Triberg wollte sie so schnell wie möglich wieder loswerden. Sie setzte sich unaufgefordert auf einen Besucherstuhl und lehnte sich weit über Tribergs Schreibtisch, wobei sie sein Telefon wie zufällig mit dem Ellenbogen zur Seite schob.

»Herr Triberg, wir werden nicht noch mehr von Ihrer kostbaren Zeit stehlen, keine Sorge. Und die Bücher nehme ich gern wieder mit, wenn Sie im Moment nicht die Zeit aufbringen, sich einen Überblick zu verschaffen. Aber ich werde für Sie einen ausführlichen Bericht mit Zitaten und Quellenangaben schreiben und ihn Ihnen zeitnah zusenden, und den müssen Sie dann lesen, weil er Teil der Verfahrensakte wird.«

Triberg zog die Augenbrauen hoch. »Wenn Sie sich die Mühe machen wollen, Frau Sander, kann ich Sie nicht daran hindern. Natürlich werde ich ihn zumindest überfliegen müssen, aber das heißt noch lange nicht, dass er mich überzeugen wird. Und auch keinen Haftrichter. Sie können mit diesen Büchern von Pontius bis Pilatus laufen, ich versichere Ihnen, Sie werden niemanden finden, der Ihnen deswegen einen internationalen Haftbefehl ausstellt.«

»Na dann lauf mal von Pontius bis Pilatus«, sagte Katz, während sie die Treppe zum Hauptausgang hinuntergingen. »Dabei tust du praktischerweise auch noch was für Bauch und Rücken.«

»Den Beckenboden nicht zu vergessen«, kicherte Verena. Sie sollte Triberg wirklich nicht so ernst nehmen. Es tat gut, über ihn zu lachen. Ähnlich dem Irrwicht bei Harry Potter verlor selbst Triberg seinen Schrecken, wenn man sich über ihn lustig machte. Bei dem Gedanken, dass sie ihrem Ziel allerdings keinen Schritt näher gekommen waren, blieb ihr das Lachen im Hals stecken. Das Schlimme an dieser Sorte Ignoranten war, dass sie so mächtig waren.

Als sie hinaus auf die Neckarstraße traten, atmete sie tief ein. Selbst eine Nase voll Autoabgase war jetzt besser als die dicke Luft im Zimmer des Staatsanwalts.

»Er hält mich wahrscheinlich für völlig durchgeknallt«, sagte sie. »Aber allmählich ist mir das egal. Ich kann einen so vernagelten und selbstgerechten Menschen, der nicht einmal die einfachsten Redensarten korrekt wiedergeben kann, nicht ernst nehmen, egal welche Position er einnimmt. Schlimm genug, dass wir mit ihm zusammenarbeiten müssen.«

»Du musst dir ja kein Büro mit ihm teilen und ihn nicht täglich ertragen«, versuchte Katz sie zu trösten. »Und was seine Meinung von dir betrifft, du weißt ja: Ist der Ruf erst ruiniert, lebt sich 's völlig ungeniert.«

»Ich verstehe ihn einfach nicht«, sagte Verena. »Welcher Aufwand ist es, Magnus' Foto an die sizilianischen Flughäfen zu versenden und die Ausschreibung an die italienischen Kollegen weiterzuleiten? Dabei können doch keine extremen Kosten entstehen! Ich glaube allmählich, es geht ihm einfach ums Prinzip. Er will mich ärgern.«

»Er will einfach recht behalten. Ob dich das ärgert oder nicht, ist ihm egal«, sagte Katz, während sie sich in den Verkehr auf der Neckarstraße einordneten. »Also strapazier dein Nervenkostüm nicht damit. Du hast getan, was du konntest, und mehr als das. Sollte Magnus der Täter sein und uns durch die Lappen gehen, ist das nicht uns anzulasten.«

Wie konnte er so eine Gemütsruhe bewahren? Hatte er so wenig persönliches Interesse an der Klärung des Falls? Verena überlegte, ob sie die scharfe Antwort, die ihr auf der Zunge lag, aussprechen oder hinunterschlucken sollte, doch bevor sie irgendetwas erwidern konnte, klingelte das Handy.

»Könnt ihr einen Einsatz übernehmen?« Es knisterte in der Leitung, bevor sich Joosts Stimme wieder durchsetzte. »Es gab einen Selbstmordversuch, ein vierzehnjähriges Mädchen. Überdosis Schlaftabletten. Lebensgefahr, mit dem Notarztwagen auf dem Weg ins Katharinenhospital. Das Revier hat uns sofort verständigt, weil sie beim Datenabgleich gesehen haben, dass der Name in unseren Ermittlungen auftaucht. Emily Magnus, das Mädel dürfte euch bekannt sein. Und ich würde euch nicht dahin schicken, wenn ich nicht der Meinung wäre, dass das Motiv für diesen Suizidversuch aufschlussreich für unseren Fall sein könnte.«

Ohne den Blick von der Straße zu nehmen, griff Verena in den Fußraum und warf Katz das mobile Blaulicht in den Schoß.

»Knall den Kojack aufs Dach, Roman, wir haben einen Einsatz.«

Der gläserne Haupteingang des Katharinenhospitals warf ihnen ihr Spiegelbild vor der Kulisse der dicht befahrenen Kriegsbergstraße entgegen.

»Schau uns nur an, wir kreuzen hier auf wie zum Begräbnis«, seufzte Verena mit einem Blick auf Katz' schwarzen Anzug. Sie selbst trug einen anthrazitfarbenen Pullover und eine gleichfarbige Hose und sah damit eigentlich auch fast aus wie ein Trauergast. »Ich bete, dass unsere Kleiderordnung kein Omen ist.«

»Ich hoffe, sie kriegen sie wieder hin«, sagte Katz, als sie sich durch die Drehtür ins Foyer schoben. »Hat Rudi gesagt, was sie genommen hat?«

»Keine Ahnung, irgendein Schlafmittel. Wie viel davon ist auch noch unklar. Aber irgendwas in der Nähe der letalen Dosis.«

Die gläserne Kuppelhalle mit ihren Kübelpflanzen und Bäumen erschien Verena heute mehr denn je wie ein riesiges Gewächshaus, ein sehr belebtes allerdings.

Hastig liefen sie an der Anmeldung vorbei, die Treppe zur ersten Etage hinauf.

»Die Frau macht gerade ziemlich viel durch, ich beneide sie wirklich nicht.« Katz wies mit einem Kopfnicken auf Elvira Magnus, die im Wartebereich der Notaufnahme saß. Sie biss sich auf die Unterlippe und knetete ein Taschentuch so fest, dass die Adern auf ihrem Handrücken hervortraten. Sie stand auf, als Verena und Katz auf sie zukamen, konnte sich aber nicht auf den Beinen halten und ließ sich sofort wieder auf den Stuhl zurücksinken.

»Bleiben Sie sitzen, Frau Magnus«, sagte Verena, reichte ihr die Hand und nahm neben ihr Platz. »Wir haben es eben erst erfahren. Wie geht es Ihrer Tochter?«

Elvira Magnus hob in einer hilflosen Geste die Hände.

»Ich weiß noch gar nichts. Sie haben ihr den Magen ausgepumpt und machen wohl noch irgendwelche Untersuchungen«, flüsterte sie. »Ich warte hier seit ungefähr einer Stunde. Keine Nachrichten sind hoffentlich gute Nachrichten.«

Verena nickte. »Ich weiß, es ist nicht der passende Zeitpunkt für eine Befragung, aber würden Sie mir erzählen, was genau passiert ist?«

Elvira Magnus zog das zerknüllte Taschentuch auseinander und putzte sich die Nase.

»Emily kam heute Morgen nicht wie gewöhnlich zum Frühstück runter. Ich habe eine Weile gewartet und bin dann rauf in ihr Zimmer gegangen, weil ich dachte, sie hat den Wecker nicht gehört. Ich wollte ja nicht, dass sie zu spät zur Schule kommt.« Sie stockte und blickte auf die Hände in ihrem Schoß. »Ich habe sie gerufen, aber sie reagierte nicht. Dann habe ich sie an der Schulter gerüttelt und bin lauter geworden. Als sie immer noch nicht reagierte, habe ich Panik bekommen. Ich habe sofort den Notarztwagen angefordert, aber die haben es unterwegs nicht geschafft, sie zurückzuholen.« Jetzt brach ihre Stimme und wurde zu einem Flüstern. »Ich hab so schreckliche Angst.«

Verena legte Elvira Magnus einen Arm um die Schulter und reichte ihr ein frisches Papiertaschentuch. »Wissen Sie, was sie genommen hat und wie viel?

»Ich nehme Zopiclon gegen meine Schlafstörungen. Man soll das vor Kindern sicher aufbewahren. Ich dachte, ich hätte es im Badezimmerschrank eingeschlossen, aber entweder hab ich vergessen abzuschließen, oder ich habe die Tabletten versehentlich zu den Toilettenartikeln gestellt. Oh, mein Gott!« Sie vergrub das Gesicht in den Händen. »Wenn ich daran schuld bin, dass sie stirbt …«

»Sie stirbt ganz bestimmt nicht!« Verena war sich keineswegs so sicher, wie sie vorgab, aber sie konnte und wollte sich nichts anderes vorstellen. Voller Mitleid legte sie ihre Hand auf den Arm der Frau.

»Wissen Sie, wie viel sie genommen hat?«

»Keine Ahnung! Der Blister war leer, aber ich kann mich nicht erinnern, wie viele schon fehlten.« Elvira Magnus putzte sich die Nase und zog ein neues Kleenex aus ihrer Handtasche.

Wie aus dem Boden gewachsen, stand plötzlich eine junge Frau vor ihnen. Das Namensschild am Revers ihres Kittels wies sie als Dr. Hinrichs aus. Sie hatte das aschblonde Haar im Nacken zu einem Zopf gebunden, aus dem sich einige Haarsträhnen lösten. Ihr Gesicht wirkte müde, als wäre sie mindestens seit gestern Abend im Dienst. Verena reichte ihr die Hand, stellte sich und Katz vor und flehte schweigend, dass ihr Gegenüber keine schlechten Nachrichten bringen möge.

Dr. Hinrichs nickte Verena und Katz nur flüchtig zu und lächelte Elvira Magnus aufmunternd an. Verena sah einen winzigen Schmuckstein an ihrem rechten oberen Schneidezahn aufblitzen.

»Sie können aufatmen, es ist noch mal gut gegangen«, sagte sie. »Wenn Sie sie eine Stunde später gefunden hätten, wäre ich jetzt vielleicht nicht mit so guten Neuigkeiten gekommen. Aber das Schöne an meinem Beruf ist ja, dass wir hin und wieder auch mal gute Botschaften überbringen dürfen.«

Elvira Magnus sprang auf, ließ sich aber sofort wieder auf den Stuhl zurücksinken. Die Anspannung entlud sich in einem erneuten Tränenstrom. »Wann darf ich … Darf ich zu ihr?«

»Im Moment schläft sie noch und wird das vermutlich auch noch die nächsten Stunden tun. Sie können aber nachher gerne kurz in ihr Zimmer. Ich sage Ihnen Bescheid, aber jetzt hole ich Ihnen erst mal einen Kaffee.«

Elvira Magnus ergriff die Hand der Ärztin mit beiden Händen und bedankte sich überschwänglich bei der jungen Frau, bevor diese in Richtung Kaffeeautomat davoneilte.

»Ich bin so wahnsinnig froh, dass sie über den Berg ist.« Sie tupfte sich vorsichtig die Tränen der Erleichterung aus dem Augenwinkel – eine verlorene Mühe, weil das Augen-Make-up ohnehin komplett verschmiert war.

Verena öffnete eine neue Packung Tempos und hielt sie ihr hin. »Ich bin auch sehr froh. Es braucht sicher seine Zeit, aber es wird alles wieder gut.«

»Da bin ich eben nicht so sicher.« Elvira Magnus schüttelte den Kopf, als würde sie immer noch hoffen, gleich aus einem bösen Traum zu erwachen. »Ich hätte nie geglaubt, dass es mal so weit kommt. Emily war vor noch nicht so langer Zeit ein liebes, fügsames Mädchen, bis sie mit diesem Marco zusammenkam und in den Dunstkreis seiner Clique geriet. Wie schnell einem doch das eigene Kind entgleitet, wenn es den falschen Umgang pflegt! Plötzlich kennt man es nicht mehr.«

Verena horchte auf.

»Emily war mit Marco zusammen?«

»Nicht lange. Ein Mädchen, das nicht raucht, trinkt oder kifft, ist für so einen Jungen auf Dauer uninteressant. Das hat sie nie getan. Aber sie wurde aufmüpfig, hörte nicht mehr auf uns und machte, was sie wollte. Sie begann, über alles zu meckern, was wir von ihr wollten. Das war ganz neu.«

Völlig normal für ein Mädchen in diesem Alter, dachte Verena, als sie sich verabschiedete. Offenbar glaubte diese Frau, dass Töchter von Zeugen Jehovas von den Begleiterscheinungen der Pubertät verschont blieben, und hatte nun eine bittere

Lektion zu lernen. Dass Elvira Magnus allerdings von der Liaison ihrer Tochter zu Marco Herrmann schockiert war, konnte sie sehr gut nachvollziehen.

»Wir hätten sie darauf ansprechen müssen, dass sie schon am Donnerstag aus Sizilien zurückgekommen ist«, sagte Katz, als sie zum Auto liefen. »Und warum sie gelogen hat.«

»Ich weiß«, seufzte Verena. »Aber das habe ich in dieser Situation einfach nicht fertiggebracht. Ich rufe sie die nächsten Tage an, ich möchte ohnehin noch mit Emily sprechen. Vielleicht gibt es ja eine ganz harmlose Erklärung für das alles.«

»Harmlose Erklärung? Das glaubst du doch selbst nicht. Schau dir die Familie doch an!« Katz kramte den Autoschlüssel aus der Hosentasche. »Religiöse Fanatiker, die ihrem Kind verbieten, Kind zu sein. Wen wundert's, wenn das Mädchen mit dem Leben nicht klarkommt?«

Verena nickte. Trotzdem tat Elvira Magnus ihr leid. Diese Frau hatte zweifellos Fehler gemacht, sonst wäre ihre Tochter jetzt nicht in dieser Situation. Aber welche Mutter machte schon immer alles richtig?

»Und was fangen wir nun mit dem halb versauten Tag noch an?«, riss Katz sie aus ihren Gedanken.

Verena schaute auf ihre Armbanduhr. Die letzten beiden Schulstunden schrieb Monas Klasse Englisch. Die Chancen standen gut, dass Marco schwänzte.

»Wenn wir schon mal bei Problemkindern sind«, sagte sie, »dann lass uns gleich bei Marco Herrmann vorbeischauen. Damit habe ich mir dann aber meinen Schoppen Rotwein heute Abend redlich verdient!«

Der Stuttgarter Stadtteil Frauenkopf ist einer der kleinsten und zweifellos teuersten der Landeshauptstadt. Nur wenige Fahrminuten von der Innenstadt entfernt erhebt sich die grüne Insel als exklusives Villenviertel inmitten von Wäldern, Weinbergen und Gartenanlagen. Während Katz mal wieder den Schlaumeier raushängen ließ und erklärte, dass der Frauenkopf seinen Namen von einer Hirtenkapelle hatte, die Unserer Lieben Frau gewidmet war, hörte Verena nur mit einem halben Ohr zu. Sie bestaunte die herrschaftlichen Häuser, die sich hinter akkurat geschnittenen Hecken und gepflegten Vorgärten den Besuchern präsentierten. Ein Streifenwagen patrouillierte im Schritttempo an ihnen vorbei. In dieser Gegend waren die Fenster im Souterrain üblicherweise vergittert, und über die Einfahrten wachten die gläsernen Augen von Überwachungskameras. Hier lebten Funktionäre und Vorstandsmitglieder von Bosch und der Daimer-Benz AG. Auch die Inhaberin einer bekannten Modeschule mit Filialen in Stuttgart und Mannheim hatte hier ihr Domizil.

Marco Herrmanns Vater hatte als kleiner Spediteur angefangen, sich im Laufe der Jahre hochgearbeitet und besaß heute eine angesehene Spedition, die sich auf Kunsttransporte spezialisiert hatte. Sein zweistöckiges Haus nahm sich neben einigen Nachbarvillen bescheiden aus, dennoch schätzte Verena es auf etwa 150 Quadratmeter Wohnfläche. Platz genug für drei Personen und einen Foxterrier, der sie durch den schmiedeeisernen Gartenzaun hindurch ankläffte. Verena deutete auf den Hund und warf Katz einen fragenden Blick zu, doch der grinste nur. »Mit dem werde ich fertig«, murmelte er und klopfte auf seinen Pistolenholster. »War'n Witz«, fügte er schnell hinzu, als er Verenas erschrockenen Blick sah, und öffnete das Gartentor.

Der Terrier tänzelte bettelnd um ihre Beine, als sie den Plattenweg zum Haus hinunterliefen.

»Du bist mir ja ein toller Wachhund«, sagte Verena. »Leider hab ich kein Leckerli dabei.« Sie beugte sich hinunter und streichelte den Hund, worauf er ihre Hand leckte, kehrtmachte und zwischen zwei Rhododendronbüschen verschwand.

An der Haustür hing ein Türklopfer aus Messing in der Form eines Löwenkopfes, doch es gab auch einen normalen Klingelknopf. Drinnen schrie Campino aus vollem Hals nach Liebe, und Verena fand, dass sie es mit ihrer allabendlichen Beschallung durch Justin Bieber noch vergleichsweise gut getroffen hatte. Sie läuteten.

Eine Zeit lang passierte nichts, außer dass Campino in unverminderter Lautstärke weitersang. Als sie gerade erneut auf den Klingelknopf drücken wollte, wurde die Musik leiser gestellt. Sie hörte Schritte in der Wohnung, eine Kette wurde ausgehängt, und die Tür öffnete sich.

Der Junge war groß für seine sechzehn Jahre, ein ganzes Stück größer als Verena, und von kräftiger Figur. Sein volles, schwarzes Haar war schon lange mit keiner Schere mehr in Berührung gekommen und umrahmte ein kantiges Gesicht. Marco verlagerte sein Gewicht auf das rechte Bein und versenkte die Hände lässig in den Taschen seiner Denim-Jeans. Verena hob den Blick und schaute in Augen so blau wie zwei Gletscherseen. Ein tiefrotes Feuermal neben seinem linken Auge verlieh seinem Blick etwas Verwegenes.

»Ich kenn Sie nich. Ham Sie sich in der Adresse geirrt?«

»Macht nichts, wir werden uns schon kennenlernen«, sagte Verena. »Können wir kurz reden?«

Eine Augenbraue rutschte in Richtung Haaransatz.

»Wüsste nich, worüber.«

»Über deine Clique zum Beispiel. Sorry, wir haben uns noch gar nicht vorgestellt.« Verena angelte die Polizeimarke aus der Innentasche ihrer Jacke. Die ovale Messingscheibe mit der Inschrift »Kriminalpolizei« machte einfach mehr Eindruck als der Dienstausweis aus blauer Pappe. Katz tat es ihr nach, nur dass er die Pappe vorzeigte. Mit seiner Dienstmarke, die bei der Polizei offiziell nicht mehr in Gebrauch war, spielten die Kinder daheim Räuber fangen.

Marco streifte beides mit einem knappen Blick und zeigte sich völlig unbeeindruckt.

»Wir machen nischt Verbotnes!«

»Darum geht es gar nicht«, schaltete sich Katz ein. »Ihr habt eine Leiche gefunden, seid somit Zeugen, und Zeugen müssen in einem Ermittlungsverfahren nun mal befragt werden. Deine Freunde haben ihre Aussage schon gemacht.«

»Dann kapier ich noch weniger, warum ihr mich noch fragt. Ich kann auch nischt andres sagen als die anderen. Also, was soll das Ganze?«

»Das lass mal unsere Sorge sein.«

Der Junge überlegte eine Weile.

»Und wenn ich nich will?«

»Dann lassen wir dich staatsanwaltschaftlich vorladen«, erklärte Katz sichtlich genervt. »Zeugen haben eine Aussagepflicht, im Gegensatz zu Beschuldigten, die die Aussage verweigern dürfen.«

»Dann beschuldigt mich doch einfach!« Marco grinste Katz frech ins Gesicht. Seine Eckzähne waren ein Stück länger als die Schneidezähne und erinnerten Verena an einen Vampir.

»Sind deine Eltern zu Hause?«, fragte sie.

»Nee. Und ich hab auch keine Ahnung, wann die wiederkommen.« Der Junge machte noch immer keine Anstalten, sie reinzulassen.

»Wo sind sie denn?«

»Mein Vater jettet in der Weltgeschichte rum, der muss irgendwo in Hamburg oder Bremen einen Frachtvertrag abschließen.«

»Und deine Mutter?« Verena war es allmählich leid, dem Jungen jedes Wort aus der Nase ziehen zu müssen.

Marco zuckte die Schultern. »Keine Ahnung. Entweder ist sie mit ihrer Weiberclique shoppen oder beim Friseur. Vielleicht auch bei ihrem Lover. Jetzt schauen Sie nicht so, die meldet sich nicht ab bei mir.«

»Können wir uns vielleicht drin weiterunterhalten?«

»Nö, ich darf keine fremden Leute in die Wohnung lassen«, sagte Marco mit einem verschlagenen Grinsen. »Sonst krieg ich Haue.«

Verena ballte die Fäuste, dass ihre Nägel sich in die Handflächen gruben. So ein Idiot! Also gut, dann nicht.

»Deine Eltern haben natürlich ein Anwesenheitsrecht, wenn wir dich befragen, darauf kannst du bestehen, solange du unter achtzehn bist«, sagte sie. »Wir können gern noch mal wiederkommen, wenn einer von ihnen zu Hause ist.«

»Nee, schon okay«, beeilte sich Marco zu sagen. »Was wolln Sie denn wissen?«

Na also, geht doch, freute sich Verena. Dieser Punkt ging an sie. Während der folgenden zehn Minuten hörte sie sich zwischen Tür und Angel – denn der Junge dachte nach wie vor nicht daran, sie eintreten zu lassen – den haargenau gleichen Sachverhalt an, den sie schon von Christoph kannte. Die beiden hatten sich abgesprochen, jede Wette. Für das Protokoll hätte sie die Niederschrift von Christophs Vernehmung kopieren und von Marco unterschreiben lassen können. Sie beschloss, lediglich einen Vermerk darüber zu fertigen, viel mehr gab die Befragung nicht her.

»Du warst mal mit Emily Magnus zusammen?«, fragte sie schließlich, als das Thema Leichenfund abgehakt war.

Marco schaute sie misstrauisch aus spaltbreiten Augenschlitzen an. »Was hat'n das jetzt mit dem Fall zu tun?«

»Muss ich dir nicht sagen«, antwortete Verena, »antworte einfach, und zwar wahrheitsgemäß.«

»Ja, war ich«, knurrte der Junge. »Wüsste nich, was daran verboten wär.«

»Warum habt ihr sie nicht in die Clique gelassen? Weil sie es bei der Mutprobe nicht bis auf die andere Seite geschafft hat?«

Marco schüttelte den Kopf. Das Thema war ihm sichtlich unangenehm.

»Sie hatte Zoff mit ihren Alten. Die ham sie einfach eingesperrt, als sie aus dem Krankenhaus kam. Der Vater hat sie morgens in die Schule gefahren und mittags wieder abgeholt, damit sie bloß nich auf die Idee kommt, nachmittags mit uns rumzuhängen. Und als das Schuljahr rum war, ham sie Emily auf 'ner anderen Schule angemeldet, damit sie bloß nischt mehr mit uns zu tun hat. Die ham eh 'nen ganz schönen Schuss, die gehörn zu so 'ner Sekte, wissen Sie das?«

Er wusste es jedenfalls. Vielleicht wusste er auch noch mehr.

»Emily auch?«

»Na ja, die hat wohl keine Wahl. Die ham sie ja von Kind an mitgeschleppt zu dem Verein. Sie findet das eigentlich total Kacke. Darf kein Weihnachten feiern, keinen Geburtstag, und an Ostern gibt's nich mal 'paar bunte Eier. Nur immer beten und menstruieren, oder wie das heißt.«

»Missionieren«, sagte Verena und unterdrückte ein Lächeln.

»Oder so. Ich meine, die kennt das ja gar nich anders, aber sie sieht halt, dass es bei uns viel lockerer ist. Und das fand sie cool. Wir labern ja auch nich die ganze Zeit von Jehova und so'n Scheiß.«

»Deshalb wollte sie unbedingt in eure Clique?«

»Da wäre sie sowieso reingekommen, sie war ja meine Freundin.«

»Und wozu dann diese Mutprobe?«, wunderte sich Verena.

»Ach, das war nur Spaß! Wir sind da im Wald abgehangen, und als wir dieses coole Setting sahen mit dem Stamm und der Schlucht, hat jemand gesagt: ›Wer traut sich das?‹ Und Emmi meinte, sie macht's. Hätt ich nich gedacht, dass die so taff ist!«

Verena musterte den Jungen und fragte sich, ob er die Wahrheit sagte. Er war plötzlich zugänglicher und auch höflicher geworden und antwortete bereitwillig auf ihre Fragen, vielleicht verarschte er sie aber auch ganz gewaltig.

»Was, glaubst du, warum hat sie das gemacht?«

»Keine Ahnung, vielleicht wollte sie einmal im Leben ein bisschen Nervenkitzel. Oder mir imponieren. Oder beides. Christoph meint ja, sie wär 'ne Borderlinerin. Glaub ich aber nich. Ich meine, sie ritzt sich nich und so.«

»Wieso war sie deine Freundin?«, fragte Verena. »Was fandest du an ihr so toll, dass du mit ihr gehen wolltest?«

Marco überlegte eine Weile.

»Sie war halt anders«, sagte er schließlich. »Eine von denen, die den Jungs nich hinterherrennt. Emmi musste man erobern.

Vielleicht war's der Jagdinstinkt.« Er grinste und entblößte seine Vampirzähne. »Nee, Emmi ist schon okay. Sie kann ja nischt dafür, dass sie so durchgeknallte Eltern hat.«

Durchgeknallte Eltern, was für eine nette Umschreibung, dachte Verena, als sie zurück zum Auto liefen. Wie reagierten wohl Eltern, die sogar ein Glas Bier zum Mittagessen für eine unverzeihliche Sünde hielten, wenn sie erfuhren, dass ihre halbwüchsige Tochter mit einem Typen wie Marco Herrmann ging? Sie konnte es sich lebhaft vorstellen. Einer solchen zarten Liebesgeschichte war von vornherein ein jähes Ende bestimmt. Das Mädchen tat ihr leid, und doch hatte sie Verständnis für die Eltern, ganz unabhängig davon, welchem Glauben sie angehörten. Sie sah die Parallelen zu Mona, die sie auch am liebsten vor allen Gefahren da draußen beschützt hätte. Dabei wusste sie natürlich, dass das keine Lösung war. Wir können unsere Kinder nicht vor dem Leben verstecken, dachte sie. Auch nicht, wenn wir sie einsperren und alle Gefahren von ihnen fernhalten würden; selbst Dornröschen war trotz aller Vorsichtsmaßnahmen die Spindel zum Verhängnis geworden. Wir können uns noch so bemühen und schaffen es trotzdem nie, sie vor Leid und Enttäuschungen zu bewahren. Das Leben findet sie überall.

Als Verena und Katz zurück zum Polizeipräsidium kamen, hatte es angefangen zu regnen. Auf dem Flur des Dezernats standen Joost und Helge Lamberz und diskutierten mit heftigen Gesten. Als Joost die beiden sah, winkte er sie heran.

»Es gibt Neuigkeiten, aber das kann Helge selber erzählen.« Er nickte Lamberz zu.

»Wir haben das Auto von der Mietwagenfirma angeschaut«, sagte er. »Es gibt ein paar kleine, dunkle, rotbraune Antragungen, ein paar Spritzer und eine Wischspur. Der Blutvortest war positiv.«

Verena und Katz sahen sich an. Das konnte alles und nichts heißen. Es musste nicht das Blut von Ewa Salgam sein, genau genommen konnte es sogar von einem Tier stammen. Und es musste nicht während dieser drei Tage, an denen Leander Salgam das Auto gefahren hatte, dort hineingekommen sein. Immerhin handelte es sich um einen Mietwagen. Wie schnell verletzte sich jemand im Auto; dazu brauchte es nicht unbedingt einen Unfall. Eine kleine Unachtsamkeit reichte. Verena hatte selbst schon als Beifahrerin einen Apfel für Mona zerteilt, sich dabei in den Finger geschnitten und die Fußmatte mit ihrem Blut vollgetropft. Es musste nichts bedeuten. Aber es konnte auch die alles entscheidende Spur sein.

»Wo habt ihr denn die Blutspuren gefunden?«, fragte sie.

Lamberz sah bedeutungsvoll von Verena zu Katz und wieder zurück.

»Genau das ist ja das Interessante. Im Kofferraum.«

»Ich will mit ihm reden«, sagte Verena. »Findet sich jemand, der ihn herholt, während ich die Vernehmung vorbereite?«

»Nicht nötig«, erwiderte Joost. »Er hockt schon in deinem Büro und wartet auf dich.«

»Es ist mein eigenes Blut, verdammt noch mal«, empfing Salgam Verena und Katz, ohne auf ihre Begrüßung zu reagieren. »Sie glauben doch nicht etwa, ich hätte meine Mutter getötet und sie in einem unserer Leihwagen weggebracht?«

»Ich glaube noch gar nichts, Herr Salgam«, sagte Verena und

setzte sich betont langsam ihm gegenüber, während Katz sich mit verschränkten Armen an die Wand lehnte. »Aber es ist meine Aufgabe, solche Dinge zu überprüfen. Nehmen Sie es nicht persönlich.«

»Ich soll das nicht persönlich nehmen?« Salgam war aufgesprungen, schob seinen linken Ärmel hoch und hielt Verena seinen Unterarm vors Gesicht. Auf dem Armrücken oberhalb des Handgelenks sah Verena die rötliche Narbe einer Schnittwunde, ungefähr sieben Zentimeter lang. Es konnte vielleicht auch ein tiefer Kratzer sein, etwa von einem spitzen Fingernagel.

»Setzen Sie sich wieder hin, Herr Salgam«, sagte sie. »Und dann erzählen Sie mir, wann und wie das passiert ist.«

Salgam setzte sich.

»Auf der Rückfahrt von Hamburg hatte ich einen kleinen Unfall. So ein dämlicher BMW-Fahrer ist mir in die Seite geknallt. Durch den Aufprall ging die Wasserflasche kaputt, die ich zwischen Autotür und Fahrersitz geschoben hatte. Ich wurde dagegengeschleudert und habe mir mit einer spitzen Kante den Arm aufgeritzt.«

»Dann hätten wir Blut im Innenraum finden müssen«, wandte Katz ein. »Die Spuren waren aber im Kofferraum.«

»Verdammt noch mal, ich weiß nicht, warum es da vorn kein Blut gab. Wahrscheinlich war welches an der Flasche, die ich weggeworfen habe, und an meinem Arm natürlich. Ich bin ausgestiegen und habe den Kofferraum geöffnet, weil ich den Verbandskasten brauchte, der da hinten drin ist. Offenbar habe ich dabei Blut verloren.«

Verena griff zum Telefon und wählte die Nummer der Gerichtsmedizin.

»Professor Krach? Gut, dass ich Sie noch erwische. Könnten Sie mal eben bei uns vorbeikommen und eine Schnittwunde begutachten? Es wäre wichtig für uns, zu wissen, wie alt sie ist.«

Während sie zuhörte, beobachtete sie Salgam, der nervös seine Hände knetete.

»Wunderbar, vielen Dank und bis gleich.« Sie legte auf.

»Der Gerichtsmediziner ist in einer halben Stunde da«, sagte sie. »Aber selbst wenn sich herausstellt, dass Ihre Wunde tatsächlich am Donnerstag entstanden ist, wäre das noch lange kein Beweis dafür, dass das Blut im Kofferraum auch wirklich von Ihnen stammt.«

»Wie kann ich das beweisen?«, fragte Salgam gepresst.

»Indem Sie sich mit einer Speichelprobe einverstanden erklären«, sagte sie und sah ihn abwartend an.

Salgam zögerte nur den Bruchteil einer Sekunde.

»Also gut«, sagte er schließlich. »Tun Sie, was Sie tun müssen.«

Unter Todesverachtung unterschrieb er den Belehrungsbogen für die DNA-Überprüfung zu Vergleichszwecken und ließ die Speichelprobenentnahme wie ein Märtyrer über sich ergehen.

Verena hatte sich auf einen faulen Abend zu Hause gefreut. Mona war bei einer Schulfreundin, offiziell um sich die versäumten Schulaufgaben erklären zu lassen, und würde erst spät nach Hause kommen. Einundzwanzig Uhr war das Limit, an das sie sich auch meistens hielt; andernfalls gab es eine Nullrunde beim Taschengeld. Verena zog die regennassen Sachen aus, schlüpfte in ihren ausgeleierten Hausanzug aus grauem Flanell, den sie über alles liebte, und setzte den Teekessel auf. Bis das Wasser kochte, hockte sie sich vor den Fernseher. Spongebob Schwammkopf strapazierte gerade die Nerven von Mrs Puff, seiner Fahrlehrerin. Sie schaltete um. Eine Reportage über ein Dominastudio. Sofort waren ihre Gedanken bei Leander Salgam. Professor Krach hatte seine Verletzung begutachtet, auf das Füllgewebe der Wunde verwiesen und gemeint, dass sich die Wunde in der Granulationsphase befände, die je nach Wundgröße und äußeren Einflüssen vom vierten bis zum zwölften Tag nach der Verletzungsentstehung andauern würde. Bei der Größe dieser Schnittverletzung hielt er ein Wundalter von mindestens drei bis ungefähr acht Tagen für wahrscheinlich, allerdings nur, wenn keine Durchblutungsstörungen oder Stoffwechselerkrankungen beim Verletzten vorliegen würden, sonst wären auch hier Abweichungen möglich. Nachfragen nach entsprechenden Erkrankungen hatte Leander Salgam verneint. Aber genau genommen brachte Krachs Einschätzung sie nicht wesentlich weiter. Danach hätte die Wunde sowohl am Montag als auch am Donnerstag entstehen können. Und bis Dienstagmorgen war Salgam noch in Stuttgart gewesen.

Verena seufzte. Es sollte einfach nicht sein. Sie hatte so gehofft, endlich eine handfeste Spur zu haben. Nun mussten sie wieder auf das Ergebnis der DNA-Analyse warten. Dieses ewige Warten war so frustrierend! In diesem Fall schien einfach nichts vorwärtszugehen.

Dazu kam die Sorge um Mona. Immer wieder schob sich die Zeichnung ihrer Tochter vor ihr inneres Auge, beide Arme nach den Eltern ausgestreckt, die die eigenen Arme fest vor der Brust verschränkt hatten. Allein der Gedanke daran schnürte ihr den Hals zu wie eine Galgenschlinge.

Sie versuchte, dem Bericht zu folgen, konnte sich aber nicht konzentrieren. Thomas Magnus hatte Gelegenheit und Motiv, auch für die Pfählung mit dem Pflanzholz hatten sie nun eine Erklärung. Wenn man berücksichtigte, dass Leander Salgam in der Sado-Maso-Szene unterwegs war, konnte man allerdings auch ihm diese sexuelle Perversion am Leichnam zutrauen. Dieser schien jedoch kein klares Motiv zu haben. Noch nicht.

Verdammt, eigentlich hatte sie abschalten und den Kopf frei bekommen wollen, aber das war ein Ding der Unmöglichkeit. Einer der Nachteile des Singledaseins war, dass sie ihre Gedanken allein wälzen musste. Die meiste Zeit vermisste sie keinen Partner, aber heute hatte sie das dringende Bedürfnis, sich jemandem mitzuteilen.

Das Teewasser kochte. Sie stand auf, stellte den Herd ab und brühte sich einen Darjeeling. Dann griff sie zum Telefon.

»Ich weiß, dass du jetzt eigentlich Feierabend hast, aber ich brauche jemanden zum Reden.«

Einige Sekunden lang herrschte Stille am anderen Ende. »Wie muss ich das verstehen? Ich meine, ich rede auch nach Feierabend.«

Verena lachte nervös. »Ich meine ja nur, ich möchte nicht, dass du denkst, ich würde dich in deiner Rolle als Therapeutin missbrauchen.«

»Ich fühle mich nicht missbraucht, wenn du mit mir reden willst«, antwortete Hannah. »Und ich tue das nicht in meiner Rolle als Therapeutin, sondern als, sagen wir, Freundin. Ich nehme auch kein Geld dafür, wenn du das meinst.«

Das Wort »Freundin« tat gut. Mit einem Schlag wurde Verena bewusst, wie sehr ihr wirkliche Freunde fehlten. Vielleicht bot ihr das Schicksal mit Hannah gerade eine Freundin an, die sie länger als ein paar Monate haben würde.

»Gut, dann komme ich gleich vorbei.« Verena legte auf und stellte fest, dass sie sich freute. Sie vergewisserte sich am Schlüsselbrett, dass Mona ihren Hausschlüssel dabeihatte, und steckte sicherheitshalber ihr Handy ein. Dann verließ sie die Wohnung.

So unsinnig ist meine Befangenheit doch auch wieder nicht, dachte sie, als sie ins Auto stieg. Immerhin kennen wir uns erst seit ein paar Tagen, die Zeit im Waldheim nicht mitgerechnet; damals war ich Teenager und Hannah noch ein Kind. Aber wer viel arbeitet, dem fehlt die Zeit, Freundschaften zu pflegen, und nach ihrer Trennung von Fabio hatte sie keine Anstrengungen unternommen, sich einen neuen Freundeskreis aufzubauen. Im Dienst verstand sie sich mit Thea gut, aber die lebte nun seit einigen Jahren mit Micha zusammen, deshalb war es nie zu privaten Kontakten gekommen. Als Singlefrau fühlte sie sich in Gegenwart von Paaren immer als fünftes Rad am Wagen.

Zu Hannah hatte Verena vom ersten Moment an eine Verbundenheit gespürt. Sie war witzig, intelligent und einfühlsam. Und allein, genau wie sie selbst.

Hannah öffnete ihr in einem legeren Hausanzug aus beigefarbenem Flanell, der an den Armbündchen schon etwas ausgeleiert war. Nur ihr Make-up war genauso perfekt wie am Freitag. Ihre Augen blickten müde, dennoch lächelten sie inmitten kleiner Fältchen, als sie Verena sah.

»Komm rein, ich habe gerade den Kamin angemacht.« Sie reichte ihr ein paar Hüttenschuhe aus mit Lammfell gefüttertem Wildleder mit Schwedenmuster an den Stulpen.

Verena streifte im Hausflur ihre Stiefel ab und schlüpfte in die angewärmten Hausschuhe. Dann folgte sie Hannah ins Wohnzimmer, in dem ein heimeliges Feuer flackerte.

Hannah wies auf ein hellgraues Tweedsofa, auf dem, wie zufällig hingewürfelt, ungefähr ein Dutzend bunte Kissen verstreut waren.

»Setz dich doch schon mal. Ich hole nur schnell den Tee von der Wärmeplatte in der Küche. Oder möchtest du was Stärkeres?«

Verena schüttelte den Kopf. »Nein, danke. Ich muss nachher noch fahren.« Sie setzte sich auf das Sofa und versank in dem Polster wie in einer weichen Umarmung. Solange Hannah den Tee holte, schaute sie sich im Zimmer um. Es war sauber, aber nicht aufgeräumt, doch die gemäßigte Unordnung strahlte eine gewisse Gemütlichkeit aus. Das Kaminfeuer füllte den Raum mit behaglichem Licht. Ein Stapel Bücher lag auf der Korkplatte des Couchtischs, eines aufgeschlagen oben drauf. Ein Zimmerbrunnen und die lächelnde Statue eines Buddhas auf der Anrichte. Eine lavendelfarbene Strickjacke war über eine Sessellehne geworfen. In dieser Wohnung wurde gelebt.

Hannah kam mit dem Tee zurück und goss ihn in die Tassen aus dünnem Porzellan. Dann setzte sie sich Verena gegenüber.

»Na, was hast du auf dem Herzen?«

Verena griff nach ihrer Teetasse und drehte sie gedankenverloren in den Händen. Sie überlegte, wie sie anfangen sollte. Schließlich entschied sie sich, den Überraschungsmoment zu nutzen.

»Bevor ich zu meiner eigentlichen Frage komme, etwas in einer anderen Sache: Du weißt, dass eine deiner Patientinnen heute versucht hat, sich das Leben zu nehmen?«

Hannah schien eine Weile zu überlegen, wie viel sie sagen durfte, und kam wohl zu dem Schluss, dass Verena ohnehin wusste, dass Emily Magnus bei ihr in Behandlung war.

»Ja«, sagte sie. »Das Krankenhaus hat mich benachrichtigt. Aber frag mich jetzt bitte nicht nach einem möglichen Motiv. Das dürfte ich dir nicht sagen, selbst wenn ich es wüsste. Im Übrigen frage ich dich ja auch nicht nach dem Stand deiner Ermittlungen.«

»Frag ruhig, alles, was ich dir sagen dürfte, kannst du auch in der Zeitung lesen«, antwortete Verena. »Dass das Opfer eine Ärztin aus dem Katharinenhospital ist, dass wir noch immer keine wirklich heiße Spur verfolgen, in alle Richtungen ermitteln und eine sehr wahrscheinliche Täter-DNA unter dem Fingernagel des Opfers gefunden haben, die aber in keiner Datenbank einliegt. Dass ich mich mit dem leitenden Staatsanwalt in den Haaren habe, weil er eine Spur, der ich nachgehen möchte, für kalt erklärt und mir keine Beschlüsse dafür bewilligt, kannst du nicht in der Zeitung lesen, aber auch das kann ich dir noch sagen. Und dass mich dieser Umstand wahnsinnig aufregt!«

»Und die Staatsanwaltschaft sagt, wo's langgeht. Kann mir vorstellen, dass das für euch oft frustrierend ist. Bist du deshalb hier? Um deinen Frust am Staatsanwalt rauszulassen?«

»Ja, ich dachte, du hast bestimmt ein Prügelkissen für mich.« Verena lächelte. »Nein, im Ernst, es geht um etwas ganz anderes. Ich habe eine Frage an die Psychologin in dir. Ganz allgemein fachlich, es besteht nicht die Gefahr, dass du damit deine Schweigepflicht verletzt.«

Hannah lehnte sich im Sessel zurück und schlug die Beine übereinander.

»Ich bin gespannt.«

Verena nippte an ihrem Tee, während sie sich um die Formulierung der Frage bemühte, die nicht ganz leicht zu stellen war. Schließlich setzte sie die Tasse ab und fragte frei heraus.

»Welches Motiv kann es für einen Mann geben, sich von einer Domina auspeitschen zu lassen, außer dem sexuellen Lustgewinn?«

Wenn Hannah von dieser Frage überrascht war, so war es ihr nicht anzumerken. Vielleicht gehörte in ihrem Beruf ein Pokerface zum Handwerkszeug, oder aber sie beschäftigte sich tagtäglich mit ähnlichen Problemen.

»Schuld«, sagte sie, ohne auch nur eine Sekunde zu überlegen. »Bestrafung, um eine Schuld abzutragen.«

Verena nickte nachdenklich. Welche Schuld könnte Leander Salgam wohl zu tragen haben? Die am Tod seiner Mutter konnte es nicht sein; der Vorfall hatte sich viele Monate vor deren Tod ereignet. Man bestraft sich nicht für eine Tat, die man erst ein halbes Jahr später begeht, es sei denn, man wäre die weiße Königin aus »Alice hinter den Spiegeln«, die zuerst in Wehklagen verfällt und sich danach in den Finger sticht.

»Er sucht also nach Bestrafung. Was hat es dann aber zu bedeuten, wenn er sich plötzlich gegen die Person auflehnt, von der er die Bestrafung erhält, die er ja eigentlich auch einfordert?« Verena schüttelte den Kopf. »Das war nicht sehr verständlich, oder?«

»Doch, doch«, erwiderte Hannah. »Du meinst, der Mann verlangt nach Bestrafung von einer Domina, und irgendwann wendet er sich gegen sie und wehrt sich.«

»Korrekt!«

»Ganz einfach. In seinem Kopf wurde ein Schalter umgelegt. Irgendetwas passierte mit ihm, als er geschlagen wurde. Was genau er dachte und welcher Gedanke oder welche Erinnerung diese Reaktion ausgelöst hat, ist schwer zu sagen und wäre reine Spekulation.«

Verena nickte. Sie hatte ungefähr dasselbe vermutet. Was hatte sie eigentlich erwartet, als sie Hannah danach fragte? Dass sie ein Medium war und während ein paar Minuten Meditation im Lotussitz Salgams Gedanken und Beweggründe channeln konnte?

»Kannst du eigentlich nachvollziehen, wie jemand Lust aufgrund von Schmerz empfinden kann?«

»Nein«, sagte Hannah, und Verena sah, wie ihr Blick sich verdunkelte. »Nachvollziehen kann ich es nicht. Aber wenn ein Patient es mir erklärt, dann kann ich es wenigstens theoretisch verstehen. Mann kann sich nicht mit allen Eigenheiten der Menschen identifizieren, aber zumindest herausfinden, wo die Gründe dafür liegen, was sie dazu treibt zu tun, was wir nicht begreifen können. Dass es zum Beispiel Männer gibt, die es lieben, von einer Frau Schmerzen zugefügt zu bekommen. Oder auch umgekehrt.

Tatsächlich sind es aber in der Mehrheit die Männer. Vielleicht deshalb, weil Frauen ohnedies schon genug Schmerz im Leben aushalten müssen.«

»Nun stehen ja weiß Gott nicht alle Männer auf dominante Frauen.« Verena verdrehte die Augen zur Decke.

Hannah lachte. »Du schaust aus, als meintest du damit jemanden Bestimmtes.«

»Ja, mit diesem Thema geht mir Roman, das ist mein Ermittlungspartner, gehörig auf die Ketten. In letzter Zeit weist er mich ständig zurecht. Mal verrenne ich mich in eine Spur, dann wieder bin ich zu streng zu Zeugen, die für mich schon am Rande des Tatverdächtigenstatus stehen. Er war schon immer ein kleiner Klugscheißer, aber in letzter Zeit ist es besonders schlimm.«

»Seit wann genau?« Hannah beugte sich zu Verena und schenkte ihr Tee ein.

»Seit meiner Beförderung. Ich bin sicher, er hat ein Problem damit, dass er als Mann einen Dienstgrad unter mir arbeitet, auch wenn er es nicht offen zugibt.«

»Kaum ein Mann hätte kein Problem damit«, sagte Hannah. »Und die wenigsten würden es zugeben. Weil es das Selbstverständnis der Männer auf den Kopf stellt. Für die Karriere sind sie geschaffen, das Weib für Haus und Herd.«

Verena stieß einen verächtlichen Laut aus.

»Pah! Welcher Mensch ist schon ausschließlich männlich oder ausschließlich weiblich? Wir tragen doch alle mehr oder weniger vom anderen Geschlecht in uns. Man könnte fast meinen, Gott hat bei der Trennung der Geschechter ein bisschen ungenau gearbeitet.«

Hannah starrte Verena unverwandt an. »Kennst du die Genesis?«, fragte sie schließlich.

»Soll das ein Witz sein? Natürlich kenne ich die Schöpfungsgeschichte. Schließlich hat mich eine militante Zeugin Jehovas erzogen.«

»Dann ist dir sicherlich der Widerspruch in der Formulierung im ersten Buch Mose aufgefallen, oder?«

Verena blickte auf. »Was genau meinst du?«

»Die Stelle in Kapitel eins, wo es heißt ›So schuf Gott den Menschen nach seinem Bild. Als Abbild Gottes schuf er ihn. Als Mann und Frau schuf er sie.‹ Es ist die Rede vom Menschen in der Einzahl. Wieso heißt es im ersten Satz ›ihn‹ und im zweiten ›sie‹? Eva war zu diesem Zeitpunkt doch noch ein Zukunftsprojekt. Es gab sie noch nicht! Sie wurde erst in Kapitel zwei, Vers zweiundzwanzig, erschaffen.«

Verena zuckte die Achseln. Über diese Formulierung hatte sie tatsächlich noch nie nachgedacht. Aber sie staunte, wie genau Hannah die Heilige Schrift kannte.

»Was willst du damit sagen?«, fragte sie.

»Ich will dir sagen, wie ich die Schöpfung verstehe. Für mich ist Gott die Einheit, und die Einheit beinhaltet alles, was ist. Das heißt, Gott ist androgyn, weil er das männliche wie auch das weibliche Prinzip in sich trägt. Und wenn er den Menschen nach seinem Bilde macht, dann heißt das für mich, dass der erste Mensch – Adam – zunächst ebenfalls androgyn war.«

»Das erscheint logisch«, sagte Verena nachdenklich.

»Ja, besonders, wenn man bedenkt, dass Eva aus Adam kam. Und hier kommt das Problem der Bibelübersetzungen ins Spiel. Weißt du, dass das hebräische Wort für Rippe – ›zela‹ – auch ›Seite‹ heißt? Der Bibeltext lässt sich doch sofort ganz anders verstehen, wenn man liest, dass Eva aus einer Seite Adams entstand, oder? Dass eine Seite Adams zu Eva wurde. Durch diese Teilung entstanden aus dem androgynen Menschen Mann und Frau.«

»Du meinst, dass wir ursprünglich alle zweigeschlechtlich waren und deshalb Anteile sowohl des Männlichen als auch des Weiblichen in uns tragen?« Die Vorstellung war interessant, wenngleich Verena sicher war, dass ihre Mutter sie für diesen Gedanken umgehend enterben würde.

»Ja, das meine ich. Das Urbild des Menschen ist androgyn.

Das ›Als Mann und Frau schuf er sie‹ greift der Entwicklung vor. Im ersten Kapitel der Genesis wird der Mensch als androgynes Wesen erschaffen und erst im zweiten Kapitel in zwei Geschlechter geteilt. Deshalb sind wir wahrscheinlich alle ein wenig androgyn.« Hannah lächelte. »Vielleicht solltest du das mal deinem Kollegen erzählen.«

»Diese Theorie würde sein Selbstbild völlig erschüttern«, lachte Verena. »Dabei hat er mehr weibliche Eigenschaften als er ahnt. Weißt du, wir haben ganz verschiedene Prioritäten. Bei ihm steht die Familie klar an erster Stelle. Bei mir der Job. Ich meine, es ist seine Entscheidung. Aber dann darf er sich doch nicht beschweren, dass er noch immer Oberkommissar ist.«

Hannah horchte auf und legte sofort wieder den Finger in die Wunde.

»Bei dir steht der Job an erster Stelle? Und Mona?«

»Abgesehen von Mona natürlich. Oh, Gott, das war jetzt ein Freudscher Versprecher, oder? Ich meine, ich bin Familienoberhaupt und Alleinverdiener. Gerade damit es Mona gut geht und sie gut versorgt ist, war es mir wichtig, eine Gehaltsklasse aufzusteigen.«

»Dass es Kindern gut geht, ist aber keine Frage des Geldes, das weißt du doch, oder?«

Verena blickte ins Kaminfeuer, bis die Flammen vor ihren Augen zu einer gelborangenen Masse verschwammen.

»Wenn du wüsstest! Die Vierzehnjährigen von heute sind nicht mehr so anspruchslos wie in unseren Jugendtagen. Kino hier, Disco da, mit fünf Euro Taschengeld kannst du heute bei keinem Teenager mehr punkten. Dazu das Geld für Klassenfahrten und Schulkram, und nicht zu vergessen: die Klamotten.

Wer heute mit einem Shirt von C&A in die Schule kommt, wird gedisst.« Sie seufzte und rieb sich die Augen.

»Ich weiß das alles«, sagte Hannah. »Auch wenn ich selbst keine Kinder habe, arbeite ich mit jungen Leuten und erfahre meist mehr von dem, was in ihnen vorgeht, als ihre Eltern.«

»Ja, natürlich«, daran hatte Verena gar nicht gedacht. »Ich weiß auch, was du meinst, und so gesehen hast du auch recht. Ein goldener Mittelweg wäre gut, aber den kriege ich irgendwie nicht hin. Vielleicht sollte ich mal Nachhilfe bei Roman nehmen, der scheint ein wahrer Übervater zu sein.«

»Vielleicht hat er sich ein Stück seiner Kindheit bewahrt. Dann fällt es leichter, mit dem eigenen Nachwuchs umzugehen.«

Und wenn man keine eigene Kindheit hatte?, dachte Verena. Ist man dann ein Leben lang dazu bestimmt, seinen Kindern Selbstständigkeit, Unabhängigkeit und erwachsenes Benehmen abzuverlangen?

»Roman spricht in Märchen-Zitaten. Er muss sämtliche Werke von Grimm, Hauff und Andersen auswendig gelernt haben.«

»Oder er hat sie gut in Erinnerung behalten.« Hannah nahm ein Kaminholz und zündete eine Kerze an. »Vielleicht hat er früher oft Märchen vorgelesen bekommen und verbindet sie mit einer glücklichen Kindheit.«

»Und er trägt Mickymaus-Socken, kannst du dir das vorstellen? Es gibt tatsächlich Socken mit Disney-Figuren für Erwachsene.«

»Oh, das geht allerdings zu weit. Ich fand Mickymaus schon als Kind doof. Auf Klamotten von Erwachsenen sowieso. Nie im Leben könnte ich mich in einen Mann verlieben, der solche

Socken trägt. Oder Krawatten. Die soll es ja auch mit den unmöglichsten Motiven geben.«

Sie lachten beide, schauten sich an, und Verena empfand eine unerklärliche Verbundenheit mit dieser Frau, die sie erst seit wenigen Tagen kannte. Zusammen reden, zusammen albern und lachen – sie hätte gern so eine Schwester gehabt. Trotzdem regte sich leise ihr schlechtes Gewissen; immerhin zog sie gerade ziemlich niederträchtig über ihren Kollegen her.

»Bin ich böse, wenn ich so von ihm rede?«

Hannah lächelte milde. »Was ist schon böse? Böse sein ist doch nur ein Zustand, in dem wir eine Seite von uns zeigen, die wir sonst verbergen. Die ungeschönte Seite, ohne die Maske der Diplomatie. Wer nie böse ist, ist nicht authentisch. Wer seine dunkle Seite verleugnet, ist nicht vollständig.«

»Mit dir nimmt das albernste Gespräch eine philosophische Wendung, ist dir das schon mal aufgefallen?« Verena stellte ihre Tasse ab und lehnte sich zurück. »Aber ich mag das. Du bringst mich dazu, über Dinge nachzudenken, über die ich mir noch nie den Kopf zerbrochen habe. Lernt man so was im Studium, oder ist das pure Lebenserfahrung?«

Hannah lachte. »Von beidem etwas wahrscheinlich. Wenn ich es ausspreche, hört sich das alles so verdammt schlau an. Aber Psychologen sind eigentlich auch nicht klüger als der Rest der Menschheit, wenn es um ihre eigenen Leichen im Keller geht.«

»Du hast Leichen im Keller?« Verena wusste nicht, was sie mehr irritierte: die Tatsache an sich oder dass Hannah sie zugab.

»Jeder hat Leichen im Keller. Der Unterschied zwischen den Therapeuten und dem Rest der Welt ist nur, dass Erstere

Psychologie studieren, weil sie hoffen, ihre Leichen dann endlich begraben zu können. Leider ist oft das Gegenteil der Fall. Meist kommen sie dann erst recht aus ihren Gräbern und tanzen darauf herum.«

6

Das Gespräch mit Hannah hatte gutgetan. Da Joost am nächsten Morgen einen Arzttermin wahrnehmen musste und deshalb die Besprechung erst auf zehn Uhr angesetzt war, hatte Verena beschlossen, auszuschlafen und in aller Ruhe zu frühstücken.

Als sie aufstand, war Mona gerade im Begriff, zur Schule zu gehen. Verena fing sie an der Tür ab.

»Warte! Hast du dein Frühstück eingepackt?«

Mona verdrehte die Augen.

»Ja, Mom. Mach' ich doch immer!«

»Eben nicht. Letzte Woche hast du es vergessen. Hast du auch die Trinkflasche? Du weißt, das Gehirn braucht Flüssigkeit, um denken zu können.«

Mona grinste. »Mein Gehirn könnte sich freischwimmen, so viel Apfelschorle hast du mir abgefüllt. Warum behandelst du mich eigentlich immer noch wie ein kleines Kind?«

Verena seufzte. »Weil Töchter für ihre Mütter immer Kinder bleiben, egal, wie alt sie sind.« Sie drückte Mona einen Kuss auf die Stirn. »Und jetzt verschwinde und mach mir keine Schande!«

»Ich werde mir Mühe geben.« Schon war Mona zur Tür hinaus.

Verena sah ihr nach, bis sie hinter der Biegung des Treppenabsatzes verschwand. Wie sie dieses Kind liebte! Sie liebte es so sehr, dass es wehtat. Egal, wie zickig und schwierig es manchmal war. Egal, mit wem sie sich herumtrieb und wie viele Mathearbeiten sie schon verhauen hatte, ihr Herz stand sperrangelweit offen, sooft sie Mona nur ansah.

Leise schloss sie die Wohnungstür und setzte sich an den Frühstückstisch. Sie lächelte, als sie sah, dass Mona ihr Kaffee gekocht hatte, und nahm es als gutes Omen für den Tag. Ein Croissant lag noch im Brotkorb. Sie tunkte es in den Kaffee, der ein bisschen dünn geraten war, aber Verena wusste den guten Willen zu schätzen und trank ihn trotzdem. Während sie frühstückte, dachte sie über Hannah nach. Die Leichen im Keller, die Hannah erwähnt hatte, waren nicht mehr zur Sprache gekommen. Hannah hatte schnell das Thema gewechselt, und dann war es zu spät gewesen, die Frage noch einmal aufzugreifen. Sie hatten bis Mitternacht zusammengesessen, Tee getrunken und geredet. Ihr wurde bewusst, dass sie selbst die meiste Zeit gesprochen hatte. Hannah hatte überwiegend zugehört und geantwortet, aber wenig von sich selbst preisgegeben. Bis auf den kurzen Augenblick, der bereits nach einem Lidschlag vorbei war, als hätte er nie existiert, als sich ein kleines Fenster zu Hannahs Seele geöffnet hatte.

Vielleicht war es die Psychologin in ihr, die es gewohnt war zuzuhören und auch nach Feierabend gar nicht anders konnte? Hatte sie kein Mitteilungsbedürfnis? Verena hätte viel dafür gegeben, einen Blick auf die Leichen in Hannahs Keller werfen zu dürfen.

Ach was, sie kannten sich erst so kurze Zeit, vielleicht erwartete sie einfach zu viel. Der Tag würde kommen, an dem

Hannah ihr ihre Probleme und Freuden anvertrauen würde, da war sie ziemlich sicher.

Verena schaute zur Uhr. Schon neun vorbei, jetzt wurde es langsam Zeit. Sie nahm Jacke und Handtasche vom Haken, schloss die Tür hinter sich ab und lief die Treppe hinunter.

Am Briefkasten stoppte sie. Die Post war schon da gewesen. Vielleicht fand sie im Büro Zeit, einen Blick in die Zeitung zu werfen. Als sie den Kasten aufschloss, fiel ihr außer den *Stuttgarter Nachrichten* ein Brief entgegen. Ein Couvert mit dem Kopf einer Anwaltskanzlei. Hägele & Lux, Rechtsanwälte. Sie riss den Umschlag auf und entfaltete mit fliegenden Fingern zwei Briefseiten.

»Sehr geehrte Frau Sander,
hiermit zeige ich an, dass ich die rechtlichen Interessen von Herrn Fabio Zanolo, Vater des minderjährigen Kindes Mona Zanolo, geboren am 25. 03. 1998, vertrete. Eine beglaubigte Kopie meiner Vollmacht lege ich bei.«

Verena setzte sich auf den Treppenabsatz. Ihre Beine trugen sie nicht mehr. Das Papier in ihren Händen zitterte so stark, dass sie Mühe hatte weiterzulesen.

»Ich bin mit der Klärung des Aufenthaltsbestimmungsrechts für Ihre oben genannte gemeinsame Tochter beauftragt. Aufgrund der Vorfälle in der näheren und weiteren Vergangenheit ist es so einzuschätzen, dass es für das Kindeswohl dringend erforderlich ist, einen Wechsel des Aufenthalts herbeizuführen, zumal der Vater inzwischen wieder eine Ehe eingegangen ist und die Geburt eines weiteren Kindes heransteht.«

Es folgten Begründungen, die sich auf Verenas unregelmäßige Arbeitszeiten, Wochenenddienste sowie die beruflich bedingte Gefahr für Leib und Leben bezogen. Auch Monas Unfall, ihr ungünstiges soziales Umfeld sowie ihre posttraumatische Belastungsstörung, mit der Verena angeblich nicht angemessen umgehen konnte, wurden ins Feld geführt. Fabio hingegen hätte Mona eine intakte Familie zu bieten. Verena ließ den Brief sinken. Sie konnte es einfach nicht glauben.

»Sie werden angefragt, ob Sie gemäß § 1671 BGB, Abs. 2, Nr. 1, dieser Übertragung zustimmen, oder ob die Durchsetzung nach § 1671, Abs. 2, Nr. 2, erforderlich ist«, las sie weiter.

Ins Deutsche übersetzt, hieß das wohl, er drohte ihr mit einem Gerichtsverfahren.

Verena wusste nicht, wie lange sie auf diesem Treppenabsatz gesessen und auf die Briefkästen an der Wand gegenüber gestarrt hatte. Schließlich fiel ihr die Soko-Besprechung um zehn Uhr wieder ein. Sie stand auf, faltete den Brief zusammen und schob ihn entschlossen in ihre Umhängetasche.

Also gut, Fabio wollte den Krieg? Nun denn, er sollte ihn haben.

Natürlich war sie die Letzte am Besprechungstisch.

»Triberg hat eine Sachstandsanfrage geschickt«, begann Joost gleich nach der Begrüßung. »Er will einen Zwischenbericht zum Stand der Ermittlungen, und den am liebsten gestern.«

»Kann er gerne haben«, fuhr Verena ihn an. »Ich hab die Formulierung schon im Kopf: Aufgrund der traurigen Tatsache, dass der leitende Staatsanwalt des Verfahrens die Ermittlungen hinsichtlich eines Tatverdächtigen blockiert, halten sich die Ermittlungsergebnisse bislang leider in überschaubaren Grenzen …«

»Verena, du kennst ihn doch«, versuchte Joost sie zu beschwichtigen. »Schreib einfach detailliert, was ihr hinsichtlich des Sohns des Opfers ermittelt habt, da sind wir doch gestern ein Stück weitergekommen. Immerhin haben wir jetzt seinen Speichel. Geh auch ruhig auf Magnus ein und darauf, dass der Beschluss für die Erhebung der DNA-Probe noch aussteht, und fahre deinen Antrag auf Fahndung zur Festnahme auf eine Fahndung zur Aufenthaltsermittlung runter. Der kann er sich nicht verweigern. Du wirst dabei nicht das Gesicht verlieren. Dass Magnus ein relevanter Zeuge in dem Verfahren ist, der gehört werden muss, kann Triberg nicht abschmettern. Und besser wir haben ihn als Zeugen als gar nicht.«

»Als Zeuge muss er keinen Speichel abliefern, wenn er nicht will«, maulte Verena.

»Schon, wenn wir so begründen, dass wir einen Beschluss bekommen«, argumentierte Thea.

Verena schüttelte den Kopf.

»Womit sich die Katze aber wieder in den Schwanz beißt, denn für den Beschluss brauchen wir Triberg. Der Mann steht auf meiner Liste der Unsympathen ganz oben. Kann mir nicht mal jemand eine Voodoo-Puppe von ihm basteln?«

»Cool down, baby«, sagte Katz und wollte die Schüssel mit der Nervennahrung in ihre Richtung schieben, nicht ohne vorher selbst hineinzugreifen. »Die ist leer!«

»Ja, ein Unglück kommt selten allein«, blaffte Verena zurück.

»Du schwächelst!«, stichelte Katz. »Wann hast du das letzte Mal Süßes mitgebracht? Ich bin schon total unterzuckert!«

»Ihr seid einfach zu verfressen! Ich komme nicht jeden Tag zum Einkaufen, hab auch wirklich gerade andere Sorgen.«

»Soso, und um deine lieben Kollegen sorgst du dich gar nicht mehr.«

»Ist ja bald Halloween. Da kannst du mit deinen Kindern um die Häuser ziehen und um *tricks* und *treats* betteln.«

Alle lachten. Nur Verena verzog keine Miene. Ihr war ganz und gar nicht zum Lachen zumute. Nach der Besprechung war sie die Erste, die aufstand und mit Riesenschritten zu ihrem Büro lief.

Katz folgte ihr und drückte die Tür hinter sich zu.

»Du bist schon den ganzen Morgen auf hundertachtzig. Was ist eigentlich los?«

Verena ließ sich auf ihren Schreibtischstuhl fallen und verschränkte die Arme vor der Brust. Hatte sie sich wirklich eingebildet, dass es ihm nicht auffallen würde? Na gut, irgendjemandem musste sie es erzählen, bevor sie vor Anspannung platzte.

»Mein Ex hat wieder geheiratet und wird Vater. Das lässt er mir durch einen Brief seines Anwalts mitteilen. Wobei seine Auserwählte offenbar noch nicht bei ihm wohnt, sonst hätte Mona mir das sicher erzählt.«

»Berührt dich das denn? Ich meine, ihr seid schon so lange getrennt …«

»Nicht die Tatsache an sich. Aber in dem Anwaltsbrief stand noch mehr. Er will, dass Mona künftig bei ihm lebt.«

Katz zog sich den Besucherstuhl heran und setzte sich ihr gegenüber. »Wie bitte? Wie kommt er dazu?«

»Was weiß ich denn! Er weiß natürlich, was passiert ist. Diese verfluchte Mutprobe, der Unfall, die Therapie. Und dass sie Freunde hat, die kiffen und Alkohol trinken. Wahrscheinlich ist er der Meinung, ich hätte als Mutter auf der ganzen Linie versagt. Was natürlich auch an meiner Arbeit liegt, argumentiert er jedenfalls.«

»An deiner Arbeit? Welche Argumente führt er denn da ins Feld? Ich meine, er kann doch nicht so mir nichts, dir nichts ...«

»Und ob er kann! Er meint, mein Job sei nicht familienfreundlich. Unregelmäßige Arbeitszeiten, Überstunden, Gefahr für Leib und Leben. Das Kind hätte bei mir keinen Halt und ein negatives soziales Umfeld. Als würde ich für das SEK arbeiten, täglich Türen eintreten und wild durch die Gegend ballern. Er hingegen, so seine Argumentation, habe eine neue Familie gegründet und könne ihr Geborgenheit bieten. Ich wette, er braucht Mona vor allem als kostenlosen Babysitter.«

Katz schüttelte den Kopf. »Verena, er hat keine Chance, den Prozess zu gewinnen.«

»Ich bin mir da nicht so sicher.«

»Aber du bist die Mutter! So viel Scheiße kannst du gar nicht bauen, dass man Mona aus ihrer vertrauten Umgebung reißen würde.«

Verena stützte den Kopf in die Hände und massierte ihre Schläfen. Sie hatte das Gefühl, statt eines Gehirns ein Nadelkissen unter der Schädeldecke zu haben.

»Ich wünschte, du hättest recht. Das Problem ist – Mona hat schon ihr halbes Leben bei ihrem Vater gewohnt. Und, auch wenn ich es nicht gern zugebe, es ging ihr nicht schlecht dort.«

Katz' Kopf fuhr nach oben. »Sie hat bei Fabio gelebt? Wieso denn? Und wann?«

»Wir haben uns getrennt, als sie vier war. Ich war damals noch beim Drogendezernat und hatte niemanden, der auf Mona aufpasst, wenn ich einen Einsatz außerhalb der üblichen Dienstzeiten hatte. Also hab ich ihn öfters eingespannt. Und dann wurde ich angeschossen.«

Sie hörte, wie Katz die Luft einsog. »Das war lange vor meiner

Zeit bei 1.1. Wir wollten ein Drogenkartell ausheben; der Kollege hat gepennt, hat mich nicht ausreichend gesichert. Und die Schutzweste deckt leider nicht den ganzen Körper ab. Die Oberschenkelvene wurde verletzt, ich bin beinahe hopsgegangen. Hab viel Blut verloren und war lange in der Reha. Damals hat Fabio Mona ganz zu sich genommen. Mir war das offen gestanden recht. Besser, er erzieht das Kind, als meine Mutter, die eine von Jehovas Gefolgsleuten aus ihr gemacht hätte.« Verena schluckte. Sie fühlte sich wie einer der armen Sünder, die ihr sonst im Vernehmungszimmer gegenübersaßen und ihre Lebensbeichte ablegten.

»Als sie sechs war, wurde sie in Möhringen eingeschult. Du weißt, ich wohne am Bubenbad, ein viel zu langer Schulweg. Also blieb sie dort. Ich nutzte die Gelegenheit und meldete mich zum Studium für den gehobenen Dienst an. Kam als Oberkommissarin zurück und ging zum Morddezernat. Tja, dort ist es auch nicht gerade von Nachteil, wenn man unabhängig ist und kein Kind daheim hat.

Natürlich hatte ich Sehnsucht. Und ich habe sie besucht, sooft ich konnte. Ich hab gesehen, dass es ihr gut ging bei Fabio. Und bin dann ganz im Beruf aufgegangen.«

»Das wusste ich nicht«, sagte Katz betroffen.

Verena nahm zwei Büroklammern vom Tisch und hakte sie ineinander.

»Das wusste damals kaum jemand. Als ich hier anfing, hielten mich alle für kinderlos. Einmal habe ich mit Thea darüber gesprochen, das war kurz bevor sie zum Studium ging und über Familienplanung nachdachte. Da war sie gerade mit Micha zusammengezogen. Sie fragte mich, ob ich glaube, dass in unserem Beruf Platz für ein Kind ist und wann der richtige

Zeitpunkt dafür sei. Und ob ich nie Kinder vermisst hätte. Damit hat sie mich kalt erwischt, und ich habe es ihr erzählt. Aber Thea ist kein Klatschweib, sie hat es für sich behalten. Und als kurz darauf Mona wieder zu mir kam, wussten dann eh alle, dass ich ein Kind habe, das sechs Jahre lang beim Vater gelebt hat. Nach den Hintergründen hat aber nie jemand gefragt. Die kennt nur Thea. Sie ist bisher auch die Einzige, die weiß, welche Vorwürfe ich mir mache.«

»Meine Güte«, Katz fuhr sich mit der Hand durch die Haare. »Ich weiß nicht, was ich sagen soll.«

»Dass ich eine schlechte Mutter bin?«, schlug Verena vor. Eine dritte Büroklammer wurde eingehakt, eine vierte und eine fünfte folgten, ohne dass Katz ihr widersprach.

»Ich bereue heute noch, dass ich das zugelassen habe. Vermisse die Jahre mit Mona, die mir in der Erinnerung fehlen und die ich nicht zurückholen kann. Ich kann mich nur damit rechtfertigen, dass ich damals einen unstillbaren Hunger nach Leben hatte. Vielleicht ist das normal, wenn man dem Sensenmann gerade von der Schippe gesprungen ist. Ich war frei, konnte studieren, abends weggehen, ja, auch den einen oder anderen Mann abschleppen. Lauter Dinge machen, die mit einem Kind nicht möglich sind. Aber sie hat mir gefehlt, die ganze verdammte Zeit lang.«

»Und dann hast du deine verdrängten Muttergefühle auf die Kollegen übertragen. Plätzchen gebacken an Weihnachten, bei den Sokos Süßigkeiten mitgebracht. Jetzt wird mir so einiges klar.«

»Dein Scharfsinn beeindruckt mich, Roman. Du hättest in der Tat eine Beförderung verdient«, sagte Verena, doch Katz blieb ernst.

»Ich hatte wirklich keine Ahnung. Aber als ich zu 1.1 kam, lebte sie schon wieder bei dir. Wie kam es dazu?«

Die Büroklammern waren aufgebraucht, und Verena warf die Kette auf den Tisch.

»Vor ungefähr drei Jahren stand Fabio mit einer Flasche Chardonnay vor meiner Tür und meinte, wir müssten reden. Er hatte damals eine Frau kennengelernt, und die kam nicht mit Mona klar. Als sie bei ihm einziehen sollte, hat sie ihn vor die Wahl gestellt.«

»Und er hat sich für die Frau entschieden, und gegen seine Tochter? Ich fass' es nicht.«

Verena nickte.

»Er fragte mich, ob ich mir vorstellen könnte, dass Mona wieder bei mir lebt. Natürlich hab ich Ja gesagt.«

»Und Mona?«

»War alles andere als begeistert. Sie hatte dort ihre Schule, ihre Freunde, ihr gesamtes Umfeld. Plötzlich wieder zur Mutter zu ziehen bedeutete neue Regeln, neue Klassenkameraden, neuer Freundeskreis, und das in einem Alter, in dem man gerade in die Pubertät kommt. Die ersten Monate waren schrecklich.« Während sie es aussprach, kam Verena der Gedanke, dass sie sich nicht wundern musste, wenn Mona sich aufmüpfig verhielt. Wenn man in seinem kurzen Leben immer hin- und hergeschoben, immer wieder entwurzelt wird, ist es dann nicht ganz folgerichtig, Geborgenheit in einer Clique zu suchen, irgendwo dazugehören zu wollen? War diese Mutprobe im Haldenwald vielleicht auch eine Art unbewusster Hilfeschrei gewesen, um sie wachzurütteln?

»Verena, wenn man dir nicht gerade grobe Vernachlässigung oder gar Misshandlung deines Kindes nachweisen kann, wird kein vernünftiger Richter das Kind schon wieder aus seiner vertrauten Umgebung reißen. Am Ende wird man Mona fragen, wo sie leben will, und das wird auch den Ausschlag geben.«

»Ja, das denke ich auch. Wenn ich mir nur sicher wäre, wie ihre Antwort ausfällt!«

»Aber inzwischen habt ihr euch doch ganz gut zusammengerauft, oder? Ich hab jedenfalls den Eindruck, dass sie an dir hängt.«

»Ja, mag sein. Aber ich bin nicht sicher, ob sie sich wirklich für mich entscheiden würde, wenn man sie vor die Wahl stellt. Wir haben unsere Probleme, wir beide. Die sie natürlich auch mit Fabio hätte, wenn sie immer bei ihm wohnen würde, doch das sieht sie in ihrer jugendlichen Naivität noch nicht.«

»Vielleicht unterschätzt du sie da. Frag sie doch mal.«

Verena zündete sich eine Zigarette an, inhalierte tief und blies den Rauch gegen die Zimmerdecke. »Ich trau mich nicht«, gab sie schließlich zu. »Ich hab tierische Angst vor ihrer Antwort.« Sie hatte den Kopf in den Nacken gelegt, um zu vermeiden, dass ihre Augen überliefen, doch ewig konnte sie nicht so sitzen bleiben, also kapitulierte sie. »Siehst du, ich bin lange nicht so stark, wie du mir immer unterstellst. Jetzt heule ich dir tatsächlich die Ohren voll.«

»Heulen befreit. Ich als promovierter Jammerlappen kann dir das versichern.« Katz reichte ihr ein Taschentuch und legte unbeholfen einen Arm um ihre Schulter. »Nach allem, was ich mitbekommen habe, bist du eine wunderbare Mutter. Und wenn es zu einer Verhandlung kommt, sag ich für dich aus. Gerne auch schon beim Jugendamt. Versprochen.«

Verena lächelte und trocknete ihr Gesicht. »Danke. Bist ein

echter Freund. Tut mir leid, wenn ich manchmal so grantig zu dir bin.«

»Schon vergessen.« Katz lächelte sie aufmunternd an und machte einen Schritt in Richtung Tür. »Ich muss jetzt bis zum Mittagessen noch einen Ermittlungsbericht für Triberg diktieren, den ich dir nachher natürlich zum Absegnen vorlegen werde. Ich denke, das bekomme ich emotionsloser hin als du.« Er grinste.

»Das würdest du wirklich für mich tun?«, seufzte Verena erleichtert. »Wie soll ich das jemals wiedergutmachen?«

»Du könntest ein paar Schokoriegel kaufen. Weingummis wären auch nicht zu verachten.«

»Versprochen. Ich kauf dir auch eine Schokoladenfabrik, wenn du das für mich tust. Um es mit Tribergs Worten zu sagen: Ich würde für dich von Pontius bis Pilatus laufen, wenn es dich glücklich macht.«

»Ich werde darauf zurückkommen. Aber jetzt entschuldige mich bitte.« In der Tür drehte er sich noch einmal um. »Und was hast du heute noch vor?«

»Süßigkeiten besorgen natürlich. Aber vorher gehe ich zu Ewa Salgams Beisetzung. Jemand vom Dezernat sollte dabei sein. Und ein Begräbnis passt gerade perfekt zu meiner Stimmung.«

Sie wollte raus, brauchte frische Luft und Wind, der ihr den Kopf frei blies. Und sie brannte darauf, Leander Salgam wiederzusehen. Der Sohn des Opfers war ein noch offenes Kapitel, das abzuschließen war. Das Gespräch mit Sissi Pawlik hatte sie in dem Verdacht bestätigt, dass das Verhältnis zu seiner Mutter komplizierter gewesen war, als er in seiner ersten Befragung zugegeben hatte. Und die Verletzung am Unterarm hatte neue Horizonte geöffnet. Verena wollte ihn am Grab seiner

Mutter sehen, sein Verhalten studieren. Sie wusste auch, dass der Mensch in emotionalen Momenten eher bereit ist, etwas von sich preiszugeben, und wollte nichts unversucht lassen.

Der Dornhaldenfriedhof war voll von Menschen, die sich um die Grabstelle scharten, an deren Kopf ein schlichtes Holzkreuz aufgestellt war. Der Grabstein war noch in Fertigung. Verena erkannte Dr. Hafner unter den Anwesenden, außerdem einen Narkosearzt, der in einem anderen Verfahren mal als Zeuge bei ihr ausgesagt hatte, und sogar Dr. Stein aus der Unfallambulanz, der heute, nicht ganz so unkonventionell wie sonst, in einem dunkelgrauen Jackett über einer schwarzen Jeans gekommen war. Sie meinte sogar einige Krankenschwestern wiederzuerkennen, von denen sie selbst damals auf der Intensivstation umsorgt worden war. Offensichtlich war das halbe Katharinenhospital hergekommen, um Ewa Salgam die letzte Ehre zu erweisen.

Als einziges und letztes Familienmitglied unter den Trauergästen stand Leander Salgam etwas abseits an einer Grabstelle neben der seiner Mutter. Er hielt einen Strauß Teerosen in der Hand und hatte den Blick starr auf den mit Efeu umrankten Grabstein gerichtet. Fast wirkte es, als würde er nicht dazugehören, sondern wäre ein Besucher des Nachbargrabes.

Erst als der Pfarrer die Rede beendet hatte und jedem der Anwesenden zum Abschied die Hand reichte, legte Leander Salgam den Rosenstrauß auf das frische Grab. Er wechselte einige Worte mit dem Pfarrer, die Verena nicht verstehen konnte. Dann wandte sich der Pfarrer zum Gehen und lief der Trauergesellschaft in Richtung Friedhofsausgang nach.

Leander Salgam blieb zurück. Er wartete, bis alle den Friedhof verlassen hatten, bückte sich dann zum Grab seiner Mutter und zog eine Teerose aus dem Strauß, den er gerade erst abgelegt hatte. Er wandte sich zum Nachbargrab und legte die Rose darauf, richtete sich wieder auf und hielt die Augen auf den Grabstein gerichtet, die Hände wie im Gebet vor dem Schoß gefaltet.

Verena hatte das Ganze aus einiger Entfernung beobachtet. Sie zögerte, den Mann in dieser intimen Situation anzusprechen, ging dann aber doch mit langsamen Schritten auf ihn zu.

»Ich möchte Ihnen mein Beileid aussprechen, Herr Salgam«, sagte sie leise, als sie hinter ihm stand.

Leander Salgam drehte sich nicht um. Er schien nicht überrascht zu sein; vielleicht hatte er sie zuvor schon aus der Entfernung bemerkt.

Verena trat neben ihn und blickte auf die Grabstätte, die neben der Ewa Salgams lag. Der Name »Irmela« war in den blassrosa Marmor gemeißelt, darunter die Jahreszahlen 1971 – 1990.

»Ihre Schwester?« Es war mehr eine Feststellung als eine Frage.

Leander Salgam nickte.

»Sie war Mamas Lieblingskind«, sagte er leise.

Verena sah Salgam nicht an. Sie beobachtete einen Franzosenkäfer, der unbeteiligt durch die Längskerbe des Ls in Irmelas Namen krabbelte, und wog die nächste Frage ab.

»Wollen Sie mir von ihr erzählen?«

Leander Salgam stemmte die Hände ins Kreuz und streckte sich. Dann drehte er sich zu Verena um, und sie sah, dass seine Augen feucht waren. Das hier war ein anderer Mann als der, den sie neulich im Präsidium erlebt hatte.

»Nicht hier«, sagte er schließlich. »Lassen Sie uns ein Stück gehen.«

Schweigend liefen sie nebeneinander auf den Ausgang zu. Der Kies knirschte unter ihren Schuhen. Eichhörnchen raschelten in den Blättern der Bäume. Verena wartete.

In der Nähe des Tores setzte sich Leander Salgam auf eine Holzbank und lud Verena mit einer Geste ein, neben ihm Platz zu nehmen.

»Schön ist es hier«, sagte er. »Der Gedanke, an diesem Ort einmal die letzte Ruhe zu finden, gefällt mir.«

»Sie wollten mir von Ihrer Schwester erzählen«, erinnerte ihn Verena. »Sie war also das Lieblingskind Ihrer Mutter?«

Leander Salgam nickte. »Die Erstgeborene eben. Sie war als kleines Mädchen schon niedlich. Aber als sie älter wurde, war sie perfekt. Groß, schlank, blond, wunderschön und, als ob das nicht reichte, Klassenbeste am Gymnasium. Ich dagegen dümpelte knapp unter dem Durchschnitt dahin und war auch nie ein Mädchenschwarm. Dass Mutter sie mir ständig als Vorbild hinstellte, ist nachvollziehbar und kommt sicher auch in anderen Familien vor.«

»Hat Sie das gekränkt?«

»Natürlich hat mich das gekränkt, aber so war meine Mutter eben. Sie wollte, dass ihre Tochter Medizin studiert, aber Irmela wollte Model werden. Das hätte sie vielleicht sogar geschafft; sie war wirklich hübsch und auch talentiert. Aber in den Augen meiner Mutter war das kein ehrbarer Beruf. Es gab also Stress zu Hause.« Er verfiel wieder in Schweigen.

»Das hier ist nicht fürs Protokoll«, versuchte Verena ihn zum Weitersprechen zu bewegen. »Nehmen Sie es als privates Gespräch.«

»Also gut. Irmela hatte nicht die Kraft, sich durchzusetzen, gab nach und fing ein Medizinstudium an. Sie wurde depressiv, geriet in falsche Kreise und begann Drogen zu nehmen. Zuerst weiche Drogen, aber bald hing sie an der Nadel. Meine Mutter bekam davon nichts mit, sie stand ja Tag und Nacht im OP, und wir Kinder waren meist allein zu Hause. Ich wusste es zwar, aber ich hielt die Klappe.«

»Warum?«, fragte Verena. »Warum haben Sie nichts gesagt?«

Leander Salgam kickte mit der Fußspitze einige verschrumpelte Kastanien in Richtung der Komposttonne, traf sie aber nicht.

»Irmela hat sich mein Schweigen erkauft. Ich war damals sechzehn und hatte mein erstes eigenes Moped. Ich brauchte Kohle für Sprit und für die Disco. Irmela war neunzehn und jobbte neben dem Studium, das ihr keinen Spaß machte, in einem Coffee-Shop. Sie musste sich ihre Sucht ja finanzieren und schob mir hin und wieder einen Schein rüber, damit ich unserer Mutter nichts erzähle. Also hab ich geschwiegen.«

»Obwohl Sie Ihrer Mutter damit hätten zeigen können, dass die perfekte Tochter gar nicht so perfekt war?«

Leander Salgam nahm seine Brille ab, putzte sie umständlich am Jackenzipfel und setzte sie wieder auf.

»Auf ihr Goldkind ließ meine Mutter nichts kommen. Sie hätte mir die Schuld gegeben, so wie früher die Überbringer schlechter Nachrichten geköpft wurden. Zumindest war ich damals davon überzeugt. Vielleicht habe ich ihr mit dieser Annahme unrecht getan. Wie auch immer, ich hätte es sagen müssen. Denn kurze Zeit später hat sich Irmela den goldenen Schuss gesetzt. In einem öffentlichen Klo am Fernsehturm.«

Verena ließ die Stille wirken, die auf diese Worte folgte, und wartete, dass Leander Salgam weitersprach.

»Ich weiß gar nicht, warum ich Ihnen das alles erzähle. Ich weiß nur, dass es sich gut anfühlt, endlich mal darüber zu sprechen.« Er hob einen Zweig vom Boden auf und zerknickte ihn in kleine Stücke. »Für meine Mutter kam Irmelas Verlust einem Todesstoß gleich. Es fehlte nicht viel, und sie hätte den Verstand verloren. Irgendwie bekam sie heraus, dass ich von Irmelas Sucht gewusst hatte. Sie hat mir nie verziehen, dass ich es ihr verschwiegen habe.«

Verena nickte. »Und Sie haben es sich selbst nicht verziehen, richtig? Sie taten jahrelang Buße, indem Sie sich von einer Prostituierten geißeln ließen.«

Leander Salgam zuckte bei ihren Worten zusammen wie unter der Peitsche einer Domina. Aber Verena redete unbarmherzig weiter.

»Bis zu dem Tag, als Sie beschlossen, sich zu wehren, und Sie benutzten Sissi Pawlik für Ihre Rache anstelle Ihrer Mutter. Hat es Ihnen wenigstens geholfen?«

Leander Salgam starrte so angestrengt auf den Boden, als müsse er die Kiesel auf dem Fußweg zählen. Verena wartete. Um manche Antworten zu hören, brauchte man einfach Geduld.

Schließlich hob Leander Salgam den Kopf.

»Also gut. Ja, es hat geholfen. Es hatte die gleiche Wirkung wie das berühmte Kissen, auf das man in der Psychiatrie einschlagen muss. Es hat mich erleichtert. Und bevor Sie fragen: Ja, ich schäme mich dafür. Aber wissen Sie, wie das ist, wenn man von der eigenen Mutter verachtet wird? Wenn man ohnehin schon im Schatten des Lieblingskindes steht und dann auch noch Schuld an dessen Tod trägt?«

»Sie tragen keine Schuld am Tod Ihrer Schwester«, sagte Verena. »Wenn überhaupt jemand die Schuld trägt, dann Ihre Mutter, die ihr Kind zu einem Studium zwang, das es nicht wollte. Irmela ist nicht Ihretwegen drogenabhängig geworden, und das wissen Sie inzwischen auch, nicht wahr?«

Leander Salgam hob in einer hilflosen Geste die Hände.

»Was ich glaube oder weiß, ist doch völlig unerheblich. Tatsache ist, dass sie mir die Schuld gab. Ich war jung, begriff nichts und nahm die Schuld bereitwillig an.«

»Wie hat sie sich nach Irmelas Tod Ihnen gegenüber verhalten?«, fragte Verena.

»Sie strafte mich mit Missachtung. Ich fühlte mich, als sei ich für sie gar nicht mehr existent. Sie stürzte sich wieder in ihre Arbeit, und dann fing sie auch noch an, sich ehrenamtlich in der Drogenhilfe zu engagieren. Indem sie Kiffern und Junkies half, von der Droge runterzukommen, kümmerte sie sich posthum noch um ihre Tochter, obwohl die gar nichts mehr davon hatte. Nur um mich kümmerte sie sich nicht. Es war, als hätte sie plötzlich überhaupt kein Kind mehr. Und das Schlimmste war, dass ich wirklich glaubte, ich hätte das alles zu verantworten.«

Sie stürzte sich wieder in die Arbeit – die Worte waren wie ein Schlag ins Gesicht. Verena rang um Fassung. Wie fühlte sich ein Kind, wenn die Arbeit der Mutter wichtiger wurde als man selbst? Vielleicht sollte sie Mona fragen. Oder Hannah. Aber die schob ja immer diese verdammte Schweigepflicht vor.

Das Verrückte war, dass Verena immer klarer wurde, dass Mona ihr zu entgleiten drohte, aber nichts daran änderte. Weil sie nicht konnte? Weil sie nicht wollte? Gab es auch eine Therapie für Workaholics? Vielleicht musste sie erst mal einen Fall richtig in den Sand setzen. Auf der ganzen Linie versagen. Vielleicht wünschte sie sich insgeheim, dass Triberg sie als Hauptsachbearbeiterin absägte, und war deshalb so stur. Wer weiß schon, wie unser Unterbewusstsein agiert?

Das Seltsame war, dass solche Gedanken sie immer häufiger bei der Arbeit heimsuchten. Das war ihr früher nie passiert. Bis vor Kurzem war sie immer voll und ganz auf ihren Job konzentriert gewesen. Was ist los?, fragte sie sich. Ich bin dabei, mich zu verändern, und das macht mir Angst.

Aus dem Augenwinkel sah sie, dass Leander Salgam sie beobachtete. Hier sitzen wir nun, dachte sie sarkastisch. Eine Frau, der die Tochter entgleitet, und ein Mann, dem die Mutter entglitt und der sich noch jahrelang die Schuld dafür gab.

»Wie sind Sie mit dieser Schuld umgegangen?«, fragte sie ihn schließlich.

»Ich habe angefangen zu trinken, suchte mein Heil im Alkohol. Dabei schmeckte mir das Zeug nicht einmal. Wahrscheinlich wollte ich nur erreichen, dass sie merkt, dass ich auch an einer Droge hänge, und sich endlich mal um mich kümmert. Aber sie hat es nicht mal bemerkt, und wenn doch, dann war es ihr egal.«

Verena betrachtete die Narben in Leander Salgams Gesicht und überlegte, ob innere Verletzungen so nachhaltig sein können, dass sie Male auf der Haut hinterlassen.

»Hat Ihre Mutter Sie je geschlagen?«

Leander Salgam lachte bitter auf. »Wie kann man jemanden schlagen, der für einen gar nicht existiert? Nein, geschlagen hat sie mich nie. Aber sie gab mir immerzu das Gefühl, ich hätte es verdient.«

»Ich bin so gespannt auf die Auswertung seiner Speichelprobe«, sagte Verena, nachdem sie ihr Gespräch mit Leander Salgam beim Rapport im Dezernat geschildert hatte. »Wer weiß, ob er den Groll auf seine Mutter nicht immer noch in sich trägt. Vielleicht hat er nicht alles an Sissi Pawlik abreagieren können.«

»Ich glaube, wenn das Blut im Kofferraum wirklich das seiner Mutter wäre, hätte er nicht freiwillig Speichel abgegeben«, bremste Joost ihre Euphorie. »Seine plötzliche Bereitschaft macht nur Sinn, wenn der Test beweist, dass die Spur im Kofferraum wirklich sein Blut ist und nicht das seiner Mutter.«

»Ich weiß.« Verena raufte sich die Haare. »Und damit hätten wir ihn dann immer noch nicht im Beschuldigtenstatus. Es sei denn, seine DNA wäre auch mit der unter Ewas Fingernagel identisch. Das wäre doch mal ein Knaller! Ich will endlich einen Täter haben, völlig egal wen. Obwohl es mir leidtäte für Salgam, seine Geschichte heute ging mir unter die Haut.«

Katz drehte sich zu ihr und sah sie verblüfft an, als wollte er sie daran erinnern, dass sie Salgam gegenüber doch bisher nicht sonderlich feinfühlig gewesen sei. Garantiert dachte er an Salgams erste Befragung, bei der sie ziemlich hart mit ihm umgesprungen war. Sie konnte seine Verwunderung nachvollziehen, schließlich staunte sie selbst über sich. Sie war dünnhäutiger geworden in den letzten Tagen und gleichsam feinfühliger im Umgang mit anderen.

»Nach allem, was er dir heute erzählt hat, könnte ich mir sogar vorstellen, ihn von der Motivlage her als Beschuldigten zu führen«, sagte Katz. »Du musst nur einen Vermerk darüber schreiben und ihn Triberg schicken. Der wollte doch unbedingt einen Tatverdächtigen aus dem persönlichen Umfeld des Opfers. Wir servieren ihm einen auf dem Silbertablett.«

Das Faxgerät piepte und schob ein Blatt Papier heraus. Scholl nahm es entgegen und studierte es. Dann blickte er auf und grinste.

»Wir kriegen ihn tatsächlich in den Beschuldigtenstatus. Das ist die Antwort auf meine Anfrage bei der Verkehrsüberwachung. Das Auto, mit dem Salgam unterwegs nach Hamburg war, wurde am Dienstagmorgen in der Mozartstraße geblitzt. Das ist keine drei Häuserblöcke von der Wohnung seiner Mutter entfernt.«

7

Der Wind fegte eine leere Coladose über den Schulhof und rollte sie unter die Müllcontainer hinter der Mensa, wo Mona Christoph und Marco entdeckte. Die beiden hatten die Jackenkrägen hochgeschlagen, die Köpfe zusammengesteckt und versuchten, mit den Händen den Wind abschirmend, sich einen Joint anzuzünden. Leise schlich sie sich von hinten heran.

»Buuuh!«

Die Jungs fuhren wie von der Tarantel gestochen auseinander.

»Bist du bescheuert?«, zeterte Marco. »Ich hätt' beinahe einen Herzkasper gekriegt!«

»Ich glaub, *ihr* seid bescheuert«, entgegnete Mona. »Wenn der Wagner euch beim Grasrauchen erwischt, hat er euren Schulverweis schon so gut wie unterschrieben.«

»Wir sind nicht so blöd, uns erwischen zu lassen.«

»Ach ja? Hab ich grad gemerkt«, gab Mona trocken zurück.

Christoph ignorierte ihren Einwand und hielt ihr den Joint hin. »Willste mal ziehen?«

»Danke, lieber nicht. Wir haben gleich Mathe, und da brauch ich 'nen klaren Kopf.«

»Also, ich kann das Fach nur unter Droge ertragen«, feixte Christoph. Mit einer Geste, von der er wusste, dass die Mädels darauf abfuhren, warf er seine Haartolle zurück und zwinkerte Mona zu. »Aber ein Bier könnten wir mal zusammen trinken, wenn du schon kein Gras willst. Heute nach der Schule?«

Mona tat, als müsse sie ein paar Sekunden lang darüber nachdenken. Dabei war das überhaupt keine Frage. Christoph hatte sie schließlich gerade auf ein Bier eingeladen! Mom würde sehr wahrscheinlich ohnehin erst wieder spätabends heimkommen, und der Gedanke, den Nachmittag allein in der leeren Wohnung verbringen zu müssen, hatte nichts Verlockendes. Dann nickte sie zögernd. »Einverstanden.«

»Abgemacht. Marco muss sowieso noch einen ausgeben. Der hat eine Wette verloren.«

»Welche denn?« Mona versuchte tapfer, die Enttäuschung darüber zu verbergen, dass sie den Nachmittag offenbar nicht allein mit Christoph verbringen sollte.

»Er hat nicht geglaubt, dass der Wagner ein Toupet trägt. Aber ich hab es ihm bewiesen.«

»Und wie?«

»Ich hab im Klassenzimmer ein bisschen Durchzug gemacht, als er gerade zur Tür reinkam.« Christoph nahm einen tiefen Zug und reichte den Joint an Marco weiter. »Diesen Wind hält der beste Perückenkleber nicht aus! Schade, dass du noch nicht da warst, hast echt was verpasst.«

Mona kicherte. »Ich glaube, ich werde ab jetzt immerzu grinsen müssen, wenn ich den Wagner sehe«, sagte sie in das Klingeln der Schulglocke hinein. »Ich geh dann schon mal vor. Kommt nicht zu spät, sonst flippt die Wagenknecht wieder aus.«

Christoph blickte ihr versonnen nach. »Die ist echt süß. Schade, dass ihre Mutter Bullette ist.«

»›Jede Rose hat ihre Dorne und jede Mitgift ihre Braut‹, sagt mein Alter immer.« Marco trat die Kippe aus und wandte sich zum Gehen. »Apropos mein Alter: Der ist ja völlig ausgetickt, als ich ihm erzählt hab, dass die Sander dich unrechtmäßig festgehalten hat.«

Christoph blieb abrupt stehen. »Wieso erzählst du so was deinem Vater?«

»Sagen wir mal so, der hat ja ein etwas gestörtes Verhältnis zu den Bullen, spätestens seit ihm die Finanzermittler letztes Jahr einen Wirtschaftsprüfer vorbeigeschickt haben. Die haben die komplette Firma auf den Kopf gestellt, und mein Alter musste eine Masse Steuern nachzahlen. Ich glaub', die waren nicht besonders nett zu ihm. Wenn wir nicht so einen klasse Anwalt hätten, säße er jetzt wahrscheinlich im Knast. Nicht dass ich da geheult hätte.«

»Ich kapier trotzdem nicht, was ihn das angeht.« Christoph spuckte aus, haarscharf neben Marcos linken Schuh.

»Mensch, du bist ein echter Schlauchsteher! Mein Alter nutzt doch jede Gelegenheit, den Bullen eins auszuwischen. Klar hab ich 's drauf angelegt, und es hat auch geklappt. Deine Schwiegermutter in spe soll ruhig mal kapieren, dass sie sich mit Typen wie uns nicht anlegen sollte. Jedenfalls will mein alter Herr die Sache der Staatsanwaltschaft melden. Die dürfen dich nämlich nicht einfach so grundlos festhalten, das ist gegen die Dienstvorschriften oder wie das heißt.«

Ganz allmählich kapierte Christoph, und ein schadenfrohes Grinsen breitete sich auf seinem Gesicht aus. »Super. Mensch, Alter, das hast du sauber hingekriegt. Und jetzt – jetzt hoffen wir mal, dass die Alte richtig fett Ärger bekommt.«

Eine Woche war seit Ewa Salgams Beisetzung vergangen. Eine Woche, in der Verena versucht hatte, für Mona die perfekte Mutter zu sein. Abends zu Hause zu bleiben und ihr Lieblingsessen zu kochen, ihr zuzuhören, auch wenn sie noch so ungeduldig und unkonzentriert war, weil ihr weder dieses verdammte Schreiben von Fabios Anwalt noch der verfahrene Mordfall aus dem Kopf gehen wollte. Ihr wurde klar, dass sie sich manipulieren ließ, und ebenso wurde ihr bewusst, dass sie Mona bei sich behalten wollte, um alles in der Welt.

Es war eine harte Woche gewesen, in der es auch beruflich nichts als Rückschläge gegeben hatte. Die kriminaltechnische Untersuchung der Spur im Kofferraum hatte eindeutig ergeben, dass es sich um Leander Salgams Blut handelte. Vermutlich hatte er in seiner Nachvernehmung die Wahrheit gesagt. Die Autobahnpolizei, die den Unfall aufgenommen hatte, bestätigte, dass der Fahrer sich beim Aufprall an der linken Hand verletzt hatte. Dass er den Verbandskasten aus dem Kofferraum geholt hatte, war nicht im Protokoll festgehalten, aber es war glaubhaft und nachvollziehbar. Der Vergleich mit der tatrelevanten Spur unter dem Fingernagel des Opfers stand allerdings noch aus.

Blieb die Frage, was Salgam am Dienstagmorgen in der Straße seiner Mutter verloren hatte, wo er geblitzt worden war. Katz hatte ihn erneut vorgeladen, um ihn in Gegenwart des Staatsanwalts zu vernehmen. Der hatte ihn geradeheraus gefragt, aus welchem Grund er dort gewesen war und warum er ihnen den Besuch bis heute verschwiegen hatte. Verena hatte sich nicht an der Vernehmung beteiligt – sie brachte es momentan einfach nicht fertig, sich mit Triberg in ein Zimmer zu setzen –, sich aber an einem Rechner im Nachbarzimmer auf dem Server eingeloggt und mitgelesen. Leander Salgam sagte, er habe seiner Mutter einen elektrischen Rasenmäher zurückbringen wollen, den er sich ausgeliehen hatte, weil seiner kaputt gegangen war. Zwar wären sie am Wochenende deswegen verabredet gewesen, aber auf sein Klingeln hätte niemand aufgemacht, also hätte er das Gerät wieder mitgenommen und danach quer durch Deutschland spazieren gefahren. Auf dem Rückweg hätte er aus demselben Grund wieder bei ihr vorbeifahren wollen, aber vorher bei ihr angerufen und sie wieder nicht erreicht. Daraufhin habe er sich Sorgen gemacht, beim Krankenhaus angerufen und von Dr. Hafner erfahren, dass seine Mutter tot sei.

Warum er das bei seiner ersten Vernehmung nicht gesagt hatte, wollte Triberg wissen. Weil ihm klar gewesen sei, dass er sich damit natürlich verdächtig gemacht hätte. Den Blitzer habe er gar nicht bemerkt, die Sonne hatte wohl geblendet. Er habe sich gewundert, als er das Knöllchen auf seinem Schreibtisch fand. Dumm gelaufen, aber so was könne ja mal passieren.

Als er aus dem Schreibzimmer kam und Verena ihm über den Weg lief, schaute er sie an, als sei sie Judas persönlich. Es fehlte nur noch, dass er vor ihr ausgespuckt hätte.

Verena tat es mit einem Schulterzucken ab. Sie hatte sich daran gewöhnt, nicht Everybody's Darling zu sein, und konzentrierte sich auf die Arbeit an der Verfahrensakte, während sie die Kollegen an die Front schickte. Sie wollte aus Tribergs Schusslinie heraus. Er hatte etwas gegen sie, so viel war klar. Vielleicht nicht ganz unberechtigt, schließlich war sie nicht besonders höflich zu ihm gewesen.

Wann immer Triberg das Dezernat besuchte, um sich über

den Stand der Ermittlungen zu informieren, überließ sie jetzt ihrem Chef das Wort. Sie selbst übte sich darin, ihn höflich zu übersehen, und Triberg hielt es umgekehrt nicht viel anders. Ein knappes Kopfnicken, wenn sie sich auf dem Flur begegneten, mehr war nicht drin.

Als Verena eines Morgens im Katharinenhospital anrief, um sich nach Emily Magnus' Befinden zu erkundigen, sagte man ihr, dass das Mädchen inzwischen nach Hause entlassen worden sei. Verena bedankte sich, trennte die Verbindung und wählte kurzerhand neu. Sie lauschte elf langen Klingeltönen und wollte gerade wieder auflegen, als Emilys Mutter sich endlich meldete.

»Guten Morgen, Frau Magnus, hier ist Verena Sander. Ich habe erfahren, dass Ihre Tochter zu Hause ist. Wie geht es ihr denn inzwischen?«

»Besser. Sie ist natürlich noch sehr schwach. Und seelisch instabil.« Es entstand eine Pause, in der Verena ihre Gesprächspartnerin atmen hörte. »Aber es geht ihr schon besser. Tja.«

»Das freut mich zu hören, wann könnte ich denn vorbeikommen, um mit ihr zu reden?«

Elvira Magnus schwieg einige Sekunden lang. »Wenn ich besser sage, dann meine ich damit noch lange nicht, dass es ihr gut geht«, sagte sie schließlich.

»Aber sie ist doch inzwischen sicherlich vernehmungsfähig. Ich würde in den nächsten Tagen wirklich gern mit ihr sprechen. Nicht lange. Ich habe nur ein paar Fragen.«

Wieder herrschte eine Zeit lang Schweigen am anderen Ende.

»Ich halte das für keine gute Idee«, sagte Elvira Magnus schließlich. »Emily soll sich nicht ständig mit diesem Trauma beschäftigen, sie muss endlich darüber hinwegkommen. Das geht aber nicht, wenn Sie in alten Wunden stochern. Ich habe ein ärztliches Attest, das besagt, dass ihr seelisches Gleichgewicht noch nicht wiederhergestellt ist. Und solange das nicht der Fall ist, steht Emily auch für keine polizeiliche Befragung zur Verfügung.«

Verena seufzte. Aber was sollte sie tun? Sie hatte sich ja selbst gegen eine polizeiliche Vernehmung von Mona zu dem Erlebnis im Haldenwald ausgesprochen.

»Also gut, Frau Magnus, ich verstehe das natürlich. Ich hätte aber auch noch ein paar Fragen an Sie und würde heute gerne kurz bei Ihnen vorbeikommen.«

»Nein, das geht nicht!« Die Antwort kam hastig, kaum dass Verena ausgesprochen hatte. »Ich muss Emily nachher zu ihrer Therapeutin fahren und hab anschließend selbst noch einen Termin. Können wir das nicht telefonisch klären? Worum geht es denn?«

Oh, Mann, diese Frau war schwerer zu knacken als Fort Knox. Also gut, dann musste eben das Telefon herhalten. Verena hätte bei dem Gespräch gern die Körpersprache der Zeugin beobachtet und war bemüht, sich ihren Frust nicht anmerken zu lassen.

»Es gibt da eine Unstimmigkeit, was unser erstes Gespräch betrifft.«

»Was für eine Unstimmigkeit?«

»Sie sagten, Sie wären erst am Sonntag nach Hause gekommen. Inzwischen wissen wir, dass Sie bereits am Donnerstag in Stuttgart gelandet sind und Emily am Freitag bei ihrer Therapeutin war. Können Sie mir das erklären?«

Elvira Magnus räusperte sich. »Habe ich das gesagt? Möglich, es stimmt ja auch. Emily hat einen Zusammenbruch erlitten, nachdem Thomas uns eröffnete, dass er die Familie verlässt und auf Sizilien bleibt. Wir haben sofort den Rückflug angetreten, dort konnte ihr ja niemand helfen. Nach der Landung in Stuttgart sind wir zu meiner Schwester gefahren. Ich konnte nicht sofort zurück in unsere Wohnung und zum Alltag übergehen, nach allem, was passiert war. Mann weg, Kind am Boden zerstört. Ich brauchte jemanden zum Reden, einen Erwachsenen. Jemanden, der einen kühlen Kopf hatte und mir raten konnte, was ich tun sollte.«

»Dann meinten Sie mit ›nach Hause‹ nicht, dass Sie nach Stuttgart zurückgekommen sind?«

»Nein, ich meinte, zu mir nach Hause. Die Tage zuvor waren wir bei meiner Schwester.«

Verena verstand. Konnte es so einfach sein? Offenbar hatte Elvira Magnus gar nicht gelogen, sondern alles war nur ein verbales Missverständnis gewesen.

»Meine Schwester hat uns für zwei Tage aufgenommen«, erzählte Elvira Magnus, die, seit es nicht mehr um einen Vernehmungstermin für ihre Tochter ging, viel mitteilsamer geworden war. »Emily war in einem schrecklichen Zustand. Am Sonntagabend sind wir dann nach Hause gefahren, weil meine Schwester am Montag zu einer Fortbildung musste.«

»Würden Sie mir den Namen und die Adresse Ihrer Schwester geben?« Verena vermutete, dass Frau Magnus die Wahrheit sagte. Sie notierte die Erreichbarkeit in ihrem Taschenkalender. Es würde wahrscheinlich eine reine Routineangelegenheit sein, das zu überprüfen.

»Wollen Sie noch etwas wissen?« Elvira Magnus klang nun versöhnlicher. Die Schärfe in ihrer Stimme war verschwunden.

»Ja. Wenn ich schon nicht mit Emily selbst reden kann, würde mich interessieren, wie Sie die Sache sehen. Was, glauben Sie, war das Motiv für Emilys Versuch, sich das Leben zu nehmen? Warum hat sie das getan?«

»Das kann ich nur vermuten, sie spricht ja nicht darüber. Und ich muss etwas weiter ausholen, um das zu erklären.«

»Sie haben alle Zeit, die Sie brauchen«, sagte Verena und nahm einen Stift aus der Schublade, um mitzuschreiben.

»Seit Emilys früher Kindheit war ihr Vater ihr Idol. Die beiden waren wie Pech und Schwefel.« Die Telefonstimme klang jetzt traurig. »Ein interessanter Ausdruck in diesem Zusammenhang, nicht wahr? Thomas würde der Vergleich nicht gefallen. Als sie allmählich zum Teenager wurde, hat sie ihm immer noch gehorcht, aber eher aus Liebe als aus Überzeugung. Einerseits haben wir sie in einem strengen Glauben erzogen, aber andererseits sieht sie jetzt das lockere Leben ihrer Schulkameraden und bekommt die Einschränkungen, die mit ihrem Glauben zusammenhängen, viel stärker zu spüren. In diesem Alter will man normal sein, dazugehören. Sie empfand sich als Außenseiter.«

»Aber reicht das, um sich umbringen zu wollen?«

»Nein, wirklich depressiv wurde sie erst, als sie von der Strafanzeige gegen die Ärztin erfuhr, der sie ihr Leben verdankte. Sie können sich vorstellen, was in so einem Mädchen vorgeht. Es fragt sich: Wie viel bin ich meinem Vater wert, wenn er mich für seinen Glauben opfern würde? Sie redete sich ein, ihm nicht wichtig zu sein. Und in diesem Gefühl wurde sie bestärkt, als er uns im Urlaub den Laufpass gab. Ich glaube, das war das Quäntchen Gewissheit, das noch fehlte, um die Verzweiflungstat auszulösen.«

Der Bleistift verharrte über dem Notizblock, und nur drei

Worte blieben in Verenas Kopf hängen. Da war es wieder, ihr Thema. Sie musste Mona zeigen, wie wichtig sie ihr war, bevor sie selbst eines Tages in der Notaufnahme sitzen würde, ein Taschentuch in den Händen knüllend. Der Sonntag beim Volksfest war ein guter Anfang gewesen. Genauso sollte es weitergehen. Als sie den Hörer auflegte und auf ihren Notizblock schaute, fiel ihr auf, dass sie nur drei Worte aufgeschrieben hatte: »Nicht wichtig sein«.

»Es klingt alles sehr nachvollziehbar«, sagte Verena wenig später zu Katz. »Natürlich kann es so gewesen sein. Aber es ist genauso gut möglich, dass Frau Magnus mit ihrer Vermutung meilenweit danebenliegt oder uns das wirkliche Motiv absichtlich verschweigt.«

Katz nickte. »Das Motiv für den Suizid kann natürlich durchaus die tiefe Enttäuschung durch den Vater sein, aber wenn es so ist, dann würde ich das gern von dem Mädchen selbst wissen.«

»Ich bleibe dran, Roman. Irgendwann werden wir mit dem Mädchen reden. Die Mutter kann sie nicht für ewig in ihrem Rapunzelturm einsperren. Nur leider hat sie bis auf Weiteres ein ärztliches Attest.«

Bis auf Weiteres, das war ein dehnbarer Begriff. Nun gut, Verena versprach sich von einem Gespräch mit Emily nicht wirklich die Klärung des Falls. Es war nur so ein unbestimmtes Gefühl, dass sie glaubte, mit ihr reden zu müssen. Und mit ihrer Intuition hatte sie meistens richtig gelegen. Aber im Moment blieb ihr nichts anderes übrig, als darauf zu warten, dass Elvira Magnus ihr irgendwann eine Audienz bei ihrer Tochter gewährte.

Es war einer der letzten Oktobertage. Halloween stand unmittelbar bevor. Katz hatte überall im Dezernat Kürbislaternen aufgestellt, die er daheim mit Hänsel und Gretel geschnitzt hatte. Sophie würde wohl bis in die Adventszeit hinein Kürbissuppe kochen müssen.

Im Team hatte sich eine gewisse Müdigkeit eingeschlichen. Es gab eine Faustregel, die besagte, wenn man einen Fall nicht innerhalb einer Woche gelöst hat, sinken die Chancen auf eine Aufklärung rapide. Die Spuren erkalten, und am Ende bleibt meist nur noch die Hoffnung, dass das KTI unverhofft einen DNA-Treffer meldet.

Triberg hatte Katz' sehr diplomatisch formulierten Zwischenbericht nicht kommentiert, allerdings hatte er eine Ausschreibung zu Magnus' Aufenthaltsermittlung beantragt. Verena war sicher, dass sie diesen Teilerfolg Katz zu verdanken hatte. Hätte sie den Antrag gestellt, wären Triberg garantiert zahlreiche Gegenargumente eingefallen.

Vielleicht versteifte sie sich tatsächlich zu sehr auf Magnus. Aber alle anderen Spuren waren bislang im Sand verlaufen. Salgams Erklärung, warum er am Dienstagmorgen beim Haus seiner Mutter gewesen war, schien nachvollziehbar. Sie konnte nur abwarten. Auf Salgams Vergleich mit der Fingernagel-DNA, das Ergebnis der Ausschreibung aus Italien und auf die Erlaubnis, mit Emily Magnus sprechen zu dürfen.

Verena saß mit müden Augen im Büro und heftete Spurenblätter ab, von denen sie bis auf die von Salgam und Magnus jedes einzelne mit dem Vermerk: »Spur erledigt, negativ« unterzeichnete, als Joost hereinkam.

»Ich hab dich lange nicht gefragt, wie es eigentlich deiner Tochter geht.«

Verena hob den Kopf und sah ihren Chef lange an.

»Falsche Frage«, sagte sie schließlich. Dann brach es aus ihr heraus. Sie erzählte ihm von dem Anwaltsbrief, von der Angst, ihr Kind an den Exmann zu verlieren, und ihrer Scheu, das Thema mit Mona zu erörtern. Sie sprach von Monas Verschlossenheit und von der Zeichnung, mit der sie ihre Gefühle zum Ausdruck gebracht hatte. Sie wusste nicht, warum sie ihm das alles erzählte, so eng war ihr Verhältnis eigentlich nicht. Aber wahrscheinlich hätte sie bei jedem anderen, der zufällig in ihr Büro gekommen war, dasselbe getan. Seine Frage war wohl genau der Tropfen gewesen, der das Fass zum Überlaufen brachte. Zum Schluss flossen sogar ein paar Tränen.

Joost hörte ihr zu, ohne einen einzigen Kommentar abzugeben. Als sie geendet hatte, reichte er ihr ein Kleenex aus der Box auf ihrem Schreibtisch.

»Du packst jetzt deine Sachen und gehst heim zu deiner Tochter. Die Soko bricht nicht gleich zusammen, wenn du mal ein paar Überstunden nimmst. Du bist ausgepowert, das sehe ich dir an. In fünf Minuten bist du hier weg. Das ist eine Dienstanweisung!«

»Danke«, sagte Verena, und meinte es auch so. »Danke, dass du so viel Verständnis hast, obwohl ich so viel Mist baue. Dieser Fall geht mir an die Nieren, mehr als jeder andere. Manchmal würde ich am liebsten nur den Kopf in den Sand stecken.«

»Eben darum«, sagte Joost und legte Verena die Hand auf die Schulter. »Ich möchte nicht, dass eine meiner besten Kräfte kaputtgespielt wird. Vergiss den Fall mal für ein paar Stunden. Vergiss den Frust mit Triberg. Vergiss deinen Ex und seinen Anwalt. Aber vergiss um Gottes willen nicht dein Kind!«

Verena konnte sich nicht erinnern, wann sie das letzte Mal so zeitig Feierabend gemacht hatte, schon gar nicht während einer Soko. Sie war ausgepowert, da hatte Joost vollkommen recht. Und wer ausgepowert ist, macht Fehler. Sie sollte nicht so viel an den Fall und dafür mehr an Mona denken. Ein gemütlicher Mutter-Tochter-Abend würde ihr guttun und sie gleichzeitig ihrem Kind wieder ein Stück näher bringen. Der gemeinsame Sonntag auf dem Wasen und die Fahrt im Riesenrad lagen schon viel zu lange zurück.

Auf dem Heimweg stoppte sie beim Restaurant ihrer Exschwiegereltern und ließ sich eine XL-Pizza Boscaiola einpacken. Mona liebte diese Pizza. Sie nahm auch eine Halbliterdose Cola mit. Wenn sie auch nie begreifen würde, warum Cola aus der Dose besser schmeckt als aus der Flasche, Mona war sich da ganz sicher. Auf der Fahrt nach Hause summte sie *»La donna è mobile«* und merkte, wie ihre Stimmung sich hob. Der Pizzakarton auf dem Beifahrersitz verströmte einen betörenden Duft. Zum Teufel mit Fabio, seinem Anwalt, Triberg und allen Nervtötern der Welt! Dieser Abend gehörte ihr und ihrer Tochter!

Bereits im Hausflur hörte Verena Stimmen aus ihrer Wohnung. Jugendliche Stimmen. Ein Junge lachte lauthals. Alarmglocken läuteten in ihrem Kopf. Mit einem unguten Gefühl schloss sie die Wohnungstür auf.

Sie hielt sich nicht damit auf, die Jacke auszuziehen, sondern legte nur den Pizzakarton leise auf dem Garderobenschrank ab und ging sofort zu Monas Zimmer. Ohne vorher anzuklopfen, riss sie die Tür auf.

Sie hockten auf dem Bett ihrer Tochter: Christoph und Marco mit Mona in ihrer Mitte. Neben ihnen auf dem Nachttisch drei Flaschen Tannenzäpfle. Drei. Verena schaute noch einmal hin in der Hoffnung, sich verzählt zu haben. Es blieben drei.

Ebenso viele Gesichter wandten sich ihr zu. Monas Mund stand vor Überraschung halboffen. Sie schaute von ihrer Mutter zur Wanduhr und wieder zurück. Christophs Gesicht war komplett ausdruckslos, Marco hatte ein süffisantes Lächeln auf den Lippen. Hätten die apokalyptischen Reiter auf ihren flammenden Pferden mitten in Verenas Wohnzimmer gestanden, wäre sie kaum erschütterter gewesen.

»Du trinkst Bier?« Das war das Erste, was ihr einfiel. Eine dümmere Frage gab es in dieser Situation wohl kaum.

»Was dagegen?«, erwiderte Mona spitz.

Verena zuckte zusammen. So kannte sie ihre Tochter nicht. Jede Wette, sie wollte sich vor den Jungs dicke tun.

»Ob ich was dagegen habe? Selbstverständlich habe ich was dagegen! Du bist vierzehn! Du verstößt gegen das Jugendschutzgesetz!«

Mona verdrehte genervt die Augen.

»Gesetze, immer hast du nur deine Gesetze im Kopf! Ich scheiß auf deine Gesetze! Wie du mich behandelst, das verstößt auch gegen das Jugendschutzgesetz. Alle in meiner Klasse trinken hin und wieder Alkohol. Manche sogar regelmäßig. Nur ich darf das mal wieder nicht, weil meine Mutter das Gesetz vertritt!«

»Ist ja nicht so, dass wir hier Komasaufen veranstalten«, schaltete sich Marco ein. »Das ist erst mein zweites Bier heute. Und es ist immerhin gleich sechzehn Uhr!« Mit seinem Feuermal neben dem linken Auge, das nur unzureichend von seinem langen, schwarzen Haar verdeckt wurde, erinnerte er sie an Zuko, den Sohn des Feuerlords, aus der Zeichentrickserie »Avatar«, die Mona so gern mochte. Christoph mit seiner blassen Haut und der Föhnfrisur wirkte im Vergleich zu ihm wie ein Teller Milchreis neben einem T-Bone-Steak. Er schaute bewundernd zu seinem Capo, gluckste, konnte dann nicht mehr an sich halten und lachte laut los. Marco stimmte ein. Nur Mona saß da wie ein begossener Pudel.

Verena fühlte, wie ein Ballon in ihrem Hals anschwoll.

»Raus hier! Raus! Alle beide!« Sie konnte nicht verhindern, dass ihre Stimme sich überschlug. Ihr ausgestreckter Arm zeigte zur Wohnungstür. Als keine Reaktion erfolgte, riss sie sie auf.

»Ich meinte sofort. Wird's bald?«

Die Erste, die aufstand, war Mona.

»Kommt Jungs, wir sind hier nicht erwünscht.«

Das »Du bleibst hier!« lag Verena schon auf der Zunge, doch sie hielt es zurück. Sie würde Mona nur mit Körpergewalt am Gehen hindern können, und das wollte sie nicht. Nicht vor den Jungs. Sie hatte sich schon genug blamiert.

Christoph erhob sich betont langsam und griff nach seiner Bierflasche.

»Ich darf gehen? Habe ich Sie richtig verstanden? Müssen Sie mir nicht erst noch so einen komischen weißen Zettel unterschreiben?« Er gackerte wieder los und folgte lässigen Schrittes den beiden anderen.

»Wir haben uns übrigens entschlossen, Mona in die Clique aufzunehmen«, sagte Marco im Vorbeigehen. »Deshalb sind wir hergekommen. Nicht was Sie vielleicht denken.«

»Sie kann ja nichts dafür, dass die vergammelte Leiche da unten lag. Wenn sie die nicht gesehen hätte, hätte sie es garantiert geschafft«, fügte Christoph hinzu. Im Flur holte er Mona ein und klatschte ihr auf den Hintern, bevor die Wohnungstür hinter ihnen zufiel.

Er will mich provozieren, dachte Verena und lehnte sich gegen die Wand, weil ihre Knie zitterten. Dieser kleine Mistkerl will mich provozieren. Und verdammt, es ist ihm sogar gelungen.

Die nächste Stunde saß sie auf dem Wohnzimmersofa, die Fernbedienung in der Hand, ohne die Kraft aufzubringen, den Fernseher einzuschalten. Sie starrte auf eine winzige Spinne, die sich unablässig mühte, den Fuß des gläsernen Kerzenständers zu erklimmen, und immer wieder hinunterfiel. Sie musste etwas tun, wenn sie nicht verrückt werden wollte. Es gab Wäsche zu bügeln, die Spülmaschine war auszuräumen. Sie konnte Monas Bett beziehen, um die Spuren dieser verdammten Bengel zu beseitigen. Es gab so viel zu tun, aber sie konnte sich nicht bewegen.

Als das Telefon klingelte, schaute sie auf die Uhr. Gleich sieben. Hatte sie wirklich so lange hier gesessen? Die Spinne war verschwunden; sie hatte wohl endlich aufgegeben. Sie nahm den Hörer vom Telefon und meldete sich mit einer Stimme, die ihr selbst fremd war.

»Verena, bist du das? Fabio hier. Ich wollte dir nur sagen, dass Mona bei mir ist. Sie will heute hier schlafen. Nur, dass du dir keine Sorgen machst.«

Er klang so freundlich wie schon lange nicht mehr. Kein Wunder, ihm war durchaus bewusst, dass er am längeren Hebel saß.

»Danke, dass du angerufen hast«, sagte sie matt. Mehr konnte sie sich nicht abringen.

»Verena, geht es dir gut?«

Was war das denn für eine bescheuerte Frage?

»Ob es mir gut geht? Klar geht es mir gut.« Mit dem Zorn kam die Energie zurück. »Bestens geht es mir, besonders seit ich den Brief von deinem Anwalt bekommen habe, mit dem Angebot, dass du mich in der Erziehung entlasten willst, damit ich endlich mehr Zeit für meine Arbeit habe!«

Da war die Spinne wieder. Arglos krabbelte sie über die Tischdecke. Verena griff mit der freien Hand nach der Fernsehzeitung und schlug zu.

»Verena, bleib doch bitte sachlich. Das ist nicht der Zeitpunkt für Polemik.«

»Das ist der Zeitpunkt für Polemik schlechthin!«, schrie Verena ins Telefon und warf die Fernsehzeitung samt Spinnenkadaver in den Papierkorb. »Du ruinierst mich, wenn du das durchziehst, ist dir das nicht klar?«

»Du ruinierst dich selbst, wenn du so weitermachst, genauso wie die Zuneigung deines Kindes. Und es wird Zeit, dass dir das klar wird«, sagte Fabio und legte auf.

Verena legte nicht auf. Sie starrte auf das Telefon in ihrer Hand, atmete tief ein und zählte langsam bis zehn. Dann wählte sie ihre persönliche Notfallnummer.

»Hannah? Hast du heute Abend schon was vor? Nein? Prima. Magst du Pizza Boscaiola?«

Hannah stand eine halbe Stunde später vor ihrer Tür.

»Du siehst aus wie eine Überlebende des Holocaust«, sagte sie bei Verenas Anblick.

»Ungefähr so fühle ich mich auch.« Verena trat zurück und ließ Hannah eintreten. Dankbar nahm sie die Flasche Merlot entgegen, die Hannah mitgebracht hatte.

»Ich hab mir gedacht, du hast sicher nur Cola im Haus.«

»Ja, und eine angebrochene Flasche Tannenzäpfle, die Mona hier vergessen hat, bevor sie mit den Jungs abgehauen ist.«

Hannah ließ sich in einen Sessel fallen.

»Erzähl!«

Verena berichtete detailliert, was am Nachmittag vorgefallen war, während sie im Wohnzimmer herumlief und die Weingläser und den Korkenzieher aus der Anrichte holte. Die Bewegung tat ihr gut. Allmählich konnte sie ihren Körper wieder spüren, der sich die letzten Stunden wie gelähmt angefühlt hatte.

»Jetzt ist sie bei Fabio«, endete sie. »Und ich habe wahnsinnige Angst, dass sie dort bleiben will.«

»Wie kommst du darauf?« Hannah griff nach der offenen Weinflasche, da Verena keine Anstalten machte einzuschenken, und tat es selbst.

»Weil er das Aufenthaltsrecht für sie beantragt hat. Er will sie zu sich nehmen.«

Einige Sekunden lang war es still. Nur das Ticken der Wanduhr war überlaut zu hören.

»Was hast du jetzt vor?«, fragte Hannah schließlich.

»Was ich vorhabe? Ich werde natürlich um sie kämpfen. Aber im Moment sieht es so aus, als würde ich alles falsch machen. Weißt du, ich hab ihre Lieblingspizza besorgt, wollte uns einen schönen Abend machen. Stattdessen schlage ich sie in die Flucht. Ich will sie festhalten und treibe sie immer weiter fort von mir.«

»Du bist für sie verantwortlich«, sagte Hannah, »das bedeutet auch, dass du Entscheidungen fällen musst, die ihr nicht gefallen.«

»Eben. Ich bin die Böse. Und Fabio ist der Gute, in dessen Arme sie sich flüchten kann, wenn die böse Mama mal wieder Stress gemacht hat. Ich habe solche Angst vor dieser Gerichtsverhandlung. Wenn Mona gefragt wird, wo sie wohnen will …«

»… befürchtest du, dass sie sich für ihren Vater entscheidet.« Hannah hatte die Worte, die Verena nicht über die Lippen brachte, für sie ausgesprochen.

Verena nickte. »Ich möchte ihre Entscheidung respektieren, egal, wie sie ausfällt. Mein Gott, das klingt so verdammt großzügig. Als würde ich drüberstehen. Dabei bin ich total egoistisch. Ich … ich kann sie nicht loslassen. Bei dem bloßen Gedanken daran, dass sie sich gegen mich entscheiden könnte, wird mir heiß und kalt.« Verena schluckte schwer an dem Kloß in ihrem Hals. Jetzt bloß nicht anfangen zu heulen!

Hannah trank einen Schluck Wein und sah Verena lange an.

»Ich weiß nicht, wie ich dir in dieser Sache helfen kann«, sagte sie schließlich.

»Das erwarte ich doch gar nicht. Ich möchte nur, dass du mir zuhörst. Und mir vielleicht raten kannst: Wäre es in der jetzigen Situation aushaltbar für Mona, wenn sie von dem Sorgerechtsstreit erfährt, oder soll ich lieber erst mal den Mund halten?«

Diesmal zögerte Hannah noch länger, bevor sie antwortete. Was ihrer Antwort, als sie dann kam, aber nichts an Brutalität nahm.

»Sie weiß es längst.«

Verenas Hand, die gerade nach dem Weinglas greifen wollte, sank zurück in ihren Schoß.

»Sie weiß was?«

»Sie weiß, dass ihr Vater das Aufenthaltsrecht einklagt. Er hat sie auf dem Handy angerufen.«

»Um Gottes willen Hannah, das erzählst du mir erst jetzt? Ich dachte, wir wären so etwas wie Freundinnen!« Sie konnte Hannahs durchdringendem Blick nicht lange standhalten und wandte sich ab. Starrte von den Flusen auf ihrem Teppich, der schon längst mal wieder gesaugt werden musste, auf den Strauß Astern auf dem Fensterbrett, der die Köpfe hängen ließ, und beobachtete eine kleine Fliege, die sich an einem Tropfen Rotwein auf dem Fuß ihres Weinglases gütlich tat.

All das nahm Verena überdeutlich wahr, während ihre Gedanken restlos festgefahren waren.

Schließlich brach Hannah das Schweigen. »Versteh doch, ich bin in einer vertrackten Situation. Mona ist meine Patientin. Du und ich, wir sind uns nähergekommen über deine Tochter und unsere gemeinsame Vergangenheit. Natürlich würde ich dir gern helfen. Aber meine Patienten stehen an erster Stelle, und ich habe eine Schweigepflicht. Ich darf dir nichts von dem erzählen, was Mona mir anvertraut. Auch nicht im privaten Rahmen. Genau genommen habe ich schon viel zu viel gesagt. Und das auch nur, *weil* du meine Freundin bist.«

Verena stützte den Kopf in die Hände. War da vorhin so etwas wie Mitleid in Hannahs Augen gewesen? Wusste diese längst, was sie selbst bislang nur befürchtete? Was hatte Mona ihr erzählt? Etwa: »Ich würde viel lieber bei meinem Vater leben, aber ich trau mich nicht, das Mom zu sagen«? Hatten Mona und ihr Vater sich gar abgesprochen, hinter ihrem Rücken?

»Das heißt, ich muss jetzt so tun, als wüsste ich nicht, dass sie weiß … ach verdammt!« Verena schlug die Fäuste auf den

Tisch, dass der Wein überschwappte und einen hässlichen Fleck auf der Tischdecke hinterließ. Geh in die Küche und streu Salz drauf, befahl ihr der winzige Teil ihres Hirns, der noch vernünftig denken konnte. Doch der Befehl kam nicht in den Beinen an.

Hannah schüttelte den Kopf. »Musst du nicht. Erzähl ihr von dem Anwaltsbrief. Tu so, als wüsstest du nicht, was sie weiß. Dann wird sie dir bestenfalls sagen, was sie will.«

Verena seufzte. Sie würde nicht darum herumkommen. Dieses Herumschleichen musste ein Ende haben. Fabio, dieses unsensible Arschloch, hatte nichts Eiligeres zu tun gehabt, als das Kind da mit hineinzuziehen. Vermutlich hatte er ihr das Leben in einer intakten Familie in den buntesten Farben ausgemalt. Aber warum? Warumwarumwarum hatte ihre Tochter nicht mit ihr darüber gesprochen? Alle möglichen Horrorszenarien kreisten in ihrem Kopf, die darin gipfelten, dass Mona schon auf gepackten Sachen saß und nur noch nicht wusste, wie sie es ihrer Mutter beibringen sollte. Weil sie wahrscheinlich genauso viel Angst vor dem Gespräch hatte wie sie selbst.

»Du machst dich selber fertig«, sagte Hannah. »Schau nur, wie du aussiehst. Als würdest du wie Atlas die ganze Last der Welt auf dir tragen.« Sie erhob sich aus ihrem Sessel, setzte sich auf die Couch und legte den Arm um Verena. »Es tut mir so leid, und wenn ich irgendwie helfen kann, dann sag es mir einfach.«

Verena seufzte. Es tat gut, im Arm gehalten zu werden.

»Hannah, ich habe im Moment so viele Baustellen, dass Stuttgart 21 ein Legohaus dagegen ist. Ich kämpfe in alle Richtungen gegen Windmühlen. Und sosehr ich mich auch anstrenge, ich erreiche nichts und niemanden. Aber die größte

Baustelle von allen ist Mona. Ich weiß nicht mehr, was ich tun soll. Ich will mein Kind nicht verlieren!«

»Und warum? Hast du mal deine Motivation hinterfragt?«

Verena löste sich aus der Umarmung und starrte Hannah wortlos an.

»Willst du Mona wirklich behalten, weil du glaubst, besser für sie sorgen zu können als Fabio? Oder wäre der Verzicht auf Mona vielleicht ein Eingeständnis, dass deine Mutterqualitäten nicht ausreichen, wie du die ganze Zeit befürchtest?«

Der Knoten in Verenas Brust schnürte ihr die Luft ab. Sie vergaß zu atmen. Warum war Hannah so schonungslos? War es das, was man Konfrontationstherapie nannte?

»Verena, schau mal der Wahrheit ins Gesicht! Hältst du aus Angst an ihr fest? Weil du seit Jahren darauf fixiert bist, eine bessere Mutter sein zu müssen, als deine es war, und dir und allen anderen das beweisen willst?«

»Warum tust du das?«, flüsterte Verena. Und dann kamen die Tränen.

»Therapie muss manchmal schmerzhaft sein, damit sie etwas bewirkt«, flüsterte Hannah zurück, rutschte zu ihr heran und nahm sie wieder in den Arm. »Ich wollte dich zum Weinen bringen, denn das willst du schon den ganzen Abend lang und schaffst es einfach nicht. Hör endlich auf, die Starke zu spielen. Zeige deine Schwächen, auch Mona gegenüber. Damit sie merkt, dass du auch ein Mensch bist, der verletzbar ist.«

Verena heulte, wie sie es seit Monaten nicht mehr getan hatte. Es war, als würden sich jetzt alle Tränen, die sich im Laufe des Tages angestaut hätten, einen Damm brechen. Hannah hielt sie fest und ließ sie weinen, reichte ihr nur ab und zu ein neues Papiertaschentuch. Sprach kein Wort. War einfach nur da.

Und Verena genoss es. Einfach festgehalten und akzeptiert zu werden, ohne diese unerträglichen Floskeln hören zu müssen wie »Heul doch nicht« oder »Reiß dich mal zusammen« oder, die Schlimmste von allen, »Du darfst nicht traurig sein«.

Als sie sich beruhigt hatte, strich Hannah ihr das tränenfeuchte Haar aus dem Gesicht.

»Es tut mir leid. Ich wollte dir nicht wehtun, wirklich nicht. Aber es ist wichtig, dass du dich wirklich mit diesen Fragen auseinandersetzt, um deine Schuldgefühle loslassen zu können.«

»Aber sie werden doch davon noch größer!«, begehrte Verena auf.

»Nur vorübergehend. Manchmal muss sich ein Zustand zunächst verschlimmern, bevor er sich bessert. Bis man erkennt, dass alle Gefühle – auch die, für die man sich verurteilt – ihre Berechtigung haben. Erst dann kann man sich so annehmen, wie man ist. Sich lieben. Mit allen Vorzügen und Unzulänglichkeiten.« Hannah streichelte Verenas Schultern, ihren Rücken, drückte das tränennasse Gesicht an ihre Brust, und Verena nahm den Trost dankbar an. Wie seltsam, dachte sie in einem entfernten Winkel ihres Gehirns, wie sich die Zeiten ändern. Früher musste ich die kleine Hannah vom Kletterbaum retten, und heute ist sie die Starke, und ich heule mich bei ihr aus. Was hab ich noch mal zu Katz gesagt? Promovierter Jammerlappen? Der müsste mich jetzt mal sehen! Aber es tat so gut, von Hannah im Arm gehalten und getröstet zu werden. Passiv sein zu dürfen, einer Schwäche nachzugeben, die sie sich seit Jahren nicht mehr geleistet hatte. Ganz Yin zu sein.

Sie schrak aus ihren Gedanken. Ihr Körper versteifte sich. Sie spürte Hannahs Lippen, die ihren Hals streiften, und ihre Hände auf ihrer Brust. Für kurze Zeit setzte ihr Herzschlag aus, als Hannahs Mund ihrem so nahe kam, dass sie den Wein in ihrem Atem riechen konnte. Abrupt stieß sie Hannah von sich und richtete sich auf. Was geschah hier?

Hannah sah genauso verstört aus, wie Verena sich fühlte. Bestürzt blickte sie auf ihre Hände, als hätten die sich ohne ihr Zutun selbstständig gemacht. Sie rückte von Verena ab und schaute sie an. Unsicher. Flehend. Gleichzeitig verletzt und um Vergebung bittend.

Verena atmete tief und versuchte, sich zu beruhigen. Zwischen ihnen flirrte die Luft, und die Welt um sie herum zitterte vor ihren Augen, gerade so, wie wenn man zu lange ins Feuer geschaut hat.

»Hannah«, flüsterte sie. »Hör mir zu, bitte. Und sei um Gottes willen nicht sauer. Ich weiß nicht, wie ich's dir sagen soll. Ich mag dich wirklich sehr. Aber ich bin hetero. Ausschließlich hetero.«

Erneut stiegen ihr die Tränen in die Augen. Deshalb nahm sie nur verschwommen wahr, wie Hannah aufsprang und ohne ein Wort davonrannte. Die Wohnungstür fiel mit lautem Krachen ins Schloss.

Ein rundum gelungener Abend! Wie viel kann ein Mensch innerhalb weniger Stunden eigentlich verarbeiten, ohne verrückt zu werden? Die nächsten Minuten ging Verena einfach im Zimmer auf und ab. Trank nebenher das Glas Wein aus, rauchte eine Zigarette und dachte nach, ohne zu irgendeinem Ergebnis zu kommen. Sie musste jetzt etwas tun, sich beschäftigen, dem Tag noch etwas Sinnvolles abgewinnen. An Schlafen war nicht zu denken. Es war gerade kurz nach neun Uhr abends.

Ein wenig Aufräumen musste drin sein. Monas Bett frisch beziehen. Schon wieder kamen die Tränen. Wie oft würde sie noch darin schlafen? Würde sie von Fabio ein neues Bett bekommen, eins von ein Meter vierzig Breite, wie sie es sich schon lange gewünscht hatte? Verena hatte nie Zeit gehabt, mit ihr in ein Möbelgeschäft zu fahren. Vielleicht hatte sie sich aber die Zeit auch nur nicht genommen, weil es ihr nicht wichtig genug gewesen war?

Hör auf, dich zu quälen, befahl sie sich. Und gleichzeitig hörte sie Hannah sagen: »Setz dich damit auseinander, damit du es verarbeiten kannst.« Was war nun die richtige Art und Weise, damit umzugehen?

Mit fahrigen Händen zog sie Monas Kissen und die Decke ab, warf die Bezüge in die Schmutzwäsche und ein paar getragene Socken, die auf dem Boden lagen, hinterher. Im Papierkorb fand sie noch zwei leere Bierflaschen. Als sie sie herausnahm, hielt sie inne. Darunter lag ein flüchtig zusammengefaltetes Blatt Papier. Eine Zeichnung von Mona? Sie nahm das Blatt heraus und faltete es auseinander. Es war tatsächlich ein neues Familienbild, offenbar für Hannah bestimmt. Vielleicht hatte sie es vor den Jungs verstecken wollen und deshalb schnell in den Papierkorb geworfen.

Wieder stand Mona selbst in der Mitte, die Eltern links und rechts von ihr, doch diesmal verschränkten sie nicht die Arme vor der Brust, sondern fassten nach den Händen des Kindes.

Eine Sekunde lang war Verena einfach nur erleichtert, bis sie bemerkte, dass jeweils ein Bein der Eltern zum Bildrand hin angewinkelt war und sich ihre Körper in diese Richtung neigten. Die Erkenntnis traf sie wie ein Schlag. Was Mona hier dargestellt hatte, war kein Händereichen. Es war ein Versuch ihrer Eltern, sie auf ihre Seite zu ziehen. Fabio zog nach links, Verena nach rechts. Hier hatte sie den Beweis dafür, dass Mona über das Vorhaben ihres Vaters Bescheid wusste.

Brechts »Kaukasischer Kreidekreis« kam ihr in den Sinn. Hatte Mona in der Schule schon Brecht gehabt? Verena erinnerte sich, wie sehr sie dieses Stück als Jugendliche beeindruckt hatte. Zwei Mütter streiten sich um ein Kind, und der weise Richter zeichnet mit Kreide einen Kreis auf den Boden, stellt das Kind hinein und sagt, wer von beiden es schafft, den Jungen aus dem Kreis zu ziehen, ist die wahre Mutter. Er spricht ihn schließlich derjenigen zu, die ihn loslässt, bevor sie ihm den Arm herausreißen würde.

Bei Brecht hieß die Botschaft: Wer das Kind am meisten liebt, lässt es los, weil er es nicht verletzen will. Vielleicht sollte sie tatsächlich loslassen. Wenn Mona unbedingt bei Fabio leben wollte, wäre es reiner Egoismus, sie halten zu wollen. Doch sie hatte Mona schon einmal ziehen lassen und wusste, dass es ihr diesmal das Herz brechen würde.

Verena setzte sich auf das abgezogene Bett, stützte den Kopf in die Hände und starrte auf das Poster von Justin Bieber, bis sie ihn nur noch verschwommen sah. Ihr wurde klar, dass dieser Rechtsstreit – ganz wie bei Brecht – im wahrsten Sinne des Wortes eine Zerreißprobe für ihr Kind werden würde.

*

Liebe Mama,

als ich neulich deinen Nachlass durchgesehen habe, ist mir dein Hochzeitsfoto in die Hände gefallen, und ich habe es mir lange angeschaut. Du sahst so jung, hübsch und ein wenig naiv aus, fast als würdest du erwarten, dass sämtliche Schwierigkeiten des Lebens dich verschonen würden, weil du jetzt verheiratet bist. Neben dir, die Hand auf deiner schmalen Schulter, der Mann, der dich fortan beschützen sollte. Warum erinnere ich mich kaum an ihn? Du hast mir erzählt, dass er dich wenige Jahre nach meiner Geburt verlassen hat. Er habe angefangen zu trinken und sei schließlich gegangen. Du hast mir nie den Grund dafür verraten, aber inzwischen ahne ich, dass er nicht damit fertig wurde, ein missgestaltetes Kind bekommen zu haben.

Auf dem Foto schaust du Papa so hingebungsvoll an, dass jeder sehen muss, wie verliebt du warst. Wie bist du damit fertig geworden, als er ging? Warst du wütend auf ihn? Oder eher auf mich, weil ich an allem Schuld hatte? Auch wenn es dir gar nicht wirklich bewusst war, du musst wütend auf mich gewesen sein – auf das kleine, hilflose Wesen, dem du aus moralischen Gründen verpflichtet warst, obwohl du es so, wie es geboren wurde, nie haben wolltest. Und wegen dem dich der Mann verlassen hat, den du liebtest.

Das Verrückte ist, dass ich mich schuldig fühle, obwohl ich doch eigentlich viel eher wütend sein sollte.

Du bist an deinen Aufgaben gewachsen, bist stärker geworden mit der Zeit. Und du hast dir nie wieder einen Mann genommen. Ich höre noch immer deine Worte, du würdest keinen Mann brauchen, auf die Liebe könntest du verzichten. Auf die paar Tröpfchen Glück, die einem Ozean an Leid gegenüberstünden.

In den letzten Wochen habe ich oft über diese Worte nachgedacht. Denn auch ich verzichte auf die Liebe, habe eine unsichtbare

Mauer um mich herum errichtet, mit der ich mich wie mit einem Bollwerk vor einer Naturgewalt schütze. Es geht mir nicht einmal wirklich schlecht damit. Man erspart sich viel Schmerz und Leid, wenn man so lebt. Aber man verschließt sich damit natürlich auch dem Glück.

Dabei sehne ich mich nach dem Glück, Mama. Aber ich weiß, dass ich nicht glücklich sein werde, solange ich dir nicht vergeben kann.

8

Verena hatte den größten Teil der Nacht wach gelegen, war dann gegen Morgen in eine Tiefschlafphase gefallen und hatte den Wecker ignoriert. Vor der Frühbesprechung war keine Zeit für Frühstück gewesen; nicht einmal einen Kaffee hatte sie getrunken. Ihr Kopf fühlte sich an, als sei er mit Watte gefüllt, von dem Geschmack im Mund ganz zu schweigen. Nachdem sie sich die Treppen bis zu ihrem Zimmer hinaufgequält hatte, kam ihr im Flur Joost entgegen. Als sie sein Gesicht sah, verspürte sie den Wunsch, sofort wieder heimzufahren und sich ins Bett zu legen, die Decke über den Kopf zu ziehen und sich tot zu stellen.

»Verena, kommst du mal bitte in mein Büro?«

Zu spät.

»Ist nicht gleich Besprechung?«

»Die fünf Minuten nehmen wir uns. Ich will das nicht vor allen erörtern.«

Das klang nicht gut. Das klang ganz und gar nicht gut. Der Gedanke, dass es eigentlich nicht mehr viel schlimmer kommen konnte, als es jetzt schon war, tröstete Verena nur wenig. Sie versuchte, ruhig und selbstsicher zu wirken, nur: Wie stellte man das an nach einem Abend wie dem gestrigen?

Joost schloss die Tür hinter sich. Auch das war kein gutes

Omen. Meist stand sie einen Spaltbreit offen, als Zeichen dafür, dass jeder jederzeit willkommen war.

Er setzte sich hinter seinen Schreibtisch und zeigte auf den Platz gegenüber. Kraftlos ließ Verena sich auf den Stuhl sinken.

Einige Sekunden lang schaute er sie nur an. Verena widerstand der Versuchung, den Kopf einzuziehen. Nun sag schon, was los ist, flehte sie stumm. Ich halte alles aus, nur nicht diese Spannung zwischen uns.

Schließlich holte Joost tief Luft. Sein Haar war grauer geworden im letzten Jahr, und die Falten auf seiner Stirn zahlreicher. Seine Sorgenstirn nannte Verena sie insgeheim. Pro ungelöstem Mordfall eine Falte.

»Triberg hat mich angerufen. Kannst du dir denken, warum?« Joost legte die Fingerspitzen aneinander, wartete und schaute Verena ruhig in die Augen. Sie hatte alle Mühe, seinem Blick standzuhalten.

»Nun?«

Verena brachte als Antwort nur ein Schulterzucken zustande.

»Ich verrate es dir: Ein Herr Herrmann, nämlich der Vater von Marco Herrmann, hat bei der Staatsanwaltschaft vorgesprochen. Er wollte mit dem verantwortlichen Staatsanwalt unseres Verfahrens reden.«

»Was wollte Herrmann bei Triberg?« Verena versuchte, ihre Gedanken zu ordnen, die wie ein Mückenschwarm in ihrem Kopf herumschwirrten, doch es gelang ihr nicht. Nur eins war sicher: Es konnte nichts Gutes sein.

»Er hat wohl etwas von seinem Sohn Marco erfahren, was dessen Freund Christoph Denner betrifft, der kürzlich zur Vernehmung bei dir war.

Verena schwieg weiter, weil sie fürchtete, dass ihre Stimme ihr nicht mehr gehorchte. Sie versuchte ihre unsichtbare Firewall zu aktivieren, aber auch die ließ sie heute im Stich.

»Herrmann hat sich bei Triberg darüber beschwert, dass wir einen jugendlichen Zeugen unrechtmäßig hier festgehalten und versucht hätten, ihn zu erpressen. Was war da los, Verena?«

Okay, lieber Gott, sagte Verena in Gedanken zu dem, an den sie nicht glaubte, du willst mich kleinkriegen, was? Wenn du mich als den neuen Hiob auserkoren hast, dann bist du genau das Arschloch, für das ich dich immer gehalten habe. Sie räusperte sich.

»Ich habe Christoph vernommen, ihm für die Dauer der Vernehmung eine Bescheinigung für die Schule ausgestellt und auf den Laufzettel genau die Uhrzeit geschrieben, zu der er gegangen ist.« So weit stimmte das sogar. Doch wie viel wusste Joost? Er hatte ein Fax mit dem Kopf der Staatsanwaltschaft vor sich liegen, doch Verena konnte nicht erkennen, was darin stand, dazu hätte sie Adleraugen haben müssen, und die Fähigkeit, um 180 Grad gedreht lesen zu können.

»Das ist keine Antwort auf meine Frage«, sagte Joost ruhig.

»Was genau wirft er mir denn vor?« Verena hörte, dass ihre Stimme zitterte; sie konnte nichts dagegen tun. »Solange ich das nicht weiß, kann ich auch nicht detailliert Stellung dazu nehmen.«

»Du hättest ihn zu dem Versprechen zwingen wollen, den Kontakt zu deiner Tochter einzustellen, bevor du ihm den Laufzettel unterschreibst.«

Murphys Gesetz, dachte Verena. Dass Christoph die Sache mit Marco besprochen hatte, war ihr klar gewesen. Aber sie hätte niemals geglaubt, dass Marco seinen Eltern davon erzählen würde. Wieso musste dieser verdammte Spediteur sich auch zum Anwalt von Christoph Denner aufschwingen? Weil er Macht demonstrieren wollte? Weil er wusste, dass Christophs alleinstehende Mutter weder die Courage noch die Intelligenz besaß, sich für ihren Sohn einzusetzen? Vielleicht hatte er auch ein gestörtes Verhältnis zur Polizei, wie viele Unternehmer, denen die Finanzermittler schon mal Ärger gemacht hatten, und witterte eine Gelegenheit zurückzuschlagen. Verena holte tief Luft und rief sich zur Ruhe. Sie stand mit dem Rücken zur Wand, versuchte aber einen Ausfallschritt zur Seite.

»Das habe ich ihm zum Schluss ganz privat gesagt. Er ist ein schlechter Umgang für Mona, das kannst du doch verstehen, oder? Von Erpressung kann keine Rede sein. Der Junge lügt, wenn er den Mund aufmacht!«

»Private Dispute sind hier in diesem Haus fehl am Platz«, sagte Joost immer noch ruhig, doch mit einer Schärfe in der Stimme, die sie in den Jahren ihrer Zusammenarbeit selten von ihm gehört hatte. »Mir ist klar, dass es dir schwer im Magen liegt, wenn deine Tochter in der Clique dieses Jungen verkehrt, aber das hat mit dem Ermittlungsverfahren nichts zu tun. Wenn du darüber mit ihm reden willst, musst du zu ihm nach Hause gehen, und zwar außerhalb der Dienstzeit!«

»Verstanden«, sagte Verena zerknirscht. »Es tut mir leid, ich habe mich hinreißen lassen. Kommt nicht wieder vor. Sonst noch etwas?«

»Allerdings. Christoph hat außerdem seinem Freund gegenüber damit geprahlt, dass er an deinem PC Minesweeper spielen konnte …«

Verena lachte auf. »Und das glaubst du ihm?«

»… als du nicht im Büro warst«, führte Joost den Satz zuende. »Wie viel ist davon wahr?«

Verenas Ohren wurden heiß. Sie war froh, dass sie das Haar offen trug und Joost nicht sehen konnte, dass sie vermutlich glühten wie zwei Chilischoten.

»Er hat das erfunden, um vor Marco anzugeben«, flüsterte sie in der Hoffnung, dass Joost ihr das abnehmen würde. »Oder traust du mir das zu?«

»Nein. Aber Triberg traut dir alles zu. Und Triberg ist in diesem Verfahren weisungsbefugt. Warum auch immer, du bist ihm ein Dorn im Auge. Er will, dass ich dich von dem Fall abziehe.«

»Er will was?!« Verena war auf einiges gefasst gewesen, aber nicht darauf, dass es so schlimm kommen könnte. »Er glaubt einem fünfzehnjährigen kleinen Stromer mehr als einer Kommissarin, die seit vielen Jahren zuverlässig ihren Dienst versieht?«

Joost seufzte. »Christoph Denner ist ein Bauer in seinem Spiel, Verena. Der Junge ist ihm völlig egal, ob er ihm glaubt oder nicht, ist ganz und gar irrelevant. Triberg benutzt ihn nur, um dich zu schlagen.«

»Schön, dass du das auch so siehst. Aber was willst du jetzt tun?«

»Ich werde mich hinter dich stellen, Verena. Ich bin Dezernatsleiter und leite damit auch diese Sonderkommission. Damit darf ich entscheiden, wer darin welche Aufgaben übernimmt. Aber ich möchte mich darauf verlassen können, dass du dich an die Regeln hältst. Wenn der kleinste Beweis dafür auftaucht, dass der Junge sich das nicht aus den Fingern gesogen hat, nur um dir eins reinzuwürgen, muss ich Tribergs Antrag stattgeben, das ist dir doch klar?«

»Klar«, sagte Verena und hatte das Gefühl, wenn sie nicht gleich an die frische Luft käme, würde sie kollabieren. »Danke, Rudi.«

Joost erhob sich. »Ich glaube, wir haben uns verstanden. Und jetzt lass uns zur Besprechung gehen, wir sind eh schon zu spät dran.«

»Ohne dich fangen sie ja nicht an«, versuchte Verena zu scherzen, aber der Scherz klang erzwungen. Als sie Joost zur Tür folgte, fühlten sich ihre Beine an, als hätte sie ein halbes Jahr in Gips gelegen.

Die Ermittlungszentrale war bereits voll besetzt; nur die Stühle von Joost und Verena waren noch frei.

»Ich hab dir einen Cappuccino mitgebracht«, raunte Katz, als Verena sich neben ihn setzte, und schob ihr einen Becher hin. »War's schlimm?«

Verena zuckte die Schultern. »Erzähl ich dir später. Danke für den Kaffee.«

Joost schaltete einen Deckenstrahler an, um die Wand am Ende des Zimmers zu beleuchten, an der das Flipchart stand. Der Lichtkegel beleuchtete auch die Tatortfotos des Opfers an der Magnetwand dahinter, die dem Raum etwas von einem Gruselkabinett gaben.

»Guten Morgen zusammen«, eröffnete Joost die Besprechung. »Bevor ich euch lange auf die Folter spanne, übergebe ich gleich das Wort an Walter, unseren Mann für Handy-Ortung und Telefonüberwachung. Er hat mir vorhin verraten, dass es Neuigkeiten gibt.« Er nickte Ströbele zu.

Ströbele räusperte sich und wandte sich dann einem Computerausdruck zu, der vor ihm auf dem Tisch lag. Dabei machte er ein so andächtiges Gesicht, als würde es sich bei dem Blatt Papier mindestens um ein antikes Dokument aus den Qumran-Rollen vom Toten Meer handeln.

»Nicht in der Handy-Ortung, das Gerät ist nach wie vor ausgeschaltet. Aber die Verbindungsdaten sind endlich gekommen. Damit haben wir zumindest die Auflistung der letzten Gespräche des Opfers. Es gab Telefonate am Wochenende vor ihrem Tod mit dem Chef im Katharinenhospital und auch mit dem Mobilfunkanschluss ihres Sohnes. Insofern scheint sich seine Aussage zu bestätigen, in der er behauptet, sie hätten sich für die Rückgabe des Rasenmähers verabredet. Gesprächsinhalt kann natürlich auch etwas ganz anderes gewesen sein. Wirklich interessant ist aber das letzte eingehende Gespräch vom Montagmorgen, um 8:39:44 Uhr. Es kam von einem uns unbekannten Teilnehmer. Aber weil ich ein ganz Schneller bin, habe ich den Anschlussinhaber auch schon identifiziert – bzw. die Anschlussinhaberin, denn es ist eine Frau.«

Das muss wenige Stunden vor ihrem Tod gewesen sein, dachte Verena und nippte an ihrem Cappuccino. Vielleicht der letzte lebende Kontakt, und damit gehörte der Gesprächspartner automatisch in den Kreis der Tatverdächtigen.

»Es gab bereits vorher ein paar Anrufe vom Opfer, die bei diesem Anschluss eingingen, aber das war schon mehr als eine Woche vor der Tat. Interessant ist dieses eine Telefonat am mutmaßlichen Todestag.« Ströbele schob sich die Lesebrille auf die Nase und studierte den Computerausdruck. »Gesprächsteilnehmerin war eine Hannah Gotthardt, wohnhaft im Rottannenweg in der Nähe vom Bopser. Sie hat dort auch eine Praxis für Psychotherapie.«

Verena verschluckte sich und hustete eine Wolke Milchschaum auf den Tisch.

»Eine Frau scheidet doch aber als Täter aus, schließlich stammt unsere tatrelevante DNA von einem Mann«, gab Katz zu bedenken, während er Verena auf den Rücken klopfte.

»Wir haben noch eine weibliche Spur am Jogginganzug«, erinnerte ihn Joost. »Und die stammt nicht von Ewa Salgam, sondern ist bislang nicht identifiziert.«

»Wahrscheinlich wird diese Gotthardt nicht der Haupttäter sein«, spekulierte Ströbele. »Aber möglicherweise ist sie in den Fall involviert. Vielleicht als Lockvogel. Wir sollten auf jeden Fall ihre DNA erheben und mit der Spur am Joggingoberteil vergleichen.«

Verena war übel. Das konnte alles nicht wahr sein! Vielleicht war sie heute Morgen gar nicht aufgestanden, sondern schlief immer noch tief und fest in ihrem Bett und hatte einen schrecklichen Albtraum.

»Möglicherweise stammt ja auch nur dieser Jogginganzug von ihr«, überlegte Thea. »Dann dürfte sie den Täter aber zumindest kennen.«

»Oder die Ärztin hat ihn sich bei dieser Frau Gotthardt nur ausgeliehen, weil sie tatsächlich joggen gehen wollte«, sagte Scholl, doch Katz schüttelte den Kopf. »Vergiss es, Snape, die Hose passte doch nicht.«

»Richtig, der Anzug war ein Fake. Wenn er wirklich dieser Frau Gotthardt gehört, hat sie sehr wahrscheinlich mit der Sache zu tun.« Er wandte sich an Verena. »Du sagst ja gar nichts?«

»Ihr habt ja schon alles gesagt.« Mehr fiel ihr gerade nicht ein. Ihr Hirn war blockiert von einer einzigen Frage: Was hat das zu bedeuten? In Endlosschleife rasten diese Worte durch ihren Kopf wie der Newsticker am unteren Rand des Fernsehbildschirms und ließen keinen Platz für andere Gedanken.

Die anderen diskutierten weiter. Verena sah nur noch, wie ihre Münder sich bewegten, das Rauschen in ihren Ohren war zu laut geworden. Irgendjemand hatte mal über Ohrgeräusche gesagt: Wer die Wahrheit nicht hören will, bekommt Tinnitus. Wer war das gewesen? Dahlke? Dethlefsen? Wer auch immer, in ihrem Kopf brauste ein Orkan, der drohte, ihr die Schädeldecke abzutragen.

Was hatte das zu bedeuten? Hannah hatte Ewa Salgam gekannt, so viel war jetzt klar. Sie hatte mit ihr telefoniert, zuletzt an deren Todestag. Warum hatte sie nie etwas davon gesagt? Sie hatten über den Fall gesprochen, ohne dass Verena Details preisgegeben hatte. Aber bei all ihren Gesprächen hatte Hannah kein Wort darüber verlauten lassen, dass sie Ewa Salgam kannte, auch mehrfach mit ihr telefoniert hatte, sogar kurz bevor sie starb!

Jetzt fiel Verena auf, dass meist sie selbst es gewesen war, die geredet hatte, den Kopf randvoll mit ihren eigenen Problemen. Hannah indessen hatte die meiste Zeit zugehört und kommentiert. Wie viel wusste sie denn über Hannah, außer dass sie offenbar lesbisch war? Im Grunde nichts. Hannah hielt ihr Inneres fest unter Verschluss. Der Gedanke, dass Hannah möglicherweise den Täter kannte, drehte ihr den Magen um.

»Was ist los?«, raunte Thea ihr über den Tisch hinweg zu. »Du bist weiß wie ein Leichentuch. Geht's dir nicht gut?«

Verena schüttelte unter Auferbietung aller Kräfte den Kopf. »Nur die übliche Weibersache.«

»Ich hab Tabletten im Büro, komm nachher mal rüber«, flüsterte Thea.

Verena nickte mechanisch.

Was sollte sie tun? Niemand hier wusste, dass Hannah Gotthardt die Therapeutin ihrer Tochter war. Sie hatte es nicht einmal Katz erzählt. Auch nicht, dass sie selbst eine Freundschaft mit ihr verband. Die anderen waren vollkommen ahnungslos, und das musste vorerst auch so bleiben, bis sie mehr herausgefunden hatte.

»Also, wer kümmert sich um die Dame?«, hörte sie Joost mitten in ihre Überlegungen fragen.

»Ich!« Verena war plötzlich wieder ganz bei der Sache. »Ich rufe sie nachher gleich an. Wir haben keine Zeit zu verlieren.«

Katz wurde indessen beauftragt, Hannah Gotthardt in den Polizeilichen Auskunftssystemen abzufragen und im Internet alle Informationen über sie zusammenzutragen, die er finden konnte. Verena war das ganz recht. Sie wollte nur noch allein sein.

Jetzt musste sie erst mal zur Toilette, zwei Hände voll Wasser ins Gesicht werfen und anschließend in ihr Büro, um sich zu sammeln und zu überlegen, wie sie weiter verfahren sollte.

Viel Zeit zum Sammeln blieb nicht. Kaum hatte Verena die Bürotür hinter sich geschlossen, klingelte das Telefon.

»Ich bin's, Hannah.« Verena hörte ein Seufzen am anderen Ende. »Ich möchte mich entschuldigen.«

Der Tag geht so weiter, wie er angefangen hat, dachte Verena. Habe ich mich vorhin gerade mit Hiob verglichen? Der

Vergleich hinkt. Hiob war ein Glückspilz im Vergleich zu mir! Sie nahm sich nicht die Zeit, bis zehn zu zählen, sondern aktivierte ihr inneres Notstromaggregat und spielte einfach ihre Rolle.

»Hannah, du musst dich nicht …«

»Keine Ahnung, was mich geritten hat. Ich wollte deine Hilflosigkeit nicht ausnutzen, wirklich nicht. Es ist einfach so über mich gekommen. Kannst du mir verzeihen?«

Verena suchte nach den richtigen Worten, die es natürlich nicht gab. Hier lief alles auf Schadensbegrenzung hinaus. Jetzt nur nicht noch mehr verletzen, kein noch größeres Chaos anrichten, als ohnehin schon entstanden war. Und vor allen Dingen auf keinen Fall jetzt das Thema Ewa Salgam ansprechen, bevor sie sich jedes Wort genauestens überlegt hatte. Sie brauchte eine Strategie, und zwar schnell.

»Es ist immer entsetzlich unangenehm, jemanden zurückweisen zu müssen. Tut mir furchtbar leid, dass du dich mir gegenüber umsonst geoutet hast.«

»Es ist nur fair. Ich kenne inzwischen deine verborgensten Geheimnisse. Wurde Zeit, dass du auch mal eins von mir erfährst.« Hannah versuchte zu lachen, was jedoch gründlich misslang.

Wie viele Geheimnisse verbirgst du noch, von denen ich keine Ahnung habe?, fragte sich Verena. Was sind die Leichen im Keller, von denen du gesprochen hast? Hast du diese Worte damals vielleicht gar nicht bildlich, sondern möglicherweise buchstäblich gemeint?

Verena wusste später nicht mehr, was sie sonst noch mit Hannah geredet hatte. Es war, als habe sie bei diesem Gespräch völlig neben sich gestanden. Vielleicht hatte sie auch gar nichts gesagt und ausschließlich Hannah sprechen lassen. Sie erinnerte sich nur, dass sie die ganze Zeit daran dachte, dass sie Hannah zur Rede stellen musste. Nicht jetzt und hier, und schon gar nicht am Telefon. Aber später, wenn sie wieder ein wenig runtergekommen war und ihre Gedanken geordnet hatte. Und das musste möglichst bald passieren.

Den Rest des Tages verbrachte Verena wie in Trance. Mechanisch sprach sie Aktenvermerke in ihr Diktiergerät, mechanisch heftete sie Dokumente in die Ermittlungsakte. Mechanisch log sie auf die Frage ihres Chefs, ob sie schon mit Hannah Gotthardt gesprochen habe, und gab vor, sie noch nicht erreicht zu haben. Mechanisch aß sie mit den Kollegen den Döner, den Ströbele für alle mitgebracht hatte. Mechanisch mahlten ihre Kiefer, mechanisch bewegten sich ihre Hände. Am Rande nahm sie wahr, dass Severin vom Papierspender provisorische Servietten abriss. Sie registrierte, wie Thea die Gläser auf dem Tisch verteilte, Wasser einschenkte. Nur das Zentrum ihres Hirns bewegte sich nicht. Wie im Auge des Taifuns stand im Mittelpunkt ihres Denkens nur eine Frage: Warum hat Hannah mir nie erzählt, dass sie Ewa Salgam gekannt hat?

Nach dem Mittagessen hatte Fabio Verena im Büro angerufen und gesagt, dass Mona noch bei ihm bleiben wolle. Er würde sie morgens zur Schule fahren und nach der Schule zum Termin bei ihrer Therapeutin. Verena versuchte, sachlich und so freundlich sie konnte zu antworten, obwohl sie am liebsten gebrüllt hätte. Wie toll es doch ist, wenn man einem Beruf nachgeht, den man bei freier Zeiteinteilung von zu Hause aus machen kann, jederzeit abrufbereit, wenn das Kind einen Chauffeur braucht. Ein dicker Pluspunkt auf seiner Seite. Dazu kam, dass er mehr verdiente als sie. Ein noch dickerer Pluspunkt neben den familienfreundlichen Arbeitszeiten.

Verena fiel auf, dass sie in den letzten Tagen immer öfter in Plus- und Minuspunkten dachte. Dabei standen die meisten Pluspunkte auf Fabios Konto, die dicken Minuszeichen auf ihrem. Jedes Kind in Monas Alter würde sich unter diesen Umständen für den Vater entscheiden.

Dennoch war sie froh, dass sie Mona heute nicht selbst zu Hannah bringen musste. Sie scheute sich davor, ihr jetzt zu begegnen. Weniger wegen dem, was gestern Abend auf ihrem Sofa passiert war, als vielmehr angesichts dessen, was sie heute bei der Sokobesprechung erfahren hatte. Eine Verbindung zwischen Hannah und dem Opfer war ihr bislang undenkbar erschienen. Sie wollte nicht, dass ihre Freundin zu Ewa Salgams Umfeld gehörte. Und doch konnte sie die Augen nicht davor verschließen. Sie hatte sich spontan bereiterklärt, die Spur Hannah Gotthardt selbst zu übernehmen, und Joost war einverstanden gewesen. Noch hatte er keine Ahnung, dass es sich bei der Frau um die Therapeutin ihrer Tochter handelte, und Verena hoffte, dass das möglichst lange so bleiben würde.

Mehrere Minuten lief sie im Büro auf und ab und überlegte, wie sie weitermachen sollte. Es führte kein Weg an der Konfrontation mit Hannah vorbei. Sie würde keine Ruhe finden, bevor sie mit ihr gesprochen hatte. Verena wusste, dass Mona gegen sechzehn Uhr mit ihrer Therapiesitzung fertig war. Ob Hannah danach noch Termine hatte?

Kurzerhand nahm sie den Telefonhörer ab und wählte. Sie musste es hinter sich bringen. Je schneller, desto besser.

»Hör mal, Hannah, ich hab dich heute Morgen sehr schnell abgewürgt, weil ich im Stress war. Aber ich hätte heute am späten Nachmittag Zeit, vorbeizukommen. Hast du nach Mona noch Patienten?«

»Nein, Mona ist die letzte.« Hannah klang überrascht und gleichermaßen erfreut. »Von mir aus kannst du kommen, wann du möchtest.«

»Prima. Wenn ich das Auto bei dir stehen lassen kann, besorge ich uns eine Flasche Wein. Deiner von gestern war sehr gut, aber den hast du ja leider nicht ausgetrunken.«

Hannah lachte leise. »Der Merlot Cabernet? Den hatte ich von Kreis & Krämer bei der Markthalle. Wenn du magst, bring wieder so einen mit, dann streichen wir den gestrigen Abend aus unserer Erinnerung und ersetzen ihn durch einen angenehmeren, okay?«

»Okay«, sagte Verena, obwohl sie nicht viel Hoffnung hatte, dass dieser Abend angenehmer werden würde.

Bis sechzehn Uhr werde ich es auf keinen Fall schaffen, dachte sie, als sie ihren Mini auf der Suche nach einem Parkplatz rund um die Markthalle manövrierte. Ihr Vater hatte ihr den Wagen geschenkt, als seine Augen schlechter wurden und er ihn nicht mehr selbst fahren konnte. Sie liebte das Auto, vielleicht auch, weil es von Vater kam.

Verena zuckelte einmal erfolglos rund um den Karlsplatz. Von wegen mit diesem Auto findet man überall eine Lücke! Wer das behauptete, kannte die Stuttgarter Innenstadt nicht. Die Schillergarage wurde gerade saniert, und entsprechend verheerend war die ohnehin angespannte Parkplatzsituation im Zentrum. Schließlich gab sie auf, beschloss ein paar Hundert Meter zu laufen – so schwer trug man an einer Flasche Wein schließlich nicht – und wich auf das Parkhaus der Königsbau-Passagen in der Bolzstraße aus. Dort wurde sie nach wenigen Minuten mit einer Parklücke belohnt, in die der Mini perfekt hineinpasste.

Auf dem Schlossplatz pulsierte das Leben. Kinder scheuchten einen Schwarm Tauben auf, die eine kurze Runde über die Grünanlage drehten, um sich dann sofort wieder bei der Bank mit dem Rentnerpaar niederzulassen, das fortfuhr, sie mit Brotkrumen zu füttern. Drüben am Pavillon klappte ein Straßenmusiker seinen Gitarrenkasten auf. Zwei Busse fuhren kurz hintereinander in die Wendeschleife vor der Alten Kanzlei ein und kamen mit quietschender Hydraulik zum Stehen. Ein Dutzend Jugendliche stiegen aus und fielen wie die Heuschrecken über die wenigen noch freien Tische des Freiluftcafés vor dem Neuen Kunstmuseum her. Verena ertappte sich dabei, dass sie die jungen Leute um ihre Unbeschwertheit beneidete. Sie hätte auf der Stelle mit jedem Einzelnen von ihnen getauscht. Ihr graute vor dem Besuch bei Hannah. Jede Faser ihres Körpers wollte der bevorstehenden Konfrontation ausweichen, einfach alles vergessen, was sie in der Besprechung heute Morgen erfahren hatte, ihren Wissensstand einfach auf den gestrigen Tag zurückfahren. Der Verdacht, dass irgendetwas mit Hannah nicht stimmte, wucherte in ihr wie ein Krebsgeschwür. Und sollte er sich bestätigen, würde das ihre Freundschaft im Keim ersticken.

Im Weinhaus Kreis & Krämer kaufte sie eine Flasche des Merlot Cabernet, den Hannah am Vorabend mitgebracht hatte, und nahm nach kurzem Zögern schließlich noch eine zweite mit, als Reserve für zu Hause. Die würde sie möglicherweise brauchen, falls nicht ein Wunder geschah und Hannah ihr für alles eine logische, glaubhafte und harmlose Erklärung lieferte.

Gegen halb fünf Uhr klingelte sie an Hannahs Tür. Während sie wartete, nahm sie einen Handspiegel aus ihrer Tasche und warf einen prüfenden Blick auf ihr angespanntes Gesicht. Bleib locker, befahl sie ihrem Spiegelbild. Vielleicht ist das alles viel harmloser, als du glaubst. Und selbst wenn nicht, Hannah soll nicht denken, dass irgendwas nicht stimmt. Die Psychologin in ihr nimmt die kleinste Gemütsbewegung wahr, und dann macht sie dicht.

Verena schnitt eine Grimasse und lockerte ihre Gesichtsmuskeln. Doch die Sorge in ihren Augen wollte nicht ganz verschwinden. Sie hörte Schritte auf der Treppe, steckte den Spiegel schnell wieder ein und nahm stattdessen die Weinflasche aus ihrer Tasche.

Hannah sah bezaubernd aus. Sie hatte Make-up aufgelegt und trug das Haar heute offen, was sie um Jahre jünger scheinen ließ. Statt der üblichen Jeans und des sackartigen Pullovers trug sie ein helles Kleid mit Streublümchenmuster. Sie wirkte wie ein Model von Laura Ashley.

»Guten Abend, Verena. Schön, dass du da bist.« Sie deutete auf den Wein. »Wollen wir gleich oder später?«

»Am besten gleich«, antwortete Verena, während sie Hannah ins Wohnzimmer folgte. »Für das, was ich mit dir besprechen will, muss ich mir Mut antrinken.«

Hannah drehte sich mitten im Wohnzimmer zu ihr um. »So? Worum geht es denn?«

»Ich muss mit dir über Ewa Salgam reden.« Verena setzte sich auf die Couch und nahm eins der bunten Kissen auf den Schoß.

»Über Ewa Salgam? Was ist mit ihr?«

»Sie ist tot.«

»Das weiß ich.« Hannah lachte auf, aber das Lachen klang unsicher.

»Warum hast du mir nie erzählt, dass du sie gekannt hast? Ich meine, wirklich gekannt. So gut, dass ihr mehrmals miteinander telefoniert habt.«

Hannah antwortete nicht sofort. Sie ging zur Anrichte, nahm zwei Weingläser heraus und stellte sie auf den Tisch. Dann setzte sie sich Verena gegenüber und stützte die Ellbogen auf die Knie.

»Ich habe sie nicht wirklich gekannt. Jedenfalls nicht sehr gut. Ich kannte sie flüchtig von meiner Arbeit in der Psychoonkologie am Katharinenhospital. Unsere Telefongespräche waren rein dienstlich. Als ich schon selbstständig war, hat sie von meinem Projekt mit traumatisierten Jugendlichen gehört und einen ihrer Patienten zu mir empfohlen. Dem Jungen war bei einem Verkehrsunfall der Arm eingequetscht und durch eine Notoperation gerettet worden, aber er konnte ihn nicht mehr bewegen. Er hing wie ein Stück totes Fleisch an ihm herunter. Der Junge wollte übrigens Pianist werden. Ewa hat ihn zu mir in Therapie geschickt. Die Behandlung war erfolgreich, also hat sie mir danach immer wieder mal Patienten überwiesen. Es war eine rein geschäftliche Beziehung.«

»Ich habe nichts anderes behauptet«, entgegnete Verena. »Es wundert mich nur, dass du mir das vorenthalten hast.«

»Ich verstehe nicht, warum dir das so wichtig ist.«

»Ich bin seit fast zwanzig Jahren Kriminalbeamtin, Hannah. Dabei hatte ich lange Zeit Gelegenheit, Erfahrungen zu sammeln. Und eine Erfahrung davon ist, dass Menschen, die etwas verschweigen, meist auch etwas zu verbergen haben.«

»Was sollte ich zu verbergen haben? Den Mord an Ewa Salgam? Wie kommst du darauf?«

Verena zögerte. Wie viel konnte sie ihr sagen? Dass über ihre Patientin Emily Magnus eine Verbindung zu deren Vater bestehen könnte und dieser ein Tatverdächtiger war? Ganz davon abgesehen, dass Details aus polizeilichen Ermittlungen in laufenden Verfahren unter die Schweigepflicht fielen, wäre es jetzt sehr dumm, Hannah davon zu erzählen.

»Das spielt keine Rolle. Selbst wenn ich im Moment kein Motiv sehe, du hattest immerhin die Gelegenheit.«

»Die Gelegenheit hatten viele. Du siehst Gespenster!«

»Vielleicht. Aber ich wüsste es gern genau.« Verena seufzte. »Hör zu, ich glaube nicht wirklich, dass du damit zu tun hast. Ich möchte es mir auch gar nicht erst vorstellen. Aber ich brauche Sicherheit. Du weißt, dass sie umgebracht wurde, kennst sie persönlich, wärst also für uns als Zeugin interessant, erwähnst aber mit keiner Silbe, dass du in einer Verbindung zu ihr stehst. Obwohl wir seither oft miteinander gesprochen haben und es genug Gelegenheit dazu gab. Wir überprüfen alle Personen im Umfeld von Ewa Salgam routinemäßig. Wenn du bereit bist, morgen ins Präsidium zu kommen und eine Speichelprobe abzugeben, könnten wir dich ein für allemal ausschließen, und die Sache wäre erledigt.«

Hannah schwieg eine Weile. Dann zuckte sie mit den Schultern. »Wenn es sonst nichts ist. Klar, ich komme vorbei. Komme ich dann in die Verbrecherdatenbank?« Sie versuchte zu lächeln, aber Verena sah, wie erschüttert sie war. Sie ist meine Freundin, dachte sie, was tue ich hier eigentlich?

»Nein, diese Proben dienen nur Vergleichszwecken. Sie werden in keine Datenbank eingestellt und nach Abschluss des Verfahrens ausnahmslos vernichtet. Es sei denn, es handelt sich um die Spur des Täters.«

»Okay, dann habe ich ja nichts zu befürchten.« Hannah blätterte in ihrem Taschenkalender. »Ich habe um zehn Uhr den ersten Patiententermin. Passt es, wenn ich vorher bei euch reinschaue?« Sie versuchte, einen leichten Ton anzuschlagen, aber Verena sah, dass ihre Augen glänzten, als müsse sie die Tränen zurückhalten.

»Klar, ich bin spätestens ab acht Uhr im Büro.«

»Gut, ich werde da sein.« Hannah streckte sich und griff nach der Weinflasche. »Und jetzt lass uns das Ganze vergessen und ein Glas Wein trinken. Wir könnten auf unsere Freundschaft anstoßen. Und auf das Vertrauen.«

Verena biss sich auf die Lippen. Nun hatte sie endlich eine richtig gute Freundin gefunden, und nach so kurzer Zeit stand diese Freundschaft schon wieder auf wackeligen Beinen. Vertrauen, ach, Vertrauen gab es in ihrem Beruf nicht.

»Schenk schon mal ein, und lass ihn ein bisschen atmen. Ich gehe inzwischen kurz telefonieren.« Verena erhob sich und griff nach ihrer Handtasche, um das Handy herauszunehmen.

»Du kannst von meinem Schlafzimmer aus anrufen, da steht mein Festnetzapparat.«

»Danke.« Bevor Verena die Wohnzimmertür schloss, schaute sie sich noch einmal zu Hannah um. Sie machte keine Anstalten, den Wein einzugießen, sondern saß mit zusammengepressten Lippen auf dem Sofa und starrte die Wand an.

Verena beschloss, wenn schon nicht Hannah, dann wenigstens deren Telefonrechnung zu schonen und von ihrem Diensthandy aus anzurufen. Das zahlte immerhin noch Vater Staat. Mal schauen, wie lange noch, dachte sie mit einem Anflug von Sarkasmus angesichts der Sparmaßnahmen.

»Ich bin gerade bei Hannah Gotthardt«, sagte sie mit gedämpfter Stimme, als Katz sich meldete. »Sie hört aber nicht mit. Hast du schon was über sie herausgefunden?«

»Du bist wo?«, stieß Katz so atemlos hervor, als hoffte er, sich verhört zu haben. »Zu so einer Befragung solltest du nicht alleine fahren. Lernst du eigentlich nie aus deinen Fehlern? Du hast doch gerade wirklich genug Ärger am Hals!«

»Krieg dich wieder ein, sie ist noch immer Zeugin. Der Täter ist ein Mann. Schon vergessen?«

»Aber sie könnte mit ihm unter einer Decke stecken. Soll ich kommen? Ich könnte die Recherche an Snape delegieren.«

»Nein!« Die Antwort kam eine Spur zu heftig. »Mach das bitte selbst, und sag mir erst mal, was du bis jetzt in Erfahrung gebracht hast. Deshalb rufe ich schließlich an.«

»Also gut, warte einen Moment.« Verena hörte Papier rascheln. »Bin gerade noch am Recherchieren. Geboren 1976 in Stuttgart, Heidehofgymnasium von 1986 bis 1993, Psychologiestudium an der Universität Tübingen, arbeitete anschließend zwei Jahre als psychologische Betreuerin in der Psychoonkologie des Katharinenhospitals, dann in der Klinik für Kinder- und Jugendpsychiatrie im Olgahospital, seit 2009 ist sie freiberuflich als Therapeutin in einer privaten Praxis in Stuttgart niedergelassen …«

»Das meine ich nicht«, unterbrach ihn Verena hastig. »Das weiß ich alles. Such nach einer Verbindung zwischen ihr und dem Opfer im Katharinenhospital. Sie sagt, dass sie Ewa Salgam flüchtig von ihrer Arbeit kannte, es aber eine rein berufliche Beziehung gewesen sei.«

»Du weißt das alles, was ich gerade in mühevoller Kleinarbeit zusammentrage?«, fragte Katz in einem ungläubigen Ton. »Aber woher denn, wenn ich fragen darf?«

Verena holte tief Luft. »Sie ist Monas Therapeutin.«

»Ach du Scheiße!«, entfuhr es Katz, aber Verena war noch nicht fertig.

»Und meine Freundin. Eine gute Freundin. Das behältst du aber bitte für dich, ja? Ich hab schon genug Probleme am Hals, weil Mona mit diesem Christoph Denner zu tun hat. Wenn Triberg davon Wind bekommt, dass ich mit einer Beteiligten des Ermittlungsverfahrens privat befreundet bin, wäre das der Tropfen, der das Fass zum Überlaufen bringt. Dann bin ich raus aus dem Fall.«

»Jetzt ist mir auch klar, warum du unbedingt allein zu ihr fahren wolltest«, stöhnte Katz. »Wie viel Pech kann man eigentlich haben? Was sagt sie denn, woher sie die Salgam kennt?«

»Sie sagt, Ewa hätte ihr Patienten überwiesen, deshalb hätten sie Kontakt gehabt. Aber üblicherweise regelt man Überweisungen doch per Schriftverkehr und nicht übers Telefon.«

»Alles klar, ich nehme mir das Krankenhaus gleich als Nächstes vor. Jede Akte, die dort über Hannah Gotthardt existiert, will ich haben, notfalls mit Beschlagnahmebeschluss. Und wenn ich Triberg dafür an seinen noblen Chefsessel fesseln und mit seiner Designerkrawatte knebeln muss.« Sie hörte, wie am anderen Ende der Leitung ein Stift übers Papier kratzte.

»Roman?«

»Ich bin noch dran.«

»Ich habe ein Scheißgefühl. Ich bin fast sicher, dass da noch mehr war als eine rein berufliche Verbindung.«

»Inwiefern mehr? Eben sagtest du, sie sei nur eine Zeugin. Du glaubst doch nicht etwa doch, dass sie die Frau umgebracht hat?«

»Nicht wirklich, nein. Wir haben ja auch eine männliche DNA als vermeintliche Täterspur. Aber ich habe Hannah um eine freiwillige Speichelprobe gebeten, wegen der weiblichen Spur am Jogginganzug. Ich habe ein kurzes Zögern bemerkt, was aber nichts sagen muss. Die Probe gibt sie morgen ab. Ich werde wahrscheinlich allmählich paranoid, aber es ist mir einfach wichtig, dass wir sie ausschließen. Mona hängt sehr an ihr, und ich …« … ich auch, gestand sie sich ein. Aber sie sprach es nicht aus. »Wir trinken jetzt ein Glas Wein und versuchen, wieder die Kurve zu kriegen. Sie ist ziemlich verletzt von meinem Verdacht.«

»Kann ich mir vorstellen, wenn sie deine Freundin ist.« Katz stöhnte. »Spricht ja nicht gerade für eine Vertrauensbasis. Kannst du dir denn irgendein Motiv vorstellen, warum sie da mitgemischt haben soll?«

Ums Verrecken nicht, dachte Verena. Ich würde das auch ganz locker sehen, wenn sie mir nicht die ganze Zeit verschwiegen hätte, dass sie Ewa kannte. Aber das wollte sie Katz gegenüber jetzt nicht auch noch ansprechen.

»Nein, Roman«, sagte sie. »Wir haben uns bislang auch nur privat unterhalten. Und ich habe ihr auch nicht unterstellt, an Ewas Tötung beteiligt gewesen zu sein. Aber sie ist ja nicht blöd, und dass ich sie um eine Speichelprobe bitte, verletzt sie natürlich. Wir sind Freundinnen, Roman. Das macht es so kompliziert. Eine förmliche Vernehmung können wir morgen immer noch machen. Heute ist es einfach ein Gespräch unter Freunden. Ich hoffe sehr, du findest etwas, das ihre Aussage bestätigt.«

»Okay.« Sie hörte, wie Katz sich räusperte. »Ich klemme mich dahinter. Und du verrennst dich nicht gleich wieder, weder in die eine noch in die andere Richtung, klar? Vermutlich gibt es eine ganz einfache Erklärung. In ein paar Tagen werden wir erfahren, dass die Spur am Jogginganzug nichts mit deiner Freundin zu tun hat. Also reg dich nicht auf.«

Verena hatte noch nie so sehr gewünscht, dass Roman recht behalten würde. Bis das Ergebnis kam, würde sie wie auf glühenden Kohlen sitzen.

»Der Wein wird mich schon wieder runter ringen. Danke, Roman.«

»Nicht dafür. Pass auf dich auf.«

Du auch, wollte sie sagen, aber er hatte schon aufgelegt.

Als sie zurück ins Wohnzimmer kam, war Hannah gerade dabei, Holz in den Kamin zu schichten und es anzuzünden.

»Ist dir kalt?«, fragte Verena.

Hannah drehte sich aus der Hocke zu ihr um und schaute zu ihr hinauf. In dieser Position sah sie klein und hilflos aus. Fast wie damals, als sie auf dem Kletterbaum festgesessen hatte.

»Nicht wirklich«, sagte sie, »Aber ich finde es gemütlicher.« Sie richtete sich auf und lächelte. Die Anspannung war aus ihrem Gesicht verschwunden.

»Ich möchte versuchen, es dir zu erklären, damit du mich auch wirklich verstehst«, sagte Hannah, als sie beide wieder Platz genommen hatten. »Natürlich wusste ich, wer das Opfer war. Schau, ich hatte geschäftlich mit ihr zu tun, und ich kenne viele Mediziner in Stuttgart, natürlich auch Ärzte des Katharinenhospitals. In diesen Kreisen hat sich die Nachricht von Ewas Tod wie ein Lauffeuer verbreitet. Ich brauchte keinen Namen in der Presse, um zu wissen, wer da umgebracht wurde.

Natürlich war mir klar, dass du den Namen des Opfers nicht verraten darfst, und deshalb habe ich ihn dir gegenüber auch nicht erwähnt. Ich weiß, dass du eine Schweigepflicht hast, also war das Thema auch für mich tabu. Deshalb – und wirklich nur deshalb – habe ich Ewa nicht beim Namen genannt. Weil ich weiß, dass du mir ohnehin nichts dazu sagen darfst.«

Wahrscheinlich hat sie recht, und ihre Beziehung zu Ewa Salgam war wirklich rein geschäftlich, dachte Verena, während sie an ihrem Rotwein nippte. Ich habe einfach Gespenster gesehen, als ich glaubte, sie hätte etwas mit dem Mord zu tun. Warum ist es mir überhaupt so wichtig, dass sie nichts damit zu tun hat? Warum ist mir die Person Hannah Gotthardt in so kurzer Zeit derart wichtig geworden, dass sie mein Leben so kompliziert macht? Und warum fällt es mir so schwer, sie zu verletzen?

»Wenn es dir Sicherheit gibt«, sprach Hannah weiter, »dann komme ich natürlich morgen zum Präsidium und gebe eine Speichelprobe ab. Betrachten wir es einfach als Routineüberprüfung, wie damals die Reihenuntersuchungen, bei denen ganze Ortschaften und Stadtbezirke um DNA gebeten wurden, bei den Morden im Muckensturm und im Schönbuch. Ich nehme es nicht persönlich, okay? Und nun lass uns anstoßen. Auf die Freundschaft!«

Verena fiel ein Stein vom Herzen. Plötzlich klang alles so plausibel. Hannah nahm die Schweigepflicht sehr ernst und war natürlich davon ausgegangen, dass sie selbst es genauso hielt. Deshalb hatte sie den Namen Ewa Salgam nie erwähnt. Auf einmal schämte sie sich, dass sie Hannah zugetraut hatte, auch nur am Rande in den Mord verwickelt zu sein.

Sie griff nach dem Glas und leerte es in einem Zug. Es war ein langer, anstrengender Tag gewesen. Sie war plötzlich bleiern müde. Morgen würde sie wieder klarer sehen.

Als Verena erwachte, konnte sie sich zunächst nicht orientieren. War sie gestern Abend auf dem Sofa eingeschlafen? Aber das hier war kein Sofa, auf dem sie lag. Es war harter, kalter Boden. Es war stockdunkel um sie herum und roch nach Schimmel und Staub.

Ein Keller. Die Erkenntnis traf sie wie eine Faust in die Magengrube. Himmel noch mal, wie war sie hierhergekommen?

Verena hielt den Atem an. Sie hörte Schritte, die sich näherten, dann einen Schlüssel, der sich im Schloss drehte, das Quietschen der Türangeln, und im schwachen Lichtschein draußen im Kellergang erschien die Silhouette eines Menschen. Verenas Herz hämmerte so laut, dass sie meinte, jeder müsse es hören.

Die Kellertür schlug zu, und es wurde wieder stockdunkel. Sie hörte erneut, wie sich der Schlüssel im Schloss drehte. Dann hörte sie noch etwas, ein metallisches Klicken. Sie kannte dieses Klicken. So klang es, wenn man eine Pistole entsicherte.

Verena betete, dass es nur ein Albtraum war, aus dem sie jeden Augenblick erwachen würde, aber sie wachte nicht auf. Es war auch kein Traum, und sie schlief nicht mehr. Das wusste sie spätestens in dem Moment, als sie eine Stimme hörte. Hannahs Stimme.

»Ich hatte gehofft, du würdest noch schlafen, Liebes. Dann wäre es jetzt leichter für mich.«

»Was hast du mir in den Wein gemischt, K. o.-Tropfen?«

Verena fiel das Sprechen schwer, als hätte jemand auf dem Weg vom Hirn zur Zunge eine Straßensperre errichtet.

»Das spielt keine Rolle. Aber es musste sein. Freiwillig hättest du mir kaum deinen Freund Walther überlassen. So nennst du dieses Schmuckstück doch immer, oder?«

Verena versuchte, etwas zu sagen, brachte aber nur ein Krächzen hervor, als sie begriff, dass Hannah ihre Dienstpistole in der Hand hielt. Ihre Walther P5. Warum hatte sie sie nicht im Dezernat gelassen, sondern sie noch verdeckt getragen, als sie zu Hannah fuhr? Weil es noch während der Dienstzeit war? Sie wollte erneut sprechen, aber ihre Stimme gehorchte ihr immer noch nicht.

»Was wolltest du sagen? Ob ich dich umbringen will?« Hannah lachte heiser auf. »Nein, das will ich nicht, das will ich wirklich nicht.« Doch bevor Verena erleichtert aufatmen konnte, fügte sie hinzu: »Aber ich muss es wohl oder übel. Ich habe keine Wahl.«

Verenas Herzschlag setzte einen Augenblick aus. Hatte Hannah den Verstand verloren? Das hier konnte nicht real sein. Es durfte nicht real sein!

Doch das plötzliche Schluchzen auf der anderen Seite des Raumes war mehr als real. Verena begriff, dass Hannah weinte. Hannah, die souveräne Psychologin, vor der immer nur die anderen weinten, weinte selbst aus tiefster Seele. Sie weinte um ihre Freundin, die sie gleich töten würde.

Die letzten Sekunden seines Lebens nimmt man überdeutlich wahr, hatte Verena irgendwo gelesen. Damals hatte sie sich vorgenommen, sich zum Sterben an einen wunderschönen Ort zurückzuziehen. Einen duftenden Herbstwald etwa oder eine versteckte Meeresbucht, wo man die Wellen rauschen hören konnte. Nie im Leben hatte sie in einem Krankenzimmer sterben wollen. Und nun sah es so aus, als würde sie ihr Leben in einem muffigen, nach Moder riechenden Kellerraum aushauchen.

»Warum, Hannah? Warum?«, flüsterte sie. »Sag mir wenigstens, warum du das tun musst. Lass mich nicht dumm sterben!« Was für eine bescheuerte Redensart, die in diesem Fall aber absolut Sinn machte.

»Weil ihr meine DNA nicht haben dürft«, raunte Hannah mit einer Stimme, die kaum noch als ihre zu erkennen war. »Und weil du kurz davor bist, etwas herauszufinden, was du niemals herausfinden darfst.« Sie hielt die Waffe mit beiden Händen auf Verena gerichtet, doch im fahlen Licht des Spätnachmittags, das durch das winzige Kellerfenster fiel, sah Verena, dass ihre Arme zitterten.

Kick ihr die Waffe aus der Hand, dachte sie im selben Moment, als ihr Fuß schon zutrat. Hannah ging zu Boden, keuchte auf, hatte die Walther aber nicht verloren. Halb aufgerichtet lag sie da, und Verena blickte in das kalte Auge der Pistolenmündung. Wie durch ein Daumenkino blätterte sich ihr Hirn durch alles, was sie über das Entwaffnen von Tätern gelernt hatte, aber nichts davon ließ sich hier anwenden. Ohne die Waffe aus den Augen zu lassen, stürzte sie nach vorn, um noch einmal zuzutreten, verfehlte jedoch Hannahs Hand um Haaresbreite. Sie kroch zurück, verschanzte sich hinter einem niedrigen Weinregal, das ihr nicht wirklich Schutz bot.

Unglaublich, was man innerhalb kürzester Zeit alles denken kann, wenn man dem Tod ins Auge schaut: Mona, die jetzt bei ihrem Vater aufwachsen würde, Fabio, der eine Menge

Anwaltskosten sparen konnte. Der aktuelle Ermittlungsbericht von Katz, den sie nun nie lesen würde, Tribergs Triumph, dass sie mit dem Verdacht an Magnus komplett falschgelegen hatte. Ihr Vater auf den Spuren des heiligen Jakob – ob er durch eine seiner Visionen erfahren würde, dass seine Tochter hinübergegangen wäre? Oder würde sie am Ende gar in Jehovas ewigem Königreich landen? Nein, sie selbst hatte nie daran geglaubt, und allein die Referenz, dass ihre Mutter das tat, würde nicht ausreichen.

»Warum tust du das?«, keuchte sie. »Du kannst Ewa Salgam nicht getötet haben. Die tatrelevante Spur hat ein Mann gelegt!«

»Ich habe sie auch nicht getötet«, erwiderte Hannah schroff. »Und trotzdem würde die Spur zu mir führen. Das kann ich nicht zulassen.«

»Wer war es? Magnus? Habt ihr gemeinsame Sache gemacht?« Verena musste weiterreden, Hannah zum Sprechen bringen. Das würde sie aufhalten, davon ablenken, den Abzug durchzuziehen, wenn sie Glück hatte. Aber für wie lange? Wer würde sie in absehbarer Zeit hier unten finden?

»Egal, was ich sage, du wirst es mir nicht glauben.« Die Hoffnungslosigkeit in Hannahs Stimme machte Verena Angst. Menschen ohne Hoffnung waren zu allem fähig.

»Ich hätte tatsächlich allen Grund gehabt, an Ewa Rache zu nehmen. Aber damit hätte ich Magnus nur einen Gefallen getan – und das würde mir niemals einfallen, nach dem, was er mit seiner Tochter gemacht hat.«

»Ich verstehe nicht, was du meinst«, flüsterte Verena. Die Panik schnürte ihr fast die Kehle zu.

Hannah lachte. Es war ein Lachen, das nicht gleich als

solches zu erkennen war, vielleicht, weil es mehr wie ein Weinen klang.

»Natürlich verstehst du es nicht. Aber du würdest es verstehen, wenn du meine DNA bekommst. Das kann ich nicht zulassen, begreifst du das nicht? Und es gibt nur einen Weg, das zu verhindern.«

»Das kannst du nicht tun!« Verena versuchte instinktiv zurückzuweichen, doch hinter ihr war die Wand, die sich kalt an ihren Rücken presste.

»Ist dir nicht klar, wie schwer mir das fällt?«, hörte sie Hannah sagen. Die Pistole in ihrer Hand zitterte inzwischen so sehr, dass sie kein klares Ziel mehr anvisieren konnte. »Ich muss das tun, wenn ich davonkommen will. Es gibt keinen anderen Weg … Aber …«, wieder dieses Lachen, das sich anhörte wie Weinen, »ich … ich kann es einfach nicht!«

Hannah ließ mit einem Schluchzen die Waffe sinken. Gleich darauf hörte Verena das Schlittern von Stahl auf Beton und begriff, dass sie ihr die Pistole zugeworfen hatte.

Die Welle der Erleichterung riss Verena förmlich um. Wenn sie nicht schon gesessen hätte, wäre sie zu Boden gesunken. Sie konnte plötzlich keinen Finger mehr rühren, schaffte es kaum, nach der Waffe zu greifen. Ohne Hannah aus den Augen zu lassen, kroch sie mit letzter Kraft in Richtung des Kellerfensters, in der Hoffnung, dort Handyempfang zu haben. Doch noch bevor sie die erste Taste drücken konnte, klingelte es in ihrer Hand.

»Verena? Hör zu und sag nichts!« Romans Stimme klang so weit entfernt, als würde er von Grönland aus anrufen. »Wir sind auf dem Weg zu dir. Halte Hannah Gotthardt hin, mit irgendwas Harmlosem, und lass dir um Himmels willen nichts anmerken. Sei vor allem vorsichtig. Sie ist gefährlich. Und …«

Roman zögerte, als würde er überlegen, wie er es ihr sagen sollte, doch es gab nichts, was den Schock hätte abmildern können. »... sie ist ein Mann!«

Verena wusste nicht, wie sie es geschafft hatte, auf die Beine zu kommen. Sie wusste nicht mehr, was sie getan hatte, bis Katz und Thea plötzlich in der Kellertür standen, konnte nicht mehr sagen, wer Hannah die Handschellen angelegt hatte. Ihre bewusste Erinnerung setzte erst wieder ein, als Roman Hannah die Kellertreppe hinaufführte und sie selbst halb benommen hinterherstolperte.

»Wie habt ihr das herausgefunden?«, stammelte sie.

Katz drehte sich zu ihr um und schaute sie besorgt an. »Du hattest mir am Telefon gesagt, wo ich als Nächstes ermitteln soll, schon vergessen?«

Ja, sie erinnerte sich. Aber ihr Denkvermögen war lahmgelegt; ihr Hirn spielte in Endlosschleife immer nur wieder den einen Gedanken ab: Sie ist ein Mann, sie ist ein Mann, sie ist ein Mann ...

Der Daimler parkte direkt vor dem Haus. Katz öffnete die Autotür und half Hannah, auf die Rückbank zu klettern. Dann schloss er die Tür hinter ihr. Er verschränkte die Arme auf dem Autodach, legte das Kinn darauf und schaute Verena an, die auf der anderen Seite stand.

»Ich hab einfach deinen Auftrag erledigt und im Katharinenhospital nach Verbindungen zwischen Ewa Salgam und Hannah Gotthardt gesucht. Ich hab mit Hannah angefangen. Sie hat dort tatsächlich mal gearbeitet. Aber es gibt dort nicht nur eine Personalakte, sondern auch eine Krankenakte von ihr. Und die ist wesentlich interessanter.«

Er legte eine Kunstpause ein, wie er es gern tat, um die Sache ein wenig spannender zu machen. Verena hätte ihm dafür am liebsten den Hals umgedreht, doch dafür fehlte ihr jetzt die Kraft.

»Ich hatte Glück und bin auf eine sehr kooperative Mitarbeiterin in der Verwaltung gestoßen. Ich brauchte nur meinen Dienstausweis zu zeigen, und sie hat mir alles rausgesucht, ganz ohne Beschlagnahmebeschluss, ganz ohne von Pontius bis Pilatus laufen zu müssen.«

Verena nickte ungeduldig. »Und in der Krankenakte stand …?«

»… dass Hannah Gotthardt unter dem Reifensteinsyndrom leidet. Einer angeborenen, seltenen genetischen Abnormität der Geschlechtschromosomen. Sie ist eine Frau mit männlichem Chromosomensatz.«

»Ich hab im Pschyrembel nachgeschaut«, sagte Thea. »Sie ist genetisch ein Mann und produziert auch Testosteron. Sie sieht nur deshalb wie eine Frau aus und hat auch die entsprechende Stimmfärbung, weil das Hormon nicht komplett in den Zellen ankommt. Ein angeborener Fehler der Rezeptoren. Deshalb kann man nicht so genau sagen, ob sie nun Mann oder Frau ist. Sie ist irgendwie – beides.«

»Das meine ich ja«, sagte Katz, »Nur, so genau hab ich das nicht studiert, ich bin kein Arzt. Wichtig war doch für uns erst mal nur der männliche Chromosomensatz.«

»Und dann hast du also eins und eins zusammengezählt«, sagte Verena.

»Genau. So weit kann er gerade noch rechnen«, sagte Thea. »Wir dachten, wir schauen mal lieber nach dir, nachdem wir nun wussten, dass du Hannah nicht gerade sehr diplomatisch um eine Speichelprobe gebeten hattest.« Sie öffnete für Verena die Beifahrertür und ließ sie einsteigen. Dann setzte sie sich nach hinten neben Hannah Gotthardt. »Und nun gib Gas, Roman, ich habe Hunger!«

Die Fahrt zum Präsidium erlebte Verena wie in Trance. Sie dachte an Hannah, die direkt hinter ihr saß, und spürte förmlich deren Blicke im Nacken. Ihr wurde elend, als sie sich an Hannahs Worte im Keller erinnerte: »Weil ihr meine DNA nicht haben dürft!« Siedend heiß wurde ihr klar, dass Hannah wusste, dass es nicht die weibliche Spur am Jogginganzug, sondern die entscheidende Spur unter dem Fingernagel des Opfers war, die zu ihr führen würde.

Hatte Hannah Ewa Salgam umgebracht? Dass sie es abstritt, war das normale Verhalten, das Mörder an den Tag legten. Zumindest hatte sie zugegeben, dass sie allen Grund gehabt hätte, sich an Ewa Salgam zu rächen. Das Schlimmste, was Verena bisher befürchtet hatte, dass Hannah durch die Spur am Jogginganzug in den Fall verwickelt, an der Tat beteiligt sein könnte, wurde durch diese Vorstellung um Längen übertroffen. Das konnte einfach nicht sein! Und doch machte nur unter diesem Gesichtspunkt alles, was Verena gerade im Keller erlebt hatte, einen Sinn.

Hannah Gotthardt fand, dass sie Verena gegenüber schon viel zu viel gesagt hatte, und entschied sich, in einer förmlichen Beschuldigtenvernehmung keine Angaben zu machen. Verena war das nur recht. Sie war mit den Nerven und ihren Kräften am Ende, hätte eine stundenlange Vernehmung bis tief in die Nacht kaum durchgestanden. Sie wollte nur noch nach Hause. Nachdem der Haftrichter die Untersuchungshaft verhängt hatte und Hannah zum Gefängnis gebracht worden war, machte sich Verena auf den Heimweg. Sie nahm die U15, denn ihr Mini stand noch vor Hannahs Haus. Sie würde ihn morgen abholen lassen. Selbst hinzufahren und sich der Erinnerung zu stellen ging über ihre Kräfte.

In der Bahn streckte sie die schmerzenden Beine aus und überlegte, wie sie Mona beibringen sollte, dass sie auf ihre Therapeutin vorerst würde verzichten müssen. Mona hatte in wenigen Sitzungen Vertrauen zu Hannah gefasst, und Verena hatte das sichere Gefühl, dass ihre Tochter Hannah mehr mochte, als sie zugab. Jetzt den Therapeuten wechseln zu müssen würde ein harter Schlag für ihr Kind sein.

Für sie selbst war der Schlag nicht weniger hart ausgefallen. Sie hatte geglaubt, eine Freundin gefunden zu haben, endlich einen Menschen, dem sie sich anvertrauen konnte. Es hatte sich so verdammt gut angefühlt. Und nun, nach so kurzer Zeit, musste sie erfahren, dass diese Freundin eigentlich ein Freund war. Dieser verfahrene Abend bei ihr zu Hause fiel ihr ein, der Annäherungsversuch, der sie so schockiert hatte. Plötzlich ergab das alles einen Sinn. Jedes Puzzleteil fiel an seinen richtigen Platz. Und dennoch – dennoch wollte Verena es einfach nicht glauben.

Mona schlief bereits, als sie gegen zweiundzwanzig Uhr nach Hause kam. Verena setzte sich einen Moment auf die Bettkante und genoss es, ihre Tochter anzuschauen. Vor ein paar Stunden in Hannahs Keller hatte sie noch gefürchtet, Mona nie wiederzusehen.

Mona hatte eine schmuddelige Diddl-Maus aus Plüsch, an der sie als Kleinkind sehr gehangen hatte, im Arm und hielt sie fest an sich gedrückt. Verena hatte gar nicht gewusst, dass die

Maus noch existierte; wahrscheinlich hatte Mona sie aus dem Keller geholt.

Auf dem Schreibtisch lag ein neues Zeichenblatt. In der Mitte wie gewöhnlich Mona selbst, doch keine Eltern neben ihr. Um sich herum hatte sie nur große, dicke Fragezeichen gemalt.

9

»Wir haben eine Nachricht vom Konsulat auf Sizilien bekommen«, sagte Joost bei der Besprechung am Freitagmorgen und blickte auf den Computerausdruck, den er zweifellos auch auswendig hätte vortragen können. »An den Klippen bei Taormina ist die Leiche eines deutschen Urlaubers angeschwemmt worden. Die italienischen Behörden führen den Fall als unklaren Tod, denn die genaue Todesursache konnten sie bei der Obduktion nicht feststellen, er hatte zu lange im Wasser gelegen. Kein schöner Anblick für die Hotelangestellten, die ihn identifiziert haben; der Personalausweis in seiner Hosentasche hatte ziemlich unter dem Salzwasser gelitten. Ihr müsst nicht lange rätseln, um wen es sich bei dem Toten handelt, oder?«

Magnus. Es konnte nur Magnus sein. Verenas Härchen richteten sich auf, an den Armen, den Beinen, sie hatte sogar das Gefühl, dass das Kopfhaar ihr zu Berge stand.

Joosts Nicken in ihre Richtung sagte ihr, dass sie richtiglag.

»Sie haben Leichenblut entnommen. Wir haben nun also einen Grund, seine DNA zu untersuchen. Die Probe ist schon auf dem Weg zum LKA.«

Lieber Gott, lass es Magnus gewesen sein! Verena fiel auf, dass sie betete. Sie hatte sogar die Hände im Schoß gefaltet. Was sie dabei irritierte, war nicht nur die Tatsache, dass sie eigentlich nicht gläubig war, sondern wie sehr sie sich wünschte, Hannah wäre unschuldig. Sie verzichtete gern auf die Genugtuung, einen Täter bei lebendigem Leibe verurteilt zu sehen, auch der Triumph gegenüber Triberg war nebensächlich, wenn sie nur diesen nagenden Verdacht loswürde, dass Hannah in den Mord involviert sein könnte. Aber im Moment sah es nicht gut für Hannah aus. Wäre sie unschuldig, hätte die Szene im Keller nie stattgefunden. Aber warum? Was war zwischen Ewa Salgam und ihr geschehen, das so schlimm sein konnte, dass die Ärztin den Tod verdient hatte? Die Frau, die ihr immerhin über Jahre hinweg Patienten überwiesen hatte. Verena hoffte noch immer auf ein Wunder. Verdammt, wie sehr sie sich wünschte, dass Hannah entlastet werden könnte! Dass alles ein großer Irrtum war. Dass vom Kriminaltechnischen Institut nach Hannahs DNA-Analyse eine Nachricht kam, in der »negativ« stand. Sie sehnte sich nach diesem kleinen Wort wie jemand, der auf das Ergebnis seines HIV-Tests wartet. Nach allem, was passiert war, käme das allerdings einem Wunder gleich, aber verdammt noch mal, wer, wenn nicht sie, hätte jetzt ein Wunder verdient?

»Wenn die DNA-Analyse bei Magnus keinen Treffer ergibt …« Joost ließ das Ende des Satzes offen, schaute Verena aber mit einem undefinierbaren Gesichtsausdruck an.

»… wird Triberg mich bei lebendigem Leibe teeren, federn und vierteilen, ich weiß«, seufzte sie. »Dass Hannah Gotthardt keine Angaben machen will, scheint zu bedeuten, dass die tatrelevante Spur tatsächlich von ihr gelegt wurde. Ich war wohl die ganze Zeit auf dem falschen Dampfer.«

»Das kommt vor, Verena, und ist auch kein Verbrechen«, mischte sich Katz ein. »Wer konnte auch ahnen, dass diese

Frau eigentlich ein Mann ist. Wenn wir doch nur das Opferhandy auslesen könnten, aber das scheint wie vom Erdboden verschluckt. Eigentlich kann wirklich nur noch sie es haben.«

»Ich werde noch einmal mit ihr reden.« Verena straffte die Schultern und versuchte, entschlossen auszusehen, obwohl ihr bei dem Gedanken an eine erneute Konfrontation mit Hannah die Brust eng wurde. Katz sah sie zweifelnd an, als ob er fragen wollte, ob er das nicht lieber übernehmen sollte. Doch Verena schüttelte schweigend den Kopf. Wenn Hannah sich überhaupt jemandem öffnen würde, dann ihr gegenüber. Sie musste es versuchen, nicht nur wegen des Handys. Sie wollte Hannahs Beweggründe verstehen, um mit der Sache abschließen zu können.

»Da ist noch etwas, Verena«, sagte Joost. »Frau Magnus hat vorhin auf deinem Büroapparat angerufen, du hattest aber dein Telefon noch zu mir umgestellt. Sie bittet dich, sie schnellstmöglich zurückzurufen.«

»Guten Morgen, Frau Magnus, Sie wollten mich sprechen?«

»Guten Morgen, Frau Sander.« Die Stimme am anderen Ende der Leitung klang heiser und so leise, dass Verena den Hörer unwillkürlich fester ans Ohr presste, um sie überhaupt verstehen zu können.

»Ich habe angerufen, weil …«

Es entstand eine Pause, und Verena fragte sich schon, ob die Verbindung abgebrochen war, doch dann vollendete Elvira Magnus ihren Satz, und zwar so schnell, dass der Eindruck entstand, sie wolle ihn loswerden, bevor sie es sich anders überlegte.

»Emily möchte Sie sprechen.«

Endlich! Verena hatte nicht geglaubt, dieses Bollwerk noch einmal stürmen zu können. Aber wie es aussah, konnte sich Elvira Magnus den Wünschen ihrer Tochter doch nicht verschließen.

»Ich komme sofort vorbei, wenn es Ihnen recht ist.«

Es war ihr nicht recht, das merkte Verena an dem Tonfall, in dem Elvira Magnus weitersprach. Umso schneller musste sie die Sache hinter sich bringen, bevor die Frau es sich anders überlegte. Womit hatte Emily sie nur erpresst?

»Ich möchte aber ausdrücklich klarstellen, dass Sie allein kommen, ohne Ihren Ermittlungspartner. Und dass es sich um ein rein privates Gespräch handelt, das nicht protokolliert wird.«

»Einverstanden.« Verena war zu jedem Kompromiss bereit. Es wunderte sie, dass kein Wort zum Tod ihres Mannes gefallen war. Das Konsulat hatte sie doch sicher zuallererst benachrichtigt. Allerdings war dies kein Thema fürs Telefon. Verena gab in Windeseile Katz Bescheid, stellte ihren Büroapparat auf ihn um und machte sich auf den Weg.

Elvira Magnus sah verhärmt aus, als sie Verena die Tür öffnete. Keine Spur mehr von der Erleichterung in ihrem Gesicht, die sie zuletzt in der Notaufnahme des Katharinenhospitals gesehen hatte, als die Ärztin mit der Nachricht gekommen war, dass noch mal alles gut gegangen war. Verena sah es deutlich am Blick der Frau: Hier war gar nichts gut.

»Es tut mir sehr leid«, sagte sie. »Wir haben es heute Morgen auch erfahren.«

Frau Magnus nickte knapp zur Begrüßung. »Kommen Sie rein«, flüsterte sie, als würde sie ihrer Stimme nicht trauen, wenn sie lauter sprechen würde. Sie klang kraftlos, wie jemand, der keine Hoffnung mehr hat. Den Tod ihres Mannes kommentierte sie mit keiner Silbe.

»Emily wollte mich sprechen?«, sagte Verena mit einem deutlichen Fragezeichen am Ende, als könne sie es noch nicht ganz glauben, dass das Mädchen selbst um ein Gespräch gebeten hatte.

»Ja. Wenn es nach mir gegangen wäre …« Der Rest des Satzes blieb in der Luft hängen und breitete sich wie eine Wolke düsterer Vorahnung zwischen ihnen aus.

Verena stellte fest, dass sie sich scheute, nach oben zu gehen. Sie starrte die Treppe an, als sei sie von glühenden Kohlen bedeckt. Elvira Magnus folgte ihrem Blick.

»Nun gehen Sie schon«, sagte sie leise. »Emily wartet auf Sie.«

Und wenn sie mir sagen will, dass ihr Vater es war, der Ewa Salgam umgebracht hat? Wenn sie es weiß, irgendetwas mitbekommen oder auch nur den Verdacht hat? Plötzlich wurde Verena bewusst, dass sie in diesem Augenblick nicht mehr wünschte, Magnus hätte es getan. Sogar der Triumph gegenüber Triberg war ihr jetzt egal. Denn dass ihr Vater ein Mörder war, damit sollte dieses Mädchen nicht auch noch fertigwerden müssen.

Im Zimmer herrschte Halbdunkel. Die Vorhänge waren bis auf einen kleinen Spalt zugezogen, wie bei jemandem, der unter Migräne leidet. Emily litt nicht unter Migräne, sie litt an etwas anderem, und jetzt galt es, herauszufinden, was das war.

Das Mädchen saß im Bett mit mehr Kissen im Rücken, als die Prinzessin auf der Erbse Matratzen gehabt hatte. Als sie Verena sah, formten ihre Lippen ein schüchternes Hallo.

»Hallo, Emily.« Durch den Vorhangspalt fiel ein schmaler Streifen Sonnenlicht ins Zimmer. Verena zog sich einen Stuhl ans Bett und setzte sich so, dass das Licht über ihr Gesicht fiel. »Wie geht es dir?«

Sie bekam ein Schulterzucken zur Antwort und hoffte nur, dass Emily noch gesprächiger werden würde.

»Ich frage so dumm, weil du noch im Bett bist. Das ist ungewöhnlich für diese Uhrzeit, es sei denn, du bist krank.«

»Mama will es so.« Sie atmete scharf aus, als sei sie fürchterlich genervt. »Ich glaube, sie würde mich am liebsten ans Bett fesseln und für den Rest meines Lebens von der Welt fernhalten. Mir könnte ja etwas passieren, wenn ich nur auf die Straße gehe.«

Verena lächelte. »Das ist sicher etwas übertrieben, aber du musst deine Mutter auch verstehen. Innerhalb kurzer Zeit sind dir zwei Sachen passiert, bei denen es jedes Mal um Leben und Tod ging. Sicher reagiert sie jetzt unangemessen, aber das tut sie nur aus Sorge um dich.«

Emily schwieg, und Verena fragte sich, ob jetzt der richtige Zeitpunkt war, um zur Sache zu kommen. Doch dann kam Emily ihr zuvor.

»Ich muss Ihnen etwas sagen.« Sie sah Verena nicht an, sondern starrte auf ihre Hände. Abgekaute Fingernägel kratzten über die Bettdecke.

Verena wartete, bis Emily den Blick hob.

»Es ist nicht ganz einfach.«

Verena nickte. Wartete weiter. Ein Marienkäfer kroch über das Blumenmuster des Vorhangs und ließ sich auf der Blüte eines Vergissmeinnichts nieder. Sekunden verstrichen.

»Schau mal, ein Glückskäfer«, sagte sie. »Das ist sicher ein

Omen. So schlimm kann es sicher gar nicht sein, was du mir zu sagen hast.«

»Doch!«, flüsterte Emily. Dann begann sie zu weinen.

Verena reichte ihr ein Papiertaschentuch, wartete, bis sie sich die Nase geputzt hatte. Wartete, bis sie sich gefasst hatte. Verging fast vor Mitleid. Und platzte fast vor Spannung. Schließlich warf Emily das Taschentuch in den Papierkorb neben ihrem Bett, in dem schon zahlreiche andere lagen. Sie atmete tief durch.

»Erst mache ich Theater, weil ich unbedingt mit Ihnen reden will, und dann bringe ich kein Wort heraus.« Der Ausdruck ihrer Augen wechselte von tiefer Verzweiflung zu purem Trotz. »Schrecklich, oder? Ich benehme mich wie ein kleines Kind.«

»Nein, Emily.« Verena legte ihre Hand auf die Schulter des Mädchens. »Manchmal hat man einfach Angst vor dem eigenen Mut. Das geht auch Erwachsenen so. Nimm dir so viel Zeit, wie du brauchst. Wenn es heute gar nicht geht, komme ich ein anderes Mal wieder.«

»Nein, nein, ein zweites Mal lässt Mama Sie ganz sicher nicht rein. Bringen wir es hinter uns.« Jetzt klang sie fast wie eine Erwachsene. Sie schaute Verena direkt ins Gesicht. »Ich will Ihnen erzählen, wie mein Vater gestorben ist.«

Nach dem zehnten Tuten des Freizeichens wollte Christoph gerade frustriert die Verbindung abbrechen, als Marco sich endlich meldete.

»Christoph? Was 'n los, Alter?«

»Hab dich in der Schule vermisst. Wo warst du denn?«

»Schule wird allgemein überschätzt, glaub mir das. Ich hab

gestern wohl zu tief ins Glas geguckt, hatte heute früh ’nen Kopf wie ’ne Bahnsteiguhr. Dachte, ich schenk mir das Geschwafel. Hab sicher nichts verpasst.«

»Wir haben Deutsch geschrieben.«

»Wusste doch, dass ich nichts verpasst habe. Deutsch kann ich schon.« Marco lachte abfällig. »Von wo rufst du an?«

»Ich bin im Hauptquartier. Und ja, warum ich eigentlich anrufe – mir ist beim Aufschließen ein Malheur passiert: Das Schloss ist jetzt endgültig im Eimer. Die Tür schnappt gar nicht mehr zu, die ist jetzt nur angelehnt. Du musst ein neues Schloss einbauen, heute noch. Beweg deinen Arsch, und komm her!«

»Du hast das Schloss kaputt gemacht? Warum?«

Was für eine absolut bescheuerte Frage! Christoph zwang sich zur Ruhe.

»Das Schloss ist schon seit Wochen kaputt. Und seit Wochen sag’ ich, du sollst es ersetzen! Nur, jetzt isses ganz kaputt.«

»Hab’ ja verstanden. Ich muss erst mein Rad reparieren, das hat ’nen Platten. Irgend so ein Idiot hat direkt vor unserem Haus ’ne Flasche zerkloppt. Sobald ich den Reifen geflickt hab’, fahr ich zum Obi, besorge das Schloss und komm raus. In Ordnung?«

»Ja, beeil dich!« Christoph presste das Handy ans Ohr, weil die Verbindung schlechter wurde. »Ich sitz’ hier wie auf Kohlen.«

»Nun bleib mal cremig, Alter. Denk dran, was ich dir gesagt habe; wir sind sicher, ob mit oder ohne Schloss. Wer nicht weiß, wonach er sucht, wird das Haus nicht finden. Mach dich locker, bis später.«

»Bring noch was zu rauchen mit!«, schrie Christoph in den

Hörer, doch das Besetztzeichen war schneller. Er fuhr zusammen, als er draußen in unmittelbarer Nähe ein Hupen hörte, und drückte sich neben dem Fenster an die Wand, über die Schulter einen Blick riskierend. Natürlich war da nichts. Das Tuten musste von einem Lastkahn auf dem nahen Neckar gekommen sein. Manchmal vergaß er, dass er sich hier in unmittelbarer Nachbarschaft des südlichen Neckarhafens befand.

Christoph hockte sich auf den Boden, versuchte, seinen Atem zu beruhigen, der schnell und stoßweise ging. Cremig bleiben, locker machen, das sagte der so einfach daher! Er war halt von Natur aus nicht so sorglos wie Marco, der sich manchmal geradezu leichtsinnig verhielt. Das konnte man schon an seiner Idee mit den Mutproben sehen. Dass Christoph selbst die Mutprobe damals nur bestanden hatte, weil er bekifft gewesen war, und er sich das bei klarem Verstand niemals getraut hätte, blieb sein Geheimnis. Und was das Hauptquartier betraf: Dass er nach den jüngsten Vorfällen ein bisschen paranoid geworden war, musste ja wohl jeder verstehen.

Hoffentlich hielt Marco ihn jetzt nicht für einen Feigling. Dass er mit seiner großen Klappe und scheinbaren Überlegenheit fast jedem Paroli bieten konnte, hatte er doch oft genug bewiesen. Mitschülern, Lehrern und nun sogar dieser Polizistin. Monas Mutter. Er musste grinsen, als er daran dachte, wie hilflos sie reagiert hatte, als er seelenruhig an ihrem Rechner »Minesweeper« spielte. Ob sie das Mona erzählt hatte? Die wäre bestimmt beeindruckt. Dann die Retourkutsche durch Marcos Vater – er hoffte, dass sie ordentlich Ärger mit ihrem Chef bekommen hatte. Und als krönender Abschluss der Nachmittag, als sie Marco und ihn beim Trinken in Monas Zimmer erwischt hatte. Die Alte hatte vollkommen die Fassung verloren.

Christoph merkte, wie seine Stimmung sich hob. Er legte das Handy zurück in den leeren Plastikeimer und stellte einen zweiten hinein. Dann breitete er die Sofadecke, die Marco seiner Mutter geklaut hatte, über die alte Matratze, stöpselte die Ohrhörer seines iPods ein, setzte sich und wartete auf seinen Kumpel.

Eine Wolke schob sich vor die Sonne, Schatten fielen ins Zimmer. Der Marienkäfer breitete seine Flügel aus und verschwand durch das gekippte Fenster.

Verena spürte, dass es kühler geworden war im Raum, war dankbar für den Schatten, der jetzt über ihr Gesicht fiel in der Hoffnung, dass das Mädchen ihr nicht ansah, wie schockiert sie war. In ihrem Kopf rasten die Gedanken wie in einer Zentrifuge. Sie hatte schon immer das Gefühl gehabt, dass da etwas nicht stimmte. Wieso hatte sie Elvira Magnus eigentlich geglaubt, deren Aussage nie in Frage gestellt? Ihr Mann war Hardliner, was seinen Glauben betraf; seine Familie wegen einer anderen Frau zu verlassen passte nicht in das Bild, das sie von ihm hatte. Auch ihre Mutter war dieser Meinung gewesen. Warum hatte sie nicht auf sie gehört? Weil sie auf Magnus fixiert war und ihre Mutter schon lange nicht mehr ernst nahm?

Und Elvira Magnus, die von Gram gezeichnete verlassene Ehefrau – die ganze Geschichte von der Geliebten und dem Treffen mit ihr auf Sizilien war eine Lüge gewesen. Mutter und Tochter waren nicht aus diesem Grund vorzeitig abgereist. Und der Grund für Emilys Selbstmordversuch war auch ein anderer gewesen.

Sie beobachtete das Mädchen, das unablässig den Bettzipfel knetete. Das Schweigen zwischen ihnen dauerte an, legte sich wie eine Bleischürze über sie. Emily kämpfte einen einsamen Kampf, bei dem sie ihr nicht helfen konnte. Verena ahnte, wenn sie jetzt nachfragen würde, konnte sie damit alles zerstören. Sie gebot sich, geduldig zu sein. Wartete angespannt, die Fingernägel in die Handflächen gebohrt. Erst als ihr die Luft knapp wurde, fiel ihr auf, dass sie vergessen hatte, weiterzuatmen.

»Ich war schuld«, flüsterte Emily schließlich. »Wegen mir haben sie gestritten. Hätte ich damals diesen Unfall nicht gehabt, wäre es nie so weit gekommen. Seitdem ist alles anders. Seitdem haben sie sich nur noch in die Haare gekriegt. Wenn ich nicht bei dieser blöden Mutprobe mitgemacht hätte, nicht ins Krankenhaus gemusst und keine Blutkonserve bekommen hätte, dann wäre vielleicht alles noch wie früher.«

»Nein, Emily. Das kannst du so nicht sehen. Ein Schmetterling kann nichts dafür, wenn sein Flügelschlag einen Tornado auslöst. Es wäre über kurz oder lang auch ohne den Unfall zu einem Zerwürfnis zwischen deinen Eltern gekommen. Vielleicht wäre es nicht so schnell gegangen, aber deine Mutter hat gesagt, dass sie schon lange nur noch schwer mit dem extrem strengen Glauben deines Vaters umgehen konnte.«

»Ja, aber vielleicht hätten sie sich ganz normal getrennt, wie andere Paare auch«, sagte das Mädchen. »Und es wäre nie dazu gekommen.«

Wozu gekommen? Verena hätte jetzt eine professionelle psychologische Unterstützung brauchen können. Sie fühlte sich hilflos und mit der Aufgabe, Emily bei der Aufarbeitung ihres Traumas zu helfen, komplett überfordert. Sollte sie weiterfragen? Sollte sie das Kriseninterventionsteam anfordern? Nein, in Gegenwart fremder Menschen würde Emily gewiss nichts sagen.

»Willst du mir erzählen, was passiert ist? Du musst es nicht, wenn du nicht willst. Und du kannst jederzeit aufhören, wenn es dir zu viel wird. Und du musst niemanden belasten, der zu deiner Familie gehört, verstehst du? Natürlich auch nicht dich selbst.«

»Ich will es ganz erzählen, von Anfang bis Ende. Deshalb wollte ich Sie ja sehen. Wenn ich es jetzt nicht schaffe, war alles umsonst.«

Wieder Stille. Nur von unten drang das Klappern von Geschirr herauf. Wie belanglos war das Ausräumen einer Spülmaschine gegen das, was gerade hier oben passierte. Versuchte Elvira Magnus, eine Illusion von Normalität zu erschaffen, indem sie sich mit dem Haushalt beschäftigte? Oder lenkte sie sich einfach ab, um nicht verrückt zu werden?

»Waren Sie schon einmal auf Sizilien?«

Die Frage traf Verena unerwartet. Ihre Assoziation zu Sizilien war sicher eine ganz andere als Emilys, aber ihr war klar, dass das Mädchen nach einer Einleitung suchte.

»Ja, ich habe meine Flitterwochen in Cefalù verbracht und dabei einiges von der Insel gesehen.« Intensive Bilder tauchten in ihrem Kopf auf, von weißen Häusern, die an einem Berghang klebten, prallen Zitronen vor tiefblauem Himmel und einem Fabio, der sie damals noch auf Händen getragen hatte.

»Kennen Sie die Klippen am Capo Taormina?«

Verena nickte.

»Wir hatten dort ein Hotel, oben auf den Klippen. Tolle Aussicht, man konnte bis zum Ätna sehen.

Es war ein total heißer Tag, ich wäre so gern schwimmen gegangen, aber Papa meinte, er habe die Wanderschuhe schließlich nicht umsonst mitgenommen. Meine Mutter war auch ziemlich genervt, aber gegen meinen Vater kommt ja niemand an. Also sind wir dort oben rumgeklettert. Mein Vater vorneweg, ich in der Mitte, meine Mutter hinterher. Ich war total angepisst. Meine Füße taten weh, und meine Eltern haben pausenlos gestritten. Über jeden kleinen Scheiß, ehrlich! Und mein Vater hat Fotos gemacht. Dazu ist er einmal ganz nach vorn an die Klippen gegangen. Meine Mutter meinte, er solle nicht so weit an den Rand gehen, sonst würde er noch runterfallen. Er hat sich zu uns umgedreht und gesagt: ›Jetzt tu doch nicht so, als würdest du dich um mich sorgen. Dir wäre es doch nur recht, wenn ich tot wäre.‹ Und dann sagte er noch, Jehova würde schon auf ihn aufpassen, er wäre ja in Gottes Hand.« Die letzten Worte hörten sich an, als würde Emily ein Insekt ausspucken, das ihr versehentlich in den Mund gekrabbelt war.

»Sie müssen wissen, dass der Name Jehova inzwischen ein rotes Tuch für meine Mutter ist. Mit nichts kann man sie so auf die Palme bringen. Sie hat ihn angeschrien, dass sein verdammter Gott mit dem Leben von Kindern spielt. Das habe mit Abrahams Sohn Isaak angefangen, und seit er mit dem Leben ihres eigenen Kindes spielte, wäre sie von diesem Irrglauben geheilt. Sie hat gesagt, dass sie bis heute nicht begreifen kann, dass er mein Leben leichtfertig seinem Glauben geopfert hätte. Ein Wort gab das andere. Mein Vater widersprach natürlich, dass er das Gegenteil tun und mein Leben retten wollte – für ihn zählt ja als wirkliches Leben nur das in Gottes Königreich. Und er sagte, dass das, was die Ärztin eigenmächtig getan hat, ein Verbrechen am wahren Leben sei.« Sie wischte sich mit einem Zipfel der Bettdecke über die Augen.

»Da habe ich erst wirklich kapiert, dass ich echt gestorben

wäre, wenn mein Vater hätte entscheiden können. Dass ich richtig doll Schwein gehabt habe, dass er nicht da war, als ich operiert wurde.«

»Wie hast du dich dabei gefühlt, Emily?«

»Beschissen natürlich. Der eigene Vater opfert das Leben seines Kindes für Gott. Ich dachte, so was würde es nur im Alten Testament geben. Sie wissen schon, Abraham und Isaak. Da ist mir klar geworden, dass ich ihm völlig egal bin. Er wollte nur vor Jehova gut dastehen, das war ihm viel wichtiger, als dass ich lebe. Aber ich kann mir nicht vorstellen, dass Jehova es cool findet, wenn jemand eine Frau anzeigt, die Leben rettet.«

»Ich auch nicht«, sagte Verena. »Aber ein Glaube ist mitunter stärker als der gesunde Menschenverstand.«

Emily schien über ihre Worte nachzudenken, dann nickte sie und sprach weiter.

»Die beiden standen da an dieser Klippe und kriegten sich voll in die Haare. Mama heulte und meinte, dass sie ihr Leben für ihn und seine idiotische Religion geopfert hat, und er sagte, dass ihm schon immer klar war, dass sie eine Heuchlerin ist, und dass sie den Glauben nur angenommen hätte, weil sie dann nicht mehr mit ihm in die Kiste musste. So ging das eine Weile hin und her. Irgendwann holte sie aus, um ihm eine zu scheuern, und er wich noch einen Schritt zurück. Sie hat ihn aber nicht getroffen.«

Verena hielt die Luft an. Jetzt nur nichts Falsches sagen. Sie sah die Szene wie einen Film in ihrem Kopf ablaufen. Ein verkehrtes Wort, und der Film würde reißen.

Doch Emily war verstummt. Sie starrte in ihren Schoß und knetete wieder den Bettzipfel.

»Weißt du noch, was ich dir vorhin gesagt habe? Du musst mir nichts erzählen, wofür jemand von euch bestraft werden könnte. Ich erinnere dich jetzt noch mal daran, dass du keine meiner Fragen beantworten musst, wenn die Antwort dich oder deine Familie belasten würde.«

»Schon okay«, flüsterte Emily, bevor sie wieder in Schweigen verfiel.

Verena kapitulierte. Sie musste die Frage trotzdem stellen mit dem Risiko, dass das Mädchen die Antwort verweigerte.

»Hat deine Mutter ihn hinuntergestoßen?«

Emily schüttelte den Kopf, ohne aufzuschauen.

»Ist er gestolpert und von allein gefallen?«

Nach Sekunden, die zu gefühlten Minuten wurden, erneutes Kopfschütteln.

Verena war plötzlich kalt. Sie wollte die Frage formulieren, brachte sie aber nicht über die Lippen.

Da hob Emily den Kopf und schaute Verena mit schmerzverzerrtem Gesicht an.

»Ich bin's gewesen. Ich hab gesehen, wie er zurückgewichen ist vor meiner Mutter, die wie eine Furie auf ihn zukam. Als er nur noch einen Schritt von der Kante entfernt stand, blieb meine Mutter stehen. Sie sagte: ›Ich könnte dich jetzt locker da runterwerfen, aber ich mache mir an dir die Finger nicht schmutzig. Ich werde dich verlassen.‹ Dann drehte sie auf dem Absatz um und ging zurück. Unterwegs hat sie nach mir gerufen. Ich sollte mitkommen. Um ihn kümmerte sie sich nicht mehr. Sie ließ ihn einfach stehen.«

»Und dann?«, fragte Verena atemlos.

»Ich bin ihr nachgelaufen. Aber dazu musste ich an meinem Vater vorbei. Er stand immer noch dort. Und als ich auf seiner

Höhe war, sagte er: ›Du wirst mich doch jetzt nicht auch im Stich lassen, Emily?‹ Er zu mir! Stellen Sie sich das mal vor! Nachdem er mich auf der ganzen Linie im Stich gelassen hatte. Verrecken hätte ich können. Er hätte keine Hand gerührt. Hauptsache, kein fremdes Blut in meinen Adern!« Emily zog die Nase hoch und wischte sich verstohlen mit dem Handrücken über die Augen.

»Ich war so wütend und verletzt. Im Vorbeigehen griff er nach meinem Arm und wollte mich festhalten. Ich habe mich losgerissen und ihn abgeschüttelt. Kann auch sein, dass ich ihn weggestoßen habe. Aber aus Reflex. Ich hab in dem Moment wirklich nicht daran gedacht, dass hinter ihm der Abgrund ist. Ich wollte ihm nur zeigen, was ich von ihm halte. Ich hab nicht geglaubt, dass er fallen könnte. Vielleicht hab ich wirklich geglaubt, er ist so unverwundbar, wie er immer tut.

Er taumelte rückwärts, es war wie eine Zeitlupe. Dann trat er ins Leere.« Das Mädchen sprach seltsam unbeteiligt, aber sie knetete unablässig ihre Bettdecke und starrte an ihr vorbei auf die gegenüberliegende Wand. Verena hätte jetzt sehr gern eine Zigarette geraucht.

»Hast du das deiner Therapeutin erzählt?«, fragte sie, als ihre Stimme ihr wieder gehorchte.

Emily schüttelte den Kopf. »Nein. Ich konnte nicht. Ich hatte Angst, dass es rauskommt. Auf die Schweigepflicht verlass ich mich nicht. Aber dann hab ich gemerkt – ich kann so nicht weiterleben. Ich musste das jemandem erzählen. Ich hab wieder versucht, einen Termin zu machen, aber immer wenn ich dort anrufe, ist nur die Bandansage drauf, die sagt, dass die Praxis bis auf Weiteres geschlossen ist.« Emily zuckte die Schultern. »Ich erreiche sie einfach nicht. Also hab ich meiner Mutter gesagt, dass ich mit Ihnen reden will. Weil Sie die einzige Polizistin sind, die ich kenne. Weil Sie Monas Mom sind und ich Sie nett finde. Meine Mutter hat es mir verboten, sie will nicht, dass ich bestraft werde. Aber ich kann so nicht weitermachen. Gestern hab ich ihr gesagt, dass ich so lange versuchen werde, mich umzubringen, bis ich mit Ihnen reden darf. Da hat sie es endlich zugelassen.« Sie holte tief Luft und richtete sich auf.

Verena schwieg. Sie sah, dass die Augen des Mädchens wieder in Tränen schwammen, und reichte ihr ein Papiertaschentuch.

»Jetzt bin ich froh, dass ich es erzählt habe. Ich hab das nicht mehr ausgehalten, mit niemandem drüber sprechen zu können. Muss ich jetzt ins Gefängnis?«

»Du bist erst vierzehn, Emily. Und du hast das nicht gewollt, oder? Ich gehe davon aus, dass du für eine Weile in ein Krankenhaus kommst, wo man dich therapieren wird.«

»Aber ich will in kein Krankenhaus. Kann ich nicht bei Frau Gotthardt weiter …«

»Nein, das geht nicht«, antwortete Verena schnell. Sie hoffte, dass Emily nicht nach dem Grund fragen würde, und hatte Glück. Sie wollte ihr jetzt um nichts in der Welt sagen, dass Hannah Gotthardt festgenommen worden war.

Stattdessen rutschte sie von ihrem Stuhl hinüber auf Emilys Bettkante und nahm das Mädchen fest in die Arme. »Alles wird gut«, flüsterte sie, während sie das tränennasse Gesicht fest an ihre Schulter drückte. »Alles wird wieder gut.«

Und doch ahnte sie, dass für dieses Mädchen gar nichts wieder gut werden würde.

Nach einem flüchtigen Mittagessen im Casino des Präsidiums, das aus einem Teller Flädlesuppe und einem Salat bestand, machte sich Verena auf den Weg nach Schwäbisch Gmünd, wo Hannah in Untersuchungshaft saß. Man hatte sie an ein Frauengefängnis überstellt, obwohl sie genetisch gesehen ein Mann war, aber hier wurde wohl, wie so oft, nach dem äußeren Erscheinungsbild entschieden. Die Mithäftlinge mussten von Hannahs Handicap ja nichts erfahren.

Gerade als Verena auf die B29 einbog, meldete sich Joost auf ihrem Handy.

»Wir haben einen Treffer«, sagte er nur, und ohne dass er weitersprechen musste, wusste sie, dass er Hannahs DNA meinte. »Das Ergebnis ist gerade vom KTI gekommen.«

Verena merkte, dass sie unbewusst ihr Tempo gedrosselt hatte, als würde ihr Körper nach dieser Nachricht am liebsten umkehren wollen. Was hatte sie erwartet? Theoretisch hätte es ihr klar sein müssen, nach dem Erlebnis in Hannahs Keller, nach der Erkenntnis, dass sie genetisch männlich war, nach ihrer Entscheidung, von ihrem Aussageverweigerungsrecht Gebrauch zu machen. Was sollte sie jetzt tun? Ihr Fuß weigerte sich, das Gaspedal durchzutreten. Auf der linken Fahrbahnseite zogen die Autos in unverminderter Geschwindigkeit an ihr vorbei, und sie ertappte sich bei dem Wunsch, dass sie gern mit jedem einzelnen der Fahrer getauscht hätte, egal, wohin er unterwegs sein mochte.

»Ich wollte nur, dass du gewappnet bist, wenn du ihr gegenübertrittst«, sagte Joost in ihr Schweigen hinein. »Jetzt muss sie reden. Alles andere macht keinen Sinn. Die Indizien sind erdrückend.«

»Danke, Rudi. Ich werde ihr nahelegen, sich einen Anwalt

zu nehmen.« Verena unterbrach die Verbindung und ging aufs Gas. Es nützte ja nichts, sie musste es hinter sich bringen. Dabei fühlte sie sich so elend, als würde sie zu ihrer eigenen Hinrichtung fahren.

»Warum bist du gekommen?«

Hannahs Stimme war vertraut wie eh und je, und doch war sie eine andere. Oder ein anderer? Verena bemühte sich, zu begreifen, dass ihr ein genetischer Mann gegenübersaß, aber es ging über ihr Vorstellungsvermögen hinaus.

Der Besucherraum in der JVA Schwäbisch Gmünd war klein, aber einigermaßen gemütlich im Vergleich zu anderen Besucherzimmern, die Verena kannte. Er war in einem warmen Orangeton gehalten, mit Metallstühlen, die – im Gegensatz zu anderen Gefängnissen – nicht am Boden festgemacht waren. An der Wand hing ein Telefon, mit dem man das Aufsichtspersonal rufen konnte, wenn es einem zu viel wurde. Verena war es schon jetzt zu viel. Aber sie wollte, sie musste da durch.

»Ich möchte es verstehen«, sagte sie. »Ich möchte dich verstehen.«

»Was möchtest du denn verstehen?« In Hannahs Gesicht bewegte sich nur der Mund, alles andere war vollkommen reglos. Verena konnte nicht einmal einen Lidschlag ausmachen. Sie musste sich zwingen, es auszusprechen, und die Worte kamen spröde über ihre Lippen, als sie sagte:

»Warum du Ewa Salgam getötet hast.«

Ein trauriges Lächeln umspielte Hannahs Lippen. »Ich habe sie nicht getötet. Auch wenn es Tage gab, an denen ich es gern getan hätte. Aber daran denken und es tun, das sind zwei verschiedene Dinge. Dazwischen liegen Welten. Traust du mir denn wirklich einen Mord zu?«

»Nein«, sagte Verena ehrlich. Noch weniger traute sie ihr die Verletzung mit dem Pflanzholz zu. Aber wie oft hatte sie sich bereits in Menschen getäuscht? Und was wusste sie schon von Hannah?

»Dir ist sicher klar, dass die tatrelevante Fremd-DNA mit deiner identisch ist. Ich hoffe, du hast einen guten Anwalt.«

Hannah schüttelte vehement den Kopf. »Hab ich nicht. Und ich brauche auch keinen.«

Verena sah sie verständnislos an. »Dann hast du keine Chance. Warum …?«

»Ich will diese Geschichte keinem fremden Menschen mehr erzählen«, stieß Hannah hervor. »Ich mag diese ungläubigen Gesichter nicht mehr sehen. Es ist so verletzend, so erniedrigend!«

»Dann erzähl sie *mir*«, sagte Verena sanft, und einen Augenblick lang hatte sie das Gefühl, sie hätten die Rollen getauscht; als sei sie selbst die Therapeutin und Hannah die Patientin, die an irgendein Trauma, das tief in ihrem Inneren verschüttet war, nicht heranwollte.

Als Hannah nicht reagierte, sprach sie weiter.

»Du hast mir immer zugehört, wenn ich mit Problemen zu dir kam. Egal, ob es um Mona, um Katz, meinen Exmann oder den Staatsanwalt ging. Jetzt ist der Moment gekommen, wo ich mich revanchieren könnte.«

»Wie denn?«, entgegnete Hannah trotzig.

»Vielleicht könnte ich dir helfen.«

»Du kannst mir nicht helfen. Niemand kann mir helfen. Die Beweise sprechen gegen mich. Mir würde ohnehin niemand zuhören – wer glaubt schon einer Laune der Natur, die es eigentlich gar nicht geben dürfte, einer Minderheit, die von den sogenannten normalen Menschen totgeschwiegen wird? Die Erklärung kann ich mir genauso gut schenken.«

»Versuch es einfach«, sagte Verena. »Du hast nichts zu verlieren.«

Hannah schwieg. Sie spielte an einer Falte ihrer Tweedhose. Schließlich hob sie den Kopf.

»Wo soll ich anfangen?«

»Egal«, sagte Verena und machte sich auf die zweite Beichte an diesem Tag gefasst. »Schildere es einfach so, dass ich es verstehe.«

Draußen schlurften Schritte vorbei. Metall klapperte. Verena wartete.

»Als ich anfing, Psychologie zu studieren«, begann Hannah schließlich, »und wir unsere Kindheit aufarbeiten sollten, habe ich mich immer gefragt, warum ich mich an so wenig aus dieser Zeit erinnern kann. Klar, da waren einige Phasen – Geburtstagsfeste, Schulausflüge, die Waldheimferien –, die mir noch präsent waren, aber dazwischen war gähnende Leere. Es ist ja normal, dass man sich an Ereignisse vor dem dritten Geburtstag fast gar nicht und bis zum fünften Geburtstag nur sehr bruchstückhaft erinnert. Bei mir reichten diese Erinnerungslücken aber noch viel weiter – bis in die Jugendzeit hinein. Genauer gesagt, bis ich das erste Mal mit einem Jungen geschlafen habe. Dann begannen diese Albträume.«

Mit zunehmender Erschütterung lauschte Verena dem Bericht von Demütigung und Schmerzen, festgeschnallt mit gespreizten Beinen, gequält in Anwesenheit der Mutter. Die Erinnerungsblitze an die Mickymausfratze auf einer Deckenlampe, an Grießpudding, den Hannah zu hassen gelernt hatte.

»Ich glaubte jahrelang, als Kind vergewaltigt worden zu sein«, sagte Hannah. »Was meine Mutter dabei zu suchen hatte, war mir zwar ein Rätsel, aber in Träumen vermischt sich ja mitunter einiges. Ich machte eine klassische Therapie für Opfer sexuellen Missbrauchs in früher Kindheit, die mich allerdings nicht von den Albträumen befreite und mir ebenso wenig meine Erinnerung zurückbrachte. Heute weiß ich, dass ich an einer traumatischen dissoziativen Amnesie litt.«

»Was genau ist das?«, warf Verena ein.

»Ein Schutzmechanismus. Dabei wird die Erinnerung an traumatische Erlebnisse in so tiefe Schichten des Unterbewusstseins vergraben, dass man im normalen Wachbewusstseinszustand überhaupt nicht mehr drankommt. Jedenfalls beschloss ich, mich fortzubilden und auf traumatisierte Kinder und Jugendliche zu spezialisieren. Vielleicht habe ich mir eingebildet, mich auf diese Weise selbst therapieren zu können.«

»Verstehe ich dich richtig, du wusstest die ganze Zeit nichts von deinem genetischen Anderssein?« Verena fand kein passenderes Wort. Die Begriffe »Krankheit« oder »Geburtsfehler« wollte sie nicht verwenden.

»Nein, ich hatte keine Ahnung. Ich hielt mich für eine ganz normale Frau. Na ja, körperlich zumindest. Dass da etwas in meiner Psyche verschüttet war, an das ich mich nicht mehr erinnern konnte oder wollte, war mir klar. Aber ich wäre im Traum nicht darauf gekommen, was es wirklich war.«

»Wann und wie hast du es erfahren?«

Hannah atmete mehrmals tief ein und aus, bevor sie mit fester Stimme weitersprach. Verena wusste aus eigener Erfahrung, dass man Tränen manchmal wegatmen kann.

»Erst vor wenigen Wochen. Nachdem meine Mutter gestorben war und ich ihre Wohnung auflösen musste. In ihren Unterlagen fand ich mehrere alte Arztbriefe. Medizinische Gutachten über ein Kind, das auf den Namen Johannes getauft war. Ich dachte zuerst, ich hätte einen Bruder gehabt, der vielleicht gestorben war. Bis ich das Geburtsdatum sah und begriff, dass ich selbst als dieser Johannes geboren wurde, der später durch eine Operation zu einer Johanna – kurz Hannah – gemacht wurde.« Sie biss sich auf die Unterlippe und umklammerte die Tischkante so fest, dass ihre Fingerknöchel weiß hervortraten.

»Aber warum?« Verena fühlte sich wie ein Darsteller in einem surrealen Film, dessen Sinn sich ihr nicht erschließen wollte. Sie suchte Hannahs Blick, doch Hannah sah an Verena vorbei zu dem kleinen vergitterten Fenster, hinter dem die Welt ausgesperrt war. Der Wind peitschte die Zweige einer jungen Birke gegen die Scheibe; es klang wie ein beharrliches Anklopfen, auf das niemand reagierte. Hier drin gab es jetzt nur sie beide. Verena und Hannah – und eine unglaubliche Wahrheit, die endlich zur Sprache kam.

Als Hannah schließlich weitersprach war ihre Stimme leiser, fast nur ein Flüstern. Sie mied weiterhin Verenas Blick und richtete ihre Augen auf einen Kupferstich der Burg Hohenasperg, der an der Wand gegenüber hing.

»Ich kam mit dem Reifenstein-Syndrom zur Welt. Vielleicht weißt du ja inzwischen, was das ist.«

»Nur im Groben«, sagte Verena. »Die Ursachen und Auswirkungen auf den Körper kann ich mir immer noch nicht ganz vorstellen.«

»Es ist eine genetische Abweichung der Testosteronrezeptoren, das heißt, das Hormon wird gebildet, kommt aber kaum in den Zellen an. Ich hatte ein uneindeutiges Genital, bei dem man nicht entscheiden konnte, ob es ein zu kurzer Penis oder eine zu groß geratene Klitoris war. Die Hoden waren im Bauchraum verblieben. Eine Vagina war andeutungsweise vorhanden. Man wusste nicht genau, was ich bin. Also entschloss man sich, mir ein Geschlecht anzuoperieren. Ich war damals knapp ein Jahr alt.«

Verena schüttelte verwirrt den Kopf. Was sie hier hörte, war unglaublich, und doch fühlte sie instinktiv, dass Hannah die Wahrheit sagte. »Aber warum wurdest du ein Mädchen, wenn du doch zuerst Johannes getauft wurdest?«

»Weil es nun mal einfacher ist, ein Loch zu machen, als einen Penis zu basteln, und ein künstlich hergestellter Penis nicht erigieren kann«, presste Hannah hervor.

»Das heißt, du bist ursprünglich Mann und Frau?«

»Das war ich ursprünglich, ja.« Hannah lachte bitter auf. »Inzwischen bin ich weder Mann noch Frau. Ich bin ein Flickwerk der Mediziner. Ein Kunstprodukt, das dazu bestimmt wurde, sein Leben lang die Rolle einer Frau zu spielen. Ohne gefragt zu werden, ob es das auch will.« Sie stützte den Kopf in die Hände und schloss die Augen. Eine einsame Träne stahl sich aus dem rechten Augenwinkel und zog eine schimmernde Spur über Hannahs Wange. Mit einer unwilligen Geste wischte sie sie weg.

»Das zu entdecken war ein Schock, das kannst du mir glauben. Aber nun wollte ich es genau wissen. Also habe ich mir meine Krankenakte vom Katharinenhospital besorgt. Ich kenne zum Glück die richtigen Leute und habe eine Kopie bekommen. Plötzlich wurde so vieles klar, für das ich bisher keine Erklärung gefunden hatte.« Sie stockte. Atmete tief, als müsste sie Kraft sammeln für das, was sie noch zu erzählen hatte.

»Ich erinnere mich zum Beispiel, dass ich mich als junges Mädchen wunderte, warum ich keine Regelblutung bekam. Die Ärzte sagten, dass meine Eierstöcke missgebildet wären und entfernt werden müssen. Dass ich dann für den Rest meines Lebens Hormone nehmen muss. Keine Kinder bekommen kann. Heute weiß ich, dass man mir damals im Krankenhaus nicht etwa verkümmerte Eierstöcke, sondern die im Bauch verbliebenen Hoden entfernt hat. Die haben mich belogen, verstehst du? Nicht nur die Ärzte, sondern auch meine Mutter. Die hat das ja alles gewusst!« Hannah stützte den Kopf in die Hände. Die rotblonden Locken quollen durch ihre Finger und fielen ihr über die rotgeränderten Augen. Verena hatte sie noch nie so aufgelöst gesehen.

»Du selbst hast keine Erinnerung an diese Zeit?«

Hannah schüttelte den Kopf, ohne Verena anzusehen. »Nicht wirklich. An die Operation als Jugendliche kann ich mich noch dunkel erinnern. Woran ich mich nicht erinnere, ist die Operation im Kleinkindalter, als man mir diese Neovagina anlegte. Die dann regelmäßig bougiert, also gedehnt werden musste. Das wird mit Metallstäben gemacht und tut höllisch weh. In meinen Träumen erlebte ich es immer wieder.« Sie hielt inne, schloss die Augen, und einen Moment lang befürchtete Verena, dass die Erinnerung zu schmerzhaft war, dass Hannah jetzt ihr und sich selbst gegenüber dichtmachen würde. Doch gerade, als sie etwas sagen wollte, sprach Hannah weiter.

»Ich hatte keine Ahnung, was diese Träume bedeuteten, bis ich vor Kurzem endlich die Wahrheit herausfand. Ich las mich durch Gutachten, Arztbriefe und OP-Berichte. Plötzlich ergab alles einen Sinn: die körperliche Erinnerung an diese Schmerzen, die ich nicht einordnen konnte. Warum ich mich in meiner eigenen Haut wie eine Fremde fühle. Warum ich keine normale Beziehung zu einem Mann führen und keinen Penis in mir ertragen kann. Warum ich mich manchmal zu Frauen hingezogen fühle.« Sie sprach mit noch immer geschlossenen Lidern, als würde sie Verena bei dieser Beichte nicht in die Augen sehen können. »Und ich weiß jetzt, warum ich jede Nacht schweißgebadet aufgewacht bin, weil ich immer denselben Albtraum hatte, den ich jahrelang nicht zuordnen konnte. Plötzlich konnte ich es mir erklären. Es war, als wäre in meinem Kopf plötzlich ein Licht angegangen.«

Verena hörte mit wachsendem Entsetzen zu. Auch für sie fügte sich gerade ein Puzzleteil zum anderen. Das Schlimmste daran war – hieraus ergab sich ein überzeugendes Motiv für einen Mord. Ebenso wie für die Penetration mit dem Pflanzholz.

»Und diese OP-Berichte und Gutachten …«

Hannah schlug die Augen wieder auf und sah Verena an. Sie nickte.

»Die waren alle mit demselben Namen unterschrieben – Ewa Salgam.«

Sie stand auf, lief in dem kleinen Zimmer hin und her, drei Schritte nach links und wieder zurück, und ihre Hände, die bisher wie tote Tiere in ihrem Schoß gelegen hatten, begannen zu gestikulieren. Ihre Stimme, die bisher so leise gewesen war, dass Verena Mühe gehabt hatte, alles zu verstehen, wurde mit jedem Wort lauter.

»Man stelle sich vor: Die Frau, mit der ich seit Jahren zusammenarbeite, die mir Patienten geschickt hat, der ich wohl zigmal die Eingangsworte ›Danke für die freundliche Überweisung des Patienten‹ geschrieben habe – dieselbe Frau hat mich zu Beginn meines Lebens, als ich unfähig war mich zu wehren, verstümmelt.«

»Wolltest du lieber ein Mann sein?«, fragte Verena leise.

Einen Moment lang schaute Hannah ihr stumm in die Augen. Dann kamen die Worte so heftig, als hätten sie lange Zeit darauf gewartet, endlich herausgeschrien zu werden.

»Herrgott, ich weiß nicht, was ich sein wollte! Vielleicht wollte ich einfach das bleiben, was ich war!«

Sie blieb vor der Wand stehen und lehnte erschöpft die Stirn gegen die organgefarbene Tapete. »Und herausfinden dürfen, was das ist, was ich bin und wer ich bin«, flüsterte sie. »So wie jeder andere junge Mensch das auch darf.«

Verena verstand. Jetzt war es an ihr, die schwierigste Frage zu stellen, als ob alles, was sie bisher gehört hatte, noch nicht schwierig genug gewesen war.

»Setz dich bitte wieder hin«, bat sie. »Und dann erkläre mir, wie deine Körperzellen unter Ewa Salgams Fingernagel gekommen sind.«

Die metallenen Stuhlbeine schabten über den Linoleumboden, als Hannah gehorsam Platz nahm. Sie stützte die Ellbogen auf den Tisch und das Kinn in die Hände. Ihr Gesicht war Verena ganz nah. Sie sah in müde Augen unter den allmählich zusammenwachsenden Brauen; Hannah hatte das Zupfen während der letzten Tage wohl vernachlässigt. Sie empfand tiefes Mitleid, wohl wissend, dass Mitleid bei der Überführung eines Täters sehr hinderlich war.

»Ich habe sie auf ihrem Handy angerufen und gefragt, ob ich in ihrem Büro vorbeikommen kann, weil ich mit ihr reden muss, und dass es kein Thema fürs Telefon ist. Sie dachte wahrscheinlich, es geht um einen Patienten. Ich ließ sie in dem Glauben, weil sie mich sonst sicher nicht empfangen hätte. Das war am Montagmorgen.«

Verena nickte. So weit passte alles zusammen.

»Sie sagte, sie habe frei, aber ich könnte gern zu ihr nach Hause kommen. Allerdings hätte sie nicht viel Zeit, weil sie später noch etwas vorhabe.«

»Was wolltest du denn bei ihr?«

Hannah seufzte tief. »Ich wollte mein Trauma aufarbeiten. Als Psychologin weiß ich, dass dazu Konfrontation nötig ist. Also habe ich die Konfrontation gesucht. Die Konfrontation mit der Person, die für mein Trauma verantwortlich ist. Ich wollte endlich damit abschließen. Ich wollte diese Träume loswerden.«

»Und bist du sie losgeworden?«

»Ja. Ich träume jetzt andere. Schlimmere.«

Verena fragte nicht, was in diesen Träumen geschah. Sie konnte es nur ahnen. Gefängnisträume von engen Zellen, klappernden Schlüsselbunden, Hofgängen nach Plan. Sie studierte Hannahs Gesicht. Vor ihr saß ein Mensch ohne Identität auf der Suche nach einem Leben, einer Rolle, in die sie schlüpfen konnte, um sich irgendwann einmal darin heimisch zu fühlen.

»Erzähl mir, wie diese Konfrontation verlaufen ist.«

»Am Anfang war ich ganz ruhig. Ich habe versucht, ihr vernünftig zu erklären, was sie und ihre Kollegen den Kindern antun, die sie operieren. Als ich dieses herablassende Lächeln auf ihren Lippen sah, bin ich lauter geworden. Ich habe ihr gesagt, dass sie mein Leben zerstört hat und dass ich sie auf Schmerzensgeld verklagen werde. Aber sie war so selbstgerecht, dass sie mich auslachte. Das sei doch längst verjährt. Ich sollte froh sein, dass die Medizin schon so weit wäre, aus einem missgebildeten Kind einen normalen Menschen zu machen. Ein missgebildetes Kind! Das – genau das – waren ihre Worte. Sie gehen mir nicht mehr aus dem Kopf.«

Verena wurde eng in der Brust. Die geniale und heldenhafte Chirurgin, die Leben rettete, war kein Übermensch. Sie schlug, wenn sie angegriffen wurde, genauso mit verletzenden Worten zurück wie andere auch. Ohne zu ahnen, was sie bei ihrem Gegenüber damit auslöste. Wie hatte Hannah es damals formuliert: Wer nie böse ist, ist nicht authentisch. Wer seine dunkle Seite verleugnet, ist nicht vollständig.

»Sie nahm mich nicht ernst«, sagte Hannah. »Sie konnte nicht glauben, dass ich nicht dankbar war für das, was sie für mich getan hatte. Sie schimpfte mich undankbar. Genauso undankbar wie Thomas Magnus, der sie anzeigte, weil sie seiner Tochter das Leben gerettet hatte. O ja, auch diesen Vergleich brachte sie an, schließlich hatte sie selbst Emily an mich überwiesen. Sie war mit Magnus fertig geworden, und mit mir würde sie erst recht fertig werden. Für sie war ich wohl immer noch das störrische Kind, die unkooperative Patientin. Und sie war diejenige, die mir ein eindeutiges Geschlecht gegeben hatte, für das ich ihr ewig danken müsste. So hat sie es gesagt. Ich glaube, sie war sich wirklich keiner Schuld bewusst. Im Gegenteil – sie hielt sich für Gott.«

Und dann ist sie ausgetickt, dachte Verena. Hat sie im Affekt umgebracht und ihr als Rache für die erlittenen Qualen dieses

Holz in die Scheide gerammt. Sie in dem Graben entsorgt, in den Emily gestürzt war, um den Verdacht auf Magnus zu lenken. Sie muss von Sinnen gewesen sein. Und Verena wusste seit dem Erlebnis im Keller, wozu Hannah fähig sein konnte, wenn sie von Sinnen war.

»Und dann?«, fragte sie.

»Ich war natürlich wütend und verletzt. Vor allem verletzt. Nein, genauso sehr wütend. Ich bin völlig ausgetickt. Ich weiß nicht mehr, was ich ihr alles an den Kopf geworfen habe, ich bin sie auch körperlich angegangen. Aber ich habe sie nicht getötet!«

»Was dann?« Verena konnte kaum noch an sich halten. »Was hast du dann mit ihr gemacht? Wie kommen deine Körperzellen unter ihren Fingernagel?«

Hannah blickte auf ihre Hände, die unablässig mit der Falte ihrer Hose spielten.

»Ich hab sie geschubst, durchs Zimmer gestoßen und ihr dabei alles, was mir auf der Seele brannte, ins Gesicht gesagt. Na ja, wohl eher geschrien. Schließlich gab sie mir eine Ohrfeige, um mich zur Besinnung zu bringen. Dabei hat sie mich mit dem Fingernagel an der Wange erwischt. Ziemlich derb.« Sie ließ von der Hosenfalte ab und schaute zu Verena auf. »Als ich hörte, dass unter ihrem Fingernagel fremde Blutpartikel gefunden wurden, war mir klar, dass das höchstwahrscheinlich meine sind. Denn ein paar Stunden später war sie tot.«

»Sie hat dich ins Gesicht geschlagen? Ich habe nie einen Kratzer an dir gesehen.«

»Natürlich nicht. Als wir beide uns das erste Mal sahen, war die Auseinandersetzung mit Ewa einige Tage her, und der Kratzer war verschorft. Ist dir nicht aufgefallen, dass ich in der ersten Zeit nach unserem Wiedersehen sehr stark geschminkt war? Ich kann schließlich bei meiner Arbeit nicht aussehen, als sei ich gerade misshandelt worden.«

Verena schwieg. Wie gern würde sie ihr glauben. Alles vergessen, was ihr die letzten Tage den Schlaf geraubt hatte, alles so wie früher sein lassen. Sie wünschte so sehr, ihr glauben zu können. Aber alles sprach dagegen.

Hannah schüttelte den Kopf. »Weißt du, was ich merkwürdig finde?«

»Was?«, fragte Verena fast tonlos.

»Dass für mich das Schlimmste an meiner DNA-Analyse nicht die Tatsache war, dass ich unter Mordverdacht gerate, sondern dass herauskommt, dass ich keine richtige Frau bin. Jahrzehntelang war das ein peinlich gehütetes Geheimnis. Niemand hat davon gewusst. Nur die Ärzte und meine Mutter. Bis vor Kurzem nicht einmal ich! Wenn ich mir vorstelle, dass es demnächst eine Schlagzeile auf der Titelseite der Klatschpresse geben wird …« Sie verstummte und schlug die Hände vors Gesicht.

»Ich werde dafür sorgen, dass das nicht passiert«, sagte Verena, und sie meinte es auch so. Sie wusste noch nicht genau, wie, aber sie würde es verhindern.

»Willst du noch etwas wissen?«, riss Hannah sie aus ihren Gedanken.

In der Tat, das wollte sie. Sie war emotional so am Limit, dass sie diese Frage beinahe vergessen hatte.

»Wo ist ihr Handy?«

Hannah schaute sie nur an. Enttäuscht und traurig.

»Du glaubst immer noch, dass ich sie getötet habe, nicht wahr?«

»Ich weiß nicht, was ich glauben soll!«, gab Verena zu. Ihre Stimme zitterte, und sie musste sich zusammenreißen, nicht zu weinen. »Ich möchte es nicht glauben, aber alles spricht gegen dich: Alle Ermittlungsergebnisse weisen darauf hin, dass du Ewa getötet hast. Du wusstest von Emmis Unfall, weil sie bei dir in Therapie war, und von der Anzeige ihres Vaters gegen Ewa Salgam. Das kam dir sehr zupass, so konntest du den Verdacht auf Magnus lenken, indem du die Tote in demselben Graben entsorgt hast, in den Emily gestürzt war. Die Verletzung der Vagina mit dem Pflanzholz ist ein weiteres starkes Indiz, wenn man bedenkt, welche Qualen sie dir in deiner Kindheit zugefügt hat. Ich frage dich jetzt noch mal: Wo ist ihr Handy?«

Hannah schaute ihrer Freundin unverwandt in die Augen. Ihr Blick war stumpf, sie hatte resigniert.

»Ich weiß es nicht. Ich habe es nicht! Mehr kann ich dazu nicht sagen, selbst wenn ich wollte. Ich wünschte, ich hätte sie gefragt, was sie nach meinem Besuch noch vorhat, weshalb sie so wenig Zeit für mich hatte. Aber das hat mich in dem Moment wirklich überhaupt nicht interessiert.«

Die Justizangestellte kam herein und klapperte mit dem Schlüssel. Die Besuchszeit war vorbei. Hannah erhob sich schwerfällig wie eine alte Frau. Wenn sie die JVA in vielen Jahren verlassen würde, wäre sie eine. Oder ein alter Mann. Oder beides. Wer wusste das schon?

In der Tür drehte sie sich noch einmal um und sah Verena an, als müsste sie sich jedes Haar, jedes Fältchen einprägen und in ihrem Gedächtnis abspeichern.

»Ich liebe dich, Verena. Seit meiner Kindheit habe ich dich geliebt. Die Verehrung, den Respekt, den ich meiner Mutter nicht entgegenbringen konnte, obwohl ich es so gern wollte, habe ich auf dich projiziert. Dabei bist du nur wenige Jahre älter als ich. Es klingt unglaublich, aber du hast mir alles gegeben, was ich von meiner Mutter nie bekommen habe. Sie konnte mit einem Kunstprodukt wie mir wohl nichts anfangen. Du hingegen hast mich umsorgt, zwei Sommer lang, mich vom Kletterbaum gerettet, ohne zu schimpfen. Und du hast mir nie wehgetan. Ich glaube, du bist eine gute Mutter.«

Eine gute Mutter. Den Stich im Herzen, den Verena verspürte, konnte Hannah nicht sehen. Sie wandte sich schnell ab, damit sie auch die aufsteigenden Tränen in ihren Augen nicht sah. Doch Hannah war schon auf dem Weg zurück zum Zellentrakt. Leise fiel die Tür hinter ihr ins Schloss.

Die Wohnungstür war doppelt abgeschlossen, Mona war also noch nicht zu Hause. Verena war das in ihrer momentanen Verfassung ganz recht, sie brauchte jetzt Zeit, um ihre Gedanken zu ordnen. Trotzdem war sie enttäuscht, dass ihre Tochter keine Nachricht hinterlassen hatte. Ein kleiner Zettel hätte genügt. Aber wahrscheinlich war sie davon ausgegangen, noch vor Verena daheim zu sein.

Die letzten Tage hatte Mona sich wieder vor ihr verschlossen. Wahrscheinlich hatte sie die Sprache ein paar Mal zu oft auf Christoph gebracht. Sie musste mit dem Mädchen über Christoph reden, ihm klarmachen, dass er nicht der richtige Umgang für es war, es aus dieser Clique lösen, schon um diesem verdammten Anwalt den Wind aus den Segeln zu nehmen, aber wann immer sie es versuchte, stieß sie bei Mona auf taube Ohren. Bestenfalls reagierte sie gar nicht, schlimmstenfalls bekam sie einen Tobsuchtsanfall. Sie war verliebt, und Verena wusste selbst, dass Liebe blind macht und keine vernünftigen Argumente mehr greifen. Dennoch versuchte sie es immer wieder. Liebevoll und vorsichtig, immer nach den richtigen Worten suchend. Doch gab es die überhaupt? Wie hörten sich die richtigen Worte an, die ein junges Mädchen von seiner großen Liebe abbringen sollten?

Verena seufzte. Wie mochte es gerade in Mona aussehen? Wie kam sie damit klar, dass sie nicht mehr zu ihrer Therapeutin konnte? Wie fühlte sie sich im Brennpunkt des Rechtsstreits ihrer Eltern? Sie sprach nie darüber. Wenn sie sich überhaupt ausdrückte, dann in gemalten Bildern.

Zögernd ging sie zu Monas Schreibtisch. Sie hatte diesmal keine Zeichnung darauf liegen lassen, wahrscheinlich hatte sie sie in die Schublade gelegt. Ihr war klar, dass sie einen Vertrauensbruch beging, der fast so schlimm war, wie fremde Tagebücher zu lesen. Aber Monas Zeichnungen waren die einzige Möglichkeit, etwas über ihren Gemütszustand zu erfahren. Mit zitternden Fingern zog sie die Schublade auf.

Das Physikheft lag oben drauf. Darunter Geometrie. Englisch. Kein Zeichenblock, kein loses Bild. Verena nahm sämtliche Schulhefte heraus, in der Absicht, sie durchzublättern. Vielleicht hatte Mona die Zeichnung ja irgendwo reingeschoben. Nichts. Vielleicht zusammengerollt, ganz hinten im Fach? Verenas Hand ertastete eine angebrochene Packung Kaugummi, zwei Bleistiftspitzer, Zopfgummis und zog schließlich ein kleines Päckchen hervor, das ihre Finger nicht definieren konnten. Ihr Herzschlag setzte aus. Kondome!

Sie waren originalverpackt, nicht angebrochen, aber woher sollte sie wissen, die wievielte Packung das war, die Mona hier versteckte? Verena ließ sich auf den Schreibtischstuhl sinken.

Ihr Herz schlug wie ein Presslufthammer, sie fühlte die Vibration in jedem Körperteil. Ihre Knie waren weich wie der Gummi, den sie hier in der Hand hielt. Fast wäre es ihr lieber gewesen, sie hätte Gras gefunden.

»Was machst du denn da?!«

Sie fuhr herum. Sah Mona in der Tür stehen. Das Blut rauschte in ihren Ohren.

Mona kam auf sie zu, blieb mitten im Zimmer stehen und lief flammend rot an, als sie sah, was ihre Mutter in der Hand hielt.

»Mona, was ist das?« Eine dümmere Frage konnte sie nicht stellen, und die Quittung kam sofort.

»Das weißt du nicht?«

»Werde nicht frech!«, herrschte Verena sie an. Autorität ließ sich nicht durch Lautstärke herstellen, Verena wusste es und machte den Fehler trotzdem immer wieder. Sie machte einfach alles falsch, was man nur falsch machen konnte.

»Ganz ehrlich, Mom«, antwortete Mona, und ihre Stimme zitterte dabei, »ich finde das voll Scheiße, was du machst! Überall musst du rumschnüffeln, dabei gehen dich meine Sachen überhaupt nichts an! Weißt du, wie das ist, einen Bullen in der Familie zu haben? Ich wette, Papa hat sich auch deswegen von dir getrennt. Hannah hast du eingesperrt! Und Christoph macht ständig doofe Bemerkungen über dich, seit du ihn vernommen hast, und erzählt, dass du ihn erpressen wolltest, und wie er dich mit Marcos Vater kleingekriegt hat. Weißt du, wie peinlich das ist?« Sie fing an zu weinen.

»Du willst mir jeden Menschen wegnehmen, den ich mag. Erst Papa, dann Hannah, jetzt Christoph. Du machst alles kaputt!« Sie warf sich heulend aufs Bett, während Verena hilflos daneben stehen blieb.

Ich könnte sie jetzt in den Arm nehmen, dachte sie. Warum tue ich es nicht? Habe ich Angst, abgewiesen zu werden? Kann sie mich denn überhaupt noch deutlicher abweisen, als sie es gerade getan hat? Wo ist die Nähe hin, die ich vor einigen Tagen noch so intensiv zwischen uns gespürt habe? War das Mädchen im Riesenrad, das mir seine Hand reichte, um mir bei meiner Höhenangst beizustehen, ein anderes Kind oder dasselbe, das mich jetzt beschimpft und sich von mir abwendet?

Mit einem Schlag wurde ihr klar, dass sie Mona verlieren würde, wenn sie so weitermachte. Oder schon verloren hatte. Aber was war die Alternative? Sie ins Verderben rennen zu lassen mit diesem Jungen, durch den sie in zweifelhafte Kreise geriet? Wie hält man die Balance zwischen der Nähe zu seinem Kind und der notwendigen Autorität?

Verena setzte sich auf die Bettkante und drehte Mona vorsichtig zu sich um. Sie wandte sich ab und hielt die Hände vor das Gesicht.

»Mona, bitte, sag mir nur eins: Hast du Sex mit ihm?« Verena hörte sich reden und glaubte selbst nicht, was sie da fragte. Es war so unwirklich. Ihr Kind, ihr Baby, sie war mit vierzehn doch viel zu jung. Und dann mit diesem Rüpel? Es konnte, nein, es durfte einfach nicht wahr sein!

»Warum willst du das wissen?«, fragte Mona trotzig in das Kissen.

»Weil ich deine Mutter bin!«

»Ach ja? Plötzlich?« Mona fuhr herum. Sie glühte vor Wut und vor Scham. »Okay, ich sag es dir – ich habe noch keinen, aber ich hätte gern welchen! Ich bin kein kleines Kind mehr, auch wenn du mich behandelst, als wäre ich eins.«

Die Erleichterung, die Verena empfand, war nur von kurzer Dauer.

»Ich bin alt genug, um zu lieben«, schrie Mona sie unter Tränen an. »Und ich bin alt genug, um Sex zu haben. Und das Recht auf eine Privatsphäre, auch wenn du das nicht respektierst! Ich hasse dich! Und ich wünschte, ich würde bei Papa wohnen!«

Ich hab es verkackt. Ich habe es gerade auf der ganzen Linie verkackt! Das war das Einzige, was Verena denken konnte, nachdem Mona die Tür hinter sich zugeknallt hatte. Ich werde sie verlieren. Lieber Gott, das habe ich doch wirklich nicht verdient. Oder?

Siedend heiß fühlte sie das Blut durch ihre Adern schießen. Gleichzeitig war ihr äußerlich kalt. Sie hatte immer gewusst, dass der Status einer geschiedenen Mutter ein undankbarer ist. Man ist für die unangenehme Erziehung zuständig, trägt die Verantwortung, während der Sonntagspapa nur die angenehmen Seiten des Elternseins erleben darf. Nun gut, ihr Fall war etwas anders gelagert; auch Fabio war einige Jahre lang alleinerziehender Vater gewesen. Aber was waren schon die Probleme mit einem Vorschulkind gegen die mit einem pubertierenden Teenager?

Was sollte sie jetzt tun? Ihre Kehle war so eng, dass nicht einmal die Tränen nach oben steigen konnten. Ihre Augen brannten, aber das Löschwasser blieb aus.

Mit Mona war nicht mehr zu reden. Aber sie konnte mit Christoph sprechen. Sie musste wissen, wie er zu Mona stand. Im Idealfall wollte er ja gar nichts von ihr, und alle Träumereien ihrer Tochter basierten nur auf Wunschdenken. Das wäre natürlich der Idealfall. Aber das musste sie abklären.

Und wenn es anders war? Wenn er tatsächlich ein Auge auf ihr Kind geworfen hatte? Wenn der erste Rausch verflogen war und Mona erkennen würden, was für einem Rüpel sie aufgesessen war, wäre es zu spät; ihr Vertrauen in die Männerwelt nachhaltig geschädigt.

Du übertreibst, sagte ihr Über-Ich. Viele junge Mädchen machen Enttäuschungen durch, das gehört zum Leben. Ja, theoretisch war ihr das klar, aber das Muttertier in ihr wollte ihr Kind vor allem beschützen, was ihm wehtun könnte.

Sie musste mit Christoph reden. Am besten sofort. Sie würde alles tun, um ihn von Mona abzubringen, ihm notfalls drohen, mit allem, was ihm heilig war. Sie lachte bitter auf. So einem Typen war doch gar nichts heilig.

Verena kühlte sich ihr Gesicht, zog den Lidstrich nach und bürstete ihr Haar. Dann nahm sie den Autoschlüssel vom Garderobentisch und rannte die Treppe hinunter.

Christoph Denner lebte im alten Ortskern des Stadtteils Wangen, wo die Häuser so dicht beieinander standen, dass die Sonnenstrahlen Mühe hatten, den Boden zu erreichen. Durch das altersschwache Gartentor gelangte man zu einem schmalen Grasstreifen, auf dem zwei Metallrahmen aufragten, die den Menschen vor der Erfindung des Staubsaugers wahrscheinlich zum Teppichklopfen, den Kindern nachfolgender Generationen als Fußballtore gedient hatten. Die kahlen Flecken im Gras unterhalb der Gerüste zeugten von engagierten Torhütern. Heute hatte man Wäscheleinen zwischen die Querstreben gespannt. Auf einer davon turnte ein Spatz.

Die Haustür war nur angelehnt. Verena stieg durch das

halbdunkle Treppenhaus nach oben. Es roch nach einer Mischung aus Bohnerwachs und Katzenpisse. An einer Tür mit Milchglaseinsatz im zweiten Stock stand der Name Denner. Die Tür öffnete sich einen Spaltbreit. Verena sah zwei graue Schweinsäuglein in einem sommersprossigen Gesicht, umrahmt von einer Hausfrauendauerwelle Marke Mutter Beimer. Nur nicht so gepflegt.

»Ich kenne Sie. Von den Elternabenden in der Schule. Sie sind diese Polizistin, stimmt's? Was hat der Junge denn schon wieder ausgefressen?«

Interessante Eröffnung, dachte Verena. Zudem konnte sie sich nicht erinnern, wann diese Frau das letzte Mal bei einem Elternabend erschienen war. Es musste Jahre her sein. Offenbar hatte sie ein gutes Gedächtnis.

»Darf ich erst mal reinkommen?« Verena bemühte sich, höflich zu klingen, was ihr nach dieser Begrüßung nicht sonderlich leichtfiel. Aber Höflichkeit war bei dieser Frau offenbar verschwendet wie Perlen vor die Säue.

»Nur Scheiß im Kopp, der Junge, der bringt mich noch ins Grab!«, lamentierte die geplagte Mutter, während sie in die geräumige Wohnküche vorauslief. Verena folgte ihr. »Faul wie die Sünde, treibt sich mit üblen Freunden rum, und das Einzige, was ich von ihm zu sehen bekomme, sind dreckige Klamotten zum Waschen und Flicken. Wenn Sie wüssten, Frau Polizistin – wie heißen Sie eigentlich noch mal?«

»Sander. Mona trägt den Namen meines Exmannes. Ich bin nicht in meiner Eigenschaft als Polizistin hier, sondern als Monas Mutter. Ich muss mit Christoph reden.«

»Christoph ist nicht da.« Frau Denner warf ein paar ausgekochte Suppenknochen in den Müll und wischte sich die

Finger an der Küchenschürze ab. »Der ist doch nie da. Was wollen Sie denn von ihm?«

»Das würde ich ihm gern selbst sagen. Also, wo kann ich ihn finden, wenn er nicht zu Hause ist? Vielleicht bei Freunden?«

Frau Denner machte sich nicht die Mühe, sich zu Verena umzudrehen. Sie nahm einen Kochtopf mit einem Rest Brühe, auf der etliche Fettaugen schwammen, vom Herd und leerte ihn in die Spüle.

»Hören Sie, ich habe keine Ahnung, wo der Junge steckt. Er ist fünfzehn, da sind die Blagen doch nur noch auf der Straße. Der kann auch auf sich selbst aufpassen. Ich hab genug mit dem da zu tun.« Frau Denner deutete mit einer herablassenden Kopfbewegung über ihre Schulter auf einen kleinen dicken, vielleicht zwölfjährigen Jungen, der ganz in sein Konsolenspiel versunken auf der Küchenbank saß.

»Leg dieses Dreckszeug weg, Marlon, und mach deine Hausaufgaben!«

Der Junge hob nicht einmal den Kopf und spielte ungerührt weiter.

»Da sehen Sie 's! Ich kann mir den Mund fusselig reden, auf mich hört sowieso keiner. Und Christoph erst recht nicht.« Töpfe klapperten, und schmutziges Spülwasser spritzte auf Verenas Bluse.

Die Frau wusste offenbar wirklich nicht, was ihr Sohn so trieb, und es schien sie auch nicht sonderlich zu interessieren. Na gut, einen Versuch war es wert.

»Kann es sein, dass er bei einem seiner Freunde ist? Und wenn ja, bei wem?«

Frau Denner hob abrupt den Kopf und stemmte die nassen Hände in die Hüften.

»Wie oft denn nun noch? Ich kenne seine Freunde nicht. Ich weiß auch nicht, wo er steckt. Und auch nicht, wann er nach Hause kommt. Das wollten Sie doch grade fragen, oder? Der kommt, wann er Lust hat.«

Verena seufzte und drehte sich hilflos einmal um ihre Achse, als könnte sie Christoph irgendwo in einer Ecke hinter dem Küchenschrank entdecken.

Der kleine Bruder rutschte von der Bank, klappte die Konsole zu und schob sie in die Hosentasche. »Ich geh mal rüber zu Arman, Hausaufgaben machen.«

»Hausaufgaben, das glaubst du doch selbst nicht«, schnaubte Frau Denner verächtlich, als draußen die Wohnungstür ins Schloss fiel. »Nur Scheiße im Kopp haben die beiden. Der Herr Heidenkamp, das ist dem Marlon sein Klassenlehrer, der hat gesagt, wenn er noch mal versetzt werden will, muss er weniger Fernsehen und Computer spielen und mehr die Nase ins Buch stecken. Aber Sie sehen ja selbst …« Sie breitete in einer hilflosen Geste die Arme aus. »Wozu schafft man sich eigentlich Kinder an? Kosten nur Geld und machen nichts als Ärger. Solange sie noch klein und süß sind, hat man ja …«

»Ich geh dann mal«, unterbrach Verena den Redeschwall der Frau. »Wenn Sie mir offenbar nicht helfen können …«

»Nein, kann ich nicht. Sagte ich doch schon. Aber wenn Sie Christoph treffen, dann richten Sie ihm aus, dass er sich gefälligst nach Hause scheren und den Garten umgraben soll. Sollte er schon seit letzter Woche machen. Aber Sie glauben doch nicht etwa …«

Mehr bekam Verena nicht mit. Leise zog sie die Wohnungstür hinter sich zu und ließ sich gegen das Türblatt sinken. Für einen Moment schloss sie die Augen. Und nun? Sie stand in einer Sackgasse.

»Ich kann Ihnen sagen, wo er ist.«

Verena öffnete abrupt die Augen. Nein, das hier war keine Sackgasse, sondern ein halbdunkles Treppenhaus. Und auf dem Treppenabsatz hockte der kleine dicke Junge und sah sie herausfordernd an.

»Wo?«, fragte Verena und setzte ihren Polizistinnenblick auf, der so viel vermitteln sollte wie: Du kannst mir nichts vormachen und auch nichts verbergen; alles, was du mir erzählen wirst, weiß ich im Prinzip schon.

Der Junge antwortete nicht. Er stand auf, lehnte sich an die Wand ihr gegenüber und verschränkte die Arme vor der Brust. Sein kugelrundes Gesicht war das reinste Pokerface.

Verena kapitulierte und mit ihr der Polizistinnenblick.

»Wie viel?«

Der Knirps spitzte die Lippen. »Sagen wir, 'nen Blauen.«

Verena kramte nach ihrem Geldbeutel und zog einen Zwanzig-Euro-Schein heraus. Marlon schnappte danach und stopfte ihn in die Tasche seiner ausgebeulten Jeans.

»Wo?«, wiederholte Verena.

»Am südlichen Neckarhafen, hinter der Schleuse an der Hedelfinger Brücke, da gibt's ein altes Lagerhaus. Hat früher mal Marcos Vater gehört oder gehört ihm immer noch. Aber seit der die große Kohle macht, benutzt es niemand mehr. Außer der Clique von Christoph natürlich. Wenn er nicht zu Hause ist, isser meistens dort. Manchmal zusammen mit Marco, manchmal auch alleine.« Er grinste verschlagen. »Die ham sich da so 'ne Art Plantage angelegt. Wenn Sie noch 'nen Zehner drauflegen, sag' ich Ihnen auch, was die da anbauen.«

»Nicht nötig, kann ich mir schon denken«, sagte Verena. So dick hatte sie es nun auch wieder nicht.

»Schade, wäre bestimmt interessant für Sie.«

Verena musste lächeln. »Wozu brauchst du eigentlich so viel Geld?«

»Ich spare auf'ne Playstation 3. Christoph lässt mich ja nicht mit seiner spielen.« Das kugelrunde Kindergesicht verdüsterte sich. »Hat mir nur seinen alten Nintendo DS vermacht, aber der ist inzwischen total out.«

»Da kann ich leider nicht mitreden, für mich heißt das irgendwie alles Gameboy oder Konsole.« Verena steckte ihren Geldbeutel wieder ein und wandte sich zum Gehen.

»Na ja, Sie sind ja auch schon ein bisschen alt«, erwiderte Marlon mit Mitleidsmiene.

»Danke für das Kompliment und die Wegbeschreibung, ich muss jetzt los«, sagte Verena. »Bist gar nicht so ein Nichtsnutz, wie deine Mutter glaubt.«

Zwei Stufen auf einmal nehmend, lief sie die Treppe nach unten.

»Sagen Sie ihm aber nicht, dass Sie das von mir wissen«, rief der Junge ihr nach. »Der poliert mir sonst die Fresse!« Doch Verena war schon zur Haustür hinaus.

Das Gebäude, von dem Marlon gesprochen hatte, lag von ein paar Bäumen verdeckt abseits der Straße, zwischen dem südlichen Neckarhafen und der Stadtautobahn. Verena war schon zwei Mal daran vorbeigefahren, ehe sie es endlich sah. Sie parkte das Auto so weit entfernt, dass es vom Haus aus nicht zu erkennen war, und ging langsam im Schatten der Bäume darauf zu. Es war ein unverputzter Ziegelbau, der den Eindruck machte, als könne er sich nicht entscheiden, ob er Wohnhaus oder Scheune sein wollte. Immerhin gab es einen Schornstein auf dem Dach. Vielleicht war er früher mal beides in einem gewesen. Später mochte das Gebäude Marcos Vater als Lagerraum, für was auch immer, gedient haben. Heute sah es verlassen aus; nur ein stahlblaues Fahrrad mit jeder Menge Dreckspritzer am Rahmen zeugte davon, dass offenbar jemand hier war.

Die Tür stand einen winzigen Spaltbreit offen. Verena drückte sie vorsichtig, Millimeter für Millimeter, so weit auf, bis sie ihren Körper hindurchquetschen konnte.

Der Raum, in dem sie nun stand, war dunkel. Seine Ausmaße waren nicht zu erahnen, und Verena dachte nicht im Traum daran, einen Lichtschalter zu suchen. Dunkelheit war die beste Deckung. Sie hätte jetzt gern eine Infrarotbrille gehabt, doch solche Anschaffungen waren beim knappen Budget der Polizei illusorisch. Sie sah sich um und versuchte sich zu orientieren. Nackter Zementestrich unter ihren Füßen. Neben der Tür konnte sie die schemenhaften Umrisse eines uralten Gabelstaplers ausmachen. Er roch nach Rost und altem Schmieröl. Daneben ein paar verrottete Kisten mit dem Label einer Firma, von der sie noch nie gehört hatte. Viel weiter konnte sie nicht sehen.

Verena wartete, bis ihre Augen sich an die Dunkelheit gewöhnt hatten. Dann tastete sie sich Schritt für Schritt weiter, darauf bedacht, nicht auf irgendetwas zu treten, das ihre Anwesenheit verraten konnte. Sie wollte das Überraschungsmoment ausnutzen für den Fall, dass es einen Fluchtweg gab. Wenn es stimmte und die beiden hier eine private Hanfzucht betrieben, waren sie sicher auf böse Überraschungen vorbereitet.

Auf den Fußballen schlich sie vorwärts. Sie streifte mit der Hand einen Stapel Holzpaletten und riss sich einen Splitter ein, unterdrückte ein Fluchen. Hier unten war nichts außer einer Menge Unrat, um den sich seit Jahren kein Mensch mehr gekümmert hatte. Der einzig mögliche Hinweis auf eine Plantage waren einige Säcke Kunstdünger, die an einer Wand lehnten.

Am Ende des Raumes stieß sie auf einen gemauerten Kamin. Hier hatte also tatsächlich mal jemand gewohnt. Dahinter nahm sie die Konturen einer schmalen Treppe wahr, die in ein weiteres Stockwerk führte. Wenn es diese Plantage wirklich gab, musste sie dort oben sein. Sie hielt inne, weil sie meinte, etwas gehört zu haben, und lauschte.

Kein Zweifel, es waren leise Schritte. Er war also tatsächlich dort oben. Ein leichter Cannabisgeruch stieg ihr in die Nase. Kam Christoph hierher, wenn er einen Joint rauchen wollte?

Einige Sekunden stand sie unschlüssig da. Sie könnte die Kollegen vom Drogendezernat anfordern. Aber wer weiß, ob Marlon bezüglich der Plantage die Wahrheit gesagt hatte. Vielleicht wollte er auch einfach noch ein bisschen Geld rausschlagen. Wenn sie jetzt einen Einsatz vom Zaun brechen würde, schösse sie wahrscheinlich mit Kanonen auf Spatzen. Außerdem hätte sie zum Telefonieren wieder nach draußen gemusst, und jetzt war das Überraschungsmoment noch auf ihrer Seite. Offenbar war ihre Anwesenheit noch nicht bemerkt worden.

Der Junge ist ein halbes Kind, redete sie sich ein. Zweifellos respektlos und flegelhaft, und der Verstoß gegen das BtM-Gesetz kümmert ihn einen Dreck. Aber nicht gefährlich. Trotzdem ertappte sie sich dabei, dass sie froh war, das Schulterholster mit ihrer Dienstwaffe noch unter ihrer Lederjacke zu tragen. Was, wenn er nicht allein war?

Wie eine Katze schlich sie, hinter den aufgetürmten Paletten Deckung suchend, auf die Holztreppe zu und setzte den Fuß auf die erste Stufe. Kurz überlegte sie, ob sie es riskieren sollte, und entschied sich dafür. Sie würde sich natürlich zum Gespött von Mona und ihren Freunden machen, wenn es da oben kein Cannabis gab, aber wenn doch, saß sie Christoph gegenüber am längeren Hebel. Allein das war jetzt wichtig.

Sie zog ihre Walther P5 aus dem Holster, entsicherte die Waffe und betete zu einem Gott, an den sie nicht glaubte, dass das leise Klicken oben nicht zu hören war.

Lautlos betrat sie die zweite Stufe. Jetzt sah sie, dass die Tür am oberen Ende der Treppe nur angelehnt war. Ein fahler Lichtstrahl fiel durch den Spalt. Verenas Herzschlag hämmerte in ihren Ohren, und der kalte Stahl in ihrer Hand beruhigte sie nur wenig. Warum diese Nervosität wegen eines fünfzehnjährigen Flegels? War es die Kälte, die sie in Christophs Augen gesehen hatte, die unterschwellige Aggressivität, die ihr im Gespräch mit den Kindern entgegengeschlagen war? All das war jedoch lächerlich, verglichen mit dem Aufstand, den Mona machen würde, wenn sie wüsste, was sie hier trieb. Und sie würde es erfahren, so oder so.

Du bist nicht allein, du hast deinen Freund Walther dabei, redete sie sich gut zu. Wer auch immer da oben ist, rechnet nicht mit Besuch, ist vermutlich bekifft und garantiert unbewaffnet. Du trittst die Tür auf und sicherst den Raum. Einen oder zwei kleine Kiffer wirst du mit der Walther gut in Schach halten können, bis die Leute vom Drogendezernat kommen.

Mehr können es nicht sein, sonst wäre es nicht so still. Ein Kinderspiel für eine Hauptkommissarin.

Dennoch zitterten ihre Knie ein wenig, als sie Stufe um Stufe nach oben schlich.

Die vorletzte Stufe knarrte. Verena erstarrte in der Bewegung, einen Fuß noch in der Luft. Sekunden wurden zu Minuten, in denen nichts geschah. Niemand kam nachschauen. Sie atmete flach und spürte das Kitzeln einer Schweißperle, die zwischen ihren Schulterblättern hinablief.

Die letzte Stufe, und sie stand vor der Tür. Ihr Fuß flog nach vorn, das Türblatt schlug krachend gegen die rechte Wand: Mit einem Schritt war sie im Raum, ihren Freund Walther am ausgestreckten Arm vor sich. Sie wollte »Keine Bewegung, Polizei!« rufen, aber sie kam nicht mehr dazu.

Der erste Tritt kam von links, traf ihre Waffe und schleuderte sie gegen die Wand, wo sie, hoffnungslos außerhalb ihrer Reichweite, krachend auf dem Boden landete. Der zweite Tritt traf ihr Kinn und streckte sie nieder.

Kickboxer, schoss es ihr durch den Kopf, warum hat mir das keiner gesagt? Sie rollte hastig in Richtung Waffe und kassierte einen weiteren Tritt, der wie aus dem Nichts, diesmal ihre Flanke traf und ihr für einen Moment die Luft nahm. Sie schmeckte Blut und hoffte, dass der Tritt gegen ihr Kinn ihr nicht den Kiefer angebrochen hatte.

Dann kniete Marco auf ihr drauf.

»Scheißbulle!« Er spuckte aus, nur haarbreit neben ihre linke Schulter. Verena sah vergrößerte Pupillen, gerötete Bindehäute, das leichte Flattern seiner Augenlider. Er war drauf, keine Frage. Das verschaffte ihr einen Vorteil. Blitzschnell richtete sie ihren Oberkörper auf und verpasste ihm einen

Kopfstoß. Er kippte nach hinten, und Verena kam wieder auf die Füße. Doch ihr Triumph war nur von kurzer Dauer. Sie hatte nicht an Christoph gedacht. Im nächsten Moment traf sie wieder ein Tritt, diesmal gegen die Stirn. Sie schlug mit dem Kopf gegen den Türpfosten und verlor das Bewusstsein.

Katz wollte gerade seine Bürotür abschließen, als er hörte, wie drinnen das Telefon klingelte. Er zögerte und grinste Thea unschlüssig an, die gerade das schmutzige Geschirr aus ihrem Büro zur Spülmaschine trug. Sie grinste zurück und schielte zur Wanduhr. »Du hast noch exakt zwei Minuten Arbeitszeit, also geh schon ran.«

»Sei doch nicht so kleinlich! Snape hat sich schon vor zehn Minuten auf seine Harley geschwungen. Als er vom Hof fuhr, fiel in meinem Büro ein Stück Putz von der Wand.«

Thea lachte.

»Der Angeber! Aber einer muss schließlich seiner Pflicht nachkommen. Mach schon, bevor es aufhört zu klingeln«

Katz kapitulierte, schloss die Tür wieder auf und nahm das Telefon ab.

Als Thea zurückkam, hatte er immer noch den Hörer am Ohr.

»Jetzt hast du den Feierabend aber fett überzogen«, frotzelte sie, aber das Grinsen verschwand aus ihrem Gesicht, als er den Blick hob und sie in seine Augen sah.

»Du wirst ihn wohl oder übel auch überziehen«, sagte Katz. »Es war Walter. Das Handy von Ewa Salgam wurde geortet. Endlich hat es jemand eingeschaltet! Ich versuche gerade, die Chefin zu erreichen, aber ich krieg sie nicht ran. Vielleicht ist sie immer noch in Schwäbisch Gmünd, im Knast muss man doch das Handy abgeben.«

»Hast du wenigstens Severin erreicht?«

»Ja, der kehrt um und kommt zurück. Müsste jeden Moment hier sein. Ich glaube, ich höre schon den Motor heulen.«

Thea überlegte einen Augenblick. »Vielleicht ist Verena schon zu Hause und hat nur vergessen, ihr Handy wieder einzuschalten. Hast du 's dort schon probiert?«

»Gute Idee!« Eilig tippte Katz Verenas Festnetznummer ein, bekam aber nur die Stimme des Anrufbeantworters zu hören. Frustriert knallte er den Hörer auf.

»Ich probier 's nachher noch mal. Aber wer immer das Opferhandy eingeschaltet hat, hat das bestimmt getan, um damit zu telefonieren. Lass uns mal zum TKÜ-Server gehen und schauen, ob wir ein Gespräch drauf haben.«

Verena wusste nicht, wie lange sie weg gewesen war. Allzu lange konnte es nicht gewesen sein, aber es hatte den Jungs zum Abhauen gereicht. Sie war allein im Raum. Ihr Kopf tat weh, und als sie sich aufstützen wollte, fuhr durch ihre rechte Hand ein stechender Schmerz. Richtig, dieses kleine Drecksstück hatte ihr die Walther aus der Hand gekickt und dabei wohl das Handgelenk erwischt. Suchend sah sie sich um. Jetzt wurde ihr auch klar, warum es hier oben so unglaublich warm war. Der Speicher war über und über mit Blumentöpfen aller Größen vollgestellt, bestimmt an die fünfzig Cannabispflanzen in jedem nur denkbaren Wachstumsstadium. Dazwischen, teilweise auf Ständern, teilweise von der Decke hängend, Wärmelampen, die eine enorme Hitze abstrahlten. Die dazugehörigen Kabel wanden sich wie dünne Schlangen über den Boden und die

Wände und endeten in Mehrfachsteckdosen. Dieses Dachzimmer war gleichsam ein Pulverfass und eine Freude für jede Feuerwehrübungstruppe. In einer Ecke eine Regentonne, die offenbar zur Bewässerung der Pflanzen hier hinaufgeschleppt worden war, und einige Plastikeimer, mit denen die Jungs wohl das Wasser ranschafften, denn eine Leitung gab es augenscheinlich nicht. Zwei Blechgießkannen von jeweils fünf Litern Fassungsvermögen. An der Wand, unter dem einzigen Fenster des Raums, lag ihre Dienstpistole. Gott sei Dank! Die Jungs waren Hals über Kopf geflüchtet, ohne daran zu denken, die Pistole mitzunehmen. Verena hob sie auf und sicherte sie. Dann wandte sie sich zur Tür. Abgeschlossen.

Diese kleinen Mistkerle! Die hatten sie tatsächlich eingesperrt. Nun, das sollte eine Kleinigkeit für ihren Freund Walther sein. Sie entsicherte und zielte aufs Schloss, die schmerzende Hand mit der anderen abstützend.

Verena hielt inne. Etwas irritierte sie. Ein Geräusch wie das Prasseln von Regen und fernem Donnergrollen. Ihr Blick flog zum Fenster, aber draußen schien die Sonne. Nein, es kam von der Treppe hinter der Tür. Dann ein merkwürdiges Knacken. Noch mal und noch mal. Waren die Jungs doch noch da? Und was taten sie da draußen? Trugen sie vielleicht die Treppe ab?

»Geht hinter der Tür weg, ich schieße jetzt auf das Schloss!«, rief sie und drückte ab. Rammte die Schulter dagegen und keuchte auf, weil der Schmerz bis in ihre Rippen fuhr. Sie musste noch zwei Mal schießen und kräftig gegen die Tür treten, bevor sie endlich nachgab.

Beißender Rauch schlug ihr entgegen. Dann sah sie die Flammen. Was sie für Regen und Donnergrollen gehalten hatte, war das Prasseln des Feuers, das sich durch die Holztreppe fraß und ihr den Rückweg abschnitt. Von den Brandstiftern weit und breit keine Spur.

Logisch, sie vernichten Beweise, und die Zeugin gleich mit. Verena war überwältigt von dem Adrenalinstoß, der durch ihren Körper schoss. Sie zog die Jacke über den Kopf und ging auf die Flammen zu, wich aber gleich wieder reflexartig zurück. Keine Chance, hier durchzukommen. Blieb die Flucht nach vorn.

Sie wollte die Tür zudrücken, um die Flammen daran zu hindern, in den Raum vorzudringen, hatte es aber mit den Tritten gegen die Tür zu gut gemeint. Das Türblatt war aus der oberen Angel geflogen und ließ sich nicht mehr schließen. Schöne Scheiße! Das Regenfass! Sie stürzte nach hinten, griff sich einen Eimer und wollte ihn in das Fass tauchen. Nahezu leer! Sie griff an ihre Jackentasche. Verdammt! Das Handy lag mal wieder im Auto.

Murphys Gesetz. Gottverdammtes Murphys Gesetz!

Mit wenigen Schritten war sie beim Fenster, suchte nach irgendetwas an der Fassade, das ihr beim Klettern Halt geben könnte, und wünschte in einem Anflug von Ironie, sie wäre Spiderman. Nichts, nur raue, unverputzte Backsteine. Die Regenrinne war, unerreichbar für sie, am Ende der Hauswand angebracht. Sie schätzte die Entfernung bis zum Boden ab. Etwa fünf Meter. Das war zu überleben, wenn man richtig sprang und im richtigen Moment fachgerecht abrollte. Ausgekugelte Knie und gebrochene Beine einkalkuliert. Sie hatte ja lange nicht mehr mit Streckverband im Krankenhaus gelegen.

Die Flammen waren inzwischen bis zum Dachzimmer vorgedrungen. Die Jungs mussten Brandbeschleuniger verwendet haben.

Verena unternahm ein paar ebenso verzweifelte wie sinnlose

Versuche, das Feuer mit ein paar alten Decken zu löschen, die sie vom Lager der Jungen gerissen hatte. Doch als die Flammen ihr so heftig ins Gesicht schlugen, dass ihre Haare Feuer fingen, blieb ihr nichts anderes übrig, als mit den Decken die Flammen an ihrem Kopf zu ersticken. Der Gestank von versengtem Haar stach in ihrer Nase.

Schwer atmend wich sie zurück zum Fenster. Ich will nicht springen, dachte sie. Ich will aber auch nicht sterben. In den Flammen zu sterben ist wahrscheinlicher als beim Sprung auf den weichen Boden. Was ist nun vorzuziehen: ersticken und verbrennen oder mit einer möglichen Querschnittslähmung weiterzuleben? Entscheide dich, du hast nicht viel Zeit.

Ihr fielen die Säcke in der unteren Etage ein – Kunstdünger!

Verena konnte nicht sagen, ob der plötzliche Schweißausbruch von der Hitze herrührte oder von dem Gedanken, dass nitrathaltige Düngemittel beim Verbrennen hochgiftige Gase freisetzen. Sie musste hier raus, und das sofort.

Zuerst hielt sie es für eine Halluzination, doch es war zweifellos ein Auto, das schnell näher kam. Noch nie war sie über ein Motorengeräusch so glücklich gewesen. Ein Daimler mit dem Tarnkennzeichen der Stuttgarter Kriminalpolizei bremste unmittelbar vor dem Haus, und Katz, Scholl und Thea sprangen raus.

Die schickte der Himmel! Verena wunderte sich nicht einmal drüber, wo die drei plötzlich herkamen, es war ihr völlig egal. Zum Wundern und Fragen war später hoffentlich noch Gelegenheit.

»Ruft die Feuerwehr!«, schrie Verena ihnen entgegen. Ihre Stimme klang vom Rauchgas völlig verfremdet. Drei Köpfe fuhren nach oben und schauten sie fassungslos an.

»Verena?« Katz blieb bei ihrem Anblick der Mund offen stehen. »Woher wusstest du …?«

Sie schnitt ihm das Wort ab. Jetzt war für seine Faselei wirklich keine Zeit.

»Ich komm hier nicht mehr raus. Ruf die Feuerwehr!«

»Schon passiert!«, brüllte Katz zurück. »Wir haben den Rauch von Weitem gesehen. Notarzt ist auch unterwegs. Die Feuerwehr hat ein Sprungtuch dabei, gehört zur Grundausstattung.«

»Roman, ich kann nicht so lange warten.« Verena drehte sich um und sah, dass das Feuer auf die Pflanzen übergriff. »Die Hütte brennt wie Troja. Ich muss hier raus!«

»Fahr das Auto unter das Fenster!«, wies Katz Severin Scholl an.

Gute Idee, das Autodach würde ihr Gewicht abfedern. Verena erinnerte sich an potenzielle Selbstmörder, die aus wesentlich größerer Höhe versehentlich auf einem Autodach gelandet waren und überlebt hatten. Allerdings hatten sie sich beim anschließenden Sturz auf die Straße alle Knochen gebrochen.

»Roman, hör mal, vorn im Lagerraum gibt es ein paar Düngersäcke. Holt die schleunigst raus, ich habe keine Ahnung, was da für giftiges Zeug drin ist. Aber Vorsicht, die Treppe hinten steht schon lichterloh in Flammen!«

Im nächsten Augenblick sah sie, wie Katz und Thea in der Tür verschwanden und kurze Zeit später mit den Säcken beladen wieder herauskamen. Inzwischen hatte Severin den Daimler unter ihr geparkt.

»Habt ihr alle?«, wollte sie rufen, doch sie waren schon wieder im Inneren des brennenden Hauses verschwunden, um gleich darauf hustend wieder herauszukommen.

»Mehr sind nicht da!«, rief Thea hinauf.

»Gott sei Dank. Legt sie um das Auto herum, falls ich das Dach nicht treffe oder runterrutsche.« Verena saß bereits auf dem Fenstersims. Gute drei Meter von meinen Füßen bis zum Autodach. Für einen Stuntman ist das ein Klacks. Wenn bloß meine verfluchte Höhenangst nicht wäre!

»Mach schon, oder möchtest du noch ein bisschen brutzeln?«, rief Katz von unten zu ihr hinauf.

Was für eine verrückte Mutprobe. Mona würde Bauklötze staunen, wenn sie ihre Mutter jetzt sehen könnte.

Verena peilte die Mitte des Autodachs an und schloss für einen Moment die Augen. Lieber Gott, dachte sie, wenn es dich wirklich gibt, dann spann jetzt dein Taschentuch für mich auf!

Dann stieß sie sich ab. Eine Sekunde später krachte Blech, und Kunstdünger aus einem geplatzten Sack flog durch die Luft. Sie war vom Autodach abgeprallt und auf den Säcken gelandet.

Wieder voll auf die rechte Hand. Der Schmerz schoss bis zum Ellbogen hinauf. Sie richtete sich auf, prüfte, ob alle Knochen noch heil waren. Sie hatte sich die Jeans am Außenspiegel kaputtgerissen, aber das war jetzt auch egal.

Gleich darauf fiel Thea ihr um den Hals. »Meine Güte, ich hatte so eine Angst um dich!«

»Typischer Fall von selbst-dran-schuld.« Verena wischte sich mit dem Rücken der gesunden Hand übers Gesicht und sah, dass er pechschwarz vom Ruß war. Sie wollte lieber gar nicht erst in irgendeinen Spiegel schauen. Den Ruß konnte man ja abwaschen, aber die angekohlten Haare würden so schnell nicht nachwachsen.

Sie drehte sich zu Scholl um, der verlegen grinste, und zu Katz, dem nichts Besseres einfiel, als bei ihrem Anblick zu sagen: »Kikeriki, unsere schmutzige Jungfrau ist wieder hie!« Dann kam er auf sie zu und schloss sie in die Arme.

»Wie um alles in der Welt kommt ihr eigentlich hierher?«, keuchte Verena. Sie stürzte eine Halbliterflasche Mineralwasser ohne abzusetzen hinunter, während sie gemeinsam mit ihren drei Kollegen zusah, wie die inzwischen eingetroffene Feuerwehr das flammende Inferno in eine wassertriefende Ruine verwandelte. Scholl nahm ihr die leere Flasche ab und reichte ihr eine neue. »Erzähle ich dir später in Ruhe. Jetzt fährst du erst mal mit dem Notarztwagen ins Krankenhaus. Ich bringe inzwischen die anderen zum Präsidium und komme dich dann abholen. Geht's wieder einigermaßen?«

»Danke, ja, schon viel besser. Hab mir nur auf die Zunge gebissen und eine Rippenprellung, und mein Handgelenk tut tierisch weh und ist geschwollen. Sonst geht's mir prima. Mist ist nur, dass uns die Bürschchen durch die Lappen gegangen sind!«

»Sind sie doch gar nicht. Meinst du Christoph und Marco? Die haben wir geschnappt.«

Verena schaute ihn verblüfft an. »Da muss was an mir vorbeigegangen sein. Wieso sagt ihr mir das erst jetzt?«

»Entschuldige, dass wir vorrangig mit deiner Rettung beschäftigt waren«, sagte Katz spitz. »Ich hatte sie inzwischen selbst fast vergessen. Als wir von der Hauptstraße abbogen, kamen sie uns entgegengerannt. Die sind uns praktischerweise genau in die Arme gelaufen, also haben wir uns die beiden gegriffen und festgenommen.«

»Aber«, Verena sah sich suchend um, »wo sind sie denn?«

»Ups, die hocken noch im Auto«, Thea schlug sich in gespieltem Entsetzen die Hand vor den Mund.«

»Im Auto? Meinst du das Auto, auf dem ich gerade gelandet bin?«

»Ja, siehst du hier noch ein anderes außer dem Löschzug der Feuerwehr?«, fragte Katz lapidar.

»Du meinst, ich bin ihnen buchstäblich auf die Köpfe gesprungen?« Verenas hysterischer Lachflash ging in einen Hustenanfall über.

»Na ja, um ehrlich zu sein, ich hatte sie in der Aufregung vollkommen vergessen«, gestand Katz kleinlaut. »Hab aber schon nach ihnen geschaut, ist nichts passiert. Den beiden geht's gut, den Umständen entsprechend.«

Verenas Lachanfall wurde noch eine Spur hysterischer.

»Lach nicht so blöd«, rügte sie Katz. »Mach dir lieber schon mal Gedanken, wie wir unserem Budgetverantwortlichen die Delle im Autodach erklären, die dein breiter Hintern dort hinterlassen hat!«

Dr. Stein, der diensthabende Arzt in der chirurgischen Ambulanz des Katharinenhospitals, trug heute ein T-Shirt mit dem Aufdruck der Toten Hosen unter seinem weißen Kittel. Er war sichtlich bemüht, nicht auf Verenas versengte Haarpracht zu starren, sondern wandte sich schleunigst dem Röntgenbild ihres Handgelenks zu.

»Hier sehen Sie deutlich den Riss im unteren Teil des Radius, der sagt uns, dass er angebrochen ist. Die Handwurzelknochen sehen intakt aus, da haben Sie echt Glück gehabt. Der Tritt hat Sie wohl am unteren Ende der Speiche erwischt.«

Verena nickte vage. Man hätte ihr ebenso gut das Ultraschallbild eines Embryos vorlegen können, sie hätte den Unterschied nicht bemerkt. »Und das bedeutet?«, fragte sie und hielt den Atem an.

»Sie bekommen eine Schiene und werden die Hand eine Weile nicht gebrauchen können. Rechnen Sie mal mit mindestens vier Wochen.«

Verena seufzte. »Okay. Schiene, Gipsverband, von mir aus auch Armschlinge. Aber keine Krankschreibung!«

Dr. Stein schaute sie verblüfft an. »Wie wollen Sie denn in diesem Zustand Ihrer Arbeit nachgehen?«

»Nun ja«, überlegte Verena, »ich werde natürlich keinen Außendienst machen können, ich kann ja auch keine Waffe bedienen. Aber ich muss diesen Fall zu Ende bringen, verstehen Sie? Vernehmungen führen, die Akte für die Staatsanwaltschaft vorbereiten. Vermerke und Ermittlungsberichte diktieren. Es ist nicht so, dass Kripoleute wie im Fernsehen nur wild um sich schießend durch die Gegend rennen, während um sie herum Autos explodieren, und den Rest des Tages Türen eintreten und Ganoven verhaften. Ein Großteil unseres Jobs passiert am Schreibtisch.« Sie lächelte. »Wenn das Verfahren abgeschlossen ist, dürfen Sie mich krankschreiben, solange Sie wollen. Aber bis dahin ist der Riss wahrscheinlich längst verheilt.«

Stein zögerte einen Augenblick lang. »Wie Sie wünschen, aber auf Ihre Verantwortung. Meine Güte, andere Leute betteln um einen Krankenschein, selbst wenn sie nur eine Prellung oder Stauchung haben.«

»Ich bin nicht andere Leute«, antwortete Verena etwas schroffer als beabsichtigt und fügte versöhnlich hinzu: »Dieser Fall liegt mir am Herzen, verstehen Sie? Schließlich ist meine Tochter am Rande davon betroffen.«

»Ja, ich erinnere mich«, sagte Stein, während er den Gipsverband vorbereitete. »Wie geht es ihr denn inzwischen?«

»Der Knöchel ist in Ordnung. Sie geht auch wieder zur Schule. Die Psyche braucht wohl ein wenig länger, aber sie ist in Behandlung.« Dass die Behandlung aufgrund der Verhaftung der Therapeutin unterbrochen worden war, behielt sie für sich. Eigentlich verdrängte sie es die meiste Zeit des Tages. Wenn der Gedanke an Hannah doch einmal aus den Tiefen des Unterbewusstseins an die Oberfläche schoss, wie eine Boje, die man unter Wasser gedrückt und plötzlich losgelassen hatte, zuckte sie zusammen, als hätte ihr jemand ein Messer ins Herz gerammt.

»Ja, körperliche Verletzungen heilen in der Regel schneller als seelische«, sagte Stein und legte Verena eine Schiene an. »Lassen Sie ihr Zeit. Mädchen in diesem Alter haben es nicht leicht. Ich hab selbst so eine zu Hause.«

Verena blickte überrascht auf. »Inwiefern haben sie es nicht leicht?«

»Sie suchen ihren Platz im Leben. Nicht mehr Kind, aber noch nicht Frau. Sie wissen nicht genau, wo sie hingehören, und probieren vieles aus, was nicht unbedingt immer gut für sie ist.«

Verena sah den Arzt verblüfft an.

»Sind Sie sicher, dass Sie nicht die falsche Fachrichtung studiert haben? Als Kinderpsychologe wären Sie sicher eine Koryphäe.«

»Na ja, ich war schließlich über zwölf Jahre mit einer Fachfrau verheiratet. Da bleibt wohl einiges hängen.« Er grinste und begann, Verenas Arm zu bandagieren.

Ach ja, die Frau Dr. Frankenstein. Verena erinnerte sich. Dann ging ihr ein Licht auf.

»Ist Ihre Tochter Fan der Toten Hosen?«

»Wie haben Sie denn das erraten?« Stein lachte. »Ja, stimmt. Man muss Verständnis zeigen, sich mit den Kindern solidarisieren, sie in ihrer Individualität bestätigen. Das hilft in Krisensituationen viel mehr als Strafen und Zurechtweisungen. Ihr gefällt es, wenn ihr Vater hin und wieder ein Shirt ihrer Lieblingsband trägt. Das verbindet uns. Schließlich war ich in ihrem Alter auch ein großer Fan einer Rockband.«

»Lassen Sie mich raten – Sie waren Stones-Fan, oder?«

Stein ließ den Verband sinken und schüttelte ungläubig den Kopf. »Jetzt machen Sie mir Angst! Woher wissen Sie das?«

»Wegen Ihres Namens«, gab Verena trocken zurück. Dann lachte sie laut auf. »Nein, nein. Wegen des T-Shirts, das Sie beim letzten Mal getragen haben.«

»Ach so!« Stein grinste. »Und ich hatte schon befürchtet, ich hätte es mit einer Hellseherin zu tun.«

Manchmal wäre ich gern eine, dachte Verena. Ich würde in den Kopf meines Kindes blicken, wenn es sich mal wieder vor mir verschließt. Ich wüsste immer, was in ihr vorgeht. Mann, Hellseherin, das wäre doch mal eine Fortbildung, die sich lohnen würde!

Was ist eigentlich mit mir los?, fragte sie sich gleich darauf. Noch vor wenigen Tagen wäre mir bei den Vorteilen, die eine Hellseherin genießt, zuallererst eingefallen, wie hilfreich diese Fähigkeit bei der Ermittlung eines Mörders wäre. Heute gilt mein erster Gedanke Mona. Aus mir wird doch nicht etwa doch noch eine ganz passable Mutter werden?

»So, fertig!« Dr. Stein legte Verena eine schwarze Schlinge um den Hals und bettete ihre Hand hinein.

»Das sieht so nach Trauerfeier aus«, beschwerte sie sich.

»Ich hätte diese Armschlingen auch in Zitronengelb oder Pink, wenn Ihnen das besser gefällt.«

»Nur keine Umstände. Ich werde das Ding ohnehin schnellstens ablegen, sobald ich hier raus bin.« Sie lachte und streckte ihm die gesunde Hand entgegen. »Vielen Dank, Doktor. Für Röntgen, Gipsverband und Gespräch. Sie haben mich zum Nachdenken gebracht.«

»Keine Ursache. Gute Besserung und einen erfolgreichen Abschluss des Verfahrens wünsche ich Ihnen. Und wenn ich mir noch eine Bemerkung erlauben dürfte«, Dr. Stein zwinkerte ihr verschwörerisch zu, »an Ihrer Stelle würde ich mal den Friseur wechseln.«

Der Feierabendverkehr auf der Heilbronner Straße machte die Fahrt zum Präsidium zu einer Geduldsprobe. Verena wartete ein paar Minuten mehr oder weniger geduldig auf Katz' Bericht, doch der war voll auf den Wechsel zwischen Gaspedal und Bremse konzentriert. Schließlich hielt sie es nicht mehr aus.

»Roman, du könntest mich allmählich mal aufklären. Welche geniale Eingebung hat euch darauf gebracht, zu diesem gottverlassenen Lagerhaus am Ende der Welt zu fahren und mich dort rauszuholen, kurz bevor ich durch war wie ein Well-done-Steak?«

Katz grinste in sich hinein. »Stimmt, das weißt du ja noch gar nicht. Ein glücklicher Zufall. Früher oder später begeht jeder Täter einen Fehler. Man muss einfach nur drauf warten.«

»Jetzt komm auf den Punkt!« Verena hatte heute nicht mehr die Nerven für ein langes Vorgeplänkel.

»Wir haben das Handy geortet. Ich hätte nie geglaubt, dass die so blöd sind, das einzuschalten, aber sie haben's tatsächlich getan! Ein Funkmast im Osten von Hedelfingen. Nun hatten wir noch immer nicht die Adresse, aber wir haben ja auch noch eine Telefonüberwachung. Also sind wir zum TKÜ-Rechner geflitzt und haben gebetet, dass es auch einen Anruf gibt, der uns weiterbringt.« Er schlug rechts ein und fuhr in die Hahnemannstraße. »Und es gab tatsächlich einen. Christoph rief Marco an und sagte, er soll zum Hauptquartier kommen, weil er dringend das Schloss reparieren müsste. Genauere Angaben machte er nicht. War klar, dass Marco den Treffpunkt kannte. Der sagte, er wolle bei Obi ein neues Schloss besorgen und dann kommen.«

»Moment!«, so schnell konnte Verena heute nicht mehr mitdenken. »Bedeutet das, die Jungs hatten das Opferhandy?«

»Hab ich doch gerade gesagt.« Katz schaute sie an, als sei sie schwer von Begriff. »Und unser Glück war, dass sie auch damit telefoniert haben. Dein Glück vor allen Dingen!«

Verena wurde ganz schwach vor Erleichterung. Hannah hatte nicht gelogen, als sie sagte, sie habe das Handy nicht. Vielleicht stimmte dann auch die Geschichte von dem Besuch bei der Chirurgin. Aber woher kannten die Jungs Frau Salgam, und wie waren sie an ihr Handy gekommen? Hatten sie die Ärztin umgebracht? Und die Dreistigkeit besessen, dort, wo sie den Leichnam entsorgt hatten, ihre Clique für eine Mutprobe zu versammeln?

»Die Fliege, die nicht geklappt werden will, setzt sich am besten auf die Klappe selbst.« Wer hatte das gesagt? Lichtenberg? Wer auch immer es gewesen war, er hatte recht. Konnte man so abgebrüht sein? Glaubten die Bengel, als Leichenfinder würde man sie nicht verdächtigen? Nun, und damit hatten sie tatsächlich richtiggelegen. Für die Kripo waren die Kinder Zeugen gewesen, nicht gerade Sympathieträger, aber meilenweit vom Beschuldigtenstatus entfernt. Sie konnte noch immer nicht so ganz glauben, dass die Jungs Ewa Salgam ermordet haben sollten, aber wie waren sie sonst in den Besitz des Opferhandys gekommen? Warum hätten sie sie selbst sonst auf diesem Dachboden einsperren und das Haus in Brand stecken sollen? Waren sie wirklich nur wegen ihrer Cannabisplantage so in Panik geraten, oder glaubten sie, Verena sei ihnen in dem Mordfall auf die Schliche gekommen, als sie mit der Waffe im Anschlag die Tür aufstieß?

»Willst du nun hören, wie es weitergeht?«, riss Katz sie aus ihren Gedanken.

»Logisch, ich warte schon die ganze Zeit drauf«, antwortete Verena. Sie fühlte sich plötzlich wie von einer Last befreit.

»Wir sind also erst mal mit Blaulicht zu Marco gefahren, aber der war schon weg. Jedenfalls hat keiner aufgemacht. Weiter gings zum Obi, in der Hoffnung, ihn dort zu erwischen und ihm folgen zu können. Aber die Suche war wie die nach einer Nadel im Strohsack, wie Triberg sagen würde. Da sind wir weiter zu Christoph gedüst. Die Mutter stellte sich dumm und war es wohl auch, aber der kleine Bruder hat uns im Treppenhaus abgepasst und mir die Adresse verraten.«

Verena unterdrückte ein Lachen. »Wie viel musstest du ihm zahlen?«

Katz bremste vor der Einfahrt des Präsidiums und schaute Verena entgeistert an.

»Fünfzig Euro, woher weißt …«

»Autsch! Ich hab's billiger bekommen, von mir wollte er nur einen Zwanziger haben. Er ist wohl auf den Geschmack gekommen. In ein paar Jahren wird er garantiert Stammgast beim Dezernat für Raub und Erpressung sein.«

»Ach, was solls«, Katz zuckte die Schultern. »Ich nehm' mir die Kohle einfach aus der Kaffeekasse.« Er fuhr auf den Parkplatz und schnallte sich ab.

»Dann wird Marlon seine Playstation ja bald zusammenhaben«, grinste Verena. »Jetzt sollten wir uns aber sputen. Die Burschen warten sicher schon in den Vernehmungszimmern.«

Verena hatte gezögert, als Joost sie für die Vernehmung von Christoph Denner eingeteilt hatte. Einen Augenblick lang war sie versucht gewesen, darum zu bitten, Marco Herrmann zugeteilt zu werden. Aber dann nahm sie es als Herausforderung. Immerhin saß sie endlich am längeren Hebel. Ganz ohne dass sie ihm hätte drohen müssen, war endlich dafür gesorgt, dass der Junge nicht mehr in Monas Nähe kommen würde. Nach den heutigen Ereignissen würde er die nächsten Jahre fern von ihrer Tochter in Jugendhaft verbringen. Also straffte sie ihre Schultern und betrat den Vernehmungsraum, in dem Christoph Denner und Katz sie erwarteten, während Marco Herrmann in einem anderen Zimmer von Scholl und Ströbele vernommen wurde.

Verena nahm hinter dem Schreibtisch Platz und schlug die Beine übereinander. Ihre Augen waren ruhig auf Christoph gerichtet. Diese entspannte Körperhaltung war das A und O bei Beschuldigtenvernehmungen, sie vermittelte Kompetenz und Überlegenheit.

»Christoph, du warst gerade beim Erkennungsdienst. Dort hat man Fotos von dir gemacht, deine Fingerabdrücke und eine Speichelprobe genommen. Du weißt, was das bedeutet?«

»Klar, dass ich jetzt in eurer Verbrecherkartei bin.« Er hatte den Satz so verächtlich ausgespuckt, dass Verena versucht war, sich übers Gesicht zu wischen.

»Du bist, genau wie Marco auch, nun in den polizeilichen Auskunftssystemen gespeichert. So wird die ›Verbrecherkartei‹ offiziell genannt. Nur dass du es mal gehört hast.« Sie atmete tief durch und rief sich zur Ruhe. »Aber es bedeutet auch, dass wir nun deinen genetischen Fingerabdruck haben, deine DNA, falls dir das was sagt. Nämlich das, was du freiwillig nicht bereit warst abzugeben, als du noch im Zeugenstatus warst.«

Christoph schwieg. Er sah Verena nur mit zusammengekniffenen Augen an.

»Wir können also mit offenen Karten spielen«, sprach Verena weiter. »Du hast natürlich ein Belehrungsformular unterschrieben, nach dem du hier nichts sagen musst, das dich selbst belasten würde. Andererseits sind die Indizien, dass ihr etwas mit Ewa Salgams Tod zu tun habt, so erdrückend, dass es dir nur zugutekommen kann, wenn du jetzt offen zu uns bist.«

»Was für Indizien?« War der Junge wirklich so blöd, oder täuschte er das nur vor?

»Ihr wart im Besitz des Opferhandys, Christoph. Ihr habt damit telefoniert. Was glaubst du denn, wie wir eurer Plantage auf die Spur gekommen sind? Schon mal was von Handy-Ortung gehört?«

»Kacke, Mann, Marco hat mir gleich gesagt, ich soll das Scheißding auslassen. Hätte ich mal auf ihn gehört!«

»Warum hast du es denn überhaupt angemacht?«, schaltete Katz sich ein.

»Ich war in der Plantage und musste dringend Marco anrufen, weil das verdammte Türschloss kaputt gegangen war. Hatte mein Handy zu Hause vergessen. Ich wusste ja, dass wir das Handy von der Alten, also von der Frau, noch dahatten. Dachte, alte Leute können sich bestimmt keine PIN merken, vielleicht hat sie die ja deaktiviert. Das machen ja viele, die nicht immer den Code eintippen wollen. Und ich hatte recht. Ich hab aber höchstens zwei Minuten gesprochen und es danach gleich wieder ausgemacht.« Er schürzte verächtlich die Lippen. »Wie kann man so doof sein und keine PIN-Nummer verwenden!«

»Ich frage mich eher, wie man so doof sein kann, das Handy eines Mordopfers zu benutzen, von dem man doch wissen müsste, dass es geklemmt wird?«, sagte Katz. »Für uns war deine Naivität ein Glücksfall.«

Besonders für mich, dachte Verena. Ohne diesen Anruf wären Roman, Thea und Severin niemals zu dem Lagerhaus gekommen. Wir hätten die beiden nicht festnehmen können, und ich würde jetzt entweder mit Verbrennungen dritten Grades oder gebrochenen Knochen auf der Intensivstation liegen. Oder in der Leichenhalle des Pragfriedhofs. Meine Güte, was für ein Glück, dass Christoph diesen einen Anruf riskiert hat!

»Christoph, ich habe dir gesagt, dass du nun im Beschuldigtenstatus bist. Das heißt auch, dass du jetzt sofort einen Anwalt hinzuziehen kannst. Wenn du willst, gleich hier zur Vernehmung.«

Christoph schüttelte den Kopf. »Ich habe keinen Anwalt. Wir können uns so was nicht leisten.«

»Es gibt Pflichtverteidiger«, sagte Scholl.

Der Junge schnaubte verächtlich. »Die geben sich doch eh keine Mühe, einen rauszuhauen.«

Sein Vertrauen in die Menschheit ist ja grenzenlos, dachte Verena. Na, umso besser, heute läuft es ja richtig gut.

Sie erlaubte sich eine Suggestivfrage. »Du möchtest also Angaben ohne Anwesenheit eines Rechtsbeistands machen?«

Christoph nickte. »Warum nicht? Wir haben ja niemanden umgebracht.«

»Ach nein?« Verena lehnte sich in ihrem Schreibtischsessel zurück. »Dann erkläre uns doch zuallererst mal, wie ihr an das Handy gekommen seid.«

»Wir haben es gefunden«, sagte Christoph wie aus der Pistole geschossen. »Dort im Wald, wo wir unsere Mutprobe gemacht haben.«

Das wäre natürlich auch eine Möglichkeit, dachte Verena. Die Antwort wissen wir spätestens, wenn die DNA der Jungs ausgewertet ist. Doch sie wollte nicht so lange warten, dafür war sie zu ungeduldig.

»Ihr seid also mit der Toten gar nicht in Berührung gekommen, ausschließlich mit ihrem Handy?«

»Richtig.« Christoph nickte und nestelte an seinen Handschellen.

»Und du hast jetzt nicht zufällig vergessen, dass uns eure DNA-Spuren verraten würden, wenn du gelogen hast?«

Christoph biss sich auf die Lippen.

»Möchtest du nicht doch lieber einen Verteidiger?«, fragte Katz.

Verena warf ihm einen schnellen Blick zu, der auch hätte töten können.

»Nein, nein«, beeilte sich Christoph zu sagen. »Ich meine, kann sein, dass unsere DNA an der Leiche ist, aber wir haben sie trotzdem nicht umgebracht!«

Verena beugte sich nach vorn und legte ihren Gipsarm auf dem Tisch ab. »Das musst du uns jetzt mal genau erklären.«

Der Junge zögerte und fuhr mit dem abgekauten Daumennagel der rechten Hand über die Seriennummer der linken Handschelle.

»Nun?«

»Da muss ich wirklich weit ausholen.«

»Wir haben Zeit«, sagte Verena ruhig.

»Also, die ganze Kacke fing damit an, dass diese Frau von der Drogenberatung an unsere Schule kam.«

»Welche Frau?«, grätschte Katz dazwischen.

»Na, die Frau Salgam, oder wie sie hieß. Die, die jetzt tot ist.«

Stimmt, jetzt fiel Verena wieder ein, was Leander Salgam ihr auf dem Friedhof erzählt hatte. Seine Mutter hatte ehrenamtlich für die Drogenhilfe gearbeitet. Weil ihre Tochter sich den goldenen Schuss verpasst hatte.

»Die halten manchmal so Vorträge in den Klassen. Wie man sich vor Drogen schützen kann und dass man jeden verpfeifen soll, der auf dem Schulhof Gras vertickt und so. Lauter so dummes Geschwätz halt.« Er verstummte.

»Erzähl ruhig weiter«, forderte Verena ihn auf.

»Die Ginger muss der was gesteckt haben. Von unserer Plantage. Irgendwie hat die gepetzt.«

»Ginger?«

»Ein Mädchen aus unserer Klasse. Marco ist mal mit ihr gegangen. Das war, nachdem mit Emily Schluss war. Ging aber nicht lange. Ginger wollte unbedingt in unsere Clique, aber wir wollten sie nicht, weil die nichts für sich behalten kann, die dumme Kuh. Jede Wette, dass die gesungen hat!«

»Aha. Und wie kommst du darauf, dass ausgerechnet sie Frau Salgam von eurer Plantage erzählt hat?«

»Aus Rache natürlich, weil Marco mit ihr Schluss gemacht hat. Und weil sonst niemand davon wissen konnte. Außer Ginger, weil Marco, der Idiot, dort mal mit ihr fummeln war. Und mein Bruder, aber der petzt nicht.«

Hast du eine Ahnung, dachte Verena und überlegte, wie viel Geld Ewa Salgam wohl in diese Information investiert hatte. Vermutlich war sie damals noch mit zehn Euro dabei gewesen.

»Jedenfalls war die Salgam plötzlich da. Mitten in unserem Gewächshaus. Kein Plan, wie die da reingekommen ist, das Schloss war ja schon seit Monaten nicht besonders zuverlässig. Vielleicht hatten wir auch nicht abgeschlossen, manchmal klappte das einfach nicht. Aber Marco hat immer gesagt, hier verirrt sich eh niemand her. Na ja, bis auf die Frau Salgam halt. Sie wollte sich wohl selbst überzeugen, ob das stimmte, was die bescheuerte Ziege ihr erzählt hat.«

»Wann genau war das?«, fragte Verena.

»An dem Montag zwei Wochen nach Ende der Ferien. So mittags um eins rum. Wir hatten zeitig Schulschluss und sind gleich rausgefahren, Marco und ich, meine ich. Als wir ankamen, stand die einfach da oben mitten im Raum und machte Fotos mit ihrem Handy von unseren Pflanzen.«

»Und dann habt ihr sie ausgeschaltet, damit sie euch nicht ans Messer liefert?« Verena spürte, wie eine Gänsehaut ihre Arme hinaufkroch. Seit heute Nachmittag wusste sie, dass diese Jungen vor nichts zurückschreckten.

»Nein. Echt nicht. Wir wollten nur, dass sie abhaut. Ihr

natürlich das Handy vorher wegnehmen. Dann hätten wir die Pflanzen und die Lampen schnell woandershin gebracht. Schließlich waren sie noch in den Töpfen, wir hatten sie ja noch nicht umgesetzt. Marcos Vater hat einen alten Lieferwagen, der steht immer noch hinter dem Haus, und Marco hat den Schlüssel. Damit wäre die Plantage ratzfatz geräumt gewesen, und die Polizei hätte nichts weiter gefunden als ein paar Düngersäcke und Wassereimer. Ohne Pflanzen kein Beweis.«

»Warum habt ihr sie dann getötet?«

»Wir haben sie nicht getötet. Es war ein Unfall, ehrlich!«

»Ich bin ganz Ohr.«

»Sie war richtig penetrant. Hörte nicht auf, mit ihrem Handy zu fotografieren. Marco wollte ihr das Ding wegnehmen, es kam zu einer Rangelei.« Christoph verstummte.

»Weiter!«, befahl Katz barsch.

»Sie ist nach hinten getorkelt und in einem Kabel hängen geblieben. Dabei hat sie eine Wärmelampe umgerissen. Irgendwie hat sie mit der Hand wohl nach Halt gesucht und ist dabei an den Schirm einer anderen Lampe gekommen; die sind aus Metall. Plötzlich wurde sie ganz steif und ist zusammengesackt.« Sein Atem ging schnell, die Lippen bebten.

Stromtod, dachte Verena. Ich hab doch gleich gesehen, dass diese Plantage dort oben ein Pulverfass ist. Warum haben wir die Strommarken am Leichnam nicht bemerkt? Die lange Liegezeit fiel ihr ein, der Tierfraß an Knöchel und Hand. Es würde schwierig werden, den beiden Jungs eine vorsätzliche Tötung nachzuweisen, wenn der Haftrichter ihnen glaubte. Allerdings war die Liste ihrer Straftaten nach dem heutigen Tag schon so lang, dass sie einige Zeit von der Straße sein würden.

»Marco meint, ein Kabel von den Wärmelampen war wohl

nicht richtig isoliert. Sie hatte beim Stolpern den Schuh verloren und muss auf das Kabel getreten oder dran hängen geblieben sein. Und als sie den Lampenschirm berührt hat, war der Stromkreis geschlossen.«

»Ist die Lampe mit dem kaputten Kabel noch dort oben?«, fragte Verena.

Christoph nickte. »Ja, wir haben sie einfach nur ausgesteckt.«

Wenn sie Glück hatten, war die Feuerwehr schneller als der Brand gewesen und hatte einen Teil des Dachgeschosses erhalten können. Morgen mussten die Brandermittler, die Kriminaltechnik und ein Sachverständiger vom LKA den Brandort inspizieren. Vielleicht konnte man Christophs Aussage für glaubwürdig befinden oder auch widerlegen. Im ersten Fall wäre es Körperverletzung mit Todesfolge. Im zweiten Fall würden sie wegen Totschlags angeklagt werden. Beweise für das eine oder andere würde jedoch niemand mehr finden, denn die Lage des Leichnams konnten sie nicht mehr nachvollziehen, dafür hatten die Jungs gesorgt.

»Wie habt ihr sie in den Wald gebracht, und warum überhaupt?«

»Na ja, wir mussten sie ja irgendwie beseitigen. Sie konnte schlecht dort oben liegen bleiben.«

»Ich weiß nicht, ob es sich schon bis zu euch rumgesprochen hat, aber man ruft eigentlich die Polizei, wenn jemand eines nicht natürlichen Todes stirbt.« Katz beherrschte sich offensichtlich nur mühsam. Verena sah, dass seine Wangenmuskeln hervortraten.

»Wollen Sie mich verarschen? Wir sollten den Bullen unsere Cannabisplantage zeigen, mitsamt unseren schlecht isolierten Kabeln, wegen denen die Drogentante abgekratzt war?«

»Verstehe«, höhnte Katz. »Es ist natürlich viel einfacher, eine Leiche wegzubringen, als fünfzig Cannabispflanzen. Erzähl mir doch keine Märchen!«

Christoph schwieg und scheuerte sich den Daumen an der Handschließe wund.

»Wie seid ihr auf die Idee mit dem Fundort gekommen?«, fragte Verena. »Und vor allem, was um alles in der Welt hat euch dazu gebracht, ihr dieses Holz in die Scheide zu rammen?«

»Marco hatte mal so einen Film gesehen, von einer Joggerin, die in einem Wald vergewaltigt und ermordet worden war. Er fand das krass und hat gemeint, das könnten wir doch nachstellen.«

»Er fand das krass?« Verena glaubte, sich verhört zu haben.

»Ja, krass. Er hat dann eins unserer Pflanzhölzer genommen und gesagt, das müsste für die Vergewaltigung reichen. Selbst hatte er keinen Bock drauf. Die Joggerin im Film wäre zwar richtig vergewaltigt worden, aber die sei schließlich auch jünger gewesen. Er hat gesagt, bei der Alten kriegt er keinen hoch.«

Verena war für einen Moment sprachlos. Diese Jungen waren fünfzehn und sechzehn Jahre alt. Sie fröstelte, wenn sie an die Packung Kondome in Monas Schreibtisch dachte, und daran, dass sie Umgang mit den beiden gehabt hatte.

»Der Jogginganzug«, fragte Verena, »woher hattet ihr den?«

»Den hat Marco aus dem Kleidersack seiner Mutter geklaut. Hat die natürlich nicht gemerkt, der war ja eh für die Johanniter gedacht.«

Damit erklärte sich die weibliche DNA-Spur. Marcos Mutter nach einer Speichelprobe zu fragen, darauf war natürlich niemand gekommen.

»Was ich noch immer nicht verstehe«, sagte Verena und fasste den Jungen fest ins Auge, »ist die Frage, warum ihr gerade an dem Ort, wo ihr die Tote entsorgt habt, eure Mutprobe veranstalten musstet. Ausgerechnet dort! Euch hätte doch klar sein müssen, dass man die Frau sehen muss, wenn man über den Baumstamm läuft und nach unten schaut! Was war der Grund für diese Aktion?«

Christoph schwieg und starrte in seinen Schoß. Die Wanduhr tickte eine halbe Minute weg. Schließlich hob er den Kopf und schaute Verena direkt an.

»Ginger«, sagte er.

»Ginger?« Verena verstand nicht.

»Ginger war der Grund. Wir wollten uns an ihr rächen, weil sie uns verpfiffen hat. Ihr einen Denkzettel verpassen und sie ein für allemal loswerden. Damit sie gar nicht mehr auf die Idee kommt, in unsere Clique zu wollen. Die ist ein absolutes No-Go für uns. Wir brauchen Leute, die zuverlässig sind und keine Waschweiber, die nichts für sich behalten können und ihre verflossenen Lover am Telefon terrorisieren. Und als dann die Alte, also die Frau von der Drogenberatung, da unten im Graben lag, sind wir auf die Idee gekommen.«

»Welche Idee?« Verena bemühte sich um einen geduldigen Tonfall.

»Dass wir Ginger anbieten, sie aufzunehmen, wenn sie eine Mutprobe besteht. Wir wollten, dass sie die vergammelte Leiche da unten sieht, und ihr damit ein für allemal die Lust auf unsere Clique austreiben.«

Verena nickte langsam. Allmählich begriff sie.

»Was hatte Mona damit zu tun?«

»Nichts. Aber Ginger hat ihr das natürlich sofort stolz weitererzählt, und dann kam Mona zu uns und wollte auch bei uns aufgenommen werden. Was sollten wir tun? Gleiches Recht für alle. Gegen sie hätte ich ja nicht mal was gehabt. Eigentlich schade, dass sie es nicht geschafft hat.«

Verena zählte im Stillen langsam bis zehn. Christoph nahm ihr Schweigen als Aufforderung, weiterzureden.

»Es war ausgemacht, dass Ginger zuerst läuft. Dann hätte Mona gar nicht mehr gemusst, verstehen Sie? Aber Ginger hat gekniffen und Mona vorgeschickt. Ich hab ihr immerzu gesagt, sie soll nicht nach unten schauen, ehrlich. Ich wollte nicht, dass sie das sieht!«

»Warum nicht?«, fragte Verena und hielt die Luft an. Er könnte jetzt sagen, weil er sie mochte, weil er ihr den Anblick ersparen und sie nicht erschrecken wollte. Vielleicht sogar, dass er in sie verliebt war. Aber als Antwort kam genau das, was sie insgeheim erwartet hatte.

»Weil … weil wir wollten, dass Ginger danach auch noch läuft. Wir hätten sie schon mit irgendeinem Trick dazu gebracht, dass sie da runterschaut. Mit ›Pass auf, dein Schuh ist offen!‹, oder so ähnlich.«

Verena sah den Jungen, für den ihre Tochter ihr Leben riskiert hatte, lange an. Dann stand sie so abrupt auf, dass der Stuhl gegen die Wand knallte, und ging aus dem Zimmer.

Auf dem Flur stieß sie fast mit Thea zusammen.

»Du kommst wie gerufen! Bist du in Marcos Vernehmung?«

»Nein, die machen Walter und Severin. Mich haben sie dazu verdonnert, den Bereitschaftshaftrichter aus seinem wohlverdienten Feierabend zu holen.«

»Und hat er die Haftbefehle ausgestellt?«

»Ja. Die beiden fahren heute noch in Stammheim ein. Wir müssen sie nicht mal im Polizeigewahrsam parken.« Thea sah müde aus, aber hochzufrieden.

»Tust du mir noch einen Gefallen?«

»Jeden, wenn ich kann.«

»Ich weiß, du bist k. o. und hast für heute wirklich genug getan. Aber würdest du mich bei Christophs Befragung ablösen? Ich habe Angst, dass ich die Fassung verliere. Vorhin war ich kurz davor, dem Kerl eine zu scheuern. Dieses perfide Spiel mit meiner Tochter, nur um einer anderen eins auszuwischen, das bringt mich zur Raserei. Vielleicht wäre ich abgeklärter, wenn ich nicht persönlich betroffen wäre.«

Thea nickte verständnisvoll. »Klar, mach ich. Kein Problem.« Sie legte Verena eine Hand auf die Schulter. »Erinnerst du dich an den Hauser-Mord vor ein paar Jahren, als meine Mutter in das Verfahren verwickelt war? Ich wurde damals von dem Fall abgezogen, weil ich befangen war, und habe ein paar Tage freigenommen. Das solltest du auch tun.« Sie seufzte. »Ich weiß genau, wie man sich fühlt, wenn man ein persönliches Interesse an der Aufklärung eines Falls hat, weil Angehörige betroffen sind. Lass dich beurlauben, bevor du einen Fehler machst, der dir später leidtut.«

Verena sah ihre Kollegin lange an. Ja, sie erinnerte sich gut an den Hauser-Mord und daran, wie schlecht es Thea damals gegangen war. »Ich werde darüber nachdenken«, sagte sie. »Danke, Thea.«

Nachdem Thea im Vernehmungszimmer verschwunden war, blieb Verena noch eine Weile auf dem Flur stehen und versuchte sich zu fassen. Dann klopfte sie an die Bürotür ihres Chefs und trat ein.

Joost legte seinen Zigarillo auf dem Aschenbecher ab und sah Verena überrascht an.

»Nanu, schon fertig mit der Vernehmung?«

Verena schüttelte den Kopf. »Ich pack das nicht, Rudi. Diese Jugendlichen sind derart verroht und gefühlskalt, diese Brutalität macht mir Angst. Ein Menschenleben ist ihnen so viel wert wie ein aufgerauchter Joint, den man achtlos ausdrückt. Wenn ich daran denke, dass Mona ihre Freizeit mit ihnen verbracht hat, wird mir übel. Was machen wir nur falsch mit unseren Kindern? Ist es ein Problem der Zeit, der Gesellschaft oder des Einzelnen? Haben Eltern kein Interesse mehr an ihrem Nachwuchs oder keine Zeit mehr, um sich mit ihren Bedürfnissen zu beschäftigen?« Sie hielt inne. War sie selbst denn so viel besser als die Eltern, die sie hier gerade anprangerte? Wer im Glashaus sitzt, sollte lieber nicht mit Steinen werfen.

Joost nahm einen letzten tiefen Zug und drückte den Zigarillo aus. »Was meinst du, haben sie die Frau umgebracht oder nicht?«

Verena hob die Schultern. »Sie stellen es als Stromunfall hin. Wir können das im Moment noch nicht widerlegen. Ich glaub auch nicht, dass man das am Tatort noch feststellen kann. Der Großteil der Spuren dürfte durch das Feuer vernichtet worden sein. Und der Rest durch das Löschwasser. Aber selbst wenn es so war, wie sie sagen, dann war dieser Unfall ein Glück für die Jungs. Nach dem, was ich heute erlebt und jetzt bei der Vernehmung gehört habe, bin ich mir sicher, wenn dieser Unfall nicht passiert wäre, hätten sie die Frau umgebracht.«

»Egal, wie das Urteil lautet«, sagte Joost, »ob Körperverletzung mit Todesfolge, Totschlag oder Mord, was sie heute mit dir gemacht haben, reicht für einige Jahre Jugendknast.«

Verena nickte und kratzte sich unter dem Gips.

»Ich würde gern Urlaub nehmen, Rudi«, sagte sie. Jetzt war es heraus. Eigentlich ging es ganz einfach.

»Na, du hast ja Gedankensprünge! Jetzt gleich oder nach Abschluss des Falls?«

»Der ist ja so gut wie abgeschlossen. Die Jungs gehen in U-Haft, und den Papierkram für die Verfahrensakte können auch andere erledigen. Ich würde gern mit Mona ein paar Tage wegfahren. Oder vielleicht doch besser fliegen.« Sie schielte auf ihren Gipsarm. »Fahren geht ja momentan schlecht.«

»Natürlich, du hast dir die Auszeit redlich verdient.« Er lehnte sich in seinem Stuhl zurück und sah Verena prüfend an. Jetzt hatte er wieder diesen Gesichtsausdruck wie damals, als er sie mit Marcos Vater und Triberg so in die Enge getrieben hatte.

»Warum um alles in der Welt bist du da allein reingegangen? Du weißt, dass du zuallererst hier anrufen und einen Partner hättest anfordern sollen. Bei der Gelegenheit hättest du auch erfahren, dass Christoph Denner inzwischen in den Beschuldigtenstatus gewechselt ist.«

Aha, jetzt kam die Standpauke. Sie hatte schon lange darauf gewartet.

»Ich weiß, dass ich schon wieder einen Fehler gemacht habe, Rudi. Aber ich wollte mit dem Jungen privat reden. Eigentlich war ich gar nicht dienstlich dort. Ich weiß auch«, sagte sie schnell, als sie sah, dass ihr Chef sich aufrichtete und den Mund öffnete, »dass private Belange in einem Ermittlungsverfahren nichts zu suchen haben. Manchmal lässt sich das einfach nicht trennen. Ja, ja, das hatten wir alles schon mal. Du darfst mich gleich steinigen. Es sollte auch gar keine Entschuldigung sein, sondern nur eine Erklärung. Mir ist klar, dass ich Mist gebaut habe. Und deshalb will ich jetzt auch raus aus dem Fall.« Bevor du ihn mir wegnimmst, fügte sie in Gedanken hinzu. Joost sah sie an, als hätte sie auch den letzten Satz klar und deutlich formuliert. Es war sicher nicht schwer gewesen, ihre Gedanken zu erraten. Zerknirscht blickte sie zu Boden.

»Ich verstehe sehr gut, was du meinst«, sagte Joost. »Wenn du persönlich betroffen bist und nicht mehr objektiv sein kannst, bist du befangen.« Er seufzte. »Triberg hat mir nahegelegt, dich von dem Fall abzuziehen. Ich habe das aber gelassen, weil ich dich als kompetente Ermittlerin kenne, sonst hätte ich niemals deine Beförderung befürwortet. Mein Gott, Verena, du machst es mir wirklich nicht leicht! So was darf nie wieder vorkommen, ist das klar?«

»Klar«, murmelte Verena betreten.

»So gesehen ist es sogar sehr vorteilhaft, dich jetzt in Urlaub gehen zu lassen. Es ist für alle die beste Lösung. Triberg wird endlich Ruhe geben, und Katz wird den Fall abschließen. Er kann ein bisschen Bestätigung gut brauchen. Dann habe ich auch endlich genügend Argumente, um ihn für die nächste Beförderungsrunde vorzuschlagen.« Plötzlich lächelte er und zwinkerte ihr zu. »Denk mal eine Weile nicht an die Arbeit, und schalte komplett ab. Ein paar Tage Ferien sind genau das Richtige, um den Kopf freizubekommen. Wohin soll es denn gehen?«

Verena zuckte die Schultern.

»Weiß ich noch nicht. Erst muss ich mal schauen, dass ich

Mona ein paar Tage aus der Schule nehmen kann. Und dann soll sie das entscheiden. Ich hoffe nur«, sagte sie mit einem schiefen Lächeln, »dass es sie nicht ausgerechnet nach Taormina zieht.«

Und vor allem hoffe ich, dachte sie, dass sie überhaupt mit mir Urlaub machen will.

Leise zog Verena die Tür des Chefbüros hinter sich zu. Das Handy in ihrer Hosentasche meldete eine SMS. Ihr Herz machte einen Sprung, als sie sah, dass die Nachricht von Mona war.

»Bin bei Melanie. Tut mir leid, dass ich so eklig war. Können wir heute Abend reden?«

Verena schossen die Tränen der Erleichterung in die Augen. Schnell fuhr sie mit der Hand darüber, als sich auf der gegenüberliegenden Seite des Flurs die Tür des Vernehmungszimmers öffnete und Katz Christoph hinausführte. Thea folgte den beiden.

»Kommst du mit zur Haftrichtervorführung, Verena?«

Verena schüttelte den Kopf. »Ich hab ab sofort Urlaub«, sagte sie und freute sich über Katz' verdatterten Blick. Thea lächelte und zwinkerte ihr zu.

»Ihr wollt uns wirklich einsperren?« Christoph spuckte auf den frisch geputzten Linoleumboden. »Was haben wir denn schon getan?«

»War die Frage ernst gemeint? Hab ich etwa versäumt, dir das vorzurechnen?« Katz hob die linke Hand und zählte mit der rechten seine Finger ab.

»Da kommen schon so einige Delikte zusammen. Vom illegalen Cannabis-Anbau will ich dabei gar nicht erst reden. Zunächst wäre da die fahrlässige Tötung von Ewa Salgam. Dann Behinderung eines Todesermittlungsverfahrens, indem ihr den Leichnam der Frau verstümmelt und vom Tatort entfernt habt. Das war Irreführung der Ermittlungsbehörden.«

»Ha! Wir haben nur …«

»Ich bin noch nicht fertig!«, unterbrach Katz ihn scharf und bog den dritten Finger nach oben. »Dazu kommt ein versuchtes Tötungsdelikt an meiner Kollegin, indem ihr das Lagerhaus in Brand gesteckt und sie in Lebensgefahr gebracht habt. In Tateinheit mit schwerer Brandstiftung, das hatte ich ganz vergessen zu erwähnen.« Es folgte der Ringfinger.

»Schwachsinn, was können wir dafür, dass die blöde Tuss … ach, *fuck you!*« Das kam von Marco, der von Scholl und Ströbele flankiert aus dem Nebenzimmer gekommen war.

»Und *last but not least* – Beamtenbeleidigung!« Katz setzte mit dem kleinen Finger in einer schwungvollen Geste einen Punkt auf die imaginäre Liste. »Reicht das fürs Erste? Oder wollt ihr noch mehr? Dann müsst ihr nur weiterreden. Vielleicht fällt mir noch was ein.«

Die beiden verstummten abrupt.

Verena und Katz sahen sich an. Er macht das gut, dachte Verena. Er wird den Fall kompetent und engagiert zum Abschluss bringen, und in der nächsten Beförderungsrunde ist er dann endlich dran.

Mit Genugtuung beobachtete sie, wie Katz und Thea die beiden Jungs nach unten zum Parkplatz führten, wo der Gefangenentransporter auf sie wartete. Sie war so froh, dass Christoph endlich aus Monas Umfeld verschwand. In der Tür zum Treppenhaus drehte sich Thea noch einmal zu ihr um und formte mit zwei Fingern das Victory-Zeichen. Verena lächelte und hob den Daumen. Dann warf sie ihre Tasche über die Schulter, nickte den Kollegen zu und machte sich auf den Weg nach Hause zu ihrer Tochter.

Das ist das erste Mal, dass ich jemanden, den ich in den Knast gebracht habe, auch selbst wieder dort abhole, dachte Verena, als sie vor der Pforte der Justizvollzugsanstalt Schwäbisch Gmünd stand. Sie drückte die Hand ihrer Tochter und stellte fest, dass ihrer beider Hände feucht vom Schweiß waren.

Verena wusste, dass Patienten zu Therapeuten oft ein besonderes Verhältnis entwickeln, dennoch war sie überrascht gewesen, als Mona darauf bestanden hatte mitzukommen. Sie hatten am Vorabend lange miteinander geredet. Es waren viele Dinge auf den Tisch gekommen, die sie bislang unter den Teppich gekehrt hatten; Verletzungen, Enttäuschungen, Missverständnisse. Sie wusste nun aus erster Hand, was sie immer nur vermutet hatte; dass Mona sich ungeliebt gefühlt hatte, wie ein Haustier, für das niemand wirklich Zeit hatte und das zwischen den Eltern hin- und hergeschoben wurde. Und mit einem leisen Stich der Eifersucht hatte sie gehört, wie sehr Mona sich inzwischen mit ihrer Therapeutin verbunden fühlte, in der sie endlich einen Menschen gefunden hatte, der ihr zuhörte und ihre Gefühle nachvollziehen konnte.

In einem langen Monolog, in dem sie um die richtigen Worte rang, hatte sie ihrer Tochter von den Geschehnissen in Christophs Plantage erzählt und zwischendurch die heißen Tränen getrocknet, mit denen Mona ihre erste große Liebe zu Grabe trug. Sie hatte ihr Kind so lange im Arm gehalten, wie sie es zuletzt getan hatte, als Mona noch ein Baby war. Sie hatte ihr versprochen, dass nun alles anders werden würde. Und zum Schluss hatten sie den Rechner hochgefahren und Google Earth gestartet, um einen gemeinsamen Ort zu finden, an dem sie ihr neues Mutter-Tochter-Verhältnis besiegeln konnten. Verena hatte es geschafft, Monas Lehrerin zu überzeugen, dass das Kind aufgrund der jüngsten Ereignisse dringend Urlaub brauchte, und eine Schulbefreiung bekommen. Damit hatte sie bei ihrer Tochter ein gutes Stück Land gutmachen können.

Sie schrak aus ihren Gedanken, als das Tor der JVA sich öffnete.

»Da kommt sie«, hörte sie Mona rufen.

Hannah blieb überrascht stehen; sie hatte wohl nicht mit einem Empfangskomitee gerechnet. Dann ließ sie ihre Tasche fallen, um Mona aufzufangen, die ihr entgegenrannte und in ihre Arme flog.

Über Monas Schulter hinweg suchte Hannah Verenas Blick. Sie löste sich von dem Mädchen und kam auf sie zu.

Einige Sekunden standen sie sich schweigend gegenüber, bevor sie sich zögernd und etwas unbeholfen umarmten.

Verena suchte fieberhaft nach Worten. Von »Gut siehst du aus« bis »Es tut mir leid« kam ihr alles Mögliche in den Sinn, doch jedes Wort schien ihr belanglos und unpassend. Schließlich sprach Hannah als Erste.

»Steht dir gut, die neue Frisur.«

»Meinst du? Ich finde, ich sehe aus wie Lena Odenthal.«

»Quatsch, die Odenthal trägt das Haar viel kürzer. Keine Sorge, man erkennt immer noch, dass du eine Frau bist.«

Verena zupfte verlegen an ihrem kinnlangen Bob. Sie war ständig versucht, ihr Haar zurückzuwerfen, es im Nacken zu einem Zopf zusammenzunehmen, und erschrak jedes Mal, wenn sie feststellte, dass da nichts mehr war. Sie hatte ihr langes Haar geliebt und fühlte sich nun irgendwie nackt. Haare wachsen wieder, versuchte sie sich zu trösten. Viel wichtiger ist, dass ich diese Geschichte halbwegs heil überlebt habe.

»Ich hab im Radio gehört, was passiert ist.« Hannah klopfte zaghaft auf Verenas Gipsarm. »Darf ich als Erste unterschreiben?«

Verenas Mund verzog sich zu einem Lächeln. »Es tut mir so leid, dass ich dich in den Knast gebracht habe«, sagte sie nun doch.

»Unsinn, du hast nur deinen Job gemacht«, wehrte Hannah ab. Sie sah Verena mit einem schmerzlichen Lächeln an. »Ich hab mich ja selbst in diese blöde Situation gebracht und es da unten im Keller nur noch schlimmer gemacht. Weiß Gott, was mich geritten hat, ich stand völlig neben mir vor Panik. Es ist an mir, dich um Verzeihung zu bitten. Ich war nicht ich selbst, als ich dich mit der Waffe bedroht habe. Es war ein Schatten meiner Verzweiflung.«

Verena hob abwehrend die Hände und wollte etwas sagen, doch Hannah kam ihr zuvor.

»Das ist keine Entschuldigung, und das ist mir auch klar. Auch wenn ich weiß, dass ich nie, niemals fähig gewesen wäre abzudrücken, habe ich dich in Todesangst versetzt, und das ist unentschuldbar. Es geschieht mir also ganz recht, dass ich mal für ein paar Tage in diesem netten Hotel einchecken durfte.«

»Ich hoffe, es war nicht allzu schlimm?« Verena lächelte ein wenig gequält.

»Immerhin hatte ich den Luxus einer Einzelzelle. Ich glaube, die sind jetzt ganz froh, dass sie mich los sind. Sie hätten wohl ein echtes Problem gehabt zu entscheiden, ob sie mich nach der Verurteilung in den Frauen- oder in den Männerknast stecken.«

Sie deutete ein knappes Nicken in Monas Richtung an. »Du hast es ihr gesagt?«

Verena nickte. »Ja, wir hatten ein langes Gespräch unter Frauen. Dabei warst auch du ein Thema. Sie hat bewundernswert reagiert. Ich hatte nicht geglaubt, dass meine Tochter schon so reif ist.«

»Ja, wir neigen dazu, Kinder zu unterschätzen.« Hannah hob ihre Tasche auf und sah sich um. »Und was machen wir jetzt?«

»Wir machen erst mal Urlaub«, sagte Mona.

»Urlaub klingt toll!« Hannah bekam einen sehnsüchtigen Blick. »Könnte ich jetzt auch brauchen.«

»Komm doch einfach mit!«, platzte Mona heraus.

»Gute Idee«, sagte Verena. »Wir laden dich ein. Hab' eh noch was bei dir gutzumachen. Was hältst du von einer Woche Capri?«

Hannah starrte die beiden mit offenem Mund an. »Das ist nicht euer Ernst. Ihr seid verrückt!«

Verena zuckte die Schultern. »Ich wollte schon immer mal wieder verrückt sein. Überleg's dir. Mona würde sich freuen. Und ich auch.«

Ich würde mich wirklich freuen, dachte Verena. Unsere Freundschaft hat in dieser kurzen Zeit schon so viel ausgehalten; die Abweisung einer körperlichen Annäherung, einen falschen Verdacht, die Bedrohung im Keller und mehrere Tage Untersuchungshaft. Wenn das keine Feuerprobe war! Das lässt doch für die Zukunft hoffen.

Langsam schlenderten die drei zum Parkplatz, wo Katz im Daimler wartete. Dank Verenas Gipsarm kam er endlich auch einmal in den Genuss, am Steuer sitzen zu dürfen. Ab jetzt würde es keinen Zickenkrieg und keine verletzten Eitelkeiten mehr geben. In den wenigen Tagen, die er jetzt Hauptsachbearbeiter des Falls war, hatte er deutlich an Sicherheit gewonnen. Sie gönnte es ihm von Herzen. Er hatte sich in diesem Ermittlungsverfahren so manches Mal kompetenter gezeigt als sie.

Was für ein gutes Gefühl es doch war, einmal loszulassen, Verantwortung abzugeben. Es war so befreiend! Das Einzige, was ihr noch schwer im Magen lag, war Emily. Doch sie war sicher, dass das Urteil nicht schuldfähig lauten würde. Hannah würde ihr mit Freuden ein entsprechendes Gutachten ausstellen.

Die letzten Oktobertage hatten noch einmal alle Kräfte des Altweibersommers mobilisiert. Weiße Schäfchenwolken trieben über einen fast sommerblauen Himmel. Sonnenstrahlen funkelten durch die Bäume und spielten mit den Farben der Blätter.

»Und du?«, wandte sich Hannah an das Mädchen. »Hast du dich nun entschieden, bei wem du in Zukunft wohnen möchtest?«

»Ich bleib bei Mom«, antwortete Mona, ohne zu zögern. »Schließlich braucht sie jemanden, der auf sie aufpasst.«

»Da hast du recht.« Verena lachte. »Und ich könnte mir keinen besseren Aufpasser vorstellen als dich. Aber jetzt gehen wir erst mal feiern, wir drei. Mit Gnocchi ai funghi und ganz viel Cola!«

»Gute Idee«, sagte Mona, »feiern wir, dass du den Fall erfolgreich gelöst hast!«

»Nein«, widersprach Verena. »Den Fall habe ich gar nicht gelöst. Das waren meine Kollegen. Genau genommen bin ich die ganze Zeit falschen Spuren hinterhergerannt und habe mich auch nicht immer an die Regeln gehalten. Der Staatsanwalt wollte mich von dem Fall abziehen, und mein Chef hätte es auch beinahe getan; zu Recht, wie ich heute weiß. Das war wirklich keine Glanzleistung. Ich glaube, wenn man zu verbissen ist und immer nur perfekt sein will, unterlaufen einem die meisten Fehler.«

»Dann hast du den Fall gar nicht selbst gelöst?«

Mona sah sie bekümmert an, doch Verena winkte ab. »Das ist nicht schlimm. Fehler sind dazu da, gemacht zu werden und um daraus zu lernen. Und man kann nicht immer alles alleine machen. Deshalb sind wir ja ein Team.« Sie legte den Arm um Monas Schultern und zog sie fest an sich.

»Und außerdem habe ich dafür einen anderen Fall gelöst«, sagte sie und küsste das Mädchen auf den Scheitel. »Einen viel, viel wichtigeren.«

*

Liebe Mama,
das wird der letzte Brief sein, den ich dir schreibe.

Ich habe die letzten Tage viel über die Rolle der Eltern nachgedacht. Darüber, was Elternsein bedeutet. Eltern wollen zuallererst, dass es ihren Kindern gut geht, dass sie normal und glücklich aufwachsen können. Ich weiß jetzt, dass du das auch gewollt hast. Es hat nicht funktioniert, aber das ist nicht dir anzulasten. Du hast den Ärzten vertraut, die es ihrerseits auch nicht besser wussten. Ich muss aufhören, dich deswegen zu hassen. Mehr noch, ich möchte endlich anfangen, dich wirklich zu lieben, denn alles, was ich als Kind für Liebe hielt, war Abhängigkeit.

Du hast ein Kind bekommen, das nicht männlich und nicht weiblich war, sondern irgendetwas dazwischen. Du hattest die Verantwortung für dieses Kind und hast getan, was du für richtig hieltest.

Kleine Kinder können nicht selbst entscheiden. Deshalb tun das die Eltern für sie auf die Gefahr hin, dass sie nicht die richtige Entscheidung treffen. Denn auch wenn sie uns Kindern unfehlbar scheinen, so machen sie dennoch Fehler. Weil sie es nicht besser wissen, oder weil sie zu schwach sind, um sich eine eigene Meinung zu bilden. Manchmal tun sie ihren Kindern sogar sehr weh und sind doch der Überzeugung, dass es zu ihrem Besten ist. Und manchmal sind sie so sehr in ihrer eigenen Welt gefangen, dass sie nicht merken, wie es ihren Kindern wirklich geht. Sie tragen Schuld, aber es gibt keine Schuld, die nicht zu vergeben wäre.

Woher ich das plötzlich weiß? Ich habe eine Frau kennengelernt, die solcher Fehler wegen beinahe ihr Kind verloren hätte, obwohl sie es über alles liebt. Vielleicht werden ja gerade aus Liebe mitunter die größten Fehler begangen? Doch dieses Kind ist fähig zu verzeihen. Das beschämt mich und hat mich zum Nachdenken gebracht.

Viel zu lange habe ich an den Demütigungen und Verletzungen meiner Kindheit festgehalten. Inzwischen bin ich erwachsen, habe meinen Platz im Leben gefunden. Und ich beginne zu akzeptieren, dass Gott mich so geschaffen hat, wie er das Urbild des Menschen schuf: als Mann und Frau zugleich.

Ich versuche inzwischen, das als Ehre zu verstehen. Immerhin machte Gott den ersten Menschen zunächst nach seinem Bild – androgyn –, bevor er aus einem Teil Adams als dessen Gegenpol Eva schuf. Erst mit der Schöpfung Evas teilte er die Welt in Gegensätze. Ich hingegen entstamme der Einheit. Ich bin von Gottes Geschlecht und kann stolz darauf sein.

Liebe Mama, ich lasse dich jetzt gehen. Mit all meiner Wut, meinem Schmerz, meinen Rachegefühlen. Und auch den Groll gegen Ewa Salgam lasse ich los. Ihr habt geglaubt, das Richtige zu tun, und nur darauf kommt es an. Schließlich hat Gott als Gegenpol zur Vergeltung die Vergebung erschaffen. Ruht nun in Frieden, ihr beiden! Es ist nie zu spät, um zu verzeihen.

Danke

sagen möchte ich all denen, die mich bei diesem Projekt unterstützt und motiviert haben, ganz besonders:

Meinen Kollegen vom Dezernat für Tötungsdelikte und Todesermittlungen beim Polizeipräsidium Stuttgart, speziell Rainer und Pinky, die nie müde wurden, meine Fragen zu beantworten, wenn ich mit meinem theoretischen Halbwissen zur Polizeiarbeit an meine Grenzen stieß.

Rechtsanwalt Bernd »Beo« Othmer, der dafür sorgte, dass ich nun das Sorgerecht vom Aufenthaltsbestimmungsrecht unterscheiden kann, für die ausführliche Beratung in Sachen Familienrecht und die exakte Formulierung eines Anwaltsbriefs.

Dr. Werner Pflug, Mikrobiologe beim LKA Baden-Württemberg, der mir durch den Dschungel der Genetik bei den vielfältigen Formen des Hermaphroditismus half, sowie Dr. Christa Schieffer von der Gerichtsmedizin Tübingen, die Prof. Krach mit ihrem Fachwissen zur Seite stand.

Den XY-Frauen für ihre gleichnamige informative Website und ihre bewegenden Erfahrungsberichte.

Jutta und Åke Boman in Stockholm, von denen ich viel über die Glaubensgemeinschaft der Zeugen Jehovas gelernt habe, für viele interessante und kontroverse Diskussionen über die

Bibel, insbesondere die Geschichte von Abraham und Isaak und das brisante Thema Bluttransfusion.

Meiner Tochter Jasmin, die für mich ihre Geräuschdatenbank nach Feuer und Prasselregen durchsuchte und mich täglich neu motivierte, sowie ihren Freunden Selphy und Satu für die kompetente Beratung in Sachen Nintendo.

Den Testlesern der ersten Stunde, Andrea und Andreas, die sich mit Feuereifer durch die erste Manuskriptfassung quälten.

Meiner Agentin Bettina Querfurth und meinen Lektorinnen Carola Fischer und Anja Freckmann, die alle drei so viel für das Buch getan haben, dass ihre Namen eigentlich mit auf dem Cover stehen müssten.

Und schließlich den »Mädels« von DeLiA, dem großartigsten Autorennetzwerk, das ich kenne, die mich in einer Phase, als gar nichts mehr ging, getröstet, bestärkt, in den Hintern getreten, am Schopf gepackt und aus dem Sumpf gezogen haben; ganz besonders Kerstin (für die durchquatschte Nacht auf deinem Küchensofa bei Wein und Weihnachtskonfekt und für die Aufbau-Mails danach), Eva (für das Gespräch im Zug zwischen Rathenow und Fulda und die Exposé-Tipps), Steffi (für die Recherchehilfe bei der Suche nach sizilianischen Klippen, von denen man gut runterstürzen kann, und für den Duft der signierten Zitrone – ja, ich hab sie immer noch!!), Bettina (für den Kontakt zu unserer wunderbaren Agentin) und allen anderen dafür, dass es euch gibt und ich nun seit fünf Jahren ein Teil von euch sein darf. Einige von euch haben dafür gesorgt, dass dieses Buch überhaupt geschrieben wurde. Und obwohl es streng genommen ein Kriminalroman ist, ist es auch eine Liebeserklärung an euch!